太 白

贾平凹 著

四川文艺出版社

序

这一本书对我来说有不寻常的意义。

一九八八年的七月,我因病住进了医院,至今病未痊愈。我知道我的"病从何起",数个年头的家庭灾难,人事的是非,要病是必然的。但这一病,却使我"把一切都放下了",所以我说病就是另一种形式的参禅。

有一种"应无所住"的"平常心",于文学却十分有益,这就使我写出了这本书中的绝大多数的作品。我不敢说这些作品写得怎么个样子,但自我感觉良好,是比我病前的作品少了几分浮躁气。

再无可宣言,书交读者如老爷过街,我只能"回避"。

贾平凹

1990.7.11,静虚村

台湾版序言

　　《太白》是我写完《浮躁》之后第二本小说集，也是在台湾出版刊发了《天物》《浮躁》之后的第三本书，我不敢说我的小说有什么好，但读者大致可以了解我写作的轨迹的。《天物》是八四年、八五年的作品，《浮躁》写于八六年，之后，我身体不好，一方面养病，一方面静下心思想，断断续续地写些东西，一部分收在《妊娠》里，一部分收在《太白》里，而《太白》又分作短篇和中篇两组。这本书在大陆内地出版刊发反应颇好，但我不知道海峡另一岸的读者会不会喜欢它。我向往那个美丽的地方，那里有许多认识的和未谋面却有信件往来的朋友，我想在这一生，总是有机会去一趟吧，那么,《太白》就算我的又一份给读者提前的见面礼了。

贾平凹
1992.4.29

目录

1	太白山记
46	王满堂
51	刘文清
58	药　罐
62	油月亮
76	烟
101	晚　唱
115	鸽　子
130	土　炕
141	两个瘦脸男人
149	美穴地
194	白　朗
253	五　魁
311	佛　关
379	火　纸

太白山记

寡　妇

一入冬就邪法儿地冷。石块都裂了，酥如糟糕。人不敢在屋外尿，出尿成冰棍儿撑在地上。太白山的男人耐不过女人，冬天里就死去许多。

孩子，睡吧睡吧，一睡着全当死了，把什么苦愁都忘了。那爹就是睡着了吗？不要说爹。

娘将一颗瘪枣塞进三岁孩子的口里，自己睡去。孩子嚼完瘪枣，馋兴未尽又吮了半晌的指头，拿眼在黑暗里瞧娘头顶上的一圈火焰，随即亦瞧见灯芯一般的一点火焰在屋梁上移动，认得那是一只小鼠。倏忽间听到一类声音，像是牛犁水田，又像是猫舔糨糊。后来就感觉到炕上有什么在蠕动。孩子看了看，竟是爹在娘的身上，爹和娘打架了！爹疯牛一般，一条一块的肌肉在背上隆起，急不可耐，牙在娘的嘴上啃，脸上啃；可怜的娘兀自闭眼，头发凌乱，浑身痉挛。孩子嫌爹太狠，要帮娘，拿拳头打爹的头，爹的头一下子就不动了。爹被打死了吗？孩子吓慌了，呆坐起定眼静看，后来就放下心，爹的头是死了，屁股还在活着。遂不管他们事体，安然复睡。

天明起来，炕上睡着娘，娘把被角搂在怀里。却没见了爹。临夜，孩子又看见了爹。爹依旧在和娘打架。孩子亦不再帮娘，欣赏被头外边露出的娘的脚和爹的脚在蹭在磨在蹬，十分有趣。天明了炕下竟又只是娘的一双鞋和他的一双鞋。

又一个晚上，娘与孩子坐上炕的时候，孩子问爹今夜还来吗？娘说爹不会来，永远也不会来了。娘骗人，你以为我没有看见爹每夜来打你吗？娘抱住了孩子，疑惑万状，遂面若土色，浑身直抖。他们守挨到半夜，却无动静，娘肯定了孩子在说梦话，于门窗上多加了横杠蒙头睡去。孩子不信爹不来的，等娘睡熟，仍睁着眼睛。果然爹又出现在炕上。爹一定是要和儿子捉迷藏了，赤着身子贴墙往娘那边挪。爹，这样会冷着身子的！因为爹的头上没有火焰。但爹不说话，腮帮子鼓鼓的。爹在被人抬着装进一口棺木中时口里是塞了两个核桃的。爹，那核桃还没吃吗？爹还是不说话，继续朝娘挪去。孩子就生气了，恨恨爹，继而又埋怨娘，怎么还要骗我说爹永远不会回来呢？孩子想让爹叫出声来，让娘惊醒而感到骗人的难堪，便手在炕头摸，摸出个东西向爹掷去。掷出去的竟是砖枕头，恰砸在爹身子中间的那个硬挺东西上。娘醒过来。娘，我打着爹了。爹在哪儿？灯点亮了，却没有爹，但孩子发现爹贴在墙上的那个地方上，有一个光溜的木橛。你这孩子，钉一个木橛吓娘！娘在被窝里换下待洗的裤衩，挂在那木橛上。木橛潮潮的，娘说天要变了，木橛上也潮露水。

翌日，娘携着孩子往山坡上的坟丘去焚纸，发现坟丘塌开一个洞。惊骇入洞，棺木早已开启，爹在里边睡得好好的，但身子中间的那个东西齐根没有了。

孩子在与同伴玩耍时，将爹打娘的事说了出来。数年后，娘想改嫁，人都说她年轻，说她漂亮，人却都不娶她。

挖 参 人

有人家出外挖药，均能收获到参，变卖高价，家境富裕竟为方圆数十里首户。但做人吝啬，唯恐露富，平日新衣着内破衫罩外，吃好饭好菜，必掩门窗，饭后令家人揩嘴剔牙方准出去，见人就长吁短叹，一味哭穷。

此一夏又挖得许多参，蒸晾干后，装一烂篓中往山下城中出售，临走却在院门框上安一镜。妇人不解，他说这是照贼镜，贼见镜则退，如狼怕鞭竹鬼怕明火。妇人奚落他疑神疑鬼，多此一举，他正色说咱无害人之意却要有防人之心，人是识不破的肉疙瘩，穷了笑你穷，富了恨你富，我这一走，肯定有人要生贼欲，这院子里的井是偷不去的，那茅房是没人偷的，除此之外样样留神，那些未晾干的参越发藏好，可全记住？妇人说记住了。他说那你说一遍。妇人说井是偷不去的，茅房没人偷，把未晾干的参藏好。他说除了参，家里一个柴棒也要留神，记住了我就去了。妇人把他推出门，他走得一步一回头。

妇人在家里果然四门不出。太阳亮光光的，照在门框上的镜子，一圆片的白光射到门外很远的地方，直落场外的水池，水池再把圆片的白光反射到屋子来。妇人守着圆片光在屋中坐地，直待太阳坠落天黑，前后门关严睡去。睡去一夜无事，却担心门框上的镜子被贼偷了，没有照贼的东西，贼就会来吗？翌日开门第一宗事，就去瞧镜子，镜子还在。

镜子里却有了图影。图影正是自家的房子，一小偷就出现在檐下的晾席上偷参，丈夫与小偷搏斗。小偷个头小，身法却灵活，总是从丈夫的胯下溜脱。丈夫气得嗷嗷叫，抄一根磨棍照小偷头上打，小偷一闪，棍打在捶布面上，小偷夺门跑了。妇人先是瞧着，吓得出了一身汗，待小偷要跑，叫道我去追，拔脚跨步，一跤摔倒在门槛，看时四周并不见小偷。觉得奇怪，抬头看镜子，镜子里什么也没有了，一个圆白片子。

又一日开门看镜子，镜子里又有了图影。一人黑布蒙面在翻院墙，动作轻盈如猫。刚跌进院，一人却扑来，正是丈夫。蒙面人并不逃走，反倒一拳击倒丈夫，丈夫就满口鲜血倒在地上。蒙面人入室翻箱倒柜，将所有新衣新裤一绳捆了负在背上，再卸下屋柱上的一吊腊肉，又踢倒堂桌，用镢挖桌下的砖地，挖出一个铁匣，从匣中大把大把掏钱票塞在怀里。妇人看着镜子，心想丈夫几时把钱埋在地下她竟不知？再看时，蒙面人已走出堂屋，丈夫还躺在地上起不来，眼看蒙面人又要跃墙出去了，丈夫却倏忽冲去，双手在蒙面人的交裆里抓，抓住一嘟噜肉了，使劲捏，蒙面人跌倒地上，动弹不得。丈夫将衣物夺了，将腊肉夺了，将怀中的钱票掏了，再警告蒙面人还敢不敢再来偷？蒙面人磕头求饶，丈夫却要留一件东西，拿了剪刀一铰，铰下蒙面人的一只耳朵。遂扯着蒙面人的腿拉出来，把门关了，那只耳朵还在地上跳着动。妇人瞧得心花怒放，没想丈夫这般英武，待喊时，镜子里的一切图影倏忽消失。

以后的多日，妇人总见镜子里有自家的房子，并未有小偷出现，而丈夫却始终坐在房前，威严如一头狮子。妇人不明白这是一面什么镜子如此神奇？既然丈夫在门框上装了这宝物，家里是不会出现什么事故的，心就宽松起来，有好多天已不守坐，兀自出门砍柴，下河淘米。家里果真未有失盗。

一日，开门后又来看镜子，镜子里又有了图影。一人从院门里进来，见了丈夫拱拳恭问，笑脸嘻嘻，且从衣袋取一壶酒邀丈夫共饮。丈夫先狐疑，后笑容可掬，同来人坐院中吃酒。吃到酣处，忽听屋内有柜盖响动，回头看时，一人提了鼓囊囊包袱已立于台阶，一边将包袱中的参抖抖，一边给丈夫做鬼脸，遂一个正身冲出门走了。丈夫大惊，再看时屋后檐处一个窟窿，明白这两贼诡秘，一人从门前来以酒拖住自己，一人趁机从后屋檐入室行窃。急伸手抓那吃酒贼，贼反手将一碗酒泼在丈夫眼上，又一刀捅向丈夫的肚子，转身遁去。丈夫倒在那里，肠子白花花流出来，急拿酒碗装了肠子反扣伤处，用腰带系紧，追至门口，再一次栽倒地上。

妇人骇得面如土色。再要看丈夫是死是活，镜子里却复一片空白。

三日后，山下有人急急来向妇人报丧，说是挖参人卖了参，原本好端端的，却怀揣着一沓钱票死在城中的旅馆床上。

猎　手

从太白山的北麓往上，越上树木越密越高，上到山的中腰再往上，树木则越稀越矮。待到大稀大矮的境界，繁衍着狼的族类，也居住了一户猎狼的人家。

这猎手粗脚大手，熟知狼的习性，能准确地把一颗在鞋底蹭亮的弹丸从枪膛射出，声响狼倒。但猎手并不用枪，特制一根铁棍，遇见狼故意对狼扮鬼脸，惹狼暴躁，扬手一棍扫狼腿。狼的腿是麻秆一般，着扫即折。然后拦腰直磕，狼腿软若豆腐，遂瘫卧不起。旋即弯两股树枝吊起狼腿，于狼的吼叫声中趁热剥皮，只要在铜疙瘩一样的狼头上划开口子，拳头伸出去于皮肉之间嘭嘭捶打，一张皮子十分完整。

几年里，矮林中的狼竟被猎杀尽了。

没有狼可猎，猎手突然感到空落。他常常在家坐喝闷酒，倏忽听见一声嚎叫，提棍奔出来，鸟叫风前，花迷野径，远近却无狼迹。这种现象折磨得他白日不能安然吃酒，夜里也似睡非睡，欲睡乍醒。猎手无聊得紧。

一日，懒懒地在林子中走，一抬头见前边三棵树旁卧有一狼做寐态，见他便遁。猎手立即扑过去，狼的逃路是没有了，就前爪搭地，后腿拱起，扫帚大尾竖起，尾毛拂动，如一面旗子。猎手一步步向狼走近，眯眼以手招之，狼莫解其意，连吼三声。震得树上落下一层枯叶。猎手将落在肩上的一片叶子拿了，吹吹上边的灰气，突然棍击去，倏忽棍又在怀中，狼却卧在那里，一条前爪已经断了。猎手哈哈大笑，迅雷不及掩耳之势将棍再要磕狼腰，狼狂风般跃起，抱住了猎手，猎手在一生中从未见过这样伤而发疯的恶狼，棍掉在地上，同时一手抓住了一只狼爪，一拳直塞进弯过来要咬手的狼口中直抵喉咙。人狼就在地上滚翻搏斗，狼口不能合，人手不敢松。眼看滚至崖边了，继而就从崖头滚落数百米深的崖下去。

猎手在跌落到三十米，崖壁的一块凸石上，惊而发现了一只狼。此狼皮毛焦黄，肚皮丰满，一脑壳桃花瓣。猎手看出这是狼的狼妻。有狼妻就有狼家，原来太白山的狼果然并未绝种啊。

猎手在跌落到六十米,崖壁窝进去有一小小石坪,一只幼狼在那里翻筋斗。这一定是狼的狼子。狼子有一岁吧,已经老长的尾巴,老长的白牙。这恶东西是长子还是老二老三?

猎手在跌落到一百米,看见崖壁上有一洞,古藤垂帘中卧一狼,瘦皮包骨,须眉灰白,一右眼瞎了,趴聚了一圈蚊虫。不用问这是狼的狼父了。狡猾的老家伙,就是你在传种吗,狼母呢?

猎手在跌落到二百米,狼母果然在又一个山洞口。

……

猎手和狼终于跌落到了崖根,先在斜出的一棵树上,树咔嚓断了,同他们一块坠在一块石上,复弹起来,再落在草地上。猎手感到剧痛,然后一片空白。

猎手醒来的时候,赶忙看那只狼。但没有见到狼,和他一块下来已经摔死的是一个四十余岁的男人。

杀 人 犯

某年的春季,鸡肠沟一位贫农被杀。村人发现时满屋鸡毛,尸无首级,只好在脖颈倒插了葫芦,炭画眉眼,哀而葬去。

十八年后,山下尤家庄有后生十五岁,极尽顽皮,惹是生非,人骂之"野种"。后生挨骂倒不介意,其母却以为受欺,欲与村人撕斗。此户三代单传,传至四代,仅存一女,招纳了女婿上门,虽生下后生维系了门宗,终是根基不纯,最忌被人揭短。丈夫竭力劝慰,一场事故,善罢甘休,也从此,村人念及这上门婿忠厚,再不下眼作践。

上门婿善木工,制器坚美绝伦,箍木盆木桶日晒七天风吹七夜盛水不漏，故常被村人请去做工。做工从不收费，饭食也不挑拣，只是合卯安楔时需鸡血蘸粘，最多有一碟鸡肉就是。

木匠唯有一癖好，珍视一只木箱，每出外做工，随身携带，无事在家，箱存炕角。平日寡言少语，表情愁苦，便要独自一人开箱取一物件静观，然后面部活泛，衔一颗烟于暖和和的阳坡上仰躺了坦然。箱中的物件并不是奇珍异宝，而是分开两半的头壳模型。后半是头的后脑壳，前半则是典型的面具。面具刻作十分精致，老人面状，长眼、撮嘴、冲天短鼻，额皮唇上纵横皱纹。后生的娘一见面具就要说是自己的丈夫刻的，木匠却否认。不是你刻的谁能有这等手艺？瞧瞧这是木质吗，是垢甲做的。妇道人拿在手里端详，果然是垢甲做的。垢甲竟能做面具，垢甲简直和土漆一样了！问哪儿能弄到这么多垢甲，做面具好是好，却肮脏死人了！！扬手就要撂出门去。木匠却赶忙夺了，安放箱中，且加了铁锁，一脸严肃，再不示外人看。

后生长至十七，依然不肯安生。四月初八太白山祭祖师爷，村中照例要往山上送"纸货"，做了许多山水、人物、楼阁的纸扎，又皮鼓铜锣中出动千姿万态的高跷、芯子。更有戏谑之徒扮各类丑角，或灶灰抹脸，或男着女装，或以草绳绕头做辫，或股后夹扫帚为尾，呼呼隆隆往山上三十里远的庵中拥去。木匠家的后生不甘落后，回家扭开父亲木箱上的锁，取了那半个头壳的面具覆在脸上，挤入队列。到了山上，庵前庵后放满了别的村舍送的"纸货"，不乏亦有各种竹马、社虎在演动，进香的和瞧热闹的更是人多如蚁。这后生戴面具舞蹈，一个小儿身却有老头脸，人群叫好，后生愈发得意忘形。恰鸡肠沟有人也来进香，忽见一人酷像当年被杀的老贫农，遂上前一把抱住叫说我爷你怎的活着？

后生取下面具说爷我就没死！那人方知不是被害的贫农，却一口认定这面具是二十年前被杀的贫农的头脸。于是后生被扭到山下公安局。木匠遂也被传来，稍一问，木匠供认贫农是他所杀，但强调他并未要了贫农老头的命。

那天夜里我安木楔没鸡血，便去他家偷鸡，鸡已经抓到手了，被他发现。我放下鸡就走，他拉住我说要把贼交给公社去斗争，要叫人人知道我是贼，以后娶妻生子，也要让人知道妻是贼妻子是贼子，叫我永远揭不下贼皮。我说你这么狠，不给我一条活人路吗？他说贫农对你这富农成分的儿子就要狠，水不容火，天不共戴。我想他是铁了心，我也只有咬咬牙，杀人灭口。一斧子砍在他头上，头立即断了，又裂成两半。用衣服包了头逃，一路上真后悔，无论如何我也不该杀了他的头啊！我坐下来，决意要给那颗头忏悔，然后自杀谢罪，可解开衣包看时，那竟不是他的头。阿弥陀佛，亏他长年不洗头不洗脸结了一层垢甲，我砍来的是垢甲壳。我没罪的，我把他的垢甲壳砍了还他一个白净的头脸，所以我没有去自首投案，所以我活了二十年。

香　客

太白山顶有一池，池围三百六十五丈，不漏不泄，四季如然。池水碧清如玻璃，但凡有落叶漂浮，便有水鸟衔走，人以为神事。于是池左旁建一道观，太白山上下方圆求神祷告避灾去邪的人都来进贡，香火自是红火。

一日，道观的香客厢房住下了两位男人，本是陌路人，磕头上香，将大把的钱扔进布施箱后，天向晚各蒙被睡下无话。天将明，一人睡梦中被哭声惊醒，坐起听哭者正是对面床上那人。

这人问睡起来你哭什么呀？

那人说我才睡醒一摸头头不见了。

这人大惊，拉开窗帘，看见对面床上那人被子裹体坐着，果然没有头。说你没了头怎么还能说话呀？

那人说我现在是用肚脐窝儿说话。说着掀开被子，真是用肚脐窝说话，且两个乳长长流泪。

这人知道那人的乳也已做了双眼，便说你不要哭看头是不是掉在被窝里？

那人将被子抖开，没有头。

这人说你到床下看看是不是掉到床下了？

那人跳下床，爬着进去看了一会，没有头。

这人说你半夜上茅房尿尿是不是掉到茅房了？

那人披衣去茅房查看，没有头。用长竿搅动粪水也没有头。哭着回来了。

这人说不要哭你好好想想昨日天黑时你去过哪儿？

那人说我去大殿里给神磕过头。

这人说那去殿里找找说不定掉在殿里。

那人便去殿里，刚要出门。这人说我也糊涂了怎么能去殿里你在殿里磕头当然是头还在肩膀上的不会掉在殿里了。

那人就又回坐床上。

这人说你还去过哪儿？

那人说擦黑月亮出来我去池边看水中的月亮。

这人说这就好了肯定掉到池边了我帮你去找。

两人跑到池边把每一块石头都翻了，每一片草都拔了，没有头。掉到池里是不可能的，因为水鸟不允许有杂物落进去，要掉在池里水鸟会衔出来扔到岸上的。两人又往来路上往回找，仍是没有头。回到厢房那人又哭，这人瞧见那人哭，也觉伤心，后来就也哭起来。哭着哭着，那人却不哭了，反倒笑了一声，还劝慰这人也不要哭。

这人说你没头了你还笑什么呀？

那人说你这么帮我让我感激不尽我还从来未遇过你这好人我怎能也让你哭我没头我也不找了我不要我的头了！

那人说罢，头却突然长在了肩膀上。

丈 夫

过了馒头疙瘩峁，漫走七里坪，然后是两岔沟口穿越黑松林，丈夫挑着货郎担儿走了。走了，给妇人留一身好力气，每日便消耗在砍柴、揽羊、吆牛耕耘挂在坡上的片田上。

货担儿装满着针头线脑、胭脂头油，颤悠，颤悠，颤颤悠悠；一走十天，一走一月。转回来了，天就起浓雾，浓得化不开。夜里不点灯，宽阔的土炕上，短小精悍的丈夫在她身上做杂技，像个小猴猴。她求他不要再出去，日子已经滋润，她受不得黑着的夜，她听见猪圈里猪在饿得吭吭。他说也让我守一头猪吗？丈夫便又出门走。丈夫一走，天就放晴，炸着白太阳。

又是一次丈夫回来，浓雾弥漫了天地，三步外什么也看不见，呼吸喉咙里发呛。雾直罩了七天七夜，丈夫出门上路了，雾倏忽散去，妇人第三天里突然头发乌黑起来，而且十分软，十分长，像泻出黑色瀑布。她每日早上只得站在高凳子上来梳理。因为梳理常常耽误了时光,等赶牛到了山上,太阳也快旋到中天了。她用剪刀把长发剪下,第二天却又长起来。扎条辫子垂到背后吧,林中采菌子又被树枝缠挂个不休。她只得从后领装在衣服里,再系在裤带上,恨她长了尾巴。

丈夫回来了,补充了货品又出门上路。妇人觉得越来越吃得少,以为害了病。却并不觉哪儿疼,而腰一天天细起来,细如蜂腰。腰一细胸部也前鼓,屁股也后撅,走路直打晃,已经不能从山上背负一百四十斤的柴捆了。天哪,我还能生养出娃娃吗?

丈夫在九月份又出去了。妇人的脸开始脱皮。一层一层脱。照镜子,当然没有了雀斑,白如粉团,却见太阳就疼。眼见着地里的荒草锈了庄稼,但她一去太阳光下锄薅,脸便疼,针扎的疼。

丈夫一次次回来,一次次又出去,每去一趟,妇人的身子就要出现一次奇变。她的腿开始修长。她的牙齿小白如米。脖颈滚圆。肩头斜削。末了,一双脚迅速缩小。旧鞋成了船儿似的无法再穿,无论如何不能在山坡上跑来跑去地劳作了。妇人变得什么也干不成,她痛苦得在家里哭,哭自己是个废人了,要成为丈夫的拖累了,他原本不亲热我,往后又会怎样嫌弃呢?

妇人终在一天上吊自尽。

丈夫回来了,照例天生大雾。雾涌满了门道,妇人美丽绝伦地立于门框中。丈夫跑近去,雾遂淡化,看见了洞开的门框里妇人双脚悬地,一条绳索拴在框梁。丈夫号啕大叫,恨自己生无艳福,潸然泪下。泪水流湿了脸面,同时衣服也全然湿淋,将衣服脱去,前心后背竟露出十三个眼睛。

公　公

　　夏天里，长得好稀的一个女人嫁给了采药翁的儿子。采药翁住在太白山南峰与北峰的夹沟里，环境优美，屋后有疏竹扶摇，门前涧水活活。傍晚霞光奇艳，女人喜欢独自下水沐浴，儿子在涧边瞧着一副耸奶和浑圆屁股唱歌，老翁于门槛上听着歌声，悠悠抽烟。八月份的第七个天，儿子去主峰上采药，炸雷打响，电火一疙瘩一疙瘩落下来撵。儿子躲进三块巨石下，火疙瘩在石头上击，儿子就压死在石头下。女人孝顺，不忍心撇公公，好歹伺候公公过。

　　公公是个豁嘴，但除了豁嘴儿公公再没有缺点。

　　夜里掩堂门安睡。公公在东间卧房，女人在西间卧房，唯一的尿桶放在中间厅地。公公解溲了，咚咚乐律如屋檐吊水，女人在这边就醒过来。后来女人去解溲，唷唷乐律如渊中泉鸣，公公在那边声声入耳。

　　日子过得很寡，也很幽静。

　　傍晚又是霞光奇艳，女人照例去涧溪沐浴。涧边上没有唱歌人，公公呆呆在门槛上抽烟叶，抽得满口苦。黎明里，公公去涧中提水，水在他腿上痒痒地动，看见了数尾的白条子鱼。做了钓竿拉出一尾欲拿回去熬了汤让女人喝，却又放进水。公公似乎懂得了水为什么这么活，女人又为什么爱到水里去。

　　公公告诉女子他要到儿子采过药的主峰上去采药，一去没有回来。女人天天盼公公回来，天天去涧溪里沐浴。女人在水中游，鱼也在水中游，便发现了一条娃娃鱼。娃娃鱼挺大，真像一个人，但女人并不觉得害怕。她抱着鱼嬉戏,手脚和鱼尾打溅水花,后来人和鱼全累了,静静地仰浮水面,月光照着他们的白肚皮子。

女人等着公公回来告诉他涧溪中有了这条奇怪的娃娃鱼,但公公没有回来。十个月后,女人突然怀孕,生下一个女孩来。孩子什么都齐全,而嘴是豁唇。女人吓慌了,百思不解,她并没有交接任何男人,却怎么生下孩子来?且孩子又是个豁嘴?!女人在尿桶里溺死孩子,埋在了屋后土坡。

又十个月,女人又生下一个豁嘴孩子。女人又在屋后的土坡埋了。再过了三个十月,屋后的土坡埋葬了三个孩子。三个孩子都是豁嘴。

公公永远不会回来了吗?或许公公明日一早就回来。

女人已经极度地虚弱了,又一次将孩子埋在屋后土坡时,被散居于沟岔中的山民瞧见。他们剥光了她的衣服,用鞋底扇她的脸和她的下体。然后四处寻觅采药翁。终在溪边的泥沙中发现采药翁的药镢,哀叹他一定是受不了这女人的不贞而自溺。山民便把女人背负小石磨坠入涧溪。水碧清,女人坠下去,就游来了许多鱼,山民们惊骇着有一条极大的似人非人的鱼。

自此,娃娃鱼为太白山一宝,山归于重点保护。

村　祖

山北矼子坪的村里,一老翁高寿八十九岁,村人皆呼作爷。爷鸡皮鹤首,记不清近事能记清远事,爱吃硬的又咬不动硬的,一心欲尿得远却常常就淋在鞋上。因为年事高迈,村人尊敬,因为受敬,则敬而远之,爷活得寂寞无聊,兀自将唯独的一颗门牙包镶的金质牙壳取下来，装上去，又复取下。

过罢十年，算起来爷是九十九岁。一茬人已老而死去，活上来的又一茬人却见爷头发由白转灰，除那颗门牙外又有槽牙。再过罢十年，一茬人再皆死去，另一茬活上来的人见爷头发由灰为黑，门牙齐整。如果不是镶有金牙，谁也不认为他是那个爷的。不能算作爷，村人即呼他伯。又过十年，又是一茬人见他脸色红润，叫他是叔。又又十年，又又又十年，八十年后，他同一帮顽童在村中爬高上低，闹得鸡犬不宁。一个秋天，太白山下阴雨，直下了三个月。一切无所事事，孩子们便在一起赌钱。正赌着，村口有人喊：公家抓赌来了！孩子们赌得真，没有了耳朵，只有凸出的眼泡。他已经输尽了，同伴欲开除他的赌资，他指着口里的那枚金牙，这不顶钱吗？执意再赌。抓赌人到了身边，孩子们才发觉，一哄散去。他又输了一顽童，顽童要金牙。他赖着不给，再赌一次，三求二赢。顽童说没牌了怎个赌？划拳赌。抓赌人在后边追，他们在前边跑，口里叫着拳数。抓赌人追不上不追了，他却还是又输一次。输了仍不给金牙。两人就绕着一座房子兜圈子。忽听房子里有妇人在呻吟，有老妪将一个男人推出门，说生娃不疼啥时疼。他忽地蹿上那家后窗台，不见了，追他的顽童撵过墙角不见人。瞧瞧树，树上卧只鸟儿。掀掀碌碡，碌碡下一丛黄芽儿草。猛地转过身，身后也没有。顽童呆若木鸡。恰屋里又噗的有响，产妇呻吟声止，老妪喊生下了生下了。这顽童骂过一句，烦恼忘却，便爬后窗去瞧稀奇。土炕上血水汪汪，浸一个婴儿，那婴儿却不哭。老妪说怎个不哭，用针扎人中，仍不哭。用手捏嘴，嘴张开了，掉出一枚金牙壳，哭声也哇地出来了。

多少年后。

这个村一代一代的人都知道他们的村祖还在活着,却谁也不认识。自此他们没有了辈分。人人相见,各生畏惧,真说不得面前的这位就是。

领　导

县上领导到太白山检查工作,乡政府筹办了土特山货,大包小包的堆放在办公室,预备领导走时表示一点山区人民的心意。不料竟失盗。紧张查寻,终于捉到小偷,欲让派出所拘留时,小偷请求立功赎罪,问如何立功,说是身怀特异功能,能数十米外知道屋中人的活动,若能饶恕,往后可协助派出所缉拿别的罪犯。领导生了兴趣,同意明日一早来验证。

明日,领导收了礼品,马上坐车要返回了,记起那个小偷,提来问道:"你既然有特异功能,我问你,我昨夜一更天做什么事?"小偷说:"回答领导,昨夜一更天领导没有休息,还在抓紧时间和妇联主任谈工作。领导是坐在床上的,后来不小心掉到了床下。"领导说:"胡说!我一个大人,怎么会掉到床下?"小偷说:"那我怎么听见妇联主任说:'上来,上来。'这不是领导掉到床下了吗?"领导想想,点了头,说:"那么,二更天我干什么了?"小偷说:"二更天领导吃夜宵,吃的是螃蟹。"领导说:"胡说,我从不吃夜宵,我的肠胃不好,吃了睡不着觉的。"小偷说:"那我听见领导说:'掰腿。'这不是吃螃蟹是干什么呢?"领导想了想,"嗯"了一声,说:"那三更天我干什么了?"小偷说:"三更天是领导为了进一步了解山区群众生活状况,特意请来了妇联主任的母亲问情况。"领导说:"真是胡说!白天我已了解情况了,晚上压根儿没请妇联主任的母亲。"小偷说："我听见妇联主任叫了一声'哎哟妈'呀！"领导不言语了，问："那四更天呢？"小偷说："四更天领导谈工作谈累了，用凉水洗脸，清醒头脑哩！"领导说："又在胡说了！根本未洗脸！"小偷说："如果没洗脸，领导怎么说：'你擦了，给我擦一下。'"领导若有所思地咕嘟了数语，说："五更天，五更天干什么？"小偷说："五更天工作谈完，领导真会调剂生活，与妇联主任下起棋来。"领导说："胡说胡说！什么时候了还下棋？"小偷说："我明明听见领导说：'再来一回，再来一回。'这不是下棋吗？"领导嘎地笑了起来，说："还行，有特异功能，我让派出所免你的罪了！"

自此，小偷被太白山派出所器重，据说协助参与了几起破案工作。

饮　者

太白山北侧有一姓夜人家，娶妻欢眉光眼，智力却钝，不善操持，家境便日渐消乏，夜氏就托人说情租借了桠树坳一块门面开设饭馆。因要生意顺通，自然不敢怠慢地方，常邀乡政府的人来用膳。

中秋之夜，日出圆满，早早掩了店门，特摆酒菜与乡长在堂中坐喝，两人都海量，妻就不住地筛酒炒菜。吃过一更，乡长脖脸通红，说："你也是喝家！让我老婆替我几盅。"便趴在桌上，手蘸酒画一圆圈。圆圈中出来一个妇人，肥壮短脖，声明用大杯不用小盅，随之一杯，仰脖灌下。夜氏吃了一惊，也用大杯。连喝五杯，妇人醉眼蒙眬，摆手说："我喝不过你呢，你却不是我儿子的对手！"遂也蘸酒画圈，出来一个青年，英气勃勃，言称闷酒不喝，吆喝划拳。夜氏甚精拳术，划毕常拳，又划广东拳，复又划日本拳、老头拳。青年善饮，但败于拳路，喝得脸色煞白，说："让你瞧瞧我妻弟的拳吧！"又画圈出来一少年。少年腿手奇瘦，肚腹便便，形若蜘蛛，说："让我先吃些菜垫底。"低头一阵狼吞虎咽。夜氏妻就又一番烧火炒菜。两人对过一杯，相互要检查杯底里是否干净，规定滴一点罚三杯，一来二往竟将桌上三四瓶酒喝完。又启一罐，少年举杯过来要碰，酒杯哗啦落地，已立站不稳，说句："我服你了，你敢与我小姨子对杯吗？"酒圈刚画毕，人就呕吐，夜氏也早头重脚轻，待要去扶少年，却见一个窈窕少女已坐在了桌边，笑吟吟地说："你不陪我吗？"夜氏说："几杯淡酒，怎能不陪的，姑娘你喝好！"少女说："咱不划拳，联连成语定输赢。"夜氏应允，无奈肚中文墨欠缺，少女说"恭喜发财"，夜氏说"财源茂盛"，少女说"盛情难却"，夜氏却连不上来，输酒便喝了。如是一个顿时，输喝十杯，醉倒桌底，说："失礼了，失礼了。"不省人事。少女笑道："我喝酒还没有人能陪到底的。"兀自入了酒圈不见。又，少年入了青年酒圈不见，青年入了妇人酒圈不见，妇人也入了乡长的酒圈不见。乡长笑眯眯对夜氏妻说："在咱这儿开饭馆，没酒量不行哩！"邀其再喝。

天明，夜氏酒醒，见满屋酒瓶，倏忽记得昨夜事，忙呼叫其妻。妻未回应，却见一人跳窗而走，似乎是乡长的身影。翻坐起视，妻竟沉醉床上，被褥狼藉，不觉心中森然，掀开被子看时，果然床上留有一脱壳之物，尖硬如牛犄角。便打醒妻子，令其速去屋后阴沟里小解。妻去一会儿回来，喜悦说："尿出来了，尿出来了，果然是个小乡长！"夜氏去阴沟查看，阴沟的一块松沙被尿水冲开一坑，正有一只螃蟹往外爬，行走横侧着身子，口吐泡沫，似乎还有酒气。夜氏一石头将螃蟹砸烂，用沙埋了叮咛妻子不能外漏，遂返回店去，一身轻快。

儿　子

　　山北侧的沟里磨了四十年的寡，熬到独儿长大了读书了干事了做上某县的一个主任了，跟儿享享福去啊，城市中待半个月却害红眼，口舌生疮，大便干燥，还是回居太白山。太白山的空气可以向满世界出售，一日绿林里出一个太阳，太阳多新煊。

　　孝顺的主任叹一口气，送回来一只波斯猫为娘解闷。

　　猫长至数月，本事蛮大，或妖媚如狐或暴戾如虎，但不捉鼠。大白日里要叫春，声声殷切，沟中人家的鸡和狗就趋来，乱哄哄集在门口，猫却懒坐篱笆前做洗脸状，遂以后爪直竖，蹒跚类似人样，倏忽发尖厉之声。鸡狗则狂躁安静，一派驯服，久而悄然退散。娘初觉有趣，而以后鸡狗常来便生厌烦，知道这全因了猫叫春的缘故，遂将猫挑阉做兽中寡。但鸡狗依旧隔三间五日必来，甚至来了，狗要叼一根木棒鸡要生一颗热蛋。木棒枯黑，分明是从哪儿的篱笆上弄的，鸡常常小步跑来将鸡蛋生在路上，是特意要来贡献的。娘好生奇怪。木棒拿去烧了饭，蛋却不敢吃，提着去沟中人家问谁家鸡不在家中生蛋，竟所有的都荒窝，遂计算日期退还蛋数。娘博得贤惠人缘，沟中人家无事要来聊天。每有妇人抱了小儿，小儿拉屎，猫则立即去舔屁股。狗舔屎，猫怎的也舔屎？娘顿生恶心，不让它再跳上案板去吃剩饭。到后来，有大人去茅房，猫竟也去舔，被一巴掌打落进茅坑。这是什么猫呀，该猫干的不干，尽干不该猫干的，避！娘夜里把猫关在门外，猫哀叫了一夜，娘不理睬，狠心嫌弃。猫到第三日就发疯，狂叫不已，且咬断屋檐下吊笼绳，一笼豆腐坠落灰地。将院中的花草捣碎。在厨房的水瓮中撒尿。娘终于大怒，把猫用裤带勒死。

丑　人

儿子常常发呆，寻找着那个火球。

娘是凶死的，村人看见她站在凳子上，将脑袋套进了绳圈里，凳子就蹬翻了。那绳圈套的正是地方，舌头没有伸出来：灵魂遂出了壳，是一个火球，旋转着进了树林子。后来在很长的日子里，火球就出现，或在谁家的院墙头，或在巷口的碾盘上，或在树梢上，坐着像一只鸟。人们都在说，娘是挂牵着她的儿子的。

任何孩子都有爹，他没有爹。美丽的娘因为美丽而世上一切东西都想做他的爹，娘终于在一次采菌子的时候于树林子贪睡了一会儿，娘就怀孕了。他的爹是树精？还是土精？这始终是个谜，待他生出来的时候娘就羞耻地死去了。

儿子长大，逐渐忘却了身世，与村中顽童在夏日的艳阳下捉迷藏，他的影子特别深重。他肯定不是一位年迈精衰的老头的野子，因为精疲力竭所留下的孽种是没有影子的，但他也不是哪一位年少者的种子，他的影子的浓黑为人罕见。这一切也还罢了，奇怪的是他的影子还有感觉。偶然一次，一个孩子踩住了他的影子，他立即尖锐地痛叫，并且不能行走，待那孩子松了脚，他一个趔趄就扑倒了。这一秘密被发觉之后，他从此就不自由了。他常常进门后随手关门时影子就夹在门缝，像夹住了尾巴。他在树林子里追捕野兔时，树杈和石头就挂住了影子。恶作剧的人便要在他不经意的行走时突然用木楔钉住他的影子，他就立即被钉住，如拴在了木桩上的一头驴，然后让他做什么就得做什么，大受其辱。

他想逃脱他的影子，逃不脱。他想挽袍子一样要把影子挽在腰间，挽不成。他开始诅咒天上的太阳和月亮，害怕一切光亮；阴雨连绵的白天和三十日的夜晚是他最欢心的时期，他在雨地里大呼小叫地奔跑，在漆黑的晚上整夜不睡。

但是，太阳和月亮在百分之九十的日子里照耀在天空，生性已经胆怯的儿子远避人群，整响整响寻找着那个火球，他要向他的娘诉苦。火球却一次未被他寻见。

有一次他听村人议论，说很远的"文化革命"时期，有一群人从城市里逃到太白山的黑松峡去避难。不知怎么，他总觉得他应该到那里去，那里似乎有他的爹，娘的灵魂的那个火球也似乎是从那里常来到村中的。他独自往黑松峡去，走了很远很远的路，终于在一片黑松林子里发现了一些倒坍的茅舍和灶台，一块巨石上斑驳不清地写着"逃□村□"字样。但没有人。他住下来，捡起茅舍中已经红锈了的斧子和长锯砍倒了松树伐解成木板要背负到山下去换取米面油盐。当他伐解开了木板，木板中的纹路却清晰的是一个完整的人形。他吃惊地伐解了十多棵树，每一棵树里都有一个人形纹。他明白了黑松峡里为什么最后还是没有人的原因，骇怕使他把斧子和长锯一起丢进了深不见底的峡谷去。

村人都知道他出走了，良心使他们忏悔了对这个丑陋人的虐待，他们没有侵占和拆毁他曾居住的那三间房子，企望着他某一日回来，但他没有回来。只是空荡的房子里，屋梁上有了一只很大的蝙蝠，白日里便双爪倒挂，黑而大的双翼包裹了头和身，如上吊的丑鬼，晚上就黑电一般地在空中飞动。

少　女

这一个冬季，太白山还不到下雪的时候就下雪。下得很厚，又不肯消融，见风起舞蒙蒙，只好泼上水冻一夜，结一层一层冰块，用锨铲到阴沟去。年关将近，还不曾停止。有人蓦地发现雪不是雪，没有凌花，圆的方的不成规则，如脂溢型人的头屑，或者更像是牛皮癣患者的脱皮。人们就惊慌了：莫非是天在斑驳脱落。

天确实在斑驳脱落。

脱过了年关，在二月里还脱，在四月里还脱。

害眼疾已失明了一目的娘在催促着儿子，没日子了，快去山顶寨求婚吧。后生把孝顺留下，背着娘的叮咛，直往山顶寨去。

三年前，后生相中了山顶寨的一个少女，在山圪崂里两人亲了口。当少女感觉到一个木橛硬硬地顶在她的小腹时，一指头弹下去，骂道："没道德！"戴顶针的手指有力，木橛遂蔫下去，原是没长骨的东西。后生却琢磨了那三个字，便正经去少女家求婚。但少女的娘掩了门，骂他是野种，你娘是独目难道也要遗传给我个单眼外孙？甚至还骂出一句不共戴天。

现在，天要斑驳脱落了，还共什么天呢？

勇敢的后生来到寨上。正是晚上，一群鸡皮鹤发的年迈人在看着天上的星月叹息，说天上的月亮比先前亮得多了，也大得多了。原来月亮是天的一个洞窟，一夜比一夜有了更多的星星，这是已经薄得不能再薄的天裂出的孔隙了。后生知道年迈人已无所谓，他没有时间参与这一场叹息，只是去找他的少女。但寨子里没有一个年轻人，打问之后方得知他们差不多于一个晚上都结婚了，这个还算美好的夜里，不愿辜负了时光，在寨后的树林子里取乐。他一阵心灰，却并未丧气，终于找到了少女。少女披散着长发，长发上是一个蜡梅编成的花环，妖妖地在树林子里骑着一头毛驴，一边唱着情歌，一边焦急地朝林外探望。他们碰在对面的时候，都为着对方的俊俏而吃惊了。

他说，你是结婚了吗？

她说当然是结婚了。

他没了力气地喃喃，那么，你是在等着你的丈夫了。

是等我的丈夫，她说，也是等所有爱过我的人。说罢了，又诡秘地笑，同时后生听到了一句"我知道你也会来的"。仅这一句话，后生勃发了狼一样的无畏，他们在毛驴的上下长长久久地接吻了。

后生高兴的是少女毫无反抗，当看见她首先将外衣脱下铺在地上，还说了一句"能长在手心多方便，一握手就是了"，他倒微微有一些吃惊。世上最急不可待的莫过于此了，但她却一定要他使用她带来的避孕套，他不愿意，他希望不合法的妻子能为他生出一个儿子来。她严肃异常，谁还生儿子，让自己的儿子降生下来受罪吗？这么争执着并没有结果。其实一切都发生了，他们几乎是昏过去几次，几次又苏醒过来。在少女的头脑里，满是一圈一圈的光环，她在光环中出入，喝到了新启的一罐陈年老醋，吃到了上好的卤猪肉，穿着一双宽鞋走过草地。她说：我的花骨朵儿绽了，我不亏做一场人人人了了了……声音由急转缓，高而滑低，遂化作颤音呻吟不已。

从此后生被安置在树林里，少女天天送来吃的，吃饱了他的肚子，也吃饱了他的眼睛，吃饱了他的心。不免要想起那个古老的故事，说是一个男人被劫进女人的宫中，享受着王子一样的待遇，最后却成为一堆药渣。现在的后生没有药渣的恐惧，倒做了一回王子。他在树林子里跳跃呼叫，如一头麝，为着自身的美丽和香气而兴奋。他甚至不再忧天，倒感念起天斑驳脱落的好处，竟也大大咧咧地走到寨子里，不害怕了少女的娘，还企望见一见少女的那一位小丈夫。寨子里的人并不恨他，并且全村人变得平和亲热，不再殴斗和吵架，虔悔着以前的残酷是因为制造了钱币。钱币就弃之如粪土了。善心的发现，将一切又都看作有了灵性，不再伐木，不再捕兽，连一棵草也不砍伤。

天继续斑驳脱落，肤片一样的雪虽然已经不大了，但终还是在下。

少女日日来幽会，换穿着所有的新衣。在越来越大而清的月亮下，他们或身子硬如木桩，或软若面条，全然淫浸于美妙的境界。他们原本不会作诗，此时却满腹诗意，每一次行乐都拣一蓬槲叶丛中，或是一株桦下，风前有鸟叫，径边乱花迷。后生在施爱中，看见雪似的天之肤片落在少女的长发上，花花白白地抖不掉，心中有一股冲动，想写些什么，便用她的发卡在桦皮上写道：

谁在殷勤贺梨花
昨也在撒
今也在撒

他还要再写下去，但已经困倦之极没一点力气，他软软地睡着了。少女小憩后首先醒过来，她没有戳醒后生，她喜欢男人这时候的憨相，回头却瞧见了桦皮上的诗句，竟也用发卡在上面写道：

假作真来真作假

认了梨花

又恨梨花

　　末了便高望清月,思想哪一日天不复在、地壳变化,这有诗的桦皮成为化石,而要被后世的什么什么动物视为文物了。

　　不知过了多久,后生听见深沉的叹息而醒了,身边的少女,亲吻时粘上的那片草叶还粘在额上,却已泪流满面,遂拥少女在怀,却寻不出一句可安慰的言语。

　　咱们数数那星星吧。后生寻着轻松的事要博得少女的欢心。这夜里只有星月,他不说明那是天斑驳后的孔隙。

　　两个人就数起来,每一次和每一次的数目不同,似乎越数越多,他们怨恨起自己的算术成绩了。

　　后生的想象力好,又说起他和老娘居住的房子,如何在午时激射有许多光柱,而每个光柱都活活地动。少女却立即想到了房顶的窟窿,没有笑起来,却沉沉地说:你要练缩身法的。

　　是的,他的一切都是她所爱的,唯独怨恨的是他的个子,他的个子太高了。后生并不解她的意思,自作了聪明,说不是有个成语,天塌下来高个子撑吗?她狼一样凶恶地撕裂了他的嘴,咆哮着说不许再胡说八道,因为寨子里的人都习练这种功法了。

　　后生自此练功,个子似乎萎缩下去。而不伐的树木长得十分茂盛,不捕的野兽时常来咬死和吃掉家畜家禽,不砍伤的荒草已锈满了长庄稼的田地。老鼠多得无数,他一睡着就要啃他的脚丫子;有一次帽子放在那里三天,取时里面就有了一窝新生的崽子。后生有些愤恨,它们在这个时候,竟如此贪婪!这么想着,又陡然添一层悲哀，或许将来没有了天的世界上，主宰者就是这些东西吧？

一日，少女再一次来到树林子，他将他的想法告诉了少女。少女没有说话，只是领他进寨子里去。寨子里再没有一个人，巷道中、墙根下到处是一些奇形怪状的石头。他疑疑惑惑，少女却疯了一般地纵笑，一边笑着走一边剥脱一件件衣服，后来就赤条条一丝不挂了，爬到一座碾盘上的木板上，呼叫着他，央求着他。等后生也爬上去了，木板悠晃不已，如水石滑舟，如秋千送荡，他终于看清碾盘上铺着一层豌豆，原是寨中人奇妙的享乐用具。他们极快进入了境界，忘物又忘我，直弄翻了木板，两个人滚落到碾盘下的一堆乱石上。乱石堆的高低横侧恰正好适合了各种杂技，他们感到是那样的和谐，动作优美。他说，寨中的人呢，难道只有咱们两个人在快活？她说他们就在身下，在快活中都变成石头了。后生这才发现石头果然是双双接连在一起的。他想站起来细看，少女却并不让停歇，并叮咛着默默运作缩身的功法。后生全然明白了，于是加紧着力气，希望在极度的幸福里昏迷而变成石头，两个在所有石头中最小的连接最紧的石头。

天仍在斑驳脱落。斑驳脱落就斑驳脱落吧。

后生和少女已经变化为石头了，但兴奋的余热一时不能冷却。嘴是没有了，不能说话，耳朵仍活着并灵敏。他们在空阔的安静的山上听到了狼嚎和虎啸，听见了天斑驳脱落下来的肤片滴沥，突然又听到了两个人的吵架声。少女终于听出来了，那不是人声，是鬼语。一个鬼是早年死去的老村长，一个鬼是早年死去的副村长。他们两位领导活着的时候有路线之争，死了偏偏一个埋在村路的左边，一个埋在村路的右边，两个鬼就可以坐在各自的坟头上吵，吵得庄严而有趣。

少　男

一个人出去采药再没有回来，以为已经滚坡横死，他却在一个晚上给村里人托梦：他是在鸡肠沟的瀑布崖上做仙了，让村里的人忘记他的好处，也让他的家妻忘记曾嫌弃过她的坏处。第二天，村人都在议论这个梦，那人的家妻却忘不了丈夫，哭天号地，央求人们帮她去找回自己的男人。

村里的人就一起去鸡肠沟。鸡肠沟乱石崩空，荆棘纵横，他们以前从未去过，果然在一处看见了那个崖。崖很高，仰头未看到其顶，长满了古木，古木上又缠绕了青藤。此时正是黄昏，夕阳映照，所有的男人都看见了崖头有一道瀑布流下来，很白，又很宽，扯得薄薄的如挑开的一面纱，风吹便飘。从那古木青藤的缝隙里看进去，却是许多白艳的东西，似乎是一群光着身子的人在那里洗澡，或者是从水中才沐浴出来坐卧在那里歇息。如果是人，什么人能有这么丰腴、这么白艳呢？托梦人说他是成了仙，仙境里没有这么多丰腴、白艳何以称作仙境呢？天下的瀑布能有这般白这般柔？于是，男人们的神色都变化，一时沉醉于非非之想中，样子发憨发痴。男人的变化，女人们觉察到了，但并未明白他们是怎么啦，因为她们未看懂隐在古木中的东西。但她们体会最深的是自己只有一个丈夫，当男人们一步步往崖根下走时，她们各自拉住了属于自己的那一个。

一位勇敢的少男坚持往前走，他是新婚不久的郎君。他往前走，新娘往后拖，郎君的力气毕竟大，倒将新娘反拖着越来越走近崖根，奇妙的事情就发生了。远远站定的男女看见他们在崖根下的那块青石板上，突然衣服飘动起来，双脚开始离地，升浮如两片树叶一样到了空中，一尺高，三尺高，差不多八九尺高了，但他们却又定止了一刻，慢慢落下来。落下来也不容新娘挣扎，再一尺高，三尺高升浮空中，同样在七八尺的高度上定止片刻再落下来。这次新娘就一手抓住了石板后的一株树干，一手死死抓住丈夫的胳膊，大声呼救：帮帮我吧，难道你们看着我要成为寡妇吗？村人同情起这新婚的少妇，她虽然并不漂亮，但也并不丑到托梦人的那个家妻，年纪这么轻，真是不忍心让她做寡。并且，男人们都是看见了古木内的景象，那是人生最美好的仙境，而自己的妻子已死死阻止了自己去享乐，那么，就不能允许和自己一样的这个男人单独一个去，况且他才是新婚，这个不知足的家伙！于是乎，所有的男人在女人的要求下一人拉一人排出长队拖那崖根的夫妇，将那郎君拉过来了，新娘开始咒骂他，用指甲抓破了他的脸。他们在劝解之中，真下了狠劲在郎君的身上偷击一拳或暗拧一把。

少年郎君垂头丧气地回来，从此不爱自己的新妇。每日劳动回来，脱光了衣服躺在床上抽烟，吆喝新妇端吃端喝，故意将自己的那根肉弄得勃起，却偏不赐舍。新妇特别注意起化妆打扮，但白粉遮不住脸黑，浑身枯瘦并不能白艳。有时主动上来与他玩耍，他只是灰不塌塌，偶尔干起来，怀着仇恨，报复般地野蛮击撞，要不也一定要吹灭了灯，满脑子里是那丰腴白艳的想象。

这少男实在活得受罪了。

他试图独自去一次鸡肠沟，但每次皆告失败。村中所有的女人都在监视着自己的男人，所有的男人也就在监视着其他的男人。这少男的行动每次刚要实施就被一些男人发觉，立即通报了新娘。新娘就越发仇恨那个已经做仙的男人,她联合了村中的女人,用灰在村四周撒一道灰线,不让那做仙男人的灵魂到村中游荡;各自将七彩绳儿系在自己丈夫的脖子上,以防做仙男人托梦诱惑。而且,她们仇恨仙人的遗孀,唾她,咒她,甚至唆使自己的丈夫去强奸她,使她成为村中男人的公共尿壶,而让那做仙男人的灵魂蒙遭侮辱。

但少男还是偷偷地去了鸡肠沟。他背了猎枪和猎刀,说是去山林打猎而出走。他果然逆着鸡肠沟的方向去了山林,新娘和男人们暗中跟踪了半日后放心地回来,但少男在走出了遥远的路程之后又绕道去了鸡肠沟。他去到了崖根,也恰是一个黄昏,那古木青藤之内的东西看得真真切切。当他一走上那青石板,顿感到一种极强的吸力,身体为之轻盈,衣服鼓起犹如化羽,头发也水中浮草一样竖直摇曳。这一种美妙的体验使他立即想到了新婚夜的感觉,还未真正进入仙境就如此令人酥醉,他深深悟到了托梦人为什么宁肯抛弃家妻的缘由。他还未来得及捡起石板上的猎枪,双脚已离地三尺高了,他有点后悔不该将猎枪遗在这里,将来一定会被村人发觉他是到了仙境中去了而仇恨他。但这想法一闪即逝,他听着耳边的风声,甚至伸手抚摸了一下擦身而过的白云,身心透满了异常的幸福感。在愈来愈高的空中,那些丰腴白艳的东西越来越清晰了,突然觉得不应在背上还背着长长的猎刀,想拔下来丢到很远的洞中去,但他没有了力气,吸引力陡然增强,似乎是大坝底窟窿里的急流将他倏忽间吸了去。

少男自然再没有回到村中去。首先是新娘惊慌了,接着是所有的男人都惊慌了。他们又是手拉手,甚至各自腰上系了绳索互相牵连着去了鸡肠沟。果然远远看见了青石板上的猎枪,他们统统哭了，新娘为丈夫的抛弃而哭，男人们为自己的命薄而哭，哭声遂变为骂声，骂得天摇地动。但是当他们集体站到了青石板上，谁也没有一点要升浮的感觉。先以为是大家连在一起分量太重，慢慢撒开手，解开绳索，还是没有感觉。大家都觉得奇怪了，男人们怀疑这一定是仙境中去了两个男人后已不需要更多的男人了，就吼叫着这世道的不公，而仙境也不公！有人喊：咱毁了这个崖！立即群情激愤，动手烧崖。崖上的草木燃烧了三天三夜，但因为有瀑布，仍有未烧尽的，而大火中那些黄羊、野猪乱跑乱窜，有的掉下崖来皮开肉绽，却没有什么人的惨叫。男人们背负了利斧开始登崖，见草就拔，逢木便砍，然后垂下绳索让别的人往上攀登。这项工作进行得十分艰巨，但无一人气馁，发誓攀到崖顶，彻底捣毁这个最美好也最可恶的地方。

他们终于爬到了崖顶，四处搜索，就在瀑布旁的崖头上，发现了一个天然的洞窟。火并未烧到这里，但一片刺鼻的腥臭味。走进去，一条巨大无比的蟒蛇腐烂在那里，在蟒蛇的腹部有一把刀戳出来。人们剥开蟒腹，里边是一个人尸，一半消化模糊，一半依稀可辨，正是那位少男。

在洞后形成瀑布的山溪道上，满是一些浑圆的洁白的石头。

阿　离

阿离在太白山上打猎，整个冬天一无所获，老听到山上有繁乱吵嚷之响，疑是人声，却四下里不见人影。一日，又甚嚣尘上，鼎沸如过千军万马的队伍，且有锐声喊："数树，数清山上的树！"树能数清！阿离觉得荒唐，不禁开笑，忽感后脑壳一处奇痒,有凉风泄漏。用手去摸,灵魂已经出窍,倏忽看见了坡下黑压压一片人正没入林中,一人抱定一棵树,彼此起伏着吆喝有没有遗漏,又复返坡下,一须眉皆白人物状若领袖,开始整队清点,一面坡的树数便确定了。阿离惊叹这真是个好办法,却蹊跷这是哪儿来人?前去询问,来人冷淡不理,甚至咒骂:避!你是哪儿来的?!阿离很窘,不再多言。后山上的人一日比一日多,长什么模样的都有,穿什么服装的都有,不但多如草木,几乎没有了空闲之处。原来阿离独自孤寂,现在常常被挤到某一隅,有时守坐,他觉得脚痒,抱起一只脚来抓,竟抱起的是别人的脚。出去小解,鞋跟便磕了睡卧在地上的人的牙齿。阿离不停地要赔笑,说,对不起!对不起!

这么拥挤着,阿离终于与周围的人熟悉了,终于有了对话:
"你们是从哪儿来的?"
"风从哪儿来我们就从哪儿来。"
"还到哪儿去吗?"
"脚到哪儿去,我们就到哪儿去。"
"这儿真挤。"
"可不,市场上什么都贵了!"
阿离这时方知道了在山林后的洼地里,有一个好大的市场。

阿离去赶市,市场上更是人多如蚁,物价火苗似的蹿,一根蒜苗已经卖到一元,一只碟子也涨到五元。饭馆的门口,一人吃馒头,数十人涎着口水看,忽有乞丐猛地抢过一位食客手中的馒头,边吃边跑,食客去撵,眼瞅着要抓住了,乞丐却呸呸直往馒头上吐唾沫,食客便不撵了,娘骂得烟山雾罩。阿离正感叹万分,一人挨近身来说:"先生,可要眼镜?"一只手在襟下一抖,亮出一副眼镜,又收缩回去。阿离说:"不要。"那人附耳道:"这是好石头镜哩,值一百八十元。不瞒先生,这是我偷来的,我只想急于出手,你给几个钱就是。"阿离说:"你要啥价?"那人牵了他,走到避背处,四下观望后,拿出眼镜让他看,说:"二十元,等于我送你了!"阿离说:"十元。"那人说:"这不行。"阿离起身就走,那人头勾了一会,闷闷地说:"好了,先生,就给你吧!"阿离付钱拿货,回坐到一棵古木下,直唱一首歌子,突然一阵晕去,醒来自身横躺在一堆落叶上,苍茫山林,涛声正紧,面前峡谷寒溪色暗,鸟鸣凄清,远近并无一人,恍惚如隔世。

  阿离寻思前事,明白了自己去了一趟幽灵世界;阳界的人有生有死,阳界总还平衡;灵魂不灭,难怪冥界那么拥挤了。急按口袋,口袋有硬硬的东西,掏出来果然是一副眼镜,便欣喜捡得冥界便宜,就无心再打猎,下山回家,要倒卖眼镜的好价钱了。阿离去了眼镜行,眼镜行的人却说,这根本不是石头镜,纯粹的有机玻璃片儿。阿离顿足捶胸,骂鬼也骗人,羞得数日不出门。又作想,我吃了鬼的亏,何不也去骗鬼?便也做了大批的有机玻璃镜重新上山,也就在先前的地方独坐,听到浮嚣之声,仰首开笑,果然后脑壳有了凉风泄漏之感,不觉置身到市场上。他大声叫嚣着出售石头镜,第一天便赚得许多钱币。第二天,生意正好,有二人前来闹事,说眼镜是假的。阿离矢口否认,那二人就拉了阿离的领口去见官,阿离被推搡着走,已经面如土色,但忽然想到鬼怕唾沫,唾沫唾之让变什么就可变什么。便一口浓痰唾在一人头上,说声:"变棵核桃树!"那人立即不见,就地生一核桃树来。另一人则骇然痴呆,阿离说:"你也认为这是假货吗?他变成了核桃树,结了果就砸着吃,我让你变成漆树,割漆时可要受千刀万刀！"那人伏地求饶。阿离说："那好，你帮我一块推销吧！"那人真的一直帮阿离，眼镜卖得十分快。后来，有知道阿离的货是假的，谁也不敢说；不知道的，都来买，阿离赚了一麻袋的票子。

阿离终于又恢复了真身，把钱袋背下了山。当夜同家人一起清点钱数，却发现钱币上都按有"冥国银行"的章印。家人生气，说："这就是你做的营生?!都送给阎王爷去吧！"一把火就烧了。

钱烧了，阿离就死在炕上了。

阿离见到了阎王爷，阎王爷告诉他说："这里灵魂已经够多了，但无功不受禄，得了你这么多贿赂，再有难处我还是要了你。"从此，阿离的灵魂再没有回到窍里，永远在已经拥挤的灵魂中拥挤了。

观　斗

阿兑十八岁时上太白山捡菌子。太阳很好，坐地解衣逮虱子，腰带便挂在身后的矮树丛上。太阳西斜，红嫩似一枚蛋柿。忽然那矮树移动，将那腰带带去，看时竟是一头美角的鹿，急忙呼喊穷追。鹿跑得快，阿兑未能追上，拐过一个山嘴，却见草坪上有两只虎在搏斗。一条白额，一条赤额，皆庞然大物。草坪上乱花已碎，土末飞扬，两虎翻扑剪腾，正斗得难分难解。阿兑吓了一跳，反身逃躲，但虎仍在厮斗，却总是挡了去路，他向哪个方向跑，虎都在前边斗。阿兑急得双目流泪，说："难道是让我观虎斗吗？"两虎同时大吼，旁边树叶簌簌坠地。阿兑便不再逃走，坐在那儿观看。虎愈斗愈凶，身上绒毛片片脱落，飘散如絮，竟落了阿兑一头一身。一虎斗得发狂处,竟分不出阿兑是虎还是人,便扑向了阿兑。阿兑也看得心热,忘了骇怕,跳将起来迎之而斗,另一虎则坐地观看。那虎扑来之时,阿兑侧身一闪,顺之一脚踢中虎眼,虎咆哮纵起,举爪打过来,阿兑早已跳开,没想虎尾接连一扫,砰的一声如棍磕在阿兑面门,血顿时肆流,跌坐地上。那虎嗷嗷长啸,若得意状,阿兑急中单手撑地,双脚蹬去,恰在虎的前右腿,虎一个趔趄退卧在那里一时难起。另一虎呼地扑到,又与阿兑搏斗。阿兑想,我要死了,也不能便宜了你这么死去,强忍着疼痛跳起,拳脚并用,腾挪躲闪,使虎不能近身。此虎恼羞成怒,一直逼阿兑到山嘴根,已无法脱身,双爪搭上了阿兑双肩,血盆大口来吞头颅。阿兑说:"你吞吧!"竟猛地将头直塞虎口,顶到喉咙。虎无法合齿,气息难通,人虎便寂然相持,看得那一条虎也呆了。如此一个时辰,虎终支持不住,松口倒在地上。阿兑满头血糊,双耳已没有了,定神了片刻,嘿嘿大笑,说:"我怕虎吗?我也是虎了!"两虎却同时又扑起共斗阿兑,阿兑又迎斗,前打后挡,左拦右防,终气力渐渐不支。绝望之际,见旁有一株大树,疾速攀上。两虎上望树端苦不能上,遂在树下又相互搏斗。阿兑居高临下,反复看虎的斗法,明白了自己失利的原因,且看出许多从未见过的技巧,一时也忘了后怕和疼痛,渐渐进入了观赏艺术之境。不知过了多久,肚子饥饿,摘树上野果来吃,一边吃一边下观,却见两虎渐渐缩小,已经形不是虎,是相斗的两犬。后,犬又在缩小,形若斗鸡,最后竟是两条蟋蟀了,跳跃敏捷,却声鸣细碎。阿兑遂觉得没了意思,说:"我是不是看得太久了?"从树上下来回村。村人皆不识他,屋舍全已更新,唯村口那口井还在,井口石盘上磨出了四指深的绳痕。

母 子

娘在树林子里采蕨,突然天裂了缝,又合起,落下一疙瘩雷来。娘躲在槲下,雷把槲顶决了,娘逃到窝崖去,窝崖是佛窟,雷还是撵进来。娘不跑了,说:"龙你抓我了去!"轰然一声,光火飞腾。娘并没有烧成一截黑炭,鞋尖上绣的那朵绒花还艳艳红;崖壁上的石佛没了头。

娘的胆便破了,吐很苦的唾沫,再不采蕨,挨门守望儿子。儿子去太白的深处围猎,山深似海,儿子是最勇敢的猎手。世界的一切都又安静,娘去河边提水,一篙之水流动活活,心不敢兢,冷看落日里飞鸟已远,一朵云滞留屋上,就回坐堂前。这时候,却听见了蚂蚁叫,又听见了蚯蚓叫,叫声如枯木上长喙的鸟,三下快,三下慢;有草的涩味,有土的咸味;还有类似七星瓢和萤火虫又不是七星瓢和萤火虫的气味;接着有敲门声。

娘将门打开,门口并没有人,关上又听见敲门声,再打开,还是没人。娘疑惑了半刻,立即骇怕,很苦的唾液从口里流出来,门牢牢地关上了。

笃,笃,笃。谁又在敲门,门响着金属的声。

"谁?"

"把门开开。"

"你是谁?"

"我。"

"我是谁?"

娘就是不开门。数天数夜的时间里,她把家中所有的竹竿都截了,做成一截一截的竹管,套在了手指上和脚趾上,担心那门终有被敲破的时候,有什么人要来捉她,她的手脚可以从竹管里抽掉。

终于儿子回来了,是个晚上,门还是不开;娘不信是儿子。

"娘,是我。"

"是我?"

"我是你儿。"

"我是你儿?"

儿子把佩带的长剑从门下缝伸进半截,说娘识得儿的剑,娘说不是剑是一道月,但却闻出了儿子膝盖上的那一片垢甲的味,说你是我儿,你从后窗进来。儿子进来,肩上是枪,腰间是剑,提了十三只黄皮狐狸。问娘为什么不开门,娘说总有敲门的。说话间,娘又说谁敲门,儿子说没有,娘说有,儿子说没有就没有,把门开开。门很沉重,门口没有人,门扇却比先前厚了几倍。

"你瞧,多亏这门!他们没能进来,影子全留在上面。"

门的厚度果然是一层一层奇形怪样的图影的印叠。

儿子豪气顿生,在屋中燃起火堆,拔刀剥下一层图影,图影是一个高瘦的人,面目并不熟悉,一刀劈二,丢进火堆烧了,娘说有人肉的焦煳味,也有牛肉的味。儿子用刀又剥下一层,图影是一只模样怪异的熊,却生有人之脚。儿子将熊身烧了,断下人脚,用刀尖划出一截,拿手往下捋,像剥柳皮一样。儿子在春天里有剥柳皮做口哨的手艺,但脚皮没有剥下来,一气乱刀斩成碎末。再剥一层,是三只眼的奇物。再剥再剥,剥下的有野猪有马有蛇舌的女人和长角的男人。儿子说:"我怕你吗?不怕!"一层一层丢在火堆去烧,屋里充满了难闻的臭味,但没有血和肉。儿子懂得,只要有肉煮在锅里,漂上来的油珠即可知这些是人还是兽。

"人油是半圆珠,兽肉的油珠儿才圆。"

儿子心情激动,遗憾没有刺激到一个猎手的强烈的快感。如果一刀砍下去,是人是兽,肥嘟嘟的肉分开,殷红的血渍在墙上如一个扇面,在火光的映照下鲜亮发光,或者血如红色的蚯蚓沿着皮肤往下滑移,那该是奇艳无比的景象!儿子剥到最后一层了,不甘心地叫道:"来一个活的!"图影突然凸出,还未看清是人是兽,那物已张口向儿子扑来。儿子一刀剁去,哐啷滚下头来,果然是颗人头。待去捡拾,那没头的身子却压过来,儿子被压在下边了。儿子被压得喘不过气来,肋骨咔咔地发出欲断的声音。急一脚勾踢,身子飞起来撞在木柱上,再跌下去不动了。这却是猪的身子,还是母猪,十八个奶头紫红肿大,如两串熟透的葡萄。而同时有四只五爪般的脚在方向不定地乱跑。儿子笑道:"往火堆中跑,往火堆中跑哇!"四只脚便果然入火,已经成炭团,发出爆响。

儿子将刀提起来,用衣襟揩上边的血,叫道:"娘,你儿子怕谁呢?门不要再关,我要看看谁敢来敲门?!"将刀哐地扎在门扇上,一扭头,火光将自己的影子正照在墙上,兀然吓死。

人草稿

太白山一个阳谷的村寨人很腴美,好吃喝,性淫逸,有采花的风俗,又听得懂各种鸟鸣的乐音。山林中得天独厚的资源,熊就以熊掌被猎,猴就以猴脑丧生,凡是有毛的不吃鸡毛掸子外都吃了,长脚的见了板凳不发馋其余的都发馋。结果,有人就为追一只野兔而累死,有人被虎抓了半个脸,而瞄准一只黄羊时枪膛炸了常常要瞎去某人一只眼睛。吃喝好了,最大的快乐是什么呢?操×。其次的快乐呢?歇一会再操。下来呢?就不下来。喂了自家的猪,又要出外枭糠。一个男人是这样了,别的男人也是这样,于是情形混乱。到了某年的某月,一家的小儿突然失踪,另一家的人在吃包子时被人发现馅里有了半枚手指甲,凶犯查出来,凶犯说人肉其实并不好吃,味儿发酸。六十二岁的老公公强吮了儿媳的奶头被儿子责骂,做父亲的竟勃然愤怒,说你龟儿子吮我老婆三年奶头我没说一句话,我吮一回你老婆的奶头你就凶了?!终于召开了村寨全体村民的会议,实行惩治邪恶,当宣布凡是有过乱伦,爬灰,或做了情夫或做了情妇的退出会厅中堂靠于墙角去,中堂竟没有留下一个人,大家就全哭了。这不是某个人的道德问题,一定是这个村寨发生了毛病,由馋嘴追索到贪淫,末了便悟出是水的不好。

村寨中是有一眼趵突泉的,围绕着泉屋舍辐射为一个圆。"这是一个车轮哩!"年老的人坐于山头的时候会这么说,年轻人便想入非非:大深山中哪儿会有车呢?既是一个车轮,那一定是天王遗落,而另一个车轮就是孤独的太阳了。或许是平面的水轮,旋转着才使泉水趵突出来。现在泉水成了万恶之源,再不食用,于村外重新凿井。井凿七十三丈,轳辘庞大,需十二人合力起绞,村寨中便有了固定时间打水。若没有赶上这时间去打水,那就一整天炒爆豆吃。

半年后,村寨安然无事,人已无欲,目不能辨五色,耳不能听七音，口鼻不识九味。慢慢，田地里不种了香菜、葱、蒜、花椒和辣子，到后也不种菜，只是五谷。饭食明显的简单了，一日三顿片片面、面片片，记不起面粉还能做什么麻食、饺子、馄饨。狐狸进村拉鸡，麝坐于村口翻弄脐眼，废了的泉池里滋生了虾，也有了声如婴啼的鲵。人都懒起来，生活就贫困，连面片也开始懒得做，懒得吃。先是孩子们不吃，大人说吃呀，不吃怎么活命呀！孩子说吃为了能活吗，宁愿不活也怕出那份力。大人就还理智地去吃，要把东西洗净，做熟，一口口塞进嘴，不停地嚼，冬天冷，夏天一碗饭一身水。他们不明白原先怎么馋吃呢，吃饭是多么繁重的劳作呀！也不好好吃了。村寨的人都失了脾美，卧于阳坡晒暖暖，怨这天长。

夜里，他们更懒得性交，怀孕的极少。年老的就抱怨年轻人："怎么还不生个仔呀，怎么传种续代呀?!"儿女说："怎么个传种续代呢?!"那事体还需要教授吗，但夜夜听儿女的房，房内安静，真恨儿女不教不行，就编出男的阳具是鸟，女的阴器是窝，要鸟进窝，进窝了又不停让鸟出鸟进几十次，数百次，询问鸟是否屙在窝里？儿女们就火了，说指头在腿上按数百次皮肉都疼，何况那种大面积的摩擦哩！儿女们不愿干那劳作，老年人自己干，但也是苦不能言，奇怪先前怎么有那样大的兴趣呢？

到后来，他们发现人在说话，笑，吃饭，劳作时，口鼻竟然在不停地呼吸，想想，日日夜夜不停地一呼一吸，多紧张，多痛苦呀！怎么长这么大就全然不晓得呢？现在晓得了，何必再去从事这愚蠢的工作?! 不再呼吸，这个村寨的人便先后死去。

太白山的一个阳谷中的村寨就这么消失了，天上的太阳真正成了孤独的车轮。太白山下有人偶尔到了这里，看见似乎是有人住过的村寨,而到处是如人形状的石块和木头。石头生满了苔藓,冬夏春秋更变绿黄红黑,木头长着木耳。这人返回后却写了数十万字的书,说他发现了人之初,论证女娲造人不是神话,确有其事,这些石块和木头就是当时女娲所造的人之草稿。以此又阐述,人为石木所变,一部分人为石,一部分人为木,为石虽还未有根据,但木所变确凿,说他亲眼见那木头上不是木耳,是驻落着蝴蝶,历史上不是庄子曾化蝶吗?不是梁山伯祝英台化蝶吗?这人遂成为人类学家。

小　儿

"×俊!"

×俊抬起头来,老泪纵横,并没应声,又俯下身在新拢的土丘上哭泣;又觉得不对,疑惑地乜视着面前这个小儿,甚至有些愤愤然了。

"×俊,你耳聋了吗?"

×俊又瞪了一眼,要抓起土坷垃打过去,但止住了,土坷垃在蒲扇般的手里捏成粉碎。要不是×俊现在心中充满了剧痛;他绝不会饶过这个乳臭未干的缺乏家教的小儿!他哽咽着说:

"×贵,你就这么生不见面,死不见尸地走了吗?常言说,当你知道你身上某一个部位的时候,这个部位就生病了;当你懂得一个人的好处的时候,这个人就死了。×贵,你真的是死了?可你死在了哪儿呢?我真后悔没能珍惜我们的交情!还是昨日,你要我翻几个跟斗给你看,我说七老八十的了,硬胳膊硬腿的,翻跟斗惹人笑话,我没翻。现在,我为你修了这个坟,盼你灵魂到来,我要给你翻个跟斗了!"

×俊果真用手扫去地上的乱石,脑袋着地翻了个跟斗,那骨架咯咯响着,像要散裂了似的。

五岁的小儿咯咯咯地笑起来,肥嫩的手鼓着几片掌声,说:"翻得好,翻得好,再来一个要不要?要!"

×俊终于忍无可忍,一巴掌将小儿扇远了。

"×俊,你疯了,你敢打我?"

×俊吼道:"你是谁?谁是你爹?小王八羔子!?"

"唉,×俊真的是认不得我了。"

×俊停止了打骂,觉得蹊跷,但他真的不认识这小儿,村里也从未见过这小儿。

"我是×贵啊,狗日的!"

×俊简直吃了一惊:这个小儿竟是×贵,×贵活着的时候,口头禅就是"狗日的",声音一模一样。可这五岁的小儿怎么会是×贵?

"我真的是你×贵哥!"

×俊却还是摇摇头。

小儿说,中午吃过饭,他准备睡一觉后就去找×俊喝茶,就和衣睡了。睡起来又觉得该换一身新衣服去,就开始脱身上旧衣。脱下一件,怎么还有一件;脱了,还是有一件;竟越脱衣服越多,脱到最后,才发现他是个小孩,原来那么高大的个头都是衣服穿成的!这时候的他突然明白那过去的七十多年是一个悠长的梦。

"胡扯淡!"×俊说,"×俊这么长胡子的人了,不是像你这样的小儿好哄!"

由小儿的话又想到了死去的×贵，×俊扑在坟上号啕起来。

小儿任×俊恸哭，却开始讲他的过去的长梦。他说，他小的时候就和×俊要好，他们恨村口老妪在桑葚树干上涂抹粪尿而咒骂，将老妪家长在地里的南瓜切了口，屙进一泡屎去，又将切口封好，使南瓜疯长到筛子大而臭不可闻。他说，是你×俊四十岁的时候与方×的媳妇偷情被方×发觉并盖头浇下一桶凉水，是我在喊：快跑，跑出一身汗来！你才跑的，你才免了一场寒病。他说，×贵还知道×俊的左腿根下有一颗豆大的痣。

×俊不哭了，他觉得这小儿讲的句句都对："你真是×贵哥吗？"

"×俊！"小儿手伸出来，亲昵地在×俊的头上抚了一把。

×俊却又疑惑了，这哪儿可能呢，一个七十多岁的老头怎么会是五岁的小儿？突然，脸色大变："你是鬼！"

小儿说："你唾唾。"

一口唾沫唾上去，小儿还是小儿。

"你还在梦里哩！"小儿可怜了×俊，"你信也罢，不信也罢，反正你还在梦中。"

"我做梦？做了七十八年的梦？"

"梦里几代人的事常有哩。"

×俊用指甲掐自己的脸，怪疼的。

"是梦怎的还疼？疼也疼不醒？"

小儿不知怎么说服他了。

"你要在梦里就在梦里吧！我告诉你，我还知道你将来要长条尾巴的，等长出尾巴了，你就信我是不是唬你。"

×俊回到家去，从此再没有见到×贵老汉，便一阵儿信那小儿就是×贵，一阵儿又不信起来，好像很羞涩的样子拿不了主意。他每天大小便时，手却不自觉地去摸摸屁股。看有没有尾巴长出来。五天过去了，没有尾巴。十天过去了，觉得屁股上胀胀的不舒服，有一块发硬的东西。又十天，那硬东西似乎又长大了些，终于在一个月后，一条小小的没毛的尾巴长了出来。

父 子

儿呀，爹要走了，谁都要走这步路的，爹想得开，儿你也不要难过。爹咽了一口气后，你把爹埋到尖峰上你就是孝子了。

儿子一直伏守在爹的床前，泪水婆娑，想爹是患的脑溢血，或者心肌梗死就好，爹无痛苦地走，儿女们也不看着爹的难受而难受。脑子清清楚楚的，就这么在爹的等待下和儿女的看护下，一个人绝了五谷，痛失原形，肿瘤慢慢地消灭了呼吸。爹有过千错万错，现在的爹全剩下好处了，儿子咬着牙，再不让眼泪流到脸上，他却不停地去上厕所。厕所在檐廊那头。天正下着雨。

十五年前，儿子是爹的尾巴，父子俩一块到集市上去。太阳红光光照着，爹脱了毡帽，一颗硕大的剃得青白的脑袋发亮，两只虱就趴在后脑处；而且相垒在一块。"爹，虱在头上××哩！"爹正要与熙熙攘攘的熟人打招呼，狠劲地一甩，将儿子牵襟的手甩掉了。"爹，真的是在××哩！"爹已经瞪了一眼，骂出一句最粗土——其实是散佚在太白山的上古雅词——"避！"儿子就也生气了："避就避，哪怕虱把你的头×烂哩！"从那时起，爹对于儿子失去了伟大的正确性。

"德！"这是爹又在叫着儿子的乳名训斥了，"吃饭不要咂嘴，难堪,猪才吃得这么响的!"儿子的咂嘴声更大了,直至饭完,长舌还伸出来刷掉唇角的汤汁,弄出连续的响音。

儿子正在兴趣地扫除院土,爹突然高兴,说今日没有给老爷画胡子了。儿子不作声,将扫除的土复又撒回原地,掀开了捶布石,石下面有两只青头蟋蟀,专心去以草拨逗了。爹动火起来,抓过儿子开始教训,教训是威严而长久的,儿子却抬起头说:"爹,你鼻子上的一颗清涕快掉下来了!"爹顿时终止训话,窝到一边去了。

儿子到了恋爱的时节。爹认真地叮咛着恋爱就恋爱姣好的姑娘,不要与村中的年轻寡妇接触,免得平白遭人说三道四。儿子末了领回来的,却偏偏就是那个寡妇。

雨还在下,儿子立在尿缸边上尿,尿得很多。他疑心是眼泪倒流进了肚里才有这么多的水又尿出来。

病床上的爹并不知道天在下雨,他还以为这檐前长长久久的一溜吊线的水是儿子在尿,脑子里想象着那尿由一颗一颗滴珠组成落下去,他不懂得文章中的省略号,但感觉却与省略号的境界相同,便寻思他真的要死了,留在这个世界上的将是一个缩小了的他,但这个他与他那么不和谐,事事产生着矛盾。父子是人生半路相遇的永不会统一的缘分吗?他已经琢磨了十多年自己的儿子,相拗的脾性是不可能改变了。既然你娶了寡妇做妻就安生去过你们的日月,却要吵闹,发凶性砸家具,越说媳妇快把锅拿开别让他砸了,一榔头就砸在锅上。"我的儿子会怎样处理我的后事呢?"爹唯一操心的是这件事了。太白山七十二座尖峰,我的一生犹如在刀刃般的峰尖上度过,我不愿意在我另一个世界里仍住在刀刃上,儿子能满足我的意愿吗?

"德，你还没尿完吗？"爹在竭力地呼唤了。

儿子也错觉了屋檐的流水是自己在尿，慌忙返回床边。

"爹，屋檐水流哩。"

爹想把自己静静思考后要说的遗嘱告诉儿子，听了儿子的回答，认定儿子又是在拗着他说话了，长长地叹一口气，说：

"儿呀，爹死后，爹求你把爹埋在那尖峰上，爹不愿埋在山下那一片平坦的洼地中，也不需要洼地四周植上松柏和鲜花，你记住了吗？"

儿子点着头，看着爹微笑地闭了双目，安详长息。

儿子号啕起来，突然悔恨起自己十多年执拗了老爹。"把我埋到尖峰上。"这是爹最后一次对儿子的话，儿子不能再违背着爹的意愿啊！儿子邀请了众多的山民，开始将爹的棺木往尖峰上抬。尖峰高兀，路陡如刀，实在抬不上去，动用了很长很粗的铁绳牵着棺木往上拉，棺木虽然破裂，但爹是终于埋在了爹想埋的地方。

王 满 堂

王满堂在土改的时候是个积极分子,地主李百发的老婆给他骚情,鬼狐狐的眼,王满堂就把她放倒在了石堰背后。王满堂想:操归操,斗还是要斗的;照常给李百发背绳索。狐女人再来与他亲嘴儿,就把他的舌尖咬下来。王满堂自此口齿不清。

这件事王满堂不愿揭发"阶级斗争",狐女人也不便炫耀,王满堂当然还是积极分子。但损失了一些舌尖,王满堂不愿多说话;不说话又显得不好,就常常闭了眼,做瞌睡状应付场面。

王满堂一闭眼,别人吵什么都不反应,以为他瞌睡了。但是有了好吃的,不想叫醒他,他却立即睁了眼。王满堂好吃,一日三顿愿意是捞长面,辣子要旺,汤要宽,吃得满头缸气。

王满堂先当过组长,后又当过小队长,又后当大队长。王满堂当干部当油了,懂得方针政策,懂得做庄稼,上边领导很器重,群众也拥护。王满堂爱下地,爱跑腿,不愿开会,但共产党的会多,所以去公社开会或回来给社员开会,王满堂就让识得字的会计念报纸,他只吸烟。王满堂的烟瘾就是那时惯的。烟吸多了头又昏,王满堂就闭眼做瞌睡状。一瞌睡常常还起鼾声,大家就不讨论了,开始说女人,王满堂睁眼说:"不要跑了题嘛!"有人说:"大队长你醒来了?""我就没睡。""没睡大队长知道讨论到哪儿啦?"王满堂却说的恰恰是刚才讨论到的内容。大家知道他真的没睡。

王满堂为了证实自己闭眼不是瞌睡的,凡是会上闭眼嘴上就叼根纸烟,烟能从嘴的两角移来移去。

烟移动的技法已经成熟,王满堂常常在移动时真的就瞌睡了,而烟燃到根,自动掉下来,竟不影响他的梦境。

因为这时期王满堂已经结婚。王满堂是迟婚,迟婚却娶了个很年轻的媳妇。王满堂每天早晨六时要起床,在大队部的广播室里讲一番时事、形势,安排一下生产,就得回去睡二遍觉。小媳妇偏习惯在这个时候要王满堂尽丈夫之责,常有人黎明去窗下喊着大队长问事,小媳妇在炕上就回应:"大、大、大队长不、不、不在哟,哟,哟……"节奏起伏,声颤音软。来人明白了,便说:"大队长忙,那我就走了。"

王满堂老喊腰疼,瞌睡真的是多了。

那年月各级领导常下乡检查,王满堂掌握了检查规律,让会计写长长的汇报材料,他拿着给领导念。王满堂识不得多少字,会计的材料字写得花哨,王满堂一急越发口齿含糊,索性到后来如鬼念经。领导也不记录了,说:"把材料给我,你个没舌头的王满堂!"王满堂瞥见领导的记录本上并没记他汇报的事,画了许多女人头,王满堂就把材料交上去。领导说:"满堂你应该去城里补补舌尖。"王满堂不补,王满堂庆幸他没有舌尖。但王满堂最害怕的是听领导指示,每个领导都要指示,每个领导的指示都差不多一样内容。冬天里领导就坐在火盆的那边,王满堂坐了火盆的这边,王满堂静静地听着,放在膝盖上的手背溅着领导的唾沫星子,王满堂也不擦。王满堂看见领导的棉鞋太近炭火,已经一块烤黄、烤焦，王满堂不说，闭了眼。领导知道王满堂有闭眼的习惯，当然不介意，结果炭火烧透了鞋，伤到了皮肉，惊叫跳起，王满堂也睁了眼。赶忙舀水浇灭，忙乱半天，领导的指示没时间也没必要再进行了。王满堂接着是陪领导吃饭，这王满堂乐意，不管领导吃人参燕窝，王满堂总是吃捞长面，辣子旺，汤宽，满头大缸冒气。

王满堂是好脾气，这年庄稼又丰收，大队是先进大队，王满堂是模范人物。

春节前县上开表彰会，上台戴红花、抱奖状的有王满堂，但王满堂头发胡子长得像茅草。县长说："王满堂呀王满堂，你就这么个长毛贼上台披红戴花呀?!"王满堂便去理发店剃头。剃头的是个女人，王满堂头仰躺在椅子上能很近地看清她的睫毛，王满堂就想到自己家里的媳妇，媳妇也是这般个水花眼。王满堂心里很受活，还想说什么，女人用热毛巾捂了他的下巴和嘴，王满堂觉得自己太那个了，偏又想起老早的李百发的老婆，害怕眼前这个女人会用刀子割自己喉管，心一凉，赶忙把眼睛闭上。王满堂闭上眼睛，任女人的棉花一样的手摩弄脸面，王满堂竟真的睡着了。女人剃刮完头脸，并没叫醒王满堂，王满堂梦中又吃捞长面，响响地咂嘴唇。天黑了理发店要关门，女人在王满堂的椅背上敲得笃笃响，王满堂不好意思起来，才想起把下午的大会误了。

王满堂第一回得罪了领导；轻视政治，花是不能戴了，奖状也考虑停发。但后来领导冷静分析不发不好，又让人捎给了王满堂，王满堂的声誉从那时垮下来。

王满堂准备辞职，理由是干部越来越需要口才，而他王满堂没舌尖。辞职还未通过,"文化大革命"开始了,王满堂少不得上批斗会,要交代罪行。

王满堂夜里找到老会计,破例给老会计揣了一瓶酒,求给他写个认罪书。老会计能写各种材料,却不敢给他再写。王满堂说:"天知地知你知我知,我不会供出你的!"认罪书写了,王满堂在批斗会上念时就念不下去,老会计的字仍是伸胳膊扬腿,王满堂习惯了,歪了头叫老会计:"你这是个啥字?"结果群众激怒,王满堂被揪到一条高凳上跪了,动不敢动,老会计也被拉出来作陪斗。

王满堂开始了无休止的游行示众,有一次被集中到县城去,与所有的牛鬼蛇神坐卡车游街。王满堂在乡间的土路上坐惯了拖拉机,而卡车在水泥铺就的城街上,王满堂觉得平稳得很。车厢的四围站满了牛鬼蛇神,一律要求脑袋垂下,王满堂正好又闭了眼睛瞌睡。王满堂瞌睡起鼾声,满街激愤的群众在呼口号,没有听见,站在王满堂旁边的牛鬼蛇神听着,吓得面如土色,用腿轻踢王满堂,王满堂就是不醒。整个城街游尽了,卡车返回到出发点,猛地刹住,王满堂醒了。王满堂抬头看看天,疑惑地说:"太阳都偏西了?怎么还不游呀?"身边的说:"都游完了,你只图瞌睡哩。"这话让车下的造反派听着了,一人上来扇他耳光,骂王满堂游行还瞌睡?一人倒劝阻了,说:"算了,这王满堂狗日的有闭眼的毛病,世上哪有游街瞌睡的人?!"王满堂心里很得意。王满堂真盼望每天能来县城游街,但游过这一次就再没游过。

武斗开始后,不再批斗牛鬼蛇神,牛鬼蛇神只集中在黄土坡上修梯田。王满堂毕竟当过大队长,王满堂还是当牛鬼蛇神的头。牛鬼蛇神里有李百发,还有李百发的老婆,他们心里还怯王满堂,不敢让王满堂干最累最脏的活。歇息时,王满堂就偷眼看李百发的老婆，李百发的老婆老得没了狐相，眼红得像烂桃，解了怀捉虱哩。王满堂想不来当年怎么就热黏了她，石堰背后的地多潮，把他铺在身下的棉袄都弄脏了。王满堂不忍看他们，就闭了眼。王满堂一闭了眼，牛鬼蛇神们就以为他睡着了，他们盼望王满堂睡得熟，歇起来劳动也不叫醒他。王满堂也装睡不醒，他知道这些人见他长睡必会很快收了工的，果然不久就全偷跑了。王满堂听他们走了，睁眼笑了，再一笑，说："我王满堂念及你们七老八十的故意让你们走，狗日的走时竟不说叫我一声的话，真个是阶级敌人！"翻起身，自己把最累最脏的活都干了。

运动终于熬到头，王满堂没有辞掉大队长。王满堂照旧得开会，开会就闭眼，但现在是实实在在瞌睡了。年轻的媳妇已经不年轻，黎明时王满堂不尽那份责，也不早起去广播室里喊喇叭，却瞌睡睡不够。王满堂自小不爱戏，却会了唱一句《寒窑》："十八年老了我王宝钏。"

这一年，雨水多得屋檐吊线，河里盛不下，扑闪扑闪要决堤，王满堂几天几夜提着锣吆喝在岸上。第四天里，一段堤还是出了险情，王满堂是第一个下的水，砸木桩，堆沙袋。总算忙毕了，大家都撤出来到岸上喝烧酒，喝了又用酒擦肚子，擦生殖器，王满堂却一人趴在那沙袋上闭了眼。有人喊："大队长，你不来擦擦，把那东西冻得缩回去了，看你老婆凶你不?!"王满堂不理，还是闭眼在沙袋上。有人便又说："甭叫了，他有瞌睡的毛病让睡去，等会送来捞长面，看他醒不醒?!"

送饭的妇女来了，果然是捞长面，但王满堂还是睡在那里。大家哄笑着去拉王满堂，说大队长你又作啥怪，却发现王满堂早已死僵了。

刘 文 清

刘文清十六岁进县剧团，在第八期文字辈学生里年龄最大，一班俊男俏女都叫他师兄。每日清晨，导演一蹴在练功房门口，刘文清就把一大缸浓茶端来了，说："导演，你亲自喝了！"导演总是笑一下，始终无声，从怀里掏出个小酒瓶。导演的习惯是喝了酒才喝茶的，也喜欢给刘文清抿一口；但必须是一小口，喝了不许吐，要立即说话，一说话酒就咽下去了。刘文清不感觉辣，还想喝，但这不能。刘文清说："我下辈子一定要给导演当个虱。"导演说："你要咬我呀？"刘文清说："你血管里都是酒，我想多喝些。"

刘文清能说谑话，很有幽默天才，但导演没让他演丑角，说他嗓子粗，学习"黑头"。吊嗓子时故意把嗓子吼破，有一种敲烂锣的味。上台演出，观众都给他鼓掌。

过了三十六岁，刘文清已嗜酒如命，口中无味，也喝浓茶，也抽卷烟。又一辈的学生也会伺候他，但他不给学生抿酒，浓茶端来了，说声："滚！"穿红灯笼裤的学生虫子一样地在蹦跶练功了，他也要吼几声"王朝马汉一声叫，你把老爷×咬了！"

剧团还在县城的老街，街道很窄，面北的街房一律往东倾斜，西南的街房一律往西倾斜，谁家也不敢翻拆，害怕一面街码了牌地倒去。居民就说，硬是这"黑头"吼震的。但一听刘文清吼，小街的王记酒馆就开了门。

果然刘文清吼过数声，酒瘾就发作，趿着拖鞋过来。全城人兴晚上洗脚时趿拖鞋，唯刘文清一个夏天里出门也趿。掌柜把一个小瓷碗推过来，小瓷碗恰盛二两，刘文清酒不沾唇先倒进一半，另一半才很响地品咂，不免要说："又兑了水了！"掌柜照例是夺了碗往火盆上浇，要看那蓝焰蓬起，但酒碗却掉不出一滴来。刘文清很得意地咳嗽，将一口痰唾给鸡吃，鸡立时醉得趔趔趄趄。掌柜的开始骂"短阳寿的！"，要问他许多话。

"娃们还乖？"

"还乖，比土匪乖些。"

"翠绒真狠心就走了？"

"翠绒不狠，阎王爷心狠。"

"你要是少喝些就好了……"

"那我咋对得起你呢？"

"你个酒黑头！听说你和东王岭王家的女子……有这事？"

"有这事。"

"那女子不错。"

"不错。是个女的。"

"听说还带一个孩子……往后你真要少喝些了。"

"那才是不喝就喝不到自己嘴里了！"

话是这么说，二婚的刘文清到底取消了喝茶和抽烟，去王记酒馆的次数减少，且一次二两变成了一两。掌柜每天要给他预备一把零币。

刘文清只要从酒馆回来，情绪特别好，他会认真地对女演员说:"你知道我今日碰着谁了吗?""谁?""卖栗子的秃子!"秃子是县城的小贩,一天谁不碰他六七次。女演员就笑了,说师兄你又灌黄汤了?!刘文清不说喝了,也不说没喝,还在认真地讲秃子,"一走近栗子摊,他就喊:'买一包吧,烫手的热栗子!'我说我就想买栗子,可这栗子烫手,我不敢买了。"女演员笑得岔气,刘文清能平静脸,说:"你咋啦,咋啦?"

刘文清常常就不吃饭,"酒是粮食的精。"他这么宣传着,"一盅酒抵个蒸馍的。"刘文清日渐地瘦,瘦得失形。他要来吃饭了,总是端了碗和女演员蹴在一起。冬天的太阳很暖和,剧团里爱吃"葫芦头"。刘文清就说:"知道什么是葫芦头吗?""葫芦头是用猪大肠头熬汤泡馍。""不,不,"刘文清摇着头,"葫芦头说穿了就是猪的痔疮。"女演员立即反了胃,一口也吃不下去了。团长是个女的,严肃地批评他。他站起来,很老实地听着,等团长训得差不多了,刘文清抬起头说:"团长,我有句话该不该说?"团长说:"你说,看你这阵还说什么谑话?"刘文清说:"你眉毛上好像有个虮子。"当然团长也就笑了。

团长说刘文清什么都好,如果不喝酒不说谑话就更好。

刘文清对这话很受感动,以后再不当着团长面喝酒,也不说谑话。春荒二月,刘文清的二婚老婆又来闹着要钱,两口子在房中厮打,打着打着刘文清酒瘾发作了,从床下取出半瓶酒。老婆夺过说:"不过了,你能喝,我也喝!"咕咕嘟嘟喝下肚。刘文清没酒浑身乏了劲,老婆喝醉了抓他脸,刘文清说:"我要演戏哩,要抓你到腿上抓。"老婆还是把脸抓破了。早晨剧团有点名的规定,刘文清没有去,团长发火了,派人去喊刘文清,刘文清捂着脸来了。团长说句"你是老团员,为什么点名不到?"便不再说了,让到她的办公室去。团长害了皮肤病,痒得难受,一边搔着胳膊一边看着刘文清,说:"你老婆又来了?"刘文清说:"她是打听到一个治皮肤的祖传秘方送来的。"团长接过一个红纸包,拆开里边是个火柴盒,打开火柴盒,装着一个纸条,上边写着两个字:挠挠。团长没有批评他,反倒笑了,从柜里取了一瓶酒给刘文清,说:"我知道你没酒喝了!"刘文清突然哭起来,说:"我就盼着下乡哩!"

下了乡,二婚的老婆不来吵闹了,刘文清每日多少有些酒喝,工作得十分认真。剧团在乡下演出住宿困难,常睡在大库房里,中间用幕布隔了,男演员睡一边,女演员睡一边。夜里两边互相听见动静,男演员可以在房中的尿桶里小便,女的则要出外去野地里,结果许多女演员就感冒了。刘文清第二天给团长建议,怎不也放个尿桶在房中?团长说,那使不得,姑娘们嫌有响声害羞哩。刘文清说:"一有响声,你们唱'洪湖水'嘛!"果然以后夜里女演员那边要唱无数次"洪湖水呀,浪呀嘛浪打浪",男演员不知细底,也附和着唱"洪湖岸边好呀好风光"。

但也就在这次下乡,刘文清犯了错误。第二天晚上演出,刘文清没角色,在后台帮忙敲小锣,感觉尿憋,出了后台就往野地溜,隐约看见一块发白的东西,便急急对着直尿。突然一声尖叫,原来是个女的蹲在那里解手。刘文清吃了一惊,慌忙解释:"我还以为是块白石头。"那女的偏巧是本团最漂亮的演员,而且正和县长的儿子恋爱,硬说刘文清是耍流氓。事情放不下,县长要文化局严肃处理,文化局给团长施加压力,刘文清受了一年不得上台演出的处分。

每演出一场,规定补助一元二角钱,这正好是一斤散白酒的价。刘文清失了口福,只好几个月不给家寄一分钱,老婆自然又来吵闹,最后一到发工资日就坐在会计室不走。刘文清只有三十元的伙食费,刘文清买不起酒了,就偷偷加入到县城的乐人班,挣得一顿酒喝,临走又能揣一瓶回来。刘文清当乐人总戴顶草帽,头低下不看四周,但刘文清是破锣嗓子,一听声就知道是"酒黑头"。后来刘文清开唱时总要喝个半醉,醉了能入境界,不顾羞丑,刘文清把唱腔发挥得淋漓尽致。

正式演员吹乐,团里的人都贱看,刘文清的威信失了许多,没有人再叫他师兄。刘文清背时多半年,到了春节初一包饺子,特定在饺子里包了钱,果然他就吃到了,高兴得到隔壁去串门。人家也正吃饺子,也是包了钱,正论说着看谁能吃到,他去了,人家让他吃一碗,他不吃,却一定让他尝一个,这一个正好也是包了钱的。初六剧团上班,刘文清逢人便说他今年的运气好,但处分期限不到,团长还是不敢让他去演出。卖栗子的秃子知道了刘文清的困难,秃子来寻他了。秃子卖栗子发了财,开始经营药材生意,与各方各界交往,要请刘文清做他的公共关系人。刘文清说:"我把人活倒了,我给你撑不了脸。"秃子说:"你还喝酒不?"刘文清说:"我没活够就是还没喝够哩。"秃子说,好,公共关系的任务很简单,做生意要摆酒席,需要个陪喝的。刘文清乐意受聘了,每次酒席上都说谑话,使气氛热烈,为了使被请者多喝,每次都先把自个弄个大醉。秃子的生意越来越红火了,秃子很满意刘文清。

秃子有了钱,心就不安分起来,想结识县上领导,充个政协委员什么的衔儿好光彩,就宴请政协主席。刘文清自然也是要陪着,结果,主席被刘文清让酒让醉了,刘文清也醉了,搂了主席的脖子一定还要让喝，划拳再不是"一心敬你"或"高升"起头，竟称兄道弟吆喝。主席就反感了，骂了一句"什么东西！"拂袖而去。秃子拉主席拉不住，过来扇了刘文清一个耳光，刘文清冷不丁跌倒，把膝盖骨摔破裂了。

刘文清躺卧了三个月，再不能做陪喝，但刘文清不恨秃子，说是他喝多了腿是酥的经不起跌，只内疚得罪了主席。

稍能下地，刘文清去向主席道歉，主席在开会，看见他了没有理他。第二次去主席家，敲开门，主席的爱人问："你找谁？"刘文清说："我找主席。""上班到单位去找！"就要关门。刘文清一脚赶忙塞在门缝，说："我要给主席说，我是喝醉失了德的。"主席的爱人笑了笑，说："我知道你是那个'酒黑头'吧？"态度友好，刘文清收回了脚，门却突然关上了。刘文清未能亲自见到主席，第三次再去单位，就守在厕所门口。果然主席来解手，跟进去问候："主席你来尿呀？"主席没理睬。刘文清又说："你还摇啊？"主席惹笑了，说："听说你找我几次，有事？"刘文清说："主席是不记恨我了。我给主席说，秃子是好人哩！"主席说："你这个刘文清！秃子是要比你好！"刘文清听了这话，觉得对得起秃子了，就回来。因为了却一桩心事，就想喝点酒，已经到了商店，身上却没一分钱。正好商店运来一桶酒精，需要从大桶倒到小桶，导引管已插好了没人吸一下。售货员瞧见了刘文清，说："黑头是喝酒的人，不怕酒精，你来吸一下！"刘文清心里喜欢，立即想起大年初一吃钱饺子的事，嘴里却说："帮帮忙吧。"噙了皮管，觉得一股酒的气味直往肚子钻，他狠狠地吸，酒精导引了过来。但他没有立即停止，趁机喝了一口，又一口，三口，四口，喉骨上下滑动，第五口噎了一下，不能再吸了，脖脸赤红地回了剧团。

　　这天晚上剧团演出,刘文清虽然处分到期,但腿还微跛,只是负责拉幕绳儿。大家瞧他脸色不好,问是不是病了,刘文清说:"靠着床板整整昏迷了一下午,起来口苦,端了刷牙缸子,满嘴吐白沫,走到厕所看见啥都不想吃。"大家就笑说:"你还说谎话!不是那句'白石头',你也不会来拉幕绳哩!"刘文清说:"我知道我不该说人家的屁股,女人嘛,小时候是屎屁股,没结婚是金屁股,结了婚是银屁股,生了娃就是猪屁股,到那时咋说都不怪了。"大家又是笑,刘文清还是不笑,突然抓着幕绳倒下去,把幕布拉开了。大家又说:"又做什么怪了,没开场你拉幕你寻着再受处分呀?!"果然团长从台下跑上来训斥刘文清,刘文清竟还不理。团长过去抓他的衣领,抓不起,看时刘文清已经死了,满脸紫黑,嘴张着,一股酒气。

药　罐

　　我们村三十户人家共同着一个井，一个碾盘，一个土地庙，也共同着一个药罐。

　　这药罐年代很久，但一直却是完好的，它最早属老社长的私有。老社长已经死去了十五年，大家还记得他的好处。药罐自那时流传，谁家有人病了用罢药，罐子就放在门楼脑上，等着另一家有人病了来取用。"药罐在这儿吗？我家用用。"只能说用用，不能说借，保存罐儿的人家就十分高兴。因为有人这么一用，自己的病就走了。当然，这一家用罐熬完药，病情好了，是不能退还回去，罐子主权既不属于哪一家，且风俗里送药罐等于送病，是要忌讳的。便就又放于门楼脑上，等着别一家人病了再来"用用"。如此这么用下去，似乎全村人的病是转着的，从这一家出来又到另一家去。人为活着奋力地去种五谷，吃了五谷却害百病，药罐儿就像老社长一样，对它畏惧，却不敢有半点亵渎心。

　　老社长活着的时候，老社长是我们村的光荣，大家都说他家的阴宅好，方使后人能吃上公家的饭，而且是个挺大的官人。那阵，一般人有个病病灾灾，大都是扛，吃些烧煳的葱根，喝些生姜汤，捂被子发汗，用火罐在额上拔一个紫红的印或者用针扎中指、挑眉心，放出些黑血就罢。扛不过去了，再往土地庙里供些香火,再将三根筷子在水碗中立柱儿,说到是谁碰到了某某的鬼魂了,筷子柱儿立住,就低声下气地求饶鬼魂,诉许多可怜,百般引起同情,然后脸色大变,呵斥着鬼魂滚,末了竟拿了案板刀将筷子柱儿猛地砍倒,一碗水从门里直泼出来。这么软硬兼施地对待了一通鬼魂,病人还是不好的,就只有说:"这是阳寿到时了,治了病治不了命的。"开始筹划起寿衣寿材,尽一切能力让病人吃上些白面条子,磨一升豆子做几方豆腐,却没有想到去上百里的县城医院或抓几服中药来吃。

上医院是不敢思想,抓中药那也是要许多钱的,我们没有钱买更多的粮食吃稠饭还能买药吃?吃药和买香烟是一样的被认作奢侈,"天神,咱又不是社长!"

社长是吃中药的,因为他是社长,吃公家的净粮,药费可以报销。社长是一个瘦老头,留大背头,穿黑呢子中山服。社长的病似乎很多,气管常发炎,肠胃又不好,腰酸,肾也虚亏,有几次病在床上,村人只说他要丢了命了,但后来却又好起来。这便是中药的作用。于是社长说:"得了病怎么不吃药?瞧瞧,不是几服药就保住一条命吗?"

社长说过这话后,我们这些一般人家也开始吃起药来,即使拆房卖砖,也要抓些中药。人毕竟是顶要紧的,财物不都是身外物吗?宁可少吃些粮食,也要拣命啊!话是这么说着,但往往吃过一服二服,实在是没能力再吃下去,便去社长家门前的十字路口上揽社长吃过的药渣。心想,只要是药,即可治百病的,拿回来再熬一熬,让病人喝。一辈子没有吃过药的身子见药味就生奇效,这倒使社长也惊讶。也由此,村人对社长的药渣有了依赖,对社长家的药罐也有了依赖。社长心真好,药渣也再不倒在十字路口让千人过万人踏，特意倒在一块大石板上；那药罐自被人借去后，自己又重新买一个新的。

我们村的人在好多年里，基本上是吃着社长的药渣维持了健康，社长身上的病，几乎每个村人都存在着，除了许家的二婶外，竟没有出现过一次危险。许家二婶的一次危险，那是她过日子太节俭的缘故。她一生什么都不敢糟蹋，好像什么东西，凡是能咽下肚的，绝不让它在肚子外坏掉。孩子有时在饭碗里发现了一条虫子，倒了胃口，要倒给猪，她说："拿来！"将虫子夹出去，便把剩饭吃了。铲完了锅，孩子已经将勺子铲子要拿去洗了，她说："拿来！"伸出舌头把勺子铲子上的饭渣舔了。那一次许家二叔犯了病，拿回了社长的药渣熬汤，喝过二次病好了，还剩那么一碗汤药不喝了。许家二婶身体蛮好的，却想：倒了多可惜，让我喝了。结果喝得她吐了一个晌午，睡倒在床上三天没有起来，亏又熬了一碗绿豆汤喝了才缓缓醒来，过后令她好后悔糟蹋了那碗绿豆汤。

吃社长药渣的病人，病差不多全好起来，吃原药的社长却死了。他临死的那几天很痛苦，村里人也都痛苦，大家到土地庙磕头为他祈祷，见天有人从那口井里给他家挑水，有人夜里在碾盘上滚了一升小米送给他熬粥喝，但他还是死了。

死了一个大人物，我们村从此不能沾他的荣耀的光和药渣的利。很少有人去抓中药，偶尔有抓了药的，药渣也是几个人去熬喝。一晃好多年过去了，社的建制不复存在，新设立了乡，乡长已不是我们村的人。但自土地分了以后，多多少少每家都可以有些零花钱，三十户人家已发展到三十六户，谁家有个病，也去抓些中药来吃了。于是，就显得村里的病人多起来，大家都在说：

"怪了，现在人怎么不经活了，越来越娇气了?"都这么说着，但身上稍有不对，就去抓中药，也没有谁去揽别人家的药渣来熬汤喝。而药罐还是老社长的那个药罐。

每每把药罐放在门楼脑上，或从门楼脑上取下来交给来取用的别人时，人们就想起了老社长。药罐是老社长留给村里的纪念，人们小心翼翼地使用着，从你家传到我家，从我家传到他家，药罐熬着苦口的汁水，苦水使全村人团结起来，滋润着生命，就这么活下去。

油 月 亮

　　尤佚人一出审讯室便大觉后悔话不该那么说。七月的天气已经炎热，湿漉漉的手一按在椅子上就出现五个指印。三年前的公园条椅上起身走去了一对极厌恶他的男女，女人坐过的地方就有一个湿漉漉的圈。他以为发现了一种秘密。"尤佚人！"审讯员猛地叫了他的名字。"嗯。"他应着，立即就又说，"有！""你杀了人吗？""杀了。""杀了几个人？""这怎么记得，谁还记数吗？"一个，两个……有位是胖妇人，腰碌碡般粗搂不住，两颗大奶头耷拉下来一直到了裤腰带的。下雨天来的一男一女，不是父女，也绝不会是夫妻……臭男人本该早死却去上茅房了。女子就先死。男人回来一下没有死，还一脚踹在他的交裆处……但最后也是死了。女子白脸子，真好。尤佚人扳着指头搜寻起记忆，便发现审讯员脸色全白，立即被又一种记忆打断，将湿漉漉的手垂下来懊丧起说过的话。虽然那系一派真诚。"八个。"他惴惴地说。

　　河水构成一条银带，款款地在前面伸展；贴着已经裂脱而去了生命的知了壳的白杨、绿柳，急速地向后倒去。炎炎的红日真是有油的，汗全然变成珠子顺鼻尖滑，腻腻的。浴在这灼灼的烈光，看着不知何时从山梁的那边出现的寺院山门，以古柏古松浮云般的叶沉浸在袅袅的钟声里，就这样，尤佚人和两名武装的刑警坐了三轮摩托,溯着汉江往瘳家沟去。

对于女人的生殖器,乡下人有着乡土叫法,简单到一个音,×,名字很不中听。所以又以另一个音代替,但这音没有文字写出来就只好别替为"瘳"了。有学者说中国的文化主要表现在两个方面,一个是关于吃上,一个是关于"瘳"上。尤佚人和他的乡亲如果要做学问,必定会同意这观点的。

尤佚人知道自己生命的来源,虽然小时候问过娘,娘回答是从水中捞来的。"怎么捞的呢?""用笊篱一捞就捞着了。""人都是这般捞到的吗?""是的。"母亲的表情极其严肃。这严肃的表情给尤佚人印象颇深,以致后来逐渐长大,成熟了某一块肌肉,就对母亲给予他的欺骗甚为愤慨。

夏日的夜晚,低矮的四堵墙小屋闷如蒸笼,有跳蚤,有蚊子,有臭虫,光棍们就集中到村口水田边的一座破旧不堪的古戏楼上。风东来西往,男人们可以数着天上的星星,一遍与一遍数目不同。又可以谈神秘的东西如女人和之所以是女人的标志。尤佚人的青春大学就从这里开始。

如果从汉江边的公路遥遥往北山看,这尤佚人已经习惯了。就看到那里一处方位的绝妙。一个椭圆形的沟壑。土是暗红,长满杂树。大椭圆里又套一个小椭圆。其中又是一堵墙的土峰,尖尖的,红如霜叶,风风雨雨终未损耗。大的椭圆的外边,沟壑的边沿,两条人足踏出的白色的路十分显眼,路的交汇处生一古槐,槐荫宁静,如一朵云。而椭圆形的下方就是细而长的小沟生满芦苇,杂乱无章,浸一道似有似无的稀汪汪的暗水四季不干。

这就是天造地设的一个"瘳"。村子的穴位就是"瘳"的穴位。

但生活在"瘪"的世界里的光棍们却享受不到那一种文化，活人就觉得十分没劲。一次躲在芦苇丛里的尤佚人偷听了一对夫妻在沟里烧香焚纸说"儿呀你就出来吧，我们是三间房一院子，长大了能给你娶个媳妇的，你就出来吧！"他就想，母亲和父亲，一定没有按风俗曾在这里祈祷过，否则他是绝不会到这个人世间来了，来了也绝不会就做了父亲和母亲的儿子。对于没征求他的意见就随便生下他又以"捞来"之说欺骗他的母亲，尤佚人几乎是恼怒不已了。

　　从瘪家沟到县城是五十里。从县城到瘪家沟是五十里。五十里顺着汉江横过来的却是深涧似的漆水河。河上一座桥，十八个石碌子碌礴堆起的礅，交通了山区与城市，也把野蛮和文明接连一起，河水七年八年就要暴溢。一年里，水满河满沿，结果将桥冲垮了一半，十八个石碌子碌礴丢失了五个，瘪家沟的人都去下游泥沙里探寻，尤佚人踩了三天沙，腿肚子上患了连疮，夜里睡着烂肉和袜子被老鼠啃去了几处。最后石碌子碌礴却在上游找到，尤佚人莫名其妙，遂愤愤不平。到这一个夏天，"文革"的运动就来了。村里人便跑贼似的往南山石洞跑。爹不跑，武斗的人扇了爹一个耳光。"扇得好，扇下我一颗铁耳屎！"爹就随着走了，背上一杆自制的长筒土枪。

　　石洞开凿于民国初年，在光溜溜的半石崖，从下边不能上去从上边不能下来，崖壁上凿着石窝载着石碓架上木板，可以走，走过一页板抽掉一页板。尤佚人捉住了十只蝙蝠，还有一头猫头鹰，就眺望起远远的在烟里雾里笼罩的家。家里守着半死的老爷，一咳嗽就咯出鸡屎般大的一口痰，他突然听到了娘的声音。

一条粗如镢把的长蛇正在洞外的石砭上吸将起一只金毛松鼠了。

"啊？啊?！"

娘慌乱地叫着。那松鼠怎么不逃掉还盯着蛇一步步挪近去？

"松鼠是吓昏了吗？"

他抱起一块石头抛过去，蛇跑了，他几乎在石头抛过去的时候连自己也抛过去。夜里娘就偷偷下洞回家了，正是一派攻克了一派的胜利之后，十二个人，一排的带枪者将娘压倒在炕上轮奸。赤条条的儿媳昏死在堂屋，老爷从厦房的病床上爬过来。用红布蒙住娘的眼睛，开始用烤热的鞋底敷那肿得面团一样的穴位竟敷出半碗的罪恶来。老爷就撞在捶布石上死了。

这是一个相当清幽的院落。东边是一片篁竹，太阳愈是照，叶片愈是青，没有风你却感到腋下津津生凉。一支竹鞭从院墙的水眼道孔中爬过来，只有五天的时间，已经爬到了台阶下如黄蛇一般僵卧在砖缝繁衍的菌草里。一只麻雀湿脚从瓦楞上踏过，将双爪与扑撒的竹叶织就了一片"个"字。尤佚人半呆地立着，陡然生喜的心情倏忽如死灰如槁木。暑热底下一种空洞，唯一能听见的，粗糙的，愤怒的，是掘土的声，掏石块的声，镢头哐的掷下。西边院墙角的石磨被推翻了，墙角的土墙上，一根木楔，空吊着一副牛的"暗眼"，牛是戴着"暗眼"在磨道里走完了一生，于三年前就倒下死了的。而院墙的每一个打墙留下的椽眼塞满了头发窝子……尤佚人保持不动的姿势立在院中，默看着雇用来的人挥汗如雨地挖掘着，像是在觅寻什么金窖，紧张，又是湿漉漉的手。

"能让我说话吗?"他终于忍受不了炸弹爆炸之前的静寂。

"说!"刑警看着他。

"挖的都不是地方。"他指着台阶下那个捶布石说,"都在下边,曾经是个渗井的。后来翻污水就到院外去。"

于是,挖出了八具死尸。腥臭弥漫了院子,成群的苍蝇随之而来。对墙投下的明亮,强烈的光线斜射在潮湿窄小的渗井坑中。人们全恐惧地睁大了眼睛,用席要掩盖了那坑时,同时又发现坑底还有一条胳膊。

八个半?刑警脸皮上都生了鸡皮疙瘩。

"那胳膊是什么人的?"

"什么人的?"

"还杀了多少人呢?"

他真的记不起来了,这能是谁的胳膊?仰起头,嘴陷进去一个深深的黑洞。有个时期,汉江北岸有许多收废品的。"谁有烂铜烂铁头发窝子酒瓶破纸喽——!"一吆喝,他就提一把斧头做刚刚劈了柴的姿势在门口应,我家有!收买者遂进了屋,接住了递过来的香烟,点燃上。"酒瓶都在柜底下。"头刚一弯下,斧头脑儿轻轻一敲那后脑勺,就倒了。他过去从死者的口里取了燃着的香烟。

收废品的都是男的。尤佚人端详起胳膊,胳膊腕上戴有绿塑料环。这是女人的胳膊,戴不起手表,也没有银镯子,丑美人!

是黄昏吧,晚霞十分好看,他是去过十八个石磙子砾礴的桥上的,让柔柔的风拂在脸上想象到一种受活。看桥那边远处的县城,看到了微尘浮动。有三个女子就从霞光里走过来了。她们都胖乎乎的身体。他身上的肌肉就勃动起来,又恨起来,听她们谈论着编草袋的生意,咒骂草价高涨又货物奇缺。"我家有稻草!"他主动地说。"有多少?""不多,七十多斤,够一个人用的!"三个女子却互相看看,走了。第二天竟来了那个最胖的,说她们都想买又害怕对方买去所以前一日没有应承,要求他替她守秘密。胖女子死了。他将她白日放在柜里黑夜抱到炕上,后来腐烂生蛆只好割碎去。但他确实为她守了秘密。

"你奸尸碎尸?!"

一个耳光打得尤佚人口鼻出血,又被三轮摩托车带回县城去了。尤佚人有生以来已经是第二次坐摩托车了,铐了双手,头塞在斗壳下,汗如滚豆子一样下来。他所遗憾的是没能看到十八个石磙子碌碡桥。这一个傍晚云烧得越来越红,漆水河上活活的水,与汉江交汇处漂浮的鸭艄子船,已经被腐蚀得通体金黄。

父亲靠着勇敢,当了武斗队长。队长可以背盒子枪,可以有一个穿一身黄上衣系着宽皮带的女秘书。女秘书有一双吊梢子眼。爹就不要娘了。

"你败兴了我的人!"爹拿烟头烧娘的脸,揪下娘头上一把一把头发。砸浆水瓮,砸炕背墙,疯得像一头狼,爹顺门走了。尤佚人扑出去抱住爹的大腿咬,他腮帮上挨了一巴掌眼冒火星倒在尘埃中。

"你要是我的儿子,"火星中爹在说,"跟我造反去!造反了什么都有!"

他说:"我要杀了你!"一口唾沫连血连一颗牙吐出来。

爹嘿嘿笑着,捡了他的牙撂在高高的房檐上,说:"落了牙撂在高处放着好,你能杀了我就是我儿子!"

尤佚人和娘住在三间土屋里，娘常常惊起说有人进了院，吓瘫，下身就汪出一摊血来。天一黑，外边噼噼啪啪枪响，娘又要于黑暗中和衣下炕迈着干瘦如柴的腿去摸窗子关了没有。门关了，且横一根粗木。

每一夜都清冷漫长。风吹动着院东边的竹林，喤喤不宁。竹在这年月长得特别旺，衍过墙头，黑黝黝的浓重之影压在窗上如鬼如魅。尤佚人悄然下炕，夜行到汉江边的一个村子去找驻扎的一派。"谁？""我！""你是狗！""你娘是母狗！"黑暗处一个持枪人近来拉动了枪栓。"你动我，我爹杀了你！"那人不动了，扭头追撵绰绰约约一行人。他看清那里八个人押着五个俘虏，俘虏五花大绑且背上皆有一小石磨盘。是去汉江里"煮饺子"。他钻进村子，寻着了爹住的房。门关着，灯还在亮，窗缝里看去，一面大炕上铺了豌豆放了木板载着一男一女悠来晃去的畅美。夜风里，他将门前的一垛苞谷秆点燃了。

他逃坐在汉江边的弯脖子枯柳上，看熊熊的火光烧得半边天红。却奇怪地闻到了一种幽香，河岸石丛中的狼牙刺花的气味刺激着他大口吸了一嘴空气，而失身跌进河里去。第二天早晨冲在一片沙滩上，泥里水里拱出来，第一次捉住了鱼生吞活吃。

瘪家沟里唯独尤佚人个头太矮，七分像人，三分如鬼。家空空无物贫困似洗。娘得知丈夫已同女秘书同床卧枕，一夜里将老鼠药喝下七窍流血闭目而去。一条破板柜锯了四个腿儿将娘下葬后，白天吃稀粥糠菜，夜里玩弄那一根筋肉竟修长巨大，与身子失去比例。夏日之夜月明星稀，天地银辉，他浮游于汉江浅水之潭，那物勃起，竟划出水底淤泥如犁沟一般的渠痕，将河柳红细根须纠缠一团。遂碰见岸边一妇人经过,"我和你那个!"指着岸头两只狗在交媾。妇人扇他一个耳光。这耳光便从此扇去了他的正常勇敢,被村人嘲笑其父在革命中多享了几份女人,致使儿子见不上肉也喝不上汤。世界原本是大的,这年月使世界更空旷荒阔,于是他在瘪家沟无足轻重,走了并不显得宽松,回来亦不怎么拥挤。

偶然有人发觉他做贩肉的生意了。

"要赚钱呀?"

"……"

"挣女人呀?"

"……"

有人将他的肉全部买去,在十八个石磙子碌碡桥上,并约定他贩了肉专门卖他。他的肉很便宜。再挑着肉到桥上去,叫天子叫得生欢,往年冲垮了桥墩碌碡的洪水,吃水线高高地残留在半崖保存下记录,他脑子在游荡。

往东,是繁华的县城,南城门外的渡口上成群的女子捣着棒棒槌洗衣,裙子之下也是没穿裤衩的吗?往西,一漫是山区,田野上的土路纠结,争取着三五日暮归人,女人直面走过来奶头子抖得像揣了两个水袋……他计算着自己的年龄,还要活着三十年和四十年……

拣着天高云淡的日子到县城去,县城人鄙视着他,他也更仇恨起县城的人。听说城关一家饺子店做食极美,踅进去买了坐吃,就认识了一位还看得上与他说话的老太太。她胖如球类,坐下和站着一样高,睡下也一定和坐下一样高,每一次总夸说这饺馅特别油,特别香。

"你也常在这吃吗?"

"不多。"

老太太健谈,对他夸说自己的丈夫在县政府任一个主任。说她的儿子在县公安局工作。说她年纪大了还能吃下四两饺子。然后问他身世,哀叹他没有媳妇。由没媳妇又说到没媳妇的可怜。

"中街口的那个寡妇告隔壁的一个男人强奸了她,你认为这可能吗?"

"……"

"这怎么会可能呢?你拿着这个吧,你往笔帽里捅!"老太太兴致倒高,把口袋里一支钢笔拔出来卸了笔帽,她拿了笔帽让他把笔尖往里捅。他莫名其妙,左捅她偏右,右捅她偏左。

"瞧瞧,这能行吗?一定是通奸,或许就是男人用刀子逼着她,把她杀了!"

尤佚人默然同意,但脸变得铁青。

这一次在饭店里又碰着老太太了,她带了小孙女来吃,吃得满嘴流油。

"奶奶,我不吃这漂着的油珠花儿。"小孙女嚷着。

"油珠花儿要吃的,一个油珠花儿多像一颗太阳啊!"

"奶奶,太阳是圆的,油珠花儿是半圆的。"

"半圆?那就是月亮了!"

"啊啊,油月亮!"

孩子在喜欢地叫着,尤佚人猛然才发觉满碗的油珠花儿皆半圆如小月。脑子里针扎地一疼,放下筷子逃走了,再不到这家饺子店用饭。

烈烈大火烧毁了苞谷秆垛，烧毁了一明两暗的三间瓦房。但队长和他的秘书逃出来及时，仅将上衣和裤子化成灰烬。尤佚人知道了爹没有死，也就"革命"了，参加到另一派。虽然没能够在武斗中杀人，别人却把人杀了让他去用树棍捅那裂开的脑袋，用石头砸那补镶的金黄铜门牙。

枪很长，背在肩上磕打膝盖。两派对垒在汉江，落日在河心大圆的黄昏里，风鸟啁啾，流水咽咽，河堤上的工事上架起乌黑的枪管。战壕里说着"革命"，又说杀人和女人，说得浑身燥热了枪放下都解了裤子手淫。他说："我没孩子？哼，我要是不糟蹋这东西，十个二十个孩子都站成排了！"说罢，孤独和冷寂并没有解除，便等待天一染黑，将准星对准对岸某一目标。这时候他被一声枪响惊动了。

对岸一发冷弹将这边一个提灯笼送饭的伙夫击倒了。

"他活该用右手提灯笼？！朝灯笼左边一尺的地方打当然是没命的。"

"左手提不会向右边打吗？"

"用树棍挑着！"

尤佚人默不作声，两眼死死盯住对岸就发现了一点红光，倏忽明灭，扳机就勾动了。那边有惊叫声："队长被打中了！打中上嘴唇了！"

爹从此上嘴唇开裂，如兔嘴。他不该在击中提灯笼的伙夫后得意抽纸烟。

翌日，一辆卡车拉着队长和秘书去县城医院做手术。车上装了钢板。汉江岸上两派拉锯攻占，形势紧张，刻不容缓，车行驶得疾速如风，长长的土路上尘土飞扬，像点燃了巨大的导火索。

在一个急弯，车上的钢板因惯性而错位滑动，两个人的脑袋，无声无息中从脖子处切除了。司机在反光镜中突然看见车角的两个木桩似的人身，瑟然惊悸，停下车看时果然没了人头。折身往来路回返，软乎乎的转弯处湿地上两颗无血的脑袋滚在一起，脸还是笑笑的。

"尤佚人！"
"有！"
"你为什么杀人？"
"……"
"杀人的动机和目的？"
"……"

一双手又湿漉漉的了。审讯室的地上铺着砖块，一群从砖缝里钻出来的蚂蚁在激战，为一块馍粒，结果死伤无数。

轻轻一敲，就那么倒下去了，其实很简单。关上门，将灯芯点燃，四壁的漆黑的墙上却能映出他的黑影。那人脸上或许很痛苦，或者笑纹还在，看着，他要坐下来沉静静地吃一根烟卷。男人可以不管，女人则要剥脱衣服。全身凉硬脱不下来，用自己的肩膀扛起死者头，再努力用手去褪死者的两个袖子，这往往弄出他一头一身汗。

"你是图财害命，还是因奸杀人？"审讯员直逼着问。

这又该怎么老实坦白呢？判案总讲究个动机和目的，尤佚人否认自己是图财。"有钱人不可能到我家来的。"他想，只要能到家里来，他就产生着想杀的欲望这如身上发现了虱子而不弄死吗？杀完之后搜身子，虽然可以得十元二十元，甚至是一角或一角零五分。因奸杀人，自然只能是女性，"杀的不全是女人啊。"

无意中又闻到一种幽香，如烧毁了爹和秘书的房子后在汉江边闻到的一样。他歪头看见窗外是一花圃，开许多芍药、牡丹。花是靠风传播着花粉而延续生命的，它将生殖器顶在了头上。瘪家沟那么大个瘪。他不知道自己杀人的目的，完成不了老实坦白。

"油月亮！"尤佚人突然嘟囔了一句。

"油月亮？油月亮是什么意思？！"

他猛地清醒，想到他和娘在石洞的情景，想到爹打娘，便有了小小的心眼儿。不能去牵连和坑害了别的更多的人。他勾下脑袋手又是湿漉漉的了。

油月亮，成了办案人员兴奋而又颇为头痛的一条重要线索，他们开始软的硬的，轮番的，审讯。但笔录本上一直是"油月亮"三个字。他被特别关押在一个号子里，饭菜端进来，屎尿端出去，不能打他。要喝酒还必须给他拿酒。

一日，他说要到十八个石磙子碌碡桥去。办案人认为这次去一定与油月亮有关了，囚车将他带去。他站在漆水河的上游，怎么也没搞清那次断了桥后石磙子碌碡会冲到了上游泥沙里。他掬着水洗脸和脖子，搓下许多泥垢，拿着自己看还让办案人看。"你要坦白吗？""坦白什么？""油月亮！"他说："我坦白我哄了你们，到这里来我想看看这桥的。"

尤佚人从来没有做过梦，当然更没有噩梦可言。但在一个冬天的正午，他睡在炕上似乎觉得做了一梦。梦到有许多女人，全来到他的炕上与他交媾，到后就阳痿了，见花不起，如垂泪蜡烛。沉沉睡下又复做梦,且竟连续刚才,却又都是些男人,恍惚间骂他是狼。他就绰绰影影回忆起自己是娘在地里收割麦子,疲乏了睡倒在麦捆上,有一只狼就爬近来伏在娘的身子上,娘把他血淋淋地生下来的。醒来,一头冷汗,屋里正寂空,晌午的太阳从瓦缝激射下注。他爬不起身,被肢解一般,腿不知是腿手不知是手。

"娘,娘!"他觉得娘还睡在炕的那一头轻轻叹息。"娘,我是你和狼生下的吗?"

娘没有言语。他又想刚才阳痿的事,摸摸果然蔫如绳头,又以为娘知道了他的一切。"娘,是这东西让我杀人吗?我不要它了!我割呀!"窸窸窣窣在炕头抓,抓到一把剃头的刀,将腿根那个东西割下,甩到炕地。

"娘,我真的割了!你不信吗?"

他坐起来,发现炕的那头并没有娘。娘早死了。炕地上那截东西竟还活着,一跳一跳的。

没有了想杀人的祸根,但尤佚人又常常冲动起杀人的欲望,他真不知道这是怎么啦?从瘪家沟走到县城,从县城走到瘪家沟。凡看见一个男人和女人,总觉得面熟。是他曾经杀掉的人?就怯怯地站定一边,等待着人家的讨伐。"这是阴鬼!"

他终于害怕了鬼。

他到山头上的寺院请求去当和尚。

住持却不接纳他。个矮丑陋,一脸杀相,文墨不识,住持立于山门的古柏古松之下,一番盘问之后将他撵下台阶去的。

尤佚人开始在门前屋后的空地上烧焚香纸,他每夜更深人静之后要在地上画一个圆圈,一个圆圈是给一个人的,画上依稀还记得的模样,就默默焚纸。这奇异的现象使瘫家沟的人惊讶。惊讶一次,再惊讶一次,就生了疑窦。一年半来,到处传说有人失踪。有人就将这半截人的怪异报告了公安局。公安局叫他去一逼问,他毫不抵赖地说他杀过人了。

尤佚人终于有了罪名:歇斯底里杀人狂。法院判处他死刑。

宣判之后,问他有什么可讲的,他竟站过来对着麦克风说,我犯了个大错误。在我有生之年,我要为革命做出贡献。严肃的会场很是骚动,有人嘎地发笑了一声。

"你们知道油月亮吗?"他看着发笑的人说。

这正是一个夜晚,宣判室的门外夜空清净,半轮月亮一派银辉。

"油月亮就是人油珠花儿。"

"人油珠花儿?"

"菜油、花籽油、蓖麻油、豆油、猪油、羊油,油珠花儿都是圆圆的,人油是半个圆。"

宣判人不明白死囚犯话的意思,几乎忘记了追问下去。

"城关口的那一家饺子店是卖过人肉饺子的。店主也得判死刑。他害得人都去吃。你们可能都去吃过……"

宣判室里死寂了半晌,突然哗然了,宣判人脸色寡白地站起来发布纪律:此事谁也不能外传半点风声。遂让犯人在宣判书上按指印,便觉得胃里作呕,险些吐了什么出来。尤佚人终是坦白交代了一切,按指印很认真。但指印并不圆,半圆,一个红红的油月亮。

烟

石祥小的时候去山上古堡,就知道古堡的瓦砾中有这么个烟斗。那一年,石祥只有七岁,现在却是十八年的烟龄了。

夕阳如血地照来,是一天最好的时光,微风踏斜蓑草,汗水已不黏腻,蚊子也不到来的时候,山沟里真是偷得一时的闲静了。这边山坡上没有向那边山坡放枪,那边山坡也不向这边山坡放枪,似乎彼此达成了一种默契,谁也不要辜负了美妙的时光。石祥就赤身裸体趴在那块已经趴得很久的光溜溜的洞口,用意念放松着头皮,再是眉部、腮部、后颈、双肩、胸部,一节节到了脚脖,一股酥酥凉气沿脚心而出,他想要唱一句戏呢,但石祥不能唱,咽了咽唾沫,木木地发半晌呆,点燃了烟斗里的一颗香烟,旋即一缕蓝烟升起,在洞顶上受阻而摇曳变幻,有一丝二丝便顺着草叶飘出去了。如果站在对面的山坡,这个洞是发现不了的,戴着草编的石祥的头也是发现不了的,但阳光能照着这个烟斗,铜的光亮会像一颗小星子一样的,可是石祥放大着胆子照常吸烟,正是出于年轻军人的一种得意的显示。后来目光便移开了铜的烟斗,乜眼瞧那个红与黄的落日,日渐下坠,但很长的天幕上似乎残遗了无数的日影,以致看到了日行之迹。"日也是铜造的?!"不知怎么石祥想到如果以烟斗去磕那落日,一定是悠悠动听的铜声。瞧呵,这最南的边境线前的一片连绵不绝的山岭,石祥看得好远,但他没有去过,如同他只见过那同样是连绵不绝的赛鹤岭而仅仅是上过其中一座山峰的一个古堡一样,待在这坡下的沟里,恐怕你是永远也兜转不出,壑壑岔岔,哪儿都是开始,哪儿又都是结尾,山深似海,实在是海的模样。石祥想入非非了,要是有一架飞机,从飞机上往下视,这片山地又该是一个环窝套着一个环窝,那是风的舞蹈留下的巨形脚印吗?可是,可是整个的战事却在这里进行,于两面山坡上,你向我轰一阵炮,我向你轰一阵炮,或是零星地施放冷枪,这战事好庄严好残酷,是不是又有些好玩的意味呢。年轻的军人突然为自己的想象感到高兴了,他想说话,将烟斗在铁管上磕了一下,铁管随之也传来金属的颤响声,石祥忙把耳朵贴了近去。

"你瞧那落日!"

原本要告诉的正是落日,全没想那人却是在提醒他了。

"瞧那落日。"他说。

"落日好酸!"

"又看着老婆的照片了吧?"

"我抽烟哩!"

远隔十三米外的一个洞中,趴伏的是二十二岁的小李子,他们自进入阵地以后,已经是十七天没有见过面。每日小李子在那边一敲动流水的铁管,那洞里的滴水聚成潭就可以将一部分输流到这边来供他饮用。这几乎是一种发明,秘密的水管倒成了他们通信的工具,只要口对着一头的管口说话,对方就能听到,当然这种低沉嗡嗡的音响,只有他们才能破译出其中的含义,以致他们在这称之为电话的水管里对话时不止一次得意地说：咱们现在的耳朵是有了特异的功能，可以听辨鸟的语言和蚂蚁的语言了！

"抽烟你在想什么呢？"

"我想起你那个烟斗，它真的是古堡上的吗？"

"谁哄你天黑让挨了枪子！"

"你知道这烟斗你曾用过？"

"那当然。"

"那么，你前世是做什么了，也是打过仗吗？"

石祥不言语了。当他带着这个烟斗来到了军队，他是军队中烟龄最长的兵，大家都在嗤笑着他的这个玩意儿：在过去的年月，这或许是一件很精美很值钱的烟斗，但现在不免滑稽可笑，一副村相的蠢样，简直与一个现代军人不相称了。于是，他正经地讲过去的故事，故事当然使人人惊奇，随之皆又不信，做了士兵仍是一副乡间孩子憨态的石祥说完了故事，他也有些奇怪了：为什么就会知道呢？七岁的孩子，饥饿的苦焦使他跟着父辈一块去赶了驴驮贩粮，逼仄的山路上他们行走了一夜，天明方翻上了赛鹤岭。赛鹤岭是那么的广大，朝阳的涌出，使众峰群壑蚀上了红色，他看见了每一个山头上都是有一座石砌的古堡，也红如锈铁。父辈们感慨着，提出要往一个山头的古堡去，他们被壮观激动，为久远的发生在这一带许许多多的往事以及世事沧桑而长长叹息。他们自然是不允许石祥上去的，"看着干粮吧！"这么限制了他，似乎觉得不忍，就也允许他在看护干粮的时候可以大吃一气。但是，石祥却突然想吃烟，实在想吃烟，从来没有过的烟瘾令他这么烦躁，他也不晓得这是怎么啦。他将驴驮上的干粮袋一件一件卸下来往一处集中，就有一群长翅的鹰和黑丑的老鸦在头顶飞旋,数次冲下来要搏夺了那干粮袋子:就在他搬动了石板镇压住集中到一处的干粮袋时,一只老鸦已啄开了驴驮上的一条布袋,急忙呼叫扑打,老鸦竟衔了布袋起飞,那破了洞的布袋就遗漏着秋面糕的碎块四处扬撒。要是往常,石祥会痛惜大哭,会一面拾了石子掷打而一面捡着糕的碎块填到口里去,可是这阵石祥的烟瘾发了,当用身子趴在那压干粮袋的石板上时,烟瘾使他一阵晕眩,觉得眼前的一切是那么熟悉,他大声地对着已爬到半山头的大人们喊:不能上那个古堡,那个古堡什么也没有的,往左边那个古堡去呀,古堡的左边有一条小路的。大人们被他的话惊住,幼小的石祥并不在意,仍处于恍惚之中,说:古堡左角的那一棵树下,掀开那面白石板,下边是有一个烟斗啊!听着他这样的叫喊,大人们就认为这是在胡说了,但恰恰还是上了他所指点的古堡,出奇的是在那树下的白石板底下果真发现了一个小小的烟斗,人们呼叫着下来了。

"石祥,你说的是什么样的烟斗呢?"

"子弹壳做的烟斗嘴,细铜管做的烟锅杆。"

说得一点没错。小石祥一把夺过来。

"这是我的!"

"你怎么知道这里有烟斗呢?!"

"我知道。"

就这样,石祥能知道前身的事流传开来,但前身的事还知道些什么呢,譬如姓什么,叫什么,干过什么事情,石祥却无论如何是说不出来的。

他现在也无法对小李子说得出来。

百无聊赖的石祥这时只有把玩他心爱的烟斗了，虽然他带的是整条的高档香烟，他偏要拔掉过滤嘴，将纸烟插在烟斗里或是干脆撕开了烟丝按到烟斗里来吸。黑漆漆的牙咬着烟斗嘴，那一块铜已经咬得发扁，似乎只有这么咬嚼才有了烟的滋味。长长的一口吸使烟输送到了身子的每一个关关节节，又带着关关节节里的疲倦悠悠从口中涌出，这个时候石祥就最有了想象力，眯缝了眼睛想起什么便来什么，要看着什么也真的就是什么，以至于真假不能分辨，连自己也我非非我起来了。那在洞壁顶上缭绕的是朝朝暮暮的云雾吗，那湿津津的洞壁上也是露水附着吗？一只身上有着光洁油亮的壳背的昆虫一定就是刚刚爬出水面的龟了吧。哎呀，云雾生发的早晨空气里到处是呛呛的腥味，岸边的峰峦将晨曦分割成无数的三角，这一个三角幽暗，那一个三角明丽，三角与三角接连处就变幻着五色或是七彩。石祥隐约听到一种嗡嗡细音，不用看，那该是一只小蜂千百次扇动了带露的薄翼了。但他还是把眼睛睁开了，首入眼帘的还是那只漂亮的龟在爬行，触动了洞壁角的一盘小小蛛网，蜘蛛却没有动，缀在网上的和珍珠一般的水珠在一瞬间垂垂欲坠了，却没有掉下来。掉下来的时候，那是多么美妙的一种音响啊！烟雾越来越浓，真是云雾无心出山岫，几只蚊子在其中飞动了。不不，这不是蚊子，怎么是蚊子呢，石祥的仙鹤姿势才这么优美。仙鹤呈祥，洞便是仙洞，洞中一日世上百年，这一句自幼便听得的古话却使石祥忧患起来，想到了遥远的那个有着自己童年和少年的故乡，想到了要在某一日回去，村中的房子还在吗，人还认得他吗，他还认得那一座不会塌的石桥和那一口搬移不走的水井吗？烟愈是浓烈了，不再是袅袅，简直有翻腾涌滚之势，看不见了仙鹤的石祥担心天要下雨了,那么,天是什么呢,地是什么呢?噢,噢噢,天之所以为天的是云,地之所以为地的是水,水升蒸便为云了,云降落便为水了,天地原来是一样的。因此云纹和水纹多么相似呀,那云中的鸟水中的鱼除了毛和鳞还有什么区别呢?石祥在瞬间的玄想妙得后,感觉到了心身十分受活,在他重新打坐起来的时候,他发现了三面洞壁上茸茸地生就了一层绿苔,这是石祥为之得意的事呢,这些绿苔在很久前就生就的,它们已经同他沦同了一个生命,在他没有烟吃的时候,除了紧张的作战时间,他是无精打采的,这些绿苔也似乎蔫下去,附在洞壁上几乎没有了颜色也没有了形体,而他一吸烟,他来了精神绿苔也鲜活活地呈绿显形了。这么想起来,石祥突然觉得洞外的山坡上杂七乱八的那些松、杉、栲、槲、青冈、白桦全然不是树了,是一群似乎见过面的熟人在陪他站着,站着的人是那么英武和亲近。这是些怎样的人们呢,怎么就觉得熟悉呢?愈是这样想,耳际里就隐隐约约响起了激烈的枪声,且在枪声之中成片成片的人倒下去,然后是死死寂寂的安静,然后是树木萌生为林……这是怎么了,这是怎么了?恍惚中的石祥要求个究竟,满坡满谷的林子却突然像产生了无比强大的磁力,他又像是一只小鸟要被吸将包容而去,但他要被吸将去,林子却似乎一直在远处,他和林子同时在飞逝着而使他不知所以然地坠入一种境界中去了。

这是八十年前吗,这是那个赛鹤岭吗?

赛鹤岭上聚集着一群英武的人物。三省交界的边地,山高皇帝也远,这些落草的英雄差不多已经傲啸了十年,他们企图赶走三十里外的县城中的官家,目的却迟迟不能达到。当然,官家也并没有打败他们。可惜的是他们为着共同的业绩而生分抱怨起来以致内讧爆发，经历了残酷的厮杀，成片成片的人马死去，终于各自占领一个山头修寨筑堡为王起来。铁打的寨堡流水的大王，到后来，在一座五凤峰上突然出现了一位新的大王。大王从哪里来，什么出身？土著的群王谁也不知道，他们简直不能容忍这外来的人在他们地盘上吃饭。但是，每当红日西坠，这新大王骑马在古堡上扬手放枪，就将天空中的飞鹤一只一只打下来，然后一动不动如雕塑一样地立在那里，昏黄的天幕正衬着是他的背景，气宇是那样轩昂又沉静，似乎手一伸就要拍打着太阳有玻璃一样的脆声，这剪影使赛鹤岭的人都看见了，所有的大王都有些怵惧了。他们恨他，却又怕他，终有一个姓胡的大王历来是杀人不眨眼的枭雄，便派了一个头目去探虚实，他要试试新大王的厉害。这头目喝了三碗烈酒，自是汹汹豪气，爬上了那座最高的山峰，攀登了六十四台长条青石铺就的古堡门洞长阶，新大王正坐在最上的一台石阶上盘脚搭手着吸烟。那时所有的大王都吸用着装板烟丝的水烟袋，这位新大王口中却噙着一个铜管制作的小烟斗，烟斗锅里恰插着一支纸烟。头目不知怎么就慌乱地跪下，头也不敢抬的，说："禀告大王，我是南峰胡大王派来的。"新大王说："我等你好一辰了。抬起头来吧，坐到这里吸颗烟。"头目听见语句是那么柔软平和，于是把头抬了，却立即胆子壮大起来，他从来没有见过一个吃粮的逛山竟会长有这么俊秀的面孔，眉细眼长，鼻准圆润，腮帮有红施白地细嫩。头目差点嘻地笑起来，如果不是听闻到这就是那个厉害的新的大王，他会要初阳发动上去捏捏那细皮嫩肉的脸蛋了。新大王说："胡大王有什么事吗？"头目说："我家大王让告诉你，三天后有人要来端了你的窝子。"这话是胡大王来试探的,意欲新大王听后能自动离开此地,但头目现在想立功了,说完话就看新大王的脸,他要趁这美男子不注意,一刀砍了脑袋提回去。新大王听罢,却无动于衷,竟将双目微合了深气吸烟,那烟一丝一缕没有再飘出来,甚至刚才吐出的还绕在额头上的一团烟缕也悠悠吸进口去,像是一堆乱绳寻着了绳头收走一样无踪无影。头目便有些呆了。但也就这时候,那烟却又从新大王的口中飞出,飞出的是一个烟的小小的圈,旋即扩大,倏忽套在了头目的脖子上,接着又一个一个烟圈套来,瞬间烟圈接踵而生一个接一个地套在头目的脖子上了,头目立身不能动,脖子也僵硬起来,用手去抓又抓不下也赶不散,浓烈的呛味使他一时昏然不知所措。新大王却说话了,仍慢条斯理的:"多谢你家胡大王,回报说我知道了。"头目已经听不见他在说什么,惊恐地看着脖子上的烟套终于慢慢散去,便真如绳捆索绑之后的身骨散架似的倒在地上。当新大王再要他也来吸一颗烟,说这烟真是好味道呢,他慌忙磕头,倒退着要从六十四阶石台上下去。新大王说:"你这样回去,胡大王要怪罪你了,我送你一个立功的东西吧。"遂从地上捡起一块瓷片,只那么在左手上一划,便有一枚指头断下来,头目失声大叫,新大王说:"这枚六指指怕就是为胡大王长的。"左手扬了扬,还是五枚指头,那一枚却在地上虫子似的蹦跳不已。

从此新大王就长居五凤峰的古堡,他可以到每一个大王的领地内收取税款粮草,每一个大王领地的巡哨都不能拦截阻挡,新大王成了实际上的赛鹤岭上众大王的大王。

又一年的三月清明,赛鹤岭风传着新大王有了压寨的夫人,众大王便都携了厚礼前来祝贺。宴席还没有开,五凤峰寨的场子上摆下了茶点供宴前小坐,新大王就让压寨夫人为大家斟茶了。夫人果然美若天仙,鸦云乌发,星月眉目,裙下的一点品红绸鞋小脚走过来如水上漂一样消声静气,而散发的幽香却是每一个人都浓浓地闻到了。众大王的夫人都是有姿有色的雌儿,但却绝不能与新大王的夫人伦比,这毕竟使他们心中充涌了嫉妒和悲哀,便也立即想开:这武艺高强的青年大王有一张俊美的脸孔其实人家是天设地造的一对啊!但是,很快他们交头接耳起来,因为有一个大王发现这夫人正是城里县太爷的姨太,却怎么现在成了五凤峰的压寨夫人了呢?那位胡大王发话了:"尊敬的大哥,嫂夫人果真是天上人物多不知娘家何处,又是从何方娶了来的?"

新大王已经看出这些大王的猜疑,他不愿对着这些人推心置腹,见姓胡的如此问,就哈哈大笑了:"这个你们也不知道吗?你们多少年里与官府打交道,还是我听了你们的传言,才去请了这位县太爷的姨太来给我压寨了!"

众人是已经知道这夫人的来历,听了新大王的话却更为惊讶,他们为了打败官府成十年的搏杀而不能,他竟不声不吭将县令的姨太掳来当了压寨夫人,且说得那么轻松,岂不无疑在对他们的无能而嘲弄吗?况且这新大王是在什么时候单独去攻打了县城呢?!姓胡的便说:"大哥如此威风,想必县令的那一颗狗头也在这里了!"

新大王说:"攻打县城是大伙的心愿,我怎能一人去坐了县城?我这夫人与我有缘,她一见我,随我就来了的。"

胡大王说:"我明白了,明白了,听说湖北山中有一种蛇叫魅蛇,人将猫尿洒在油布上后铺在蛇洞口,蛇闻见尿味出来交配,就把精液遗在油布上,再是晾干油布,只要拿这油布在女人面前摇摇，女人就三昏六迷自跟着来了。大哥原来是湖北人氏，这夫人怕是在县城关帝庙会上所得的了！"

年轻的武人面颊微微红起来，说声"胡兄一定是很想去湖北一趟了"，遂哈哈大笑，将一盒只能在省城买到的纸烟发散给众人。众大王早就听说新大王吸的是新式的纸烟，一上古堡看见他口噙着烟斗，烟斗里插着稀罕玩意儿，便觉得自己那手捧的水烟袋而自惭了形秽，如今新大王发散纸烟，也就丢开了那压寨夫人如何得来的兴趣，只将发散到手的烟支反复玩看了叼在口角来吸。但是，新大王挨个发烟，偏就没有发散给胡大王，甚至走过了胡大王的面前看也不看一眼，兀自等大家全都把烟支点燃了问道："味道怎么样呢？烟是好东西，世上不吸烟的是那乌龟，乌龟有个大盖，吸了烟会呛的。兔也不吸烟的，兔是豁豁嘴叼不了烟支呀。驴蹄子是两半，它更是捏不住烟支啊！"众人哄然爆笑，扭头就看起胡大王了，胡大王顿时脸色灰白，站起来一掌拍在桌上骂道："白脸小子，你这是要羞辱我吗?!"声起枪响，新大王还未转过身来就噗地倒地了，子弹洞穿了他的胸口，血水喷起来洒在石桌上，他的口里还噙着那柄烟斗，在冒着一柱细烟。

这个故事已经十分遥远了，只有年长的人似乎还记得父辈们隐约说到过一些，但是谁说得清细节呢，谁说得清这故事是发生在七十三座峰峦的赛鹤岭间哪一峰上的古堡呢？

一个月的最后一个太阳在最南的边境线上沉没了，土石洞下的坡沟里，那一道如线的细水开始了蛙鸣。战争并没有使水蛙灭绝,在仅有的几只中,依旧公的和母的交配,生出无数黏液的东西,无数的小蝌蚪甩掉了尾巴,在这一个宁静的夜里发出了声音。那钩心斗角的巉岩里,一咕涌一咕涌再也长不完整却还存在的林梢间一定是有着魔穴的,穴里的魔也一定是吸烟草的,现在喷烟似的冒着雾气,弥漫到坡上来,是洞里的蚊子打锣般地轰嗡时间了。石祥最忍受不了的是夜晚,他的身上被蚊子叮得没一片完肤,只要随便用手在背上一抹,就是血糊糊一片。举手在眼前,看着艳红的往下缓缓流动的血道,他不知道这是自己的血还是蚊子的血。双方交战,到了这个年代,最痛快的是山顶上的大炮,可以将无数的雷霆轰然倾泻过去,也轰然倾泻过来,但是,他们却仍然要蹲在这低矮潮闷的土石洞中。石祥不明白将军们的作战意图,自己觉得这样必要吗?可这是命令,他只能在炮轰中于十七日前进入这里,直等十三天后又一次炮轰中再从这里撤离。现在无战事,一切静悄悄,他无声地将与蚊子战斗,吸大量的纸烟把蚊子呛出去,更不失自豪地为自己有这个小烟斗而庆幸了。正是这烟斗使他有了强烈的烟瘾,等到将来复员归去,他可以炫耀自己抽烟的能耐了,曜,胸部上挂着勋章的年轻英雄同时是超凡的吸烟之最者,一口气吸一包烟,两包烟,没有战争能吸这么多好烟吗?这时候,他想象不出右边十五米远的洞里的那个魏班长,一个从不吸烟的瘦小男人,这一夜该怎么过了?

第十五天,一早,对面山坡上向这边放冷枪,这边的洞里并没有回击,那边的枪声也停下来,而对面坡的一棵弯脖子树下的白石台上突然出现了三个赤身的女子。石祥先是以为三株柔弱的白桦,后来又以为是三只银光的长狐,终于看清为三个艳绝的女子,他的心头蓦地怔了一下。在霞光被山峰分割成巨大立体的明暗里，弯脖子树正在水津津的朝阳明辉之下，如舞台灯光罩住一般，女人在清丽的霞色中向着这边扭捏展示。毫无疑问，这是那边的敌军一种美人计，以此来羞辱和勾惹这边隐蔽的兵士。石祥确实是一股激荡的热气极快地流贯了全身，不自禁地想起了什么，同时舔了一下发干的嘴唇。"女人都是一样的美丽"，他这么想着，又愤愤起来，明白这是可望不可即的，既不论它的政治上的企图和阴谋，这种展示如水中月镜中花又能与一个战地的士兵何相干呢？他端起了枪瞄准，几次要勾动扳机，但他放下手来，嘲笑自己这是一种不可及的怨怒呢，还是一种经不住引诱的逃避？同时却也觉得这里的战争真是不像所有书籍上所描写的战争，他索性又看了一阵女人，就蹲在洞口拉起屎了。洞边的树叶铺在地上，粪拉上去，然后提了叶子的四角摔出去，石祥为这种战地的大便感到滑稽可笑，也为对方女人出现的同样的滑稽可笑开心了。但就在这一时，他发现了对面山坡的左侧一片蒿草里有了敌兵向沟底爬行，草很深，几乎谁也没有注意，眼看就要进入沟底，那么，只等潜伏到了沟道，钻入这边的山坡草木林中，他们就可以摸进别的土石洞来了。这样的事情曾经发生了一次，结果牺牲了三个密洞中的战友。石祥来不及提起了裤子，端枪瞄准着爬行的头一个敌人开枪了，清晨的枪声特别清脆，那人跳了起来，像一只弓腰的狗，接着就重重地摔下去不动了，后边的四个爬起来就跑。几乎同时，这边山坡的各个洞穴发现了目标，四个敌人就在乱枪中全平摆在了那里。石祥抬头看那白石台上，已不见了三个赤身美女，倒后悔他上了美女的当，一梭子弹就射向那里，恐怕是这边所有的兵士都后悔了，他们几乎一瞬间里都向那白石台开火，火光在白石台上飞溅，石祥觉得那美女就在上边，如雪如玉的身子被子弹洞穿，殷红的血顺着起伏有致的躯体下行，感到了一种从未见过的美艳。

这样的仇恨的射击在久久的一段时间后对面坡上并没有回击，一种激起来的战斗的冲动未得到全部宣泄而结束，石祥又吸了一支烟，开始无聊地眯起了双眼。洞里的战争，使年轻军人有力使不出，深感窝囊，但战争确实是这样的战争，没黑没白，不激烈也不得放松，石祥最容易处于一种昏蒙状态。是的，他没有完整的不瞌睡，也就没有完整的瞌睡，随时打盹，一打盹就似乎做梦，梦大多支离破碎。现在，他就梦见他住在一个小而黑的房子里了，是房子里吗，还是就在这个土石洞里，石祥却搞不清起来，意识里一会儿觉得我现在是在考虑土石洞里又做梦了吧，一会儿又觉得梦里我毕竟又回到了土石洞，或是在梦里梦到了土石洞里的我在做梦吧。

反正这个房子是小而黑，他没有烟吸了，他太想吸烟。

那个疤脸兀自在抽半截烟，眼睛红红的，两腮鼓得很起，几乎将所有的烟一丝一缕不漏地吸进肚去。这可恶的东西，贪鬼，烟蒂已经烧到手指了还不肯丢弃吗？打一个喷嚏吧，打一个喷嚏吧！阿弥陀佛，果然疤脸打了一个喷嚏，口鼻里的烟缕冒了出来，他们全张开了口，在空中吸着飘过来的烟味。

为什么又是做这样的梦呢？是梦中自己的烟瘾发了吗？人常说有所思则有所梦，但我现在并不觉得想抽烟呀！

石祥记起来了，三天前他也是做过烟的梦的。鬼知道他怎么就听到了警车响，正欲开门，门口有了三个警察说："你被捕了！"他不明白他为什么要被逮捕，但却觉得他是应该跟他们走的，就走了。那时,他口里正噙着烟斗,他把烟斗装在口袋向家人告别,警察却将他的烟斗夺过来,那么看了看,丢掉了,"不用了,牢里是不准吸烟的。"此时此刻的石祥立即感到坐牢并不可怕,可怕的是他将从此没有烟吸了!他被带进牢去,他什么也看不见的,过了一会儿,黑暗中出现五个人的脸,他笑着拱拱手。"都来得早?"五个人没有理他。"我来了,请多多关照。"还是没人理他。他要拣个地方坐下去,要歇歇好多好多的疲劳,那一个疤脸的,突然地说话了:"带草了吗?"他不明白什么是草,说:"草?"另外四人立即将他按在地上搜身了;搜得很狠,连下身也抓到了,终是在他的口袋里翻出了往日装烟时遗下的半根纸烟,交给了疤脸。疤脸走过来嘿嘿地笑了:"你还敢骗我呀?"这时他才明白说草是要烟的,未等解释,疤脸已揪住了他的头发:"哥们儿,初来乍到,你可看看这里的电灯泡比你家的灯泡怎么样,是圆的还是方的?"牢中的灯泡当然也是圆的,"圆的,"他说。他的头立即被扼着在墙上撞了,撞得咚咚响,撞起一个血包。疤脸再问:"是圆的方的?"他说方的吧,疤脸放开他了,大笑起来:"还聪明。我这是教你。"他从此又是大笑,笑得他从此老实得不能再老实了。

其实疤脸不揍他,他也是害怕疤脸的,在他一进牢门第一眼看见了疤脸,就觉得好眼熟,在哪儿见过,心里就嗖嗖泛凉气,曾有一次隐约想起赛鹤岭上的那个胡大王,似乎左脸上也是有过一个疤的,但这个疤和那个疤有什么联系呢,他得不出个明白来。

那是一场吓死人的梦,做过了也就过了,现在,他又梦见了疤脸,梦是怎么搞的,怎会反复一个境界呢?他每次打盹前总希望能梦见自己的父亲和兄弟,还有那个曾经相好过但并未确定恋爱关系的女同学,可没有一次梦见过他们,倒是梦到他从未有过的被捕和牢中的事。石祥迷迷糊糊之际,突然一个感觉袭上心头,使他悟到了梦是再世的幻影,或者说就是再世。这种感觉一经产生,他就极度地惊慌了,因为这感觉和他七岁时突然知道古堡上有个烟斗一样,自己这是怎么啦,一种特异的功能呢,还是他本身就是一个奇人?这么想着,他倒觉得蛮有意思,前身是做过一名英雄的山大王的,后身又是蹲过牢的,但那毕竟是前身和后身,而现在呢,他是一名军人,一名参加了战争的真正军人。遂又想,一个人在现今的生活中能知道过去和未来,这岂不是很幸运的事吗?枯燥艰苦的土石洞里,如同在看电影,他就希望每日都在回想前身之事,每日又在梦中经历后身之事,他极力想将这自己仅知的三世联系起来看清其中的原因,一世与一世怎样的转化,但除了吸烟外,再也寻不出别的来。唉,罢了罢了,反正活一个人真怪的,既然如今是军人,就真真正正活个军人的样子,爱我的枪,爱我的这个土石洞,当然还有这个小烟斗了。

又是一个炮击的白天。炮击是土石洞最好的休息日,石祥敲打了水管让水放过来泡吃了一些饼干,就和小李子在那里通话。通话很长,声音很大,小李子情绪很高地说着梦见妻子的具体细节,后来又说到他们的新婚之夜。"你是不懂得女人的,"小李子说,"冬天女人睡过的被窝里有一种奇特的香,你闻过吗?"这是很悲哀的事,他不知道。那一位眉心有一颗痣的女同学,他很早很早就注意到了,曾经寻找着各种借口去接近她,在暗地里琢磨她的每一个眼神和对他说过的每一句话,企图发现她对自己的一点暗示或一种什么象征的东西,但是没有,××,我这不是懦弱,只要你给我有那么丁点的意思,我就会有成倍的勇敢的啊!记得有一次,她来到了他的家,家里并没有别人,他激动得不知怎么接待她,翻箱倒柜地寻找了那么一堆核桃亲自砸着让她吃,有一颗核桃就骨碌碌滚在了她的腿下,他原本是近去要捡核桃的,就在捡起的瞬间触着了她的腿,她明显地身子动了一下,脸色通红起来。他以为她不好意思了,愣了一下又回坐在他的座位上,却立即大觉后悔了:她脸色通红,是以为他突然去要拥抱或接吻的紧张和害羞吗?但她以为了只是紧张和害羞却并未成怒或避开岂不是对他的拥抱或接吻表示接受吗?!唉唉,他又失去了一次机会,失去了机会再也没有了机会,他就是这样在暗地里放诞着爱恋,当面了却那么无能的人,他连靠近她也没有靠近过怎么有闻到女人被窝里奇香的艳福经验啊!石祥停止了与小李子的通话,默然滚在了一旁。

炮击在继续轰鸣,对面远山头上已经没了树木,连一棵草也没有了,炮弹使那里成了一片焦土,浓浓的硝烟味直漫过来,使石祥连声咳嗽。他想象着在赛鹤岭上的那些远古的石堡算什么呢,如果用现在的大炮,几下就可以轰开了。那时的枪是有的,枪毕竟又仅是山大王的佩物,长矛大刀的兵器进行的是一种什么样的战争呢?还有,那个新大王,生就的一张俊秀如美妇的脸孔,怎么就统率了狼虎一般的喽啰部下?石祥觉得这样的脸是宜于花前月下的谈情说爱,他出战的时候,是应该戴一副凶恶的面具的。石祥又犯玄想了,一玄想就坠入别一种境界。是的是的,新大王是有一副面具的,这面具是他营建了五凤镇后才觉悟而制作的。当胡大王的头目试探失败之后,新大王的地位谁也不敢偷觑，远远近近的山民就潮水般地向五凤峰的辖地涌来，以求得生存的安定。新大王就选择了峰下的一块平坝让山民规划住宅，极快地竟形成了赛鹤岭最大的镇落。为了镇落的安全，也是为了炫耀年少英雄的武威，新大王每日的清晨和夜晚要骑马在镇街上巡逻。这已经成了一种规矩，也渐渐成为镇民掌握时辰的标准，马蹄一响，人们就开始呼儿唤女地起床了，或是关门吹灯地歇睡了。但是，总有许多人家在这个时候要趴在窗户缝里往街上看，就看见了一匹白色的大马上端坐着那么俊美的少年大王，晨曦或者月光之下，那额角分明，鼻梁高耸，双目炯炯若星，简直是天神一样的人物啊！多少青春少妇和妙龄的女子从此心旌飘荡，夜里的风雨多么紧，她们是不会醒的，婴儿的啼哭多么吵，她们是不会醒的，而街的那头一有了嗒嗒的马蹄声和当当的马鞍上的铃铛声立即就翻身起来了。那时候，山寨和古堡里需要做饭的厨子，镇落里的人家要派出妇道去义务，但谁去谁不去得亲自由新大王决定，新大王就在巡逻时只消将那柄精制的皮革马鞭悬挂在某一家的门环上就是了。能到古堡中去，能到新大王的身边，这马鞭的悬挂就成了女人们企望的幸事，被视作了一件无上的体面和光荣。于是，一宗悲剧便产生了。镇落里最漂亮的一位姑娘，她差不多已等待了很长很长的日子，马鞭却并没有悬挂在自家的门上，她同爹爹做小炉匠的活计，几乎是全镇落第一个早起开门，等着新大王的马匹过来的时候她已经燃起炉火工作了。那一时里，她要红堂堂的炉火映照出她自以为最美丽的侧影，手在忙活，耳却在街上，小锤敲打铁皮的声响完全同马蹄声一致节奏。知道马匹已到了身后，这种知道是并不用眼看的，凭着感觉，凭着闻到的气息，她几乎停止了呼吸，一根一根汗毛都透起了紧张和羞怯,但马匹并没有停地依然走过,似乎是并没注意到她的存在,这姑娘不免在漫长的一天里泪流满面。再不好生干活,要给爹发脾气。镇落里来提亲的人很多,姑娘全不同意,她要嫁给新大王,最坏也是同新大王一样英武俊秀的人,她对自己充满了自信。但新大王压根儿不知道她,甚至连让去古堡为厨的差事也轮不到她,姑娘的神经就犯毛病了。常常夜半醒来,突然觉得马鞭是挂在了自家门上,她就要跑出来看一看,或者感觉到今晚马鞭会挂上的而一整夜在炕上长坐不眠。她知道新大王喜欢吸烟,她也喜欢新大王吸烟的那一种优雅潇洒的姿势,她决定要为新大王做一个烟斗;我不能接近他,烟斗却要时时揣在他怀里,噙在他口中。她是有高超的小炉匠手艺的,硬是用小锤锻打成了精美的烟锅和烟杆儿,为了有一个称心的烟斗嘴,她设计了无数的方案皆不满意,终在一次新大王持枪射击飞鹤时她捡到了一枚弹壳,竟透了孔儿恰到好处地安在上边。一件倾注了全部感情的烟斗终于做成了,她要在新大王的某一日的来到时亲手交给他,但是,她到底没有享受到门上挂马鞭的荣耀,且一个震撼的消息传来:新大王攻克了县城,杀退了官兵,收服了县太爷的太太要做压寨夫人了!姑娘在那一天里如痴如呆,精神完全崩溃了,如一朵花寂然地在无人知晓的山阴处放绽了一番奇丽后而红英脱落。五天的不吃不喝,她要死去了,临死时还在呼唤着新大王的名字。这情况终于有人大胆地报告了新大王,新大王匆匆地骑马赶来,他全然不知道竟有这件事,坚强的很少动了感情的新大王为姑娘的痴情而后悔了,痛哭了,他用手拍了拍依旧美艳动人的姑娘的脸颊,将手中的马鞭轻轻放在了她的身上,却从她的攥着的手里取过烟斗噙在自己口中了。他没有说话,默默地插上一支纸烟,浓浓的烟雾就袅袅在姑娘的头上和脸上。

新大王再一次巡逻在镇落石街上的时候,戴着了一副凶恶的面具,而那张棱角分明的嘴上迟早是噙着那一柄烟斗。

这烟斗终于遗落在了古堡的乱石之下,八十年后的七岁的孩子竟明白无误地指点寻出,"我真是新大王的再世了,"石祥这么想,却怨恨了既是再世化身为什么不也是一张俊秀的脸呢?自己同那个女同学之所以迟迟确定不下恋爱的关系,她就是嫌石祥长得太憨啊!

石祥的头实在涨得厉害,眉圈阵阵抽痛,想要再知道一些过往的事体,脑子里出现一片空白,什么图像皆没有,浩浩莽莽一声长叹,再不知该做些什么,歪头睡去了。一睡去却立即听到了声响,屏息静听,不是蚂蚁,也不是蚯蚓,是疤脸在说了:"你去过堂,一定要粘回一颗烟蒂的!"他便被人带走了,穿的依旧是一双露出脚趾的破鞋,也已经在大拇脚趾上点着了牙膏,头低着走过了长廊和院子一直往一间小屋去了。这一路线,他没有发现烟蒂,直到坐在了审问室中的椅子上了,仍在熬煎着怎么才能给疤脸带回一颗烟蒂呢?审问员问什么,他答什么,终于瞧见了就在椅子左前不远的地上有一个烟蒂!他把头扬起来对着审问员,一派认真听审的样子,一只脚却使力伸过去。离烟蒂一尺了,半尺了,身子不觉弯起来,好了,碰着烟蒂了,他的大拇趾就要去粘了,审问员突然问:"你在干什么?"他坐端了身子,但腿又伸过去粘烟蒂。审问员又问:"腿?"他只好说:"那里有颗烟蒂。"立即,身后站立的警卫人员一脚将他的腿踹直了,那颗已粘上趾头的烟蒂飞到了墙角。但就在这时候,一块弹片呼啸着落在了土石洞口,土石飞溅到石祥的身上,石祥醒来,一抹脸,一手血,同时感到有许多小沙粒深深嵌在肉里。石祥愤怒地骂了一句娘,第一个念头是沙石嵌进肉里是不能立即取出来,那将来就肯定是一个麻脸石祥了。石祥是麻脸,那个女同学该会果断地与他结束了吧?他使劲从肉里往外挤沙粒,结果又是血流满面,而且疼痛使他嗷的一声昏了过去。

苏醒过来,已是月在中天,炮击平息了。这一夜的月光十分好,但石祥口渴得难受,他用手去击打通水的铁管,手拍上去连他也听不见声音,就在地上摸索,摸到了那个小烟斗去敲打,旋即将大瓷缸接上去,但水没有过来。他嘴对了铁管口向里边轻声呼叫,仍没有回应。这是从来没有的事情啊,石祥心中掠过不祥的念头:小李子那边也出事了,负伤了,牺牲了?!那么,"我也要死了,我也要死了",仰身倒在那里,手脚再也无法抬起来了。

整整两天,石祥未能喝上水,饼干无法下咽,勉强爬起来尿了三泡,三泡尿喝完,再也尿不出来了,现在唯有的是吸烟。

疤脸又在吸烟了。这烟是石祥的家人在送来的棉被中夹带的烟丝用卫生纸卷做的烟,但烟归属于疤脸,疤脸吸过一半,终于递给了他,他双手颤抖,眼珠突出,腮帮深深陷下去,烟缕就进了肚中直至小腹,他感到了从未有过的舒服,每一个关节却酥酥发软。当他久久之后睁目四顾,看见了那三个可怜的人正涎水长流瞧着他,目光是多么卑下和乞求啊,"来,"他说,"你们也吸一口吧,只是一口!"他把烟递过去,三个丑陋者感动得泪水溢流,爬着过来接住,一个狠狠吸了,递给另一个再狠狠一口。仅仅是三口,没有冒出一丝烟缕,烟支已经燃到烧指的地方了……

又是梦,又是来世的情景,难道我的来世永远要在监牢中吗,永远是一个无烟吸的烟鬼吗?他惊怕而醒,醒来又渴又饥,吸过一支烟后便木木发呆起来。一只蚂蚁在洞口经过，这是一只很大的蚂蚁，头与肚滚圆，腰与脖却细若线丝，看上去若即若离的样子，但通体的油光黑亮是石祥前所未见的。他伸出手去，蚂蚁就爬了上来，手握成拳，蚂蚁仍在上边爬，企图寻找能下去的边缘，他把拳顺着它的爬行而旋转，蚂蚁也就不停地匆匆地循环往复。这愚蠢的家伙！石祥似乎觉得这样戏弄它有些残酷，却不愿停止拳头的旋转，恍惚间自己也看拳头巨大起来，蚂蚁顺了那手纹爬行犹如是那山的壑沟。

是一条壑沟，一个人气喘吁吁往上爬，爬到了赛鹤岭最高曲峰的古堡门洞。

"哐啷"一声，石祥从一个境界的边缘被扯回来了，他听见是铁管在响，忙附近去，逮住了那边闷闷的呼叫声。

"石祥，石祥，你死了吗？"

"你没有死？你没有死？！"

石祥激动得低声急叫，泪水就流下来。他听见了小李子在说他才醒过来，不知是昏过了多久，是一两个小时，或是五六个小时。石祥还在哭，这哪里是几个小时，整整两天又一个晌午啊！但他说不出来。后来小李子又是怎么告诉他如何受的伤，石祥没有听见，直到水咕嘟嘟流过来，他用口接住了先喝个够，然后才在水壶里、缸子里接满。现在，脑子、眼睛、耳朵，一切都清楚了，天是瓦蓝瓦蓝，山坡那边的树一片翠绿，又有什么昆虫在动听歌唱，石祥要舒舒服服来享受一下了，他感到了活人的幸福的滋味。但是，不知怎的想起刚才闪过古堡的事，啊啊，今天是什么日子，过去的事和未来的事几乎在不长时间都显示给了他，这是一种什么天意呢？在这低矮艰苦的土石洞里，面对着凶恶的敌人，面对着死亡，他应该全身心地处于战斗状态，为什么竟要让他一次又一次知道得那么多呢？过去的生活毕竟还悲壮有趣，未来的事却如此恐惧厌恶，石祥想摆脱这种困境，不希望再做那些来世情景的梦吧。

那么，唯一的办法就是不打盹。不打盹的唯一办法就是战事进行。但现在双方都安静了，他只有吸他的烟来刺激精神了。

坚持了一个晚上，又坚持了一个白天，烟已经不能为他驱赶睡魔，恰在这又一个黎明他听见了鸟叫，偶一探头，发现了朦胧的晨曦里几个敌人已经爬到了沟底，不，还有三个人头在洞下并不远的树丛中闪了一下。石祥立即感到事情的危急了！这些可恶的敌人摸到了这边，如果再迟几分钟，不可设想的局面就发生了。当他把枪端起来，却寻不着了目标，他知道敌人藏在某一处的树木中，开枪不但不能消灭他们，而且只能暴露自己，急中生智，抓起了自己的几包纸烟丢过去。果然，在一丛蒿草深处有两个人头晃动。叭叭两枪，两个凶残的也穷惨了的偷袭者血水激溅，石祥同时看见有三颗纸烟也溅了起来，不见了。沟底里的敌人往回逃遁，其余的掉头就跑，他们猫着腰跑得极快，如蛇在窜行，晨雾中只见有数道蒿草在动。所有土石洞的枪都一齐爆响。

石祥毫无睡意了，他为自己最早发现敌人和机智举动而激动不已。想着那些洞穴中的战友一定在感激他了，一定会在将来集体请求为他记一大功的。石祥一兴奋就嚼了烟斗，拿手在一个布包里掏烟，但是令他沮丧的是布包里已经没有了烟！没有了烟，这日子怎么过呢？他空嚼着烟斗，真是后悔得要骂起来了。这同时，猛烈的炮击开始了，山沟上空，炮弹呼啸着飞来飞去，到处是乱石飞木，到处是浓烟土气，石祥缩进了土石洞的里边开始去睡觉了。他原本是不愿再睡的,而现在没有他们潜藏在洞穴里的兵士的事可干,又没了烟吸,犯着烟瘾呆坐比那梦境更使他不堪忍受啊!

仅存的烟发现少了许多,疤脸立即把所有被褥翻起搜查,终在放尿桶的墙角的草下发现了。这是谁干的?三个人拒不承认,疤脸就和他将三人轮流按在地上打,便有一个承认了。承认了好,疤脸歇下来,又命令他和另外二人继续收拾那一个,抓了头发往墙上撞,竟撞得脑壳破裂,这一夜躺下没有动,第二天早上也没有动,等到中午看时,人都已经僵硬了。

他被判处死刑拉出去枪决了。他十分后悔,但有些不服,怎么疤脸没有枪决呢?刑车通过了大街。街上那么多人指指点点议论,他听见在说:"瞧,为了烟送了命!""这个烟鬼,为了烟值得吗?""该杀,为了烟都可以杀人,那什么事都可以干得出来的了。"他忍受着人们的咒骂,心里却说:为什么他要偷烟呢,有什么能比烟更重要呢?可惜我现在不能吸烟了。他抬起头来,看见了全副武装的行刑警察,有的在吸着烟,烟味是那么香,他暗中在逮吸着有烟味的空气,直吸得肚皮都鼓了,终于说:"能让我吸颗烟蒂吗?"吸烟的刑警看着他,似乎要笑,但没有笑,说:"临死了还想吸烟?"他说:"要死了,让吸几口吧。"刑警就将吸过一半的烟塞进了他的嘴里,他吱吱地吸起来,很快吸完了,火已烧到了嘴唇,但他没有唾,还在吸,直到嘴上烧出的油和血把最后豆大的烟蒂沾灭,他仍未吐掉,一伸舌头将那烟蒂吞在口中嚼开了。嚼过了大街,嚼到了一片河滩,他跪在那里,口中的烟蒂还未彻底嚼尽,一声剧烈的响动,他立即死去了。

梦里,石祥是死去了,但是,土石洞里的石祥醒来的时候,他已被一块飞进洞里的石头击中了脑袋。石头并不大,来势却十分猛烈，立即在他的前额陷进一个洞，他昏迷了，再也做不出梦来。铁管在不停地响着，他似乎又苏醒了，硬着目光看着铁管，还知道小李子在为他焦急，但他醒来最急需的是想吸一口烟啊，隐隐约约的梦境依稀闪现，那个来世的他在死前已吸到了烟的，而他却带着烟瘾要死去了。他拼足了气力扑到铁管口，以最大的力量在喊：

"给我一支烟！给我一支烟！"

"石祥，你还活着，你真还活着？！"

"我要吸烟！我要吸烟！"

"烟怎么能给你呢？"

"你在那边吸一口，吹进管子里，我在这边就吸着了！"

一会儿，烟果然从铁管中飘过来，石祥将嘴张到极限，完全是把铁管插在口里，他吸到了烟，幸福的烟。当小李子在喊："石祥，你吸到了吗，吸到了吗？"石祥嘴还在铁管口上，眼睛微闭，一种满足了的微笑僵硬在了脸上。

十天过去了，又一次猛烈炮火的掩护下，土石洞里的军人按期撤下来了，又一批新的士兵重上岗位。战友们将石祥的已经发出臭味的躯体背了出来，装上了汽车，运往后方的火葬场火化。石祥的灵魂并没有远离躯体，不，他现在才明白了这并不称作是灵魂的，是应该叫作古赖耶的怪诞名字的。为什么不叫灵魂而叫这个怪名，反正石祥现在获得了这么个名字，并且还明白了作为人是有八个意识的，即口、耳、目、嗅、感、思之外，第七是潜意识，第八就是古赖耶识，而人的躯体死亡，前七识都要俱之而灭，但第八识是不灭的。当石祥的古赖耶识现在离开了躯体，也才发现满空中到处在游荡着古赖耶识，它只能是同类的一种，再称之为"石祥的"便是错误了，它除了是古赖耶识就是古赖耶识。这些古赖耶识似乎在自身裂变着，同时相互拥挤撞击而上升，已经有很厚很厚的一团聚集在天之高空了。世界竟原来就是这些古赖耶识吗，一切都是这些古赖耶识在发生着作用吗？它们这么聚集在一团游荡空中，寻找着地面上的似乎有着什么频率相通的东西而附体吗？那么，它们碰到了草木的花粉受孕而附就成为新的草木的生命，碰到了人类的男女交配而附就成为新的婴儿的生命吗？那么那么，同样的道理，它们也是成为了一切家禽和野兽，一切飞鸟和鱼虫的生命吗？当这个生命的个体成熟死亡之后，它又是飘离而去吗？啊，伟大神奇的古赖耶识，这无生无灭、无时无空的创造世界的种子，这一次附在了人身上成为人，下一次附在了树木之上成为树，如此反复不已就是人世上所说的轮回转世吗？石祥的古赖耶识，不，它飘离了石祥的躯体而在空中默默注视着石祥的躯体的古赖耶识，它为石祥没有坚持到任务完成而惋惜了！但是，它又是多么为它存在于石祥这个个体的生命期间完满了这个体活人的价值而自豪得意了！

火葬场里，躯体装进炼尸炉，立即化为灰烬，一部分留下来，一部分顺着高大的烟囱冒上天空。古赖耶识彻底要与一个石祥永别了，它顺着巨大的烟囱而上，它突然感到丢失了一件什么东西，想了好久，是那个小小的烟斗。古赖耶识是不知道石祥所做的梦的，因为它纯乎是无形无影无言的东西，它也不知道将来它又会附着哪个时候的哪一个物体，当它飘出了烟囱来到高空的时候，看见了那炼尸炉的大烟囱还在浓浓地冒着黑烟。

这是谁的烟斗呢？

晚　唱

夜很静，月亮晕化了一切，城北低洼带的居民区里，溶溶地看不见了街面、墙角；房顶浮着，是无数的三角和斜面。伴着一盏孤独的路灯，黑黝黝地歪着一幢木楼；已经是百二十年的建筑物了吧，油漆全然剥落、檐角差不多也腐烂了；透过门窗，隐隐地有了一丝儿亮光，一种单调的、似乎又有些节奏的声音就飘了出来，一会儿高了，一会儿低了，先是那么刺耳，细细听下去，又淡淡地有了那么一点儿音韵呢。夜凉凉地显得更深沉了。

"木楼大郎，敲高一点呀！"黑暗中，有人在叫着，接着是一下尖锐的口哨声。

木楼上的门"吱呀"却关了，似乎整个楼颤抖了一下，那打击乐仍又响着，一会儿高了，一会儿低了；夜似乎以此铿锵起来，似乎又以此和谐下去了。

击乐者，是一位四十多岁的男人，正坐在楼上的木板床上，弯曲了短短的一双腿脚，弓着腰，在用筷子敲打着面前的一摊儿灶具：盆儿是陶的，碗儿是瓷的，还有盘儿、碟儿；敲打着，是一声儿水音，是一声儿铜律。他虔诚地、认真地敲着，身心儿便陶醉过去，眼睛慢慢地闭合了，唯有鼻尖下的一条清水鼻涕，亮闪闪的，欲掉未掉。

他叫穆仁文,但人们都不这么叫他。说是他的这幢木楼,在这一带是独一无二的。而他的模样,又是那么猥琐,酷像《水浒》里的武大,便叫他"木楼大郎"了。至于他是哪一年住在这木楼上的,什么时候得到这绰号的,人们记不清楚,他也有些不理会了。只是每天早上,他穿着褪了色的蓝制服,夹着一把雨伞,去城里的一家行政单位上班,晚上回来,就走上楼去,击打他的音乐。在这小小的住宅里,四壁上没有挂一张女性图画,窗台上没摆一盆花花草草,家具也像他人一样:陈旧,矮小,看着让人窝囊。虽然楼是这一带最高的建筑了,但那窗户从未打开,室内黑漆漆的,大天白日也得开着灯。他没有娶过妻,也没有亲朋好友,从未动过烟酒,更没有多少外交活动的了。他想远远地避开人们,使谁也不知道这么个地方,住着他这么一个人。但人们反倒全知道了:当他出门上班的时候,缩着脖子,看着脚尖,默默地往前走,立即会被人叫起来:

"上班呀?木楼大郎!"

他知道那话的意思,没有去理,连头都不抬的,心里说:"沉默是最好的反抗。"

几个孩子跑过来;和他平行了,猛地往上一耸,嚷道:

"只有我的肩头高!"

众人乐得大笑起来了。

他实在气愤了,骂一声:

"造孽!哪一次运动来了,非被运动了不可!"

众人越发哈哈大笑了。

今夜里,他又待在他的木楼里击乐了。他早年学过音乐,但没有学成,却从此有了听听什么曲调儿的嗜好。"文化革命"中,他曾经买过一台收音机,后来本单位揪出个反革命,罪行是偷听敌台,这些灶具,慢慢地敲击起来。那敲击出来的声音,他听起来,是很醉心的,很快就会被带到一个银色的天国去了,尤其当他敲打几下,侧头看一眼柜盖上的那个小漆木匣子时,他就悠然得意而不能自已了。

那匣子里,装着一个精致的皮夹,皮夹里有着两百元钱。他闭上眼睛,就清楚地知道那是十张十元票子,十五张五元票子,还有七张二元,十一张一元呢。这都是他工作以来,一点一点积蓄起来的。积蓄着干什么?他不知道,但每月都那么存一些,觉得心里就充实了。钱藏在那儿,是谁也不知道的,谁也不常到他的房子来,他放钱和点钱的时候,门窗就全关了,连家里的猫也要赶到厨房里去。

但是,他对那猫,是有感情的,它是他唯一的家属,长得胖乎乎的,有一双大得出奇的神秘的眼睛。他只要一走进这房间里,就要抱起它了,用那短短的五指抚摸,竟常常在夜的黑暗里,看见了那皮毛上摸出了滋滋的火光星儿来。现在,猫已经在他的怀里睡了一觉,再不安宁起来,他拍了它一下脑袋,又当儿当儿地敲击起音乐来,眼睛又要闭合过去了。

猫却始终听不进这音乐的,不停地扭转着脑袋,耸着耳朵,咪儿咪儿地叫着。他奇怪了,停止了音乐的敲击,也支起耳朵来听。屋外,依然静寂,倏忽觉得风在袅袅,有一片树叶在窗外起浮吧?他讨厌地拧了一下猫的耳朵,猫一受惊,跳落地上,"咪"地叫了一声。他看着,就动起身来,去床头掏出一块点心,用牙嚼碎了,吐在那里,看着猫吃。

他毕竟有些困意了,看了一下表,已经是六点半了。六点半,是到了他的休息时间了。生活的规律化,是他多年来养成的习惯,他收拾了那些盆儿碗儿,脱了衣服,坐了在床上。

他那么坐着,呆呆的,开始想:我今日有害人之心吗?他检点着一天来的事情。

"没有。"他摇摇头,"害人之心不能有,防人之心不可无。谁今天对我有非议吗?"

他开始从早晨想到傍晚:大家对他都是平和的,那眼光可以证实。只是中午,书记让他去煤店给单位买煤,这是苦差事,别人都不去的,他是当即就去了。书记很高兴,说过"老穆同志好"的话……他坐在那里,无声地笑笑,拉灭了灯,溜进被窝里了。

他睡在床上,马上合上了眼睛,他有能使自己立即入梦的办法,那就是回想幼年自己爬山的事,他想着爬呀爬的……每次爬不到山顶,他就睡着了。现在,他爬起来,才爬了两分钟,突然坐了起来,想后窗的窗帘没有拉严呢,就披了上衣,迈着两条短短的疲腿下了床,摸黑去那里拉严了窗帘。才坐在床上,突然又怀疑起门闩插了没有呢?他记得是插了的,但又不敢十分肯定,还是又下床去了,伸手在门上摸摸,原来已经插了。他在黑暗中骂了自己一句,悻悻地重新溜进被窝,心安理得地要去"爬"山了。可是,他又听见了一种声音,似乎是什么锁晃子动了一下,他"啊"地叫了,一下子拉开了电灯,看那钱匣时,钱匣锁子果然在动着,但是,没有人,连人的影儿也不曾有;那只猫正惊慌地站在那里,灯光下,用羞涩的眼光看他。他心放了下来,骂道:

"你,你在干什么?"

猫耸耸耳朵,似乎要向门槛下的缝隙里钻出去。他立即生气了。他知道这猫正在怀春时期,夜里是不安宁的,这么个时候了,又要出去浪荡吗?

"你这个不正经的东西!"

他叫着,一下子扑下床去,把猫踢到了床边,拿木板挡住了门槛下的缝隙,就又大骂起猫来,说去年它怀了孕,让他踢了一顿,流产了,如今又忘了羞耻,又要出去,这怎么就不要脸面呢,不注意影响呢,不考虑主人是谁呢?

猫可怜地在床下哀叫,他抱起它来,放进被窝里,接着就躺下去,拉灭了灯,用手搂住了那一团毛乎乎的东西,心里说:睡吧,睡吧,这不是很好吗?

这时候,有人突然敲门,声音很大,又很急。他不作声,想:这是谁呢?是来偷盗我的吗?是不是假装敲门,侦察有没有人呢?或者,是楼下那一帮年轻人又来闲扯了。这些讨厌鬼,为什么要到我这里来,旁人不会说在搞小集团吗?而且又从不带烟茶,白吃白喝我的。但门还在敲着,而且有了问声,是大门口的收发老汉。他发话了:

"谁呀,我已经睡了。"

"有你的信,你又没来取,怕误了事。"

他拉开了灯,看见门缝里塞进了一封小小的白四方块;老汉咳嗽着从木梯上很快地向下去了。

他拾起了信,果然是写给他的,下边落款是"内详",他心头有些别别跳了。自他住进这个木楼,他从来没有给别人写过信,也从来没收到过别人的信,现在谁会给他来信呢?是流氓向他索钱的恫吓信?还是旁人给他的诬告信。他双手竟颤抖起来,用了好大的劲拆了信封,凑近灯下看起来:

穆仁文同志：

　　我叫苏梅，在西城区广播站当播音员，一生从未结婚，也未谈过恋爱，如今，一晃已经三十八岁了。我常听我舅舅提说过你（他叫王顺，和你在一个单位），知道你的情况，所以，冒昧给你去信，想和你认识。如果愿意，请于今晚十点在丁字街口的路灯杆下约会。内附一小照。

苏梅　本日寄

"谈恋爱！"

他看完信，第一个反应，脑子里便"嗡"地响了一下，就立在那里呆呆痴痴的了。恋爱他是谈过的，但那都是年轻时的事。那时候，他认识了好多姑娘，也常常收到一些求爱信，但他都失望了。他认为，城市的姑娘，大都是不正经的，当他和几个姑娘见面时，总先要问：

"在这之前，你和别人谈过吗？"

"谈过，但现在全没联系了。"

他很快就和人家告吹了。原因很简单：和别人谈过恋爱的，必是不那么干净，要不失了身，要不感情上也不那么洁净了呢。但是，他却再没有碰到过第一次和他谈恋爱的姑娘……一天天虚晃过去了，一直到了今天。

"这苏梅是没有谈过的。"

他心里说，便端详起她的小照来。她形态淑贤，端正，是个美丽的人才儿。她难道也是像我一样，一直耽误到如今了吗？但他心里不觉慌慌起来，就站在那里，想：她为什么就要和我谈？她爱上了我的什么呢？他虽然是个干部，但地位太低下了，看上地位是不可能的。他摸摸下巴,胡楂硬硬的,已经是四十多岁的人了,模样儿是走不到人前去的。那么,是看上我的钱了。可是,钱谁知道呢?那一定是她的舅舅在她的面前美化了我。这个苏梅的舅舅!他又为什么对我这般好呢?他是对我有什么要求吗?

他心慌意乱起来,对着那信封发怔。突然,他看见了那信封上的笔体:软软地,弯弯扭扭;一看就是女人的笔迹。糟了,门房老汉一定认出这信是一个女人写的,那去门房的人都会看出来的,他们一定在说:

"瞧,有女人给木楼大郎来信了!"

"啊,女人信!他还有女人的信?!"

"别瞧他从不接近女人,也不娶妻,原来有情人嘛!"

他脸唰地红了:这会发生什么后果呢?明天上班,消息可能使单位所有的人都知道了,他们一定要嘲笑的,用鄙视的眼光看他了。他怎么说得清呢?那脏名声,跳进黄河里也洗不清啊!

"我得向领导汇报去,发生什么事情,我都得去让组织上知道。"

他决定之后,穿好了裤子,锁了门,拿了那信向楼下的平房里走去了。

楼下的巷道很挤,支部书记是住在前边的一个小四合院里的,他迈着短短的腿,才走过巷道,就听见巷中那间小房里,正拥了一房子人,吸着烟,在热烈讨论着什么小说。他隔着门一看,见是本单位的小赵他们一伙。这帮年轻人爱好写文章,组织了一个小说写作小组,他老早就为他们担心了:这样会不被人怀疑成立了什么反动组织吗?他赶快扭过了脸去,匆匆从门前走过去了。

书记家的院子，门还未关，但他没有走进去，却用一个指头在敲那开着的门扇：

"书记在家吗？"

屋里正有人说话，他听了一下，觉得是本办公室的老张在里边。这么晚了，老张来干什么？是不是来汇报我的什么情况了？他紧张起来，想听一下；书记却从里屋走了出来，大声地说：

"噢，是你啊！快进屋来，今晚倒有兴趣串门了！"

"书记，你还没歇下？我有事要给你汇报。"

书记让他进屋去，他不，说这事只能让书记一人知道。书记就把他引到另一间小屋去，他详详细细说了信的事，末了说：

"书记，这女的我可一点不认识，是她写给我的，我才收到的。"

书记看了信，却哈哈笑了，说这是大好事：

"大家为你个人事都焦心，既有这么个机会，你一定要去！"

"要去？"他简直吃惊了，怀疑书记的真诚，便说，"书记，你对我有什么要批评的吗？同志们对我有什么看法吗？"

"哪有那么多看法？"书记看了一下表，"现在是七点，还来得及，你一定要去，而且一定要谈好！"

他摇摇晃晃地回到木楼，觉得一身轻松：他不用再说什么话了；至于去约会不约会，他觉得未必要去，爱情对于他来说，不是什么神魂颠倒的事了，现在已经是四十多岁的人了，谈不谈也无所谓，何况这女人为什么爱上了他，他还没有搞清呢！

他重新要上床去，却冷丁在那里站住了，觉得这约会必须是要去的。他庆幸自己的"幡然悔悟"，因为书记要求他去，他能不去吗？明日书记问起这事，若说没去，这不是把书记的话当耳边风吗？

他锁好了门，回身要走的时候，突然觉得不妥，开门又进去，重新打量了房间的一切，看那钱匣是不是锁牢了，那窗闩是不是插严了。而且这猫呢？他这么一走，它也不是又要出去的吗？他看着那猫，猫也正看着他，似乎在得意地笑。

"你别高兴得太早！"

他说着，就细细检查了一下房间，看哪儿的漏洞会使猫溜出去。一切该挡该堵的都挡了堵了，他冲着猫冷笑了笑，锁上了门下楼去了。

他路过了书记家的门口，忍不住又敲起门来，书记出来了，他悄悄说：

"书记，那我就去去，这事你得保密，谁也不要告诉呢。"

走到街上，月亮显得小了，星星却多起来，一眨一眨的。街面上，行人已经很少，月亮洒在那儿，有了柔柔的蓝光，又有了懒懒的白光，街两边的树木也幻化得朦朦胧胧。他似乎有了几分迷离，飘飘忽忽的，指头肚上，也感觉到了冷夜气息的微妙。突然间，唰的一声，一个什么东西从身边窜去了。他吓了一跳，定眼看时，是一只肥大的猫，已经蹲在了旁边的一堆水泥管道上，睁着两颗绿莹莹的眼睛看他。

这是谁家的猫？这么晚了，要到哪儿去？他想，是勾引他家的那只母猫去吗？他这么一想，气就上来了，认定这只猫一定是他家猫的"情夫"，那么，去年他家猫的大肚子，也就是这只猫作的孽了。他捡起了一块石头，向那猫狠力砸去，石头在水泥管道上击碎了，闪着火花，那猫尖叫着在黑暗里逃去了。

他长出了一口气，继续往前走。但是，脑子里很乱，尽是那公猫母猫，那难看的大肚子，那被他踢打之后流产的污血……他感觉脑子有些疼了,走向路边一个路灯杆下,倚了身子,想静一静神。才那么站定,却听见了什么地方,有一种窃窃之声,而且又有了笑声。他侧耳听听,听不清,回头看时,原来就在路的那边,也就是树林子的阴影里,模模糊糊地有了那么几对男女在那儿谈恋爱。

"呸!"他一下子犯恶起来了,心里骂道,"不正经!"

他听人说过,如今的年轻人常常在野外的恋爱中会发生关系,这些人一定无疑了。听那笑声,是一股什么味儿,又站得那么紧,一直在树的阴影里。他突然又幸灾乐祸起来:让他们乱搞去吧,反正我要见的这女人是正经的,她没有这么整夜整夜去阴影里嘻嘻哈哈。

一想到她,他又泛起了本来的惶恐:她给我来了情书,她怎么那样大胆,那样主动呢?他走了一段路,又站在路灯杆下,掏出她的信和照片看起来了。

"我要研究研究、我是四十多岁的人了,我不能像年轻人那样轻率。"

他看看她的照片,她确实很美,虽然三十八岁了,脸上有了细细的皱纹,但她依然是美的。噢,他终于想得明白了:这女人,模样这么好,工作又是播音员,高雅而文明,她占有了优越的条件,所以她才这么大胆和主动呢。

"她是正经的,她不是那种浪荡女人哩。"

他这么自言自语,就闭上了眼睛,手在动起来,似乎又在敲击他的音乐了。倏忽间好像已经看见了她:梳一头那么蓬松的黑发,穿一身贴体的西装,骑着车子上班去,街上行人全看着她,但一看见她的端庄,邪念便荡然无存。她到了单位,走进播音室,开始播音,声调那么清亮、甜美,所有的喇叭都响起来了……

一时间,他感到他似乎不是他了,回到了他年轻的时代,他想要叫喊一声什么了,但是,却兀自呆在那里,脸上发烧,奇怪和惊慌,他怎么会是这样:四十多岁的人了,会这么轻浮?!

他恨了恨自己,重新动了动身上的衣服,又恢复了原状,缩着头,看着脚尖,姗姗地往前去了。

现在,他站在了丁字街口的路灯杆下了,那里没有任何一个女人。他看了看表,时针指在九点。他就退过路灯杆,在一旁观望来往的行人。

这里是很热闹的地方,行人仍然很多。他这么等了一会儿,就不安起来,总觉得在什么地方,是那商店玻璃窗里呢,还是那巷口的灯影里,总好像有熟人在看他。他想,这是可能的,他们看见了,一定要笑话他:哟,那么老的人了,还在热恋?!他觉得很不是滋味了,终于低了头,用眼的余光扫视着街面,又走过去,在那巷口、商店里细细看了一遍,证实确实没有熟人,心才安然下来。他本来还要再回到路灯杆下,又觉得不如就站在街的这边好些,如果那女的来了,还可以远远先观察一番呢。

但是,鬼知道怎么又想起他的猫了。这时候,那被打伤的雄猫到了他的木楼上去了吗?那雄的一定在木楼的门口叫着,家里的猫是忍不住了,使劲抓门,抓窗。他对他的猫一向看管很严,可是,去年为什么就怀了孕了呢?是哪儿有它可以溜出去的地方吗?他一直疑惑不解。他想着房子的一切可能出去的地方,猛地就想起那窗户上边,冬天生炉子放烟囱的窟窿。对了,它一定是从那里出去的,可是,为什么来时就没有想到要去堵住呢?那不要脸的猫,听见了雄的叫唤一定是溜出去了!

他痛苦得心急火燎,骂自己太混账,但现在又无可奈何。他站在商店旁边的一家门口,又害怕被这家人怀疑要偷盗,才走到路边,一辆自行车忽地从他面前驶过,险些撞倒了他。他出了一身冷汗,看时,一个小伙带着一个姑娘,回头看了他一眼,又很快驶走了。他要骂声"眼睛瞎了吗?"又没骂出口,害怕那年轻人下来打他一顿。瞧着人家远去的身影,心里说:"一定是流氓,那带的女的,十分之十不是他的爱人。爱人有那么个坐车姿势吗?会走得这么急吗?这么晚了,带到哪儿去干丑事了!"

他站在路灯杆下,一边揉着腿,一边看着对面的路灯杆下,那里开始站了好多男女。他一时又不知道她来了没有,就又掏出她的照片对看起来。没有,她还没有来。她为什么现在还没有来呢?是还在上夜班吗?广播员晚上要广播的,或许,她快要下班了吧,她心急如火似的要赶来呢。

一时间,他又不是他了,他又幻想开来,觉得她就坐在播音室里,梳着一头蓬松的黑发,穿得那么干净贴体,面前是高高低低的机器,她对着播音筒在念稿了。旁边呢,坐着一个男播音员,相貌堂堂,一身西服,和她交替播送……他去接她下班了,上到楼上,站在那播音室门口,正要推门进去,一抬头,门上大红字写着:"任何人不得入内"……

"不得入内!"

他不禁叫了一声。就嗷嗷地拍打起自己的脑门,一下子害怕起来了:播音室里,必是一男一女,一上班,关在那室里,小小的,十几平方米里,谁也不得入内,他们在干什么呢?一天、两天……时间长了,能不发生别的事吗?

"有可能的，完全有可能的！"

他一下子清醒了那些想不通的问题：她三十八岁了，没有结婚，这么美丽的容貌，工作又那么舒服，怎么不谈恋爱呢？怎么没有人追求呢？那一定是在播音室内有了不光彩的事，名声很坏，所以，她舅舅提到了我，她就那么大胆，那么主动了！

他一把揉了信和照片，转身往回跑去。他庆幸他来得早，没有见到她的面，他更痛恨起这人生的可怕：这坏了良心的王顺，这坏女人！

现在，他唯一担心的只是他的猫了，他希望尽快到家，看它是不是出去偷情了；如果真是那样，他要狠狠地踢它，把它吊起来打个半死。

他匆匆跑回城北低洼带居民区，一进巷子，却照直往书记家去了。书记的院门已经上了闩，他绕到了后窗那儿，才要叫喊，又怕影响了书记的休息，但又不愿离去，那么待了好久，终用一个指头敲着窗子，书记问清了是他，他说：

"书记，我没有见到她。"

书记在屋里笑了：

"你这人！见就见了嘛，又不是去偷了人！"

"啊，我真的没有见，我经得起组织调查！"

书记又是笑了，说相信了他。他总算放心地上了木楼，一打开房间门，就高声嚷道："咪咪，咪咪！"

但是，没有了猫的踪影。他赶忙搭了凳子去窗户上看那个烟囱窟窿，果然那窟窿上，粘着有猫的绒毛。

"这不要脸的猫！这下贱的东西！"

他大声骂着，用木板钉死了那窟窿，发誓再不收留那猫了，以后再不饲养猫了。他关上了门,气咻咻地坐下来,但立即又跳起来,去看他的钱匣子:钱匣子还在。他摊摊手,笑了笑。

夜,已经很深了,露水下来,月色里有了晶晶的光亮,夜显得更神秘了,也更阴凉了。城北区低洼地的居民区里,雾色里浮着屋顶;无数的三角和斜面;孤独的路灯下,小木楼歪在那里,没有一丝儿光亮透出来,却飘出了单调的、又有什么节奏的声音:一会儿高了,一会儿低了;夜似乎以此铿锵起来,似乎又以此和谐下去了呢。

鸽　子

我正坐在院子里读书，倏忽觉得矮墙头上有个人影，看时，却什么也没有。低头再读，觉得那人影又出现了，猛一回头，矮墙头上果然有一个脑袋，但立即就缩了下去。

"谁？"我喝问道。

"是我。"

那脑袋伸出来了，是一个光头孩子，惊慌失措地向我笑。

"你要干啥？"

"不干啥，叔叔，看看你的鸽子，行吗？"

在这条巷子里，唯有我养着鸽子。一共是十二只；如今，全一排儿停在屋檐下的墙沿上，红的，黑的，白的，麻点的。这是我的宝贝，已经和我相处好多年了：它们静卧，给了我闹市里的宁静和温柔；飞动起来，却使我对大自然产生出无限的遐想。这些生灵儿使整整一条巷子都眼红了，顽皮的孩子就常常要来打我的主意呢。

"你进来！"我很是不高兴，成心要教训一下这个崽子了。

院门"呀"地推开，孩子挪脚进来。他竟没有跑掉，已经使我惊奇；端端正正地站在那里，不停地用肩耸耸那件宽大的旧中山服，眼睛一直看着我；蓦地我就爱起他这种憨相了。我招手让他进来,他怯怯地笑,不进,也不退;再叫一声"来呀",一抬脚却在台阶上绊了一下,跌倒了,哗啦啦把两手里的玉米粒撒了一地。

鸽子扑棱棱扑打着翅膀落下来,在那里啄开了,他赶忙坐起来,鸽子就围着他转,有一只甚至爬上他的肩,他只是爹啦着双手。

"叔叔,我能捉住玩玩吗?"

孩子的憨呆,使我消除了戒备。

"玩吧。"

他捉住了一只雌鸽子,左看右看的。就将一颗玉米粒在嘴里嚼了,用舌尖送着喂那小红嘴儿,雄鸽子立即都围了上来,绕着他一圈一圈扑扑啦啦地飞。他就把雌鸽子高高地擎起来,一边在小院里跑,一边嘿嘿地笑。

"你从哪里来的?"

"山里。"

"现在住在哪儿?"

"你知道冯山吗?他是我爹。"

冯山我是知道的。他只身一人在城里工作,就住在这条巷的北拐角。他的老婆和一个儿子都在山里老家,十多年了,夫妻两地,相处在一起还不足二年;冯山不久前终于离婚了。听说离婚是冯山先提出来的,老婆也表示同意,背过身却哭了三场。在法院判决儿子属谁的时候,老婆先是哭着什么也不要,就要儿子,但后来,却又让冯山把儿子带走了。这事巷子里的人都在议论,想不通这是什么原因。这孩子就是冯山的儿子吗?

"你娘嫁人了吗?"

"爷爷不让娘走,娘也不走,说伺候爷爷死了,她再走呢。"

"你为什么不跟了你娘呢?"

"娘说,让我跟了爹,能把户口转到城里,将来就有工作干。"

"你爹找了后娘,会待你好吗?"

孩子没有言语,很响地吸着鼻子。

"想你娘吗?"

他哇地哭了。

这些年来,这样的事情经常发生,孩子们都很受罪,小小的年纪就承受了忧伤和哀愁。我突然不知道该怎么安慰他了。

"别哭,孩子,别哭!到了城里也好……"

"不好。"

"你爹不疼你吗?"

他摇摇头:"城里没有玩的,山没有,河也没有,你到过我们山里吗?山里的夜晚星星多,厕所也多呢。"

"这鸽子呢?"

"我只喜欢这鸽子,它飞得高高的,警察管不上它哩。"

"在家里养过吗?"

"没有。山里的鸽子没有这么好看,我们叫是扑鸽,全是灰的,住在庙檐里和坟地的柏树上,一到晚上我们去捉,用手电直对着它眼睛照,它就飞不起来,然后爬上去,用帽子捂了下来。有一次我踩在二虎的肩上去掏窝,他腿软了,把我闪下来,将额上磕了一个洞。"

他撩起头发来,果然发际边有一个微红的肉疤。

"真危险。"我说。

"有意思呢，真的，有意思。"他抬起头来看看四周，似乎是在寻找可以比拟高低的树，但院里院外一棵大小的树也没有。

"真有意思呢。"他还在说。

我突然有了一个感觉：这孩子现在一定是很孤独、很寂寞的了。高楼大厦是不能吸引住一颗童心的，转户口、将来有工作干，也是不能吸引住童心的。在这远离大自然的闹市里，我一个大人都已经烦腻了，何况一个从山里来的孩子？

"你如果愿意的话，欢迎你天天来和鸽子玩。"我向他邀请说。

他一下子快活得跳起来，直摇着我的手叫我"好叔叔"，再没有一点憨憨呆呆的样子了。

从此，这孩子几乎天天到我的小院里来。我知道他叫沙沙，已经八岁，是小学二年级的学生了。他每次来，少不了要带些鸽子食物，玉米呀，麦子呀，小米呀，一进院子，就往地上一撒，或者把帽子翻扣着，撒在里边，鸽子就站在他的头上。从此他再来，鸽子就向他飞去，我待在房子里，一听院子里鸽子的响动，就知道是他来了。他和鸽子玩起来，似乎把什么都忘了，常常忘了回家，让他父亲吼着粗声在巷道里喊。他对着鸽子说好多好多，学着鸽子睡觉时那种似睡非睡的蒙眬眼。

"叔叔，鸽子会做梦吗？"

"会吧。"

"它飞过的地方都能梦到吗？"

"能吧。"

"这城市有多大呢？"

"有几十里方圆的。"

"它能飞得出去吗?"

"当然飞得出去了。"

"啊,那多好!"

到了五月,郊外农村的麦子熟了,我们一块去收割后的田地里去给鸽子捡麦子。一到田野,他就显得知识比我丰富,能分辨出几十种草名、虫名,捡麦子比我捡得多,而且又不穿鞋,光着脚在麦茬地里跳来跳去。说他们在山里收麦子,常常半夜就下地了,等到天亮,地里的麦子就割倒了一半,突然就会在前面不远的麦丛里忽地窜出一只野兔子来。

"兔子!兔子!"

大家都呼喊起来,扬着镰刀去追,跑在最前边的是他们一伙孩子,就堵住了山坡下的去路,把兔子往山坡上赶。那兔子却在山坡上像飞一样快,眨眼就没踪影了。

"傻孩子,兔子后腿长,下坡不行,上坡最快呢。"老人们笑着他们。

"那野兔子都是好皮毛。那一个麦收天,好几个皮帽子就这么没了。"他笑着给我说。

这孩子原来这般有趣,是我以前未能想到的。不到十多天他给我讲了许许多多山里的故事,我也教会了他饲养鸽子的所有知识,我们已经是很熟很熟的朋友了。

有一次,我们再去郊外的时候,我便把全部的鸽子带去,在每一只鸽子的后尾上装上竹哨,一下子用手托着放上天空,那哨音就曜曜噜噜地响,像飞起了漫天的歌子。他惊奇得抚摩着自己的手,说这歌子全是从他手里放出去的,然后就没了命地追着跑,大声地喊:"鸽子!鸽子!"

末了我领他往回走,他一直仰头望着天空,数那消失在云际中的十几个黑点儿。

"那鸽子呢?"他忧心忡忡地说。

"它们会回去的。"

"它们能认得路吗?"

"是的,它们还能捎信呢,如果把它们带到几百里的地方,将信缚在它们腿上放了,就会寻着送回家的。"

孩子就睁大了眼睛,深深后悔山里不曾有人养过这种鸽子,那灰色的扑鸽从来未听说过有这种本事。

"在山里要有这么个鸽子,现在不是可以给娘去信了吗?"

"想娘了吗?"

"娘要是想我,她不会写信,也可以在鸽子腿上缚几个面香包的。她每次蒸馍,都要在灶火里给我烧几个面香包的。"

"想得厉害了,你可以回去看看嘛。"

他脸阴下来,说:"爹不让我回去,我也寻不着回去。"

这时候,我就不敢再说下去,赶忙教他学着鸽子鸣叫,他果然很快就把什么都忘掉了,鼓着小嘴,嘟儿嚁儿地锐声发着卷舌音。

我们在一起这么又玩过十天吧,他却突然不来了。

但是,每天早晨,我一打开院门,门槛下就发现有一个小小的纸包,里边总是包着玉米,或者小米和麦子。我猜想这一定是沙沙放的,可为什么人不再来呢?我在巷口特意等着了他。

"小沙,你怎么不来了?"

"爹不让我来。"

"为什么?"

"说我不好好学习，光贪玩。"

"放了学也不让吗？"

"他说我野惯了，要收我的心。等等，我不像个城里孩子吗？"

"这话是谁说的？"

"爹说的，他骂我山里山气的。"

"……"

孩子头勾了下去。突然问道："叔叔，鸽子好吗？"

"好的，沙沙。"

"我送的东西，它们喜欢吃吗？"

我紧紧抱住了他，要他不要送那些小纸包了。

"你爹知道了，又要骂你了。"

"爹不会知道的。"

孩子不能再来，我常常坐在院子里读书的时候，总觉得空寂，读着读着，似乎就觉得矮墙头上有个人影，看时却没有，这么读不上一页就往矮墙头上看看，沙沙再也没有在那里出现过。鸽子也有些不习惯了，常常不安地在那里鸣叫。我就再也读不进书，走出院子，到巷口去寻沙沙，但常常落了空。

巷口总有一群孩子在玩着，沙沙偶尔也在里边，还穿着父亲那件宽大的旧中山服，后来就穿一件又脏又长的背心。当孩子们围着跳着皮筋时，沙沙就退了出来，蹴在远远的一边看着。

"你怎么不去玩？"我过去说。

"我不会。"他说。

"那容易学呢。"

"他们笑我山里山气的，我也不想玩那个。叔叔，城里怎没有大粪堆呢?"

"大粪堆?"

"我们山里,冬天里大场上总有几个大粪堆的,上了冻,白花花地潮了霜,那牛草粪一点也不臭,我们就分了两队去争那'将军台',那才有意思呢!还有村后一个大土坡,我们用条凳反放了,坐上去开火车,那么陡的,越开越快,风呼呼的,心就忽地提起来,麻酥酥地疼……这里没有,他们谁也不玩这个。"

我无法回答他,如何去向孩子解释"这是城市呀"!这个城市里,对于他,只有鸽子才能挑逗起这一颗幼稚的心。我于是又向他说起鸽子的近况,他话多起来,问这问那,竟问起鸽子是什么变的。

冯山就在巷子那头瞧见了我们,开始大声叫喊沙沙。

"爹又叫我了。"他说。

"你快回去吧。要不他又骂你了。"

他站起来,立即显得痴痴呆呆的样子,往家里跑去,那身上的书包带子过长,呱嗒呱嗒直磕着后腿弯儿。

一直到了仲夏,沙沙还是没有到我家玩过鸽子,我因为工作忙,也很少找过他,但是,却听了不少关于他的议论。

"啥人啥气质,本性难改,沙沙也是吃的白米细面吧,可还是山里山气。"

"听说他和巷里的孩子合不来,只会说些山里的野蛮事!"

"他差成色哩!"

"他怎么就出了一头一脸的痱子,眼皮都肿了呢!"

"他不耐城市的夏,夜里嚷着铺席到巷外口睡,他爹不让,他又不避太阳……"

"山里的孩子少教呢。"

"你知道他游泳的事吗?"

"知道。"

他们就在那里哈哈地笑起来。

我叫过了一些孩子,问起游泳怎么啦,他们说游泳池一开放,他就去了,但就去过这一次,却再也不去了。

"他是流氓!"

"流氓?"

"他到了游泳池,竟不穿游泳裤,赤条条的,尿一泡尿用手在肚子上一抹,一个猛子就扎了水里去,脚手打水,满池里水花乱溅,管理员便揪着他的耳朵拉出去了。"

"后来呢?"

"我们都叫他流氓,他说他们山里就是这样,我们就又羞他,结果他就动起手来,我们打了一架。"

"后来又怎么样呢?"

"他再也不和我们玩了。"

这笑话传了好长时间,听说从此沙沙就不大走出家门,要么,一个人呆呆地蹲在谁家屋檐下,瞧人家笼里的鸟儿,对鸟说好多痴话。竟发生了更荒唐的事:他有三次将那鸟笼儿打开,放走了鸟儿,挨了主人家的耳光,又告状给他父亲。

"你怎么放掉鸟儿?那是多珍贵的鸟儿!"有人问他。

"那鸟儿不好,鸟没有鸽子飞得高呢。"

"你真呆!"

"你真呆呢!"

结果他父亲揍了他几次,但越发痴呆起来。

每每听到这些,我心里就伤感起来,总担心这样下去他会闹出毛病儿来。我劝着人们不要嘲笑他,心想无论如何也该去看看这孩子了。这天早上,我还没有起床,院门突然被人咯咯地打响。门才开了一道缝,沙沙一下子挤进来,一见我就哇地哭了。

"怎么啦?!"我吓得抱住他,不知道发生了什么事。

"那只白鸽子死了,是猫咬死了!"

我吃了一惊,忙去鸽笼查看,鸽子笼关得严严的,那只白鸽子好生生着。看他时,他也疑惑了,使劲眨着眼睛,突然就笑了。

"你这是怎么啦?"

他说:"我做了一个梦,这些鸽子放在我家,我正睡着,突然听得扑扑棱棱一阵响,忙出来看时,原来一只猫钻进笼去,别的鸽子全飞了,这只白鸽子被咬死了,我就愣哭,哭醒来,就赶忙跑来了。"

原来孩子做了一个梦,我乐得直笑,笑着笑着心里却很疼,我拉他进屋坐下,给他拿糕点吃,他却从怀里掏出一个小布口袋,里边全是大米,说是给鸽子的。我不收,他便连抓了两把土搅在里边,就背了书包要上学去,又不要我送,怕他爹瞧见了。

但他爹当天晚上就知道了这事,听说狠狠打了孩子一顿,要沙沙保证再不拿粮食去喂鸽子,保证再不要到我家来。而且还恶言恶语,说了我好多不是,我原准备去他家看看孩子,劝劝冯山的想法,便只好作罢了。有几次我和冯山在巷口碰着了,他就窝了眼睛,一别脸过去了,好像我成了他的大仇人了。

秋天里,冯山却突然来到了我家。

"老夏,这门槛能让我进去吗?"他在门口说。

"门槛上有老虎哩!"我没好脸儿给他。

"实在对不起,老夏,我给你赔不是来了。"

"小沙没来吗?他好吗?"

"我没有让他来,你生气了吗?"

"那是你的孩子,我生什么气!可我真不明白,为什么要那样对待孩子呢?"

"是的,所以我来求求你一件事哩。"

"什么事?"

"他整天念叨着你,念叨着鸽子,我虽然让他待在家里,但他那心魂儿却总在你这院里。他偷过粮食,我打过一顿,他乖是乖了,却更痴呆起来。进城这么长时间了,还一点不像个城里娃娃,小小年纪,倒一点不灵醒,现在又整天嚷着要回山里去,我真害怕他有一天会突然跑掉呢。"

我说:"孩子才从山里来,不习惯这里,你那么管束,真会坏了他的。"

"可他什么也不感兴趣,只对着鸽子亲。"

"他毕竟在山里长大的,你让他来这里和鸽子玩吧。"

"也不能尽了他的野性儿,慢慢矫正着他;你能不能卖给我一只鸽子呢?"

"卖给?"

"这样或许他会好些吧。"

冯山掏出三元钱来,但我没有收,将那只白毛红嘴的鸽子送给了他,让他带给小沙。

后来,我就去了他们家几次,孩子爱鸽子竟比我更甚,他自己钉了一只十分好看的小鸽子笼,就挂在屋檐下的墙头。那鸽子的翎子用细绳扎了一撮，它就不能远飞，正双手托着，一会让飞在房脊上，一会让落在院子里，他就在地上做万般动作，伸长脖子，发着卷舌音，抖着身子，将两条胳膊扑拍着，做一个鸽子起飞的样子，逗着鸽子一刻也不能安宁。

见我进来，忙说："叔叔，这鸽子现在认我吗？"

"认的，这么些天了，会认你的。"

他解了那翎羽上的细绳儿，鸽子拍打了一阵翅膀，就一下子飞得老高老高，倏忽在云里消失了，但过会儿又飞了回来。他乐得大呼小叫："我的鸽子！我的鸽子！"

他高兴了，我也高兴，孩子的爹笑着对我说："有了这鸽子，他再没嚷着要回山里了。"

"是吗？"

"真怪，这孩子这么爱着鸽子？"

"真怪。"

从此，我坐在我家院子里，每每看见那只白毛红嘴的鸽子在笼子的上空飞来飞去的时候，我就深深地祝福着这孩子，这孩子的幸福鸽儿！

过了不久，这个城市里却遭受了百年不遇的特大风雨，连续几天几夜，城里倒塌了好多旧房败墙。我家的东边院墙也坍掉了一截，风雨过后，忙活了好多天，才重新修好。这么又过了一个月吧，我竟没有顾得去看看沙沙了，有一天在巷子里，几个老太太从面前走过，却听见她们捂着鼻子在说着什么。

"真可怜呢。"一个说。

"平日瞧着不顺眼，到这阵，可真叫人心疼呢。"

"他怎么那样呆呢，就是为了一只鸽子？"

"是他把鸽子害了。"

"鸽子害了他。"

"他怕不能活了呢。"

"也好，就不受罪了。"

我不知道这是说谁，但心里"别"地一跳，觉得不安了。吃过晚饭，正在院子里闷坐，冯山却来了。一进门，要对我说话，眼泪就唰唰地流了出来。

"啊！"我叫了一声。

"我找了你几次，你都不在，好长时间你没有去我们家了。"

"我忙，"我说，"小沙怎么没来呢？"

他一下子哭出了声。

"他怎么啦？"

"可怜的孩子，他快不行了，这几天常常昏迷，醒来就叫着你，叫着贝贝。"

"贝贝，贝贝是谁？"

"就是你送的那只鸽子，它死了。"

"死了?!"

冯山告诉我，那场大风雨夜里，他们已经睡下了，到了半夜，雷声大作，小沙就醒了，光着身子出来，要把鸽子抱回屋来。外面风雨很大，他没有叫醒父亲，一个人搬了凳子，太低，又在上边垒个小凳子，摸摸索索爬上去，手已经抓住鸽子笼子，一个电闪，他一惊慌，失了重，将鸽子拉了下来，又忙去接，凳子滑倒了，他大叫了一声跌下来，身子正好压在鸽子笼上，贝贝就让他压死了，他也跌断了脊椎骨，从此瘫在床上，小便也失禁了。

"他瘫在那里，整天都在哭，说他的贝贝没有死，还在天上飞，要我把他拉起来，但他自个连身也不能翻，就发了疯地哭喊。"

"你为什么不来告诉我呢？"我发恨地说。

"我不好意思再来找你，小沙也不让告诉你，说他害了贝贝。如今，尿道又感染了，几天不能吃喝，却哭得更凶，医生也没了办法，我真担心他会……你能去一下吗？只有你去劝劝他，或许他会听你的呢。"

我匆匆赶到他家。这时夕阳只有一道红光，正血红红照在窗子上，院子里空空静静。屋子里，一切物件无方位地堆放着，窗下一张床上，小沙仰躺在上边，已经瘦得失了人形，一见我，就哑着声哭了。

"小沙！"我忍不住也流下泪来。

他要父亲扶起他来，我挡住他，看见他的背、他的屁股已经在席上腌烂了，脓了一片一片……

"叔叔，贝贝死了。"

"不要伤心，小沙，我把全部鸽子都送给你吧。"

我走到院子，看见我家的鸽群正飞过天空，我就大声地打着口哨，鸽子就飞了过来，不停地在院子上空飞旋，那翅膀的扇动声，竹哨声，咕咕噜噜地响，小沙在屋里就锐声叫："鸽子！鸽子！爹，快把窗子打开，让我看着鸽子！"

窗子打开了，但他还是不能看见，急得直叫，他爹就把一个镜子斜放在窗台上，让他从镜面里反照着看。我进屋看见了，眼泪再也止不住，就又打着口哨，把鸽子全叫进窗来，鸽子就落在他的身上、床头。

"叔叔，你让鸽子飞，那响声真好听呢。"

我便把雌鸽子抓起来，逗那雄鸽子满屋扑扑棱棱打翅膀，小沙乐得喘着气叫："真好听，真好听。"

我和孩子的父亲不敢停下来，尽着法儿逗弄鸽子，末了我们累得满头大汗，还是不能歇下，不住地跑动，不住地打口哨，满房子都是咕咕、噜噜、扑扑棱棱的响声。但是小沙再没有笑出声，走近看时，他已经静静地合上了眼睛，早停止了呼吸。

鸽子还在飞动着。

小沙死掉了。这可怜的山里孩子，在城里火化了，装在一只木匣中，像那个小小的鸽子笼一样，他的父亲把它放在柜台上。

"我真后悔，"冯山隔几天到我的院子来，一看见我的鸽子就流泪了。"我害了他……"

"可怜的小沙，怎么早早就走了。"

"他受了多大的罪，整整躺了一个月，动也不能动，他反正再站不起来了，走了也好。"

"也好。"

"我昨日做了一个梦，听见小沙在门外叫我，我走出去，小沙笑笑的，却变成一只鸽子飞走了。"

"是吗？"

我的鸽群，正飞过院子的上空，咕咕地鸣叫着，越飞越高，一直向云际里飞去。

我和孩子的父亲都抬起头来，注视着那高飞的身影，觉得那里边一定有一只，就是小沙。

土　炕

这大娘住在陕北羊儿沟，西离县城八十里，东离锁关镇三十里。她一生没去过县城，想不来城墙是怎么个厚法；锁关镇去过四次，一满去赶庙会，回来脚疼了几天。她恨过她娘，给她缠了脚；又发誓来世再不做女人了，不能英武武地走州过县。

她娘家是关中人，十九岁上，一个亲戚做媒，将她嫁到这里。丈夫姓王，比她小了三岁，小猴猴个头。她当时很不悦意，哭了一场，但爹娘用了人家的钱，拗不过，只好去王家炕上做媳妇。过门的那天，丈夫用毛驴接的她，四个唢呐吹天吹地，村子里的人都来看热闹，她吓得伏在驴背上，不敢抬头。晚上闹了新房，窑门关了，剩下她和小猴猴，她想起她娘，又哭了；丈夫也不敢动她。第三天半夜，小猴猴爬过来，叫她"婆姨"，她说："谁是你婆姨，叫姐！"丈夫叫了一句"姐"，她才给了他个笑脸。

做了媳妇，滋味和做姑娘大不一样。丈夫虽然不能遮风挡雨，但对她尽心儿恩爱，她也就作罢了。他拉骡子去定边驮盐，一走一月两月，家里她里外忙活，冬种麦子，夏播糜谷；空闲下来，就拿了针线在村里串门。慢慢，倒觉得这地方不错，尤其是那土炕，在关中没有见过，她就兴趣了。

土炕很大，宽一丈二寸，长六尺零五，占了整整后半个窑。

窑窗下是灶台，灶口是个深坑，炭填进去，既烧饭，又从脚地下的火道里通到炕上，冬天里，满窑都显得暖和。但她不习惯这么大的炕。丈夫出门后，她一个人裹着被子，夜里睡得满炕滚，倒却乐得笑了几次。她提议把炕盘小，丈夫不同意，说将来要生儿育女，这炕上十个八个都能睡下；她听后飞红了脸。半夜起来解溲，她总想：真有七个八个儿女了，那炕下的鞋子会一摆一长溜呢，就又噗噗地笑。

土炕成了她的天地，她在上边纺线、纳鞋帮；在炕上摊开包袱，一有空闲，就翻弄那些各色布头、丝线；晚上在上边和丈夫说悄悄话。她想：男人家走州过县，女人家就是要守住这块土炕。她便尽心儿打扮：单子不许折一个皱，炕沿不能沾半星尘。只是不习惯在上边坐着吃饭，说是委屈不了那腿儿。

过了三年，她却一个儿女也没有生养下来。丈夫虽然心里苦恼，对她也不敢说出重话。她背着人哭了一场，觉得有了亏，便不再对他要强；丈夫反倒更爱怜她。

这时候，中央红军已到了延安，解放了西北边儿几个县，可胡宗南常来侵犯，这地面就成了拉锯区：一会白的过来，一会红的过来，日月不安宁起来。这一天，东南方向枪响了一个时辰，村里人都躲在家里不敢出门。天一黑，她就关门睡觉，窑畔上"咯"地响了一下，便有什么落在院子里了。出来看时，是一个女八路。女八路说：前边战斗很残酷，队伍冲散了，自己掉了队，要求进窑来歇歇。她吓了一跳，但还是让女八路进了窑。

这女八路脸黄黄的，腰身很笨，她一眼看出有着身孕，就越发怜惜起来，做汤烧水，让坐在土炕上。女八路看着他们善良，很是感激，但见只有这一孔窑洞，又见是才成亲的小两口，便觉得住着不便，丈夫也没了主意。她说："快上炕，咱们陕北，就是这风俗，家里人几辈睡一个炕哩。"

她让女八路睡在西边，让丈夫睡在东边，她在中间躺下，做了界墙。那女八路还是不肯睡下。她只好推醒丈夫，让他睡到灶口前的脚地，说只许面朝外。丈夫一夜没敢翻身。

她夜里悄悄问女八路："你当了几年兵？"

"一年八个月了。"

"打死过人吗？"

"用枪瞄了一个胡儿子，倒下没有起来，我没去看死了没死。"

"你真行，我杀鸡手都颤哩。"

"逼出来的，我爹娘是被胡儿子用刺刀挑死的，族里把我卖给一家当童养媳，我偷跑的。"

她心里动了一下，不自觉看了一眼她的猴猴丈夫。

"现在丈夫在哪？"

"在延安。不知这阵在哪儿打仗。"

"孩子几个月了？"

"七个半月了。"

"真作孽，还敢这么凶跑？"

"我真后悔怀上了，恨不得一把抓了出来！"

第二天，女八路要走，她留住了，说那太危险，路上生养下来，如何了得？女八路就住下来。她也知道了这女八路叫龚娟，是个宣传员。

这天夜里，龚娟肚子果然就疼起来，一扭一扭地疼。她赶忙在灶口的脚地推醒了丈夫，让他出去抱了一捆麦草进来，就把他关在窑外了。两个人都没有生过娃,心慌手抖的,忙乱了几个时辰,孩子总算落了草。她用灰垫了脚地的血水,开门把丈夫叫进来,烧饭烧炕,又拿了一溜红布,挂在窑门闩子上,说是避邪。

孩子是个女的,瘦得像只猫儿,她们就叫她猫猫。龚娟喜欢,她两口也是喜欢,终日关了窑门,不透风声出去。过了十天,龚娟在土炕上坐不住了,要出门去追部队。临走,留下猫猫,给她跪下说:"大姐,我不能再待了,这孩子带不走,就托付了你,权当你救了一命。要是个好的,你抚养长大,就是你的女儿,要是有个不好,你把她埋了,我一辈子都记着你的恩情。"

她扶起了龚娟,流着眼泪说:"龚妹子,你放心走吧,我虽是人穷,良心还没坏,你孩子就是我的孩子,我一定好好抚养。等有了好日子,我等着你来接了她去。"

龚娟磕了几个头,抱着孩子又亲又哭,末了,就走了。

她开始在这土炕上养着猫猫长大。她没有奶,孩子饿得蛮哭,她让丈夫去卖了炕上一条新被子,买回来一头奶羊,天天给孩子挤着吃。她在外边放风,说是自己不生养,在路上拣到这个孩子的,村里人也没有生疑。以后自己也真的没生下儿女,两年过去,也不见那龚娟来接女儿,只道是牺牲了,就越发疼这猫猫。

猫猫长到三岁,猴猴丈夫得了痨病,没救得过来,没了。她哭了一场,不去改嫁,从此做了寡妇。那年她刚刚二十六岁。

做了寡妇,日月就更加艰难。她短了言语,轻易不大出门,偶尔窑外跑来几只野猫野狗的,要么撵出去,要么关了门。四邻八舍,谁也说不出个闲话来。

她心性高强,天大的难处,只藏在肚里,人面前不露一点凄惶。猫猫的衣服，虽然不十分鲜亮，但绝对干净。家里一切开支全靠她纺线，她线纺得又快又好，别人每天纺一斤六两，她纺二斤一两，拿到集上去卖，要比别人多卖出好多价。

这年春天，西北方面完全解放了，村子里纺线的人多起来，政府也收购棉线、毛线。她从此就不去集上卖高价了，一律卖给政府。干部表扬她，她公布了猫猫的身世，说：孩子的娘是八路军，人家能拿枪打敌人，她要多纺些线，才配得起是猫猫的养母。村上就选她和一个叫吴二章的到延安去开劳模会，但她终是没去，觉得妇道人家，走不到人前去，评不评模范，反正她是要多纺线的。结果吴二章当了模范，后来跟部队到山西去作战，立了功劳，解放后在西安城里做了干部。她依然还住在羊儿沟，黑天白日在土炕上纺棉花。

解放后，猫猫长大了，她供着去读小学。猫猫学习好，她脸上有光，夜里搂着在土炕上睡，说："爱我不？"

"爱。"

"长大养活我不？"

"养活。"

她把猫猫搂得紧紧的。

可是这年秋天，她们正在院子里打枣儿，听见车响，一抬头，沟畔的路上，嘟嘟地开来了一辆小车，跳下一伙城里的人，一直向她家窑门走来，她感到新奇，不知道这是些什么人，正教猫猫说那是小汽车，那伙人就进了院，一位壮年妇女看着她，叫了一声"大姐！"就哭出声来了。她莫名其妙。那女的说她是龚娟，她噢地叫了一声，说"你还活着？"就呜呜咽咽起来了。

这天夜里，她们说了一夜话，龚娟告诉她，当时从这里出去，找着了部队，就开到前线去了，后来又去了新疆，再没有回到陕北。解放后，打问了几次，又没有找到，前一个月才有了消息。

"大姐，真苦了你，这么多年，一把屎一把尿把孩子拉扯这么大，我真不知道怎么感激你呢！现在革命成功了，我真不忍心带了她去，留下你一个人在这里；你还是一块进城去吧，我永远叫你是姐姐，猫猫也永远叫你是娘。"

她笑笑，说她有什么功劳，要到城里去？就劝说猫猫认了亲娘，猫猫不去，她倒变了脸。

第二天，她喜喜欢欢打发龚娟母女走了。车一拐过山弯，她却扑沓在路上，哭得哇哇地伤心。

从此，她有了一门亲戚在西安城里，三天两头托人给她们写信。母女俩也给她回信，时常还捎来钱，十元，八元。她舍不得花，买些山货特产又寄去。她们让她去城里游游，她信上应着，却一直没有动身。

猫猫在城里读完高中，龚娟便病故了。不久猫猫参加了工作，信便来得少了，先是两个月一封，后是半年一封，信又越写越短，最后竟再没有来过一句话了。

她却老是盼着，差不多过两天就去邮电所打问。村里人瞧她可怜，说："听说猫猫当了局长了。"

"是吗？"

"她真没良心，当了官把你忘了！"

"可不敢说那话！当了领导事忙么。"

"忙总不能忘了你。你把她抚养大了，你能不让她养活。"

"如果是为了如今叫养活我才收养她，那我成什么人啦！"

这话，是说给别人的，也是说给自己的。于是她就想开了，也不在心里埋怨猫猫。她只是纺她的棉花，春纺到夏，夏纺到冬，挣些钱，一半添了新衣，一半买了粮食。谁要再提说猫猫的事，她就抖着新衣，敲着碗沿说："说那话多没出息，我又不是七老八十了，过不去了?!"

只是那大炕，睡起来觉得太硬，一年四季上边铺了麦草。有人让打了那炕，给她盘个小的。她不，说她什么都可以丢下心，就是不舍这土炕，夜里睡在上边，可以做好多梦，梦见她那猴猴丈夫，也梦见猫猫母女。

那几年里，省上、县上的干部经常下乡，男的来，女的也来。村里就把女干部派在她炕上来睡。她很乐意，十个八个都让挤在土炕上。她睡得迟，挑灯看她们每一张漂亮的脸，一看见那炕下的鞋，就想起当年和丈夫说的话，没笑出声来，却去把各色各式的鞋放得整整齐齐。早上，女干部刷牙，她也用盐水漱口，人老了，牙齿不齐，但白得像玉。

到她六十岁上，闹起"文化大革命"，到她炕上来睡的女干部就少了。她常常念叨她们，全记着她们的名字。但在人面前，她从来没有提说过猫猫。只是每年枣子红了，她在心里就想起来，很是难过一个时间。

几年过去，社会虽安宁不下来，却从北京、南京、西宁来了好多学生，是插队落户的。她悄悄打问过猫猫，有的稍有知道，说猫猫是走资派，在西安城里曾剃了光头游街。她听了，不禁伤了心，说她看着猫猫长大，从没动过一个指头，如何受得下那份罪?

忽有一日，邮电所送来一封信，她慌得厉害，不知道谁会给她来信，让人代念了，才知是猫猫的，信上写得更可怜，说她犯了错误，现在五七干校改造；说她已有三个孩子，受人歧视，准备要赶到边远的地方去下乡，她不放心，想让大女儿落户到羊儿沟，让养母护着；说她这些年忘了本，没给养母来信，害怕养母不愿意。

她听了，眼泪又流下来，连忙让人写了回信。信上说："让来吧，让来吧！我怎么不愿意呢？孩子有了难处，到这儿了，就住在我家，炕还是那老土炕，我也不孤单，谁也不敢欺负孩子的，快让来吧！"

猫猫的大女儿不久就来了。这孩子十六岁，叫秀秀，和猫猫眉眼儿似像。一见面，秀秀叫她一声"奶！"她叫着猫猫的名字，搂着就哭了。

从此，土炕上睡了秀秀，夜夜她给孩子讲猫猫小时候的事，婆孙俩就笑一笑。秀秀也讲这几年家里的遭遇，她抹一阵眼泪，成半夜睡不下觉。

秀秀什么也不会做，她教着认庄稼、拿锄、洗衣服，叮咛人品要正，要舍得出力。秀秀也乖，样样听她的，收工回来，见她做好了饭，总要第一碗让她先吃，她乐得脚颤手抖。

过了冬天，秀秀来了例假，吓得不知道怎么办，她经管着，讲了好多事情，不让秀秀动冷水，不让干重活。秀秀反应大，身子不舒服，想起娘，夜里老哭，她就彻夜坐着劝说。村里人见她护着秀秀，谁也不敢作践。

待了两年，秀秀越发变成个大姑娘，肩膀宽了，胸脯高高挺起来，出脱得很漂亮。其中回了三次西安，猫猫让捎回了好多衣服给她。

她问秀秀:"乡里好?城里好?"

"乡里好。"

"将来你娘在城里住着难受了,让她也来住。"

"那该是好,我就一辈子守着奶奶。"

"那我以后就给你招个女婿上门吧。"

"可往哪儿住呀?"

"这么大个土炕,还没你小两口睡吗?"

"嘻嘻……"秀秀脸红得像朵花。

过了春天,秀秀又进城去了,她让给猫猫捎话,说要愿意到乡下,全家都可来住在她家,看谁还敢剃了头发游街?秀秀回去后,却一个月没有回来。她很焦急,担心是在路上出了事,就拍电报去城里。不久,信回来了。

信是秀秀写的,说回到城里,正赶上娘平了反,又恢复了局长职务。便要让她们在乡下的姐妹都调回城。

"可我还想回羊儿沟,我舍不得离开你。"秀秀在信上写道,"我睡惯了热土炕,睡在楼上的沙发床上,反倒睡不着呢。"

她一颗心放了下去,又一颗心提了上来,怕秀秀万一不能回来。村里人都在说:"秀秀不会回来了,人家一定是有了工作,还来乡下受苦吗?"

"秀秀说要回来的,她说我这土炕好呢。"她总是这么说。

但是,秀秀到底没有回来。信倒来了四封,果然是工作了,信上尽是感激话,说永生永世不会忘了她的恩情,为了报答老人,就将那一套铺盖、衣物、用品,都留给她。只要求把户口关系代办一下,转进城就是了。

她听了,没有言语。当天下午,就踮着小脚去办了户口,连夜邮寄去了。回来睡在炕上,只觉得炕大、炕空,天明时,浑身发烧,睡倒不起了。

这一病,睡了十五天,等下了土炕,人老了许多,头发全白了。棉花也没力气去纺,只能一天做三顿饭,饭也吃得寡味。秀秀以后也没有来信,村里人做了研究,就"五保"了她。

她言语越发少起来,更是不大出门,终日坐在土炕上。土炕是太大了,她觉得占了地方,实在不合算。那灶台也大,一个人全然用不着那么大个锅。那窑墙上的架板上,米面盆儿、油盐罐儿,也放得不是个地方。她有心去拾掇,没有力气,就眯着眼,像是睡觉,其实醒着,醒得又不清白,黑天白日都是这样了。

眼睛不甚济事,耳朵却还灵,听院里风响,是一片树叶又在旋了。接着,窑畔上有了脚步声,一直响到窑门口。她叫一声:"吴三章!"门帘一挑,进来的果然是吴三章。

吴三章是当年吴二章的弟弟。"文化革命"中,吴二章受了批斗,后来折磨死了,如今平了反,坟迁埋在城里烈士陵园,吴三章便成了烈属,有了优待,日子十分滋润,近来常来串门。

"嫂子,你真可怜,秀秀她们如今平了反,又是做官,你怎么还是这样?"

她总是笑笑。

"你为什么不向她们要呢?"

"我五保了,我还要什么呀?"

"天底下还有这没良心的,有难了就记着了你,好过了便全忘记。"

她再不说话,两人就默默坐半天,吴三章起身走了。

又过了三个月,她病复犯,一睡倒再不得起来,她知道自己不行了。村里人轮流照看她，吴三章对她说："给秀秀母女打个电话吧，让她们接你去西安，住大医院看看，或许会好了呢。"

她不同意，说是活到时候了，不必告诉秀秀母女，更没必要进城去治了。果然第三天黎明，她气弱得只有出的，没有入的。村里人都围在土炕边，她说："都上炕坐吧，这土炕大，能坐得下。大家都来看我，我也死得下了。只是担心秀秀她们，害怕我这一死，她们如果再有个什么难了，可来找谁呀?!"

说罢，便咽了气，眼睛没有合住。

众人哭了一场，替她揉合了眼睛，把她埋在窑外的塄畔上。

窑空起来，村里没人去住，就锁了门。几年光景，没了烟火，窑在雨天里塌了，把大土炕埋在里边。后来，省上、县上的干部又经常来下乡，好些女干部到羊儿沟，问起了她。知道人死了，窑塌了，都伤心落泪，怀恋那土炕，说土炕真好，又大，又舒服。

两个瘦脸男人

一辆由北向南的列车上,有两个瘦脸男人。

旅途是寂寞的。坐在一条座椅上,已经二十个小时了,他们谁也没有说话,也懒得看上一眼,似乎对方的那张脸反射目光,偶尔一对面,一个便想起核桃壳的模样,一个也耻于为伍,将身背转过去了。

列车始终在运行,没完没了地制造出噪声。

两个瘦脸男人已经闭目瞌睡了,车在西安站停歇,他们也没有醒来。突然,听到一个声音:"这儿还有人吗?"沉昏中哼了一下,睁开眼来,立即十二分地清醒了。

面前站着一个很俊美的姑娘。

"没有。"一个说。

"没有的。"一个说。

两个瘦脸男人同时向两边挪动着身子,窄小的椅面顿时显得特别宽大;那姑娘坐下来。两个瘦脸男人立即闻到了一股高级香粉和少女的一种肉味混合的温香气。他们再也没有瞌睡了。半个小时里,却一直显得不大自然,窗边的那个瘦脸男人,已经是提了三次衣领,每提一次,就斜眼看到了姑娘的白皙的脖子;这边的瘦脸男人则一直低着头,他看着那一双穿着高跟皮鞋的小巧的脚。姑娘却一直端坐着，面若冰霜，那只手提包就放在腿上。

列车外闪过一座黄山，又闪过一座黄山。

"这包儿真漂亮！"窗边的瘦脸男人终于说。

"是吗？"姑娘应着。

"是的，真漂亮！"另一个瘦脸男人附和说。

"你们不也是这号包吗？"姑娘笑了一下，瞧着车窗边的衣钩钩。衣钩上挂着两个瘦脸男人的皮包儿。姑娘将自己的包儿也挂上去了。

"我是在北京买的。"她说。

"我也是北京买的。"

"我也是北京买的。"

姑娘又正襟危坐了。两个男人开始不停地挪挪身子，一双手一会儿抱在胸前，一会儿又放在膝上，又似乎在不经意地扭头看着车的前后。但目光每一次都极快地从姑娘的脸上扫过。到后来，窗边的瘦脸男人问起她从哪儿来的，到哪儿去的，姑娘便问一句答一言，这边的瘦脸男人便也知道了她是到北京、郑州、西安等地出差的。

"我也是到北京出差。"窗边的瘦脸男人乐了，"北京真是大地方，什么东西都是好的，瞧这皮包，样子多么大方呢！你脚上这皮鞋也是北京货吗！"

"不是。"姑娘说。

"应该买一双北京产的。你瞧瞧，我就买了一双。"他从椅下的大提包里取出一个纸盒，里边果然有一双男式皮鞋，"这皮子多好！式样多好！北京的产品是不用挑的，哪儿就像地方上产的皮鞋？我们那儿的皮鞋，吓，皮面枯枯皱皱，样子那么难看……"

姑娘在看着皮鞋,轻轻叫起来:"这不是北京产的!"

"怎么会不是北京的?我在王府井商店,看见那么多人排队;北京人在排队一定是有好东西的。我也就去排,到了跟前,一看是卖皮鞋。果真好东西,也便买下了,还会有错?"

"这是天水造的。"姑娘再一次说。

"笑话!我们天水哪能造出这等皮鞋?"

姑娘将皮鞋递过来,这瘦脸男人便在鞋底上细细地看着字形,却果然写有天水字样,脸上立即暗下来。

"这哪儿会呢?这怎么就会是这样呢?"

这边的瘦脸男人嘎地笑了。

"你笑什么?"那个瘦脸男人恼羞成怒了。

"我笑咱中国地方真大……"

"中国的地方也太大了。这天这么冷的,半个小时就得上厕所!"

窗边的瘦脸男人向厕所走去了。姑娘笑了笑,但终没有笑出声,就从口袋里取出一份杂志来看。这边的瘦脸男人眼瞧着她一页一页向后翻,看清这是一本《电影画报》,上边有许多影星的彩色照片。

"你喜欢看电影?"他说。

"喜欢。"她点点头。

"现在最吃香的是电影演员了!一个省长有多少人知道,可谁不知道刘晓庆呀!"

姑娘没有吱声。

"我还见过刘晓庆真人来呢!"

"是吗?"

"其实倒一般。站在北京街头人窝里,她是没有一点出奇的。我敢说,北京的姑娘现在洋多了,个个都像是演员呢。"

姑娘侧过身来,正好和从厕所回来的那个瘦脸男人打个照面,瘦脸男人赶忙理了一下头发,笑笑的。

"北京是大地方嘛。"姑娘说。

"你去过北京动物园吗?"这边的瘦脸男人继续在说,"我跑遍了北京所有公园,我可以说,游客最多的是动物园,动物园游客中年轻男女又最多,要挑演员,那里准有好角色。"

"是吗?"

"现在电影多是谈情说爱,去动物园的男男女女,又是拥抱,又是接吻,我简直不敢到每一个树丛后、假山后。是不是人一到动物园,动物性就也突出了?"

姑娘"噗"地笑了。

"真的,这个问题我一直在思考,真想写一写。"

"你能写?"

"业余搞搞。"

"哦,业余作家!你在哪儿发表过作品?"

窗边的瘦脸男人也吃惊起来。

"还没有发表过。"

姑娘"喔"了一声。窗边的瘦脸男人也立即大声地咳嗽着,吐出了一口痰。

"其实,发表的并不一定是好作品,我的作品要是发表了,一定会轰动的。你不相信?你知道作家王蒙、张洁、刘心武吗?"

"名作家嘛!"

"我给他们去过信呢!"

窗边的瘦脸男人开始喝水、吃苹果和点心，一次又一次问候姑娘。这边的瘦脸男人很不高兴。好的是姑娘却总是很礼貌地说："谢谢。"

"吃一点吧，出了门了嘛，这是北京的点心，绝对的好。我们那儿的点心，说句不中听的话，从这窗子掉下去，不但不烂，还会把铁轨砸个窝哩。"

"北京什么都好嘛！"姑娘闭闭嘴说。

"北京人什么都好，咱看人家高一等，可他们有人却小瞧咱哩。"

这边的瘦脸男人便撂一句："他们的一切都是从什么地方来的呢？连皮鞋也是支援的！"

窗边的瘦脸男人变了脸："你取笑谁？"

"我是说北京人哩。"

姑娘说："怎么个小瞧你了？"

"我在西单商店买了这点心，向一个小伙打问：'同志，你们北京的天桥在什么地方？'那小伙说走什么街，过什么巷，向左，向右，那舌尖上的音，绕来绕去说了半天。"

"这不是对你很好吗？"

"可说完了，却又说：'同志，以后不要说：你们北京的天桥。北京是全国人民的，怎么是我们的北京呢？'这不是作践我吗？"

三个人都笑了。

笑完了，两个瘦脸男人还要说些什么，一时又没个头绪。他们很希望姑娘能说些什么，但姑娘却也闭嘴了。

列车开始过一个山洞，满世界一片轰轰隆隆的响声。钻出山洞了，窗边的瘦脸男人张嘴要说了，却见姑娘已经靠在椅背上合上了双眼，便只好又不言语了。半个小时过去了。列车晃动了一下，姑娘手中的杂志掉了下来。这边的瘦脸男人捡起来，轻轻推那姑娘。

"你的书掉了。"

姑娘揉揉眼，感激地点点头。

"你没有睡呀？"她说。

"我想一个问题。"

"哦？"

"我写了一篇小说，交给我们那儿一家编辑部。编辑看了，说：'没意思。'我说：'好了，我写的主题就是没意思，你能看出来，我的目的也就达到了。'"

"他准备要给你发表了？"

"唉！我想，总有一天这文章会问世的。"

"你很自信？"

"当然，人要有自信，要有个追求！可世事太艰难，总是捉弄我。就说写作吧，我一直坚信我是有艺术细胞的，我会想象，什么都能想到，可现在几十万字没一个变铅字的。现实总在捉弄我！"

窗边的瘦脸男人在拔嘴唇上的胡子，然后弹出去。

"自个捉弄！"

"你才自个捉弄！"

"哼！"

"哼哼！"

姑娘"咯咯咯"地笑起来了。

两个瘦脸男人同时在笑声中沉默了。这使姑娘觉得自己笑得不应该了，也就沉默，闭上眼睛睡去了。姑娘的睡去，使两个瘦脸男人又都遗憾起来。一个就转头向着窗子，从玻璃上看着姑娘的脸面；一个不停地弯下腰，直起身，极快地偷看一下姑娘。他们盼她能醒过来，但她却沉沉地睡着了。

窗边的瘦脸男人开始在一张纸上写着什么，然后小心翼翼折起来，捏在手心。后来，这边的瘦脸男人和姑娘去厕所了，他极快地将那个纸条塞进姑娘的皮包里。

但是，他塞错了，塞进了这边瘦脸男人的皮包里了。

"天保佑，她能答应我吧！"

两个小时后，列车在一个站上停歇十五分钟，旅客全到站台上活动活动去了，这边的瘦脸男人却独独地伏在窗前小桌上写着什么，然后也塞进姑娘的皮包里。

但是，这皮包却正是窗边的瘦脸男人的。

列车又运行了。三个人重新坐下来。两个瘦脸男人脸上都泛着光亮，接着，又都安然睡去，睡得很熟很熟了。一觉醒来，那姑娘却不知什么时候早已下车了。

天亮的时候，两个瘦脸男人分别也下了车。

他们回到家里。在翻皮包时，都发现了一封短短的求爱信。一个留的地址是天水市某街某巷某号任子美，要求同意的话望回信。一个也要求回信，地址是阳平关某街某巷某号刘云春。两个瘦脸男人欢喜乐狂，说：我给她写了求爱信，她竟也给我写了求爱信呀！真是千里姻缘一线牵啊！

于是，两个人五天一封信，说尽了人间恩爱。两个月后，他们决定再见面谈谈，约定是某日在宝鸡市车站大门口右侧的电杆下相等。

这一天,两个瘦脸男人又一次相见了。他们各自发着恨声,都说在等一个人,但谁也懒得告诉等的是谁,谁也盼对方赶快离开这块地方,却谁也不肯走。直到天黑,他们却全失望了,只好怏怏而归。

回到家,他们各自向对方发了信。四天后,又各自收到了对方的信,信的内容差不多都在埋怨没有按时约会。

"你知道吗?"信上都这么写着,"我对咱们的爱情是多么自信啊!但你的失约却使我受到了打击。我多么不愿意再受到捉弄,我受捉弄的事太多了啊!我真不明白,你竟也在这么捉弄我,难道我的命运就是总被捉弄吗?亲爱的,你说说,这是为什么,这是为什么啊!"

美穴地

柳子言给姚家踏坟地是苟百都的一顿滥酒后的多嘴惹下的。苟百都使威风,呼啦着漂白裰子,一进门鞋就踢脱了仰在躺椅上说,柳哥,你来钱主儿了,北宽坪的掌柜请你哩!柳子言说,他咋知道我,八十里的路我不去。苟百都一边拔根胸毛吹着一边嘿嘿地笑了:"掌柜不晓得你,苟百都却知道你呢。我带了一头驴子一条绳,你先生是坐驴子还是背绳呀?"驴子在门前土场上烟遮雾罩地打滚;苟百都一扬手,腰间的一盘麻绳嗖地上了梁,再扯下来,陈年尘灰黑雪似的落了柳子言一头。

柳子言就这么跟着苟百都走了。

穿过房廊,金链锁梅的格窗内,网个长袍马褂在八仙桌上坐喝,他们斜睨着柳子言,便把一口浓痰从窗格中飞弹出来了。柳子言耸耸肩上的褡裢,将鞋壳里垫脚的沙石倒掉,笑笑地,看鸡啄下浓痰,微醉起来,趔趔趄趄绞着碎步。四月的太阳普照。苟百都已经进里屋去禀告了许久时间还不出来。空中飘落下一根羽毛,是鹰的羽毛,要飘到面前了却倏忽翻了墙去。廊头的一只狗随之大吠了。柳子言打也不是,不打也不是,里屋门里便有一声叫道:"让我瞧瞧,来的又是哪一路先生?"声音细脆尖锐,柳子言想，老树一样的财东还有这嫩骨朵儿女儿？遂一朵粉云飘至台阶，天陡然也粉亮了。眉目未待看清，锥锥之声又起："光脸犊子！你真能踏了风水？"酒桌上的长袍短褂立时噤了拳令，重又乜视了柳子言，说句"该是庙会上唱情歌的阿哥吧！"哄然爆笑。柳子言脸涨红了。柳子言的脸不是为谑笑而红，倒是被这女人震住，女人的目光罩住他如突然从天而降在面前的太阳，乍长乍短的光芒蜇得难以睁眼，一时自惭形秽站不稳了。掌柜在内室喊："让先生进来！"狗还在咬，柳子言走不过去，苟百都再喥也喥不住，女人说："虎儿！"腿一叉已将恶物夹在腿缝，柳子言同时感觉到了后脖子有一点凉凉的东西，摸下来是一片嚼湿了的瓜子皮儿，女人很狐地丢过来了一个笑眼。

掌柜在烟灯下问候柳子言，说百都夸你大本事，姚某就把你请到了，姚家上下都是善人，踏出吉地有重谢，踏不出吉地也有小谢。话说得妥帖温暖，柳子言就谦虚着，晚辈没本事，但会尽力而为，"有多大的虮子出多大的虱吧。"掌柜也笑了，要苟百都陪先生到后厅单独吃酒去，柳子言身不胜酒，摆手谢免，掌柜就欠起身把烟灯推过来，柳子言也是不抽。风吹动了门帘，琉璃脆儿的帘钩叮叮当当作响，帘下出现了一只穿着窄窄弓弓白鞋的小脚。柳子言知道掌柜的女儿站在了那里，他准备着女人要来了，但那鞋尖蠕动了几下却始终没有走进。苟百都后来就领着柳子言从后门出来往坡根去了。

柳子言转遍了后坡寻找龙居，几次觉得后脖子似乎还在发痒，痴一会呆，随之拿手拧脸，骂一句"荒唐"，小跑着上坎下涧把自己弄得气喘吁吁起来。苟百都一边提鞋跟一边骂："你是鬼抬轿了？！你不抽烟，你也该讨个泡儿给我呀！你算×男人，驴子都在后腿根别个烟具,你倒不会抽烟!?"柳子言坐在了一个土峁下,说:"太阳还没落,你去接掌柜来,吉穴就在这儿了!"西边山一片红霞,掌柜来了。柳子言放着罗盘定方位,遥指山峁远处河之对岸有一平梁为案,案左一峰如帽,案右一山若笔,案前相对两个石质圆峁一可做鼓一可做钗,此是喜庆出官之象。再观穴居靠后的坡峁,一起一伏大倾小跌活动摆折屈曲悠扬势如浪涌,好个真龙形势!且四围八方龙奴从之,后者有送有托有乐,前者有朝有应有对,环抱过前有缠,奔走相揖有迎,方圆数百里地还未见过此穴这等威风!淫浸到地理学问中的柳子言此一刻得意忘形,口若悬河,脚尖划出穴位四角让下木楔。北角第一楔却打不下去,刨开土看,土下竟有一楔,又下南角楔,南角土下又是木楔、四角如是。掌柜哈哈大笑了:"柳先生真是好身手,不瞒你说,我已请四位高手七天踏出此穴,请你来就是再投合投合的,这里果然是吉穴了!"柳子言却一下子坐在地上,后怕得一身冷汗都湿漉漉了。

夜里,苟百都在厢房里给柳子言铺床展被,柳子言骂:"苟百都,贼,你好赖认识我的,怎不透风是要我来投穴,你成心要捣我一碗饭吗?!"苟百都说:"柳哥,妈的×没良心,这不是更显派了你的本事吗?算我瞒了你,我请你客!"便一掌推开后窗,推出了一个黑乎乎世界来,顿时有猫在叫春,谁家的尿桶里女人在小便,声散而漫长,一盏灯幽幽地从小而大了,幽幽着"回来哟,回来哟……"柳子言便听着苟百都对着那里问话了:"喂,谁个?""我。他苟叔呀!""西门家的!这般黑了你是来踏掌柜的溜子吗?""爷!话可不敢这么说,孩子烧得火炭样的烫,我来叫叫魂呀!""你两口耍活龙蹬了被子把孩子凉了吧?掌柜今日踏坟地,你家不送礼吗?""哎哟,真是不知道呀,我明日灌二升小米过来吧。""有心就是。我给掌柜圆场,小米就留给孩子吃吧,你过会捉只鸡来应付一下作罢。""实在谢你了,他苟叔!""不谢。我在这儿等着,来了敲窗子!"苟百都收回头往墙角架柴火了。火燃起来,窗子果然被敲响,苟百都扑啦啦丢回一只鸡来连嚷柳子言好口福是个母鸡哩!合窗时却又探头出去,问西门家的你手里还拿着什么?西门家的回说这鸡近日怪势,白天不下蛋偏在晚上下,刚才路上就把一颗屙下来了。苟百都便变了脸,说:"鸡已经是掌柜家的了,你怎敢就拿掌柜的鸡蛋?递过来!"递过来就在窗台上磕了,一口吸干。

鸡并没有杀脖开膛,活活拔毛,屁眼上捅根铁条就架烤到火上了。苟百都一边说鸡还叫唤着什么呀,一边抓了盐往流油的鸡身上撒,嚷道:"好香,好香!"后来就撕下一条腿给柳子言。突然门哐啷推开,风把墙窝子的灯扑灭:"好呀,百都,又杀谁家的狗偷吃?!"柳子言立即听出是谁来了,吓得一口吐了鸡肉,退身到柴火黑影处。

苟百都嘿嘿笑着:"四姨太,我知道你会闻香来的。一条腿正给你留着,牙签也给你预备了的!"

黑影里的柳子言终于看清了火光涂镀了的女人的俏样,但他吃惊的是这女人竟不是掌柜女儿!四姨太,有这么年轻的四姨太吗?

四姨太伸手去接苟百都递过来的鸡肉时,发现了柳子言,女人的眉尖一挑,遂平静了脸道:"哟,先生也偷吃儿!偷着吃香吗?"柳子言好窘,女人偏死眼儿看他,"北宽坪的女人都是单眼皮,柳先生倒是双眼皮!先生吃肉,也不让让我吗?"

柳子言便说："四姨太你吃！"

"好，我吃你的肉！"女人把柳子言的鸡腿接过咬一口。嘴唇撮撮地翘开。柳子言说："太烫的。"女人说："我怕揩了口红哩。口红还在吗？"嘴更撮起来，红圆如樱桃。

这一宵，柳子言没有睡好。一贯沉静安稳的先生感觉到了浑身燥热，兀自地翻来覆去睡不着，唠唠叨叨的苟百都由鸡肉叙谈起他的食史，吃过了除掸灰掸子外的长毛的飞禽，也吃过了除凳子外的生腿的走兽，"你吃过吗？"他没有吃过，睁眼看着又点亮的一盏燃着独股灯芯的矮灯檠，柳子言的心如同墙壁上的灯影一样晃乱了迷离的图景。如果在往常的柳子言，白日在驴背上颠簸八十里，又在北宽坪的后坡跑动一个后响所构成的疲倦，一捱上枕头就睡着要如死去，不想现在却回想起了八岁的孤儿跟随师父在玄武山上学艺的情形，想起了这么多年每日为人踏勘风水的生涯，不该走的路也走了，不应见的人也见了，人生真是说不来的奇妙。便是今日的事情，当初怎么被苟百都知道了自己，要挟而来，竟认识了北宽坪财名远播的掌柜和他的四姨太，一个怎样艳丽的美妇啊。

一提起美艳的四姨太，柳子言耳膜里就消灭不了女人尖尖锥锥的调笑，只有小孩子才会有的放肆出现在大户人家少妇之口，别有了一种大方，甚至是浪荡，以致使少年热情的柳子言就如在一块林中新垦的沃土上，蓦地撞着了一只可人的小兽。为了他，女人在台阶上把狗扼伏胯下，身子在那一刻向一旁倾去，支撑了重量的一条腿紧绷若弓，动作是多么的优美。为了保持身子的平衡，另一条腿款款从膝盖处向后微屈着的，胳膊凌空下垂的姿势，把一领缀满了红的小朵梅花的白绸旗袍，恰恰裹紧了臀部，隐隐约约窥得小腿以下一溜乳白的肌肤。且一侧着地将鞋半卸落了，露出了似乎无力而实则用劲的后脚也给看见了。是的，这样素洁的肥而不胖的一只美脚，曾经又在门帘下露出一点鞋尖，柳子言能想象出那平绣了一朵桃花的几乎要鲜活起来的鞋壳里，一节节细嫩的五根指头和玉片一样的指甲了。

对于柳子言，这无疑是一种不可思议的奇迹，他从未见过一个鹤首鸡皮的老头娶得如此鲜嫩的年少妇人，且又是他第一回一见而心跳不已。后脖子又酥地一下痒了，一片被女人香唾嚼湿的瓜子皮永远使那一块皮肉知觉活跃，这时候的柳子言不免又想起了初黑天时一句"男人倒长双眼皮"的赞语。这样的话，柳子言可以在每一处地方差不多听到，皆觉无聊之风，过耳即消，唯这一次经这女人说过了，那一时手脚无措，鼻尖上都沁出汗来。现在回想，那是多么憨傻的一副村相哪！也是确确实实的事，以自己英俊的面孔，高出一般内行人的堪舆本事，蛮能得到一位人物整齐的妻子长相厮伴。但走南过北的柳子言至今一把锁封了家门，日日背着装罗盘的褡裢流浪了。如果从小就窝在家里种地牧牛什么也没见过，独身也就安心独身，而如今经见了万千世事，又偏偏目睹了一个枯老头的妙龄姨太，柳子言恨起这项讨饭一般的风水家技艺，而苍苍茫茫地一声浩叹了。

噗地一口吹灭灯盏，柳子言不忍在若即若离的灯芯光焰中淫浸往事，坠入幽深的黑暗。但院中的狗还在咬，遂听见一声"虎儿"，接着有一串细微的金属丁零的音响，柳子言不觉屏息而静，双眉之上的额心像要生出一只眼来也似透视了院中的一切。女人已经是换了一件圆领的晚服短衫吧，那短衫使女人别有了一种与白日不同的柔媚，情致婉转，将粉颈根两块突凸的锁骨微微暴露，女性的美艳皆如四姨太这一类，该肥的胸部和臀部浑圆，该瘦的后脊和两胁则包骨不枯。她牵着狗的铁绳走过，铁绳使她柔不胜力，牵住一头其余软软拖地，一径经过了公公病瘫卧床的窗下，经过了吃斋的婆婆诵着祷告之声的经房，然后就歇息睡到掌柜的床上去吗？真的，一双退了脚足的红尖白鞋，在床下是怎样的一对停泊了的小小船舟，送去了一支带露淋淋的花朵偎长于一根已锈腐苔的枯木边了。

这般想着的柳子言陡然睁圆了眼睛，脱口在黑暗中说："苟百都，你家的四姨太好风流！"

"世上的好女人都叫狗×了！"苟百都竟全然未睡，似乎正被一种事情所愤怒着。"你也想着四姨太呀？！"

一句话破坏了所有的美妙遐想，柳子言后悔着叫起这粗俗丑恶的下人。苟百都却连连砸着火镰要点灯，火石爆溅着细碎的光花，在反复明灭的灿烂里，柳子言看见了掀被而坐的赤条条的苟百都和苟百都两腿之间挺硬的一柄恶根，他把头别转了。苟百都说："把纸媒递我，纸媒在你床头墙窝里！"柳子言没有去摸纸媒，说声"给！"将一团火绳扔过去却故意失手把灯檠哐啷打翻了。苟百都骂了一句，摔了火镰，却说起掌柜怎样地不行，吃人参鹿茸也不行，夜里只拍着四姨太的屁股光说是好东西，四姨太就不止一次地在那松皮脸上抓下血印，养了"虎儿"靠"虎儿"了。"柳哥，你信不信？"柳子言不作声。"反正我是信的！"苟百都咽了一口唾沫，"咱行的，可咱不如一条狗么！"

柳子言不愿再听下去，发出了悠久的鼾声。苟百都说："不说了不说了，柳哥，你试试，用席眉儿掏掏耳朵，下头那东西就不想她了。不想了！你是踏坟地的，坟地真能起了作用吗？"

柳子言说:"不起作用,掌柜能请这么多人来?"

苟百都说:"四个先生踏的穴,你一来踏的还是那个,这么说姚家的坟地是最好的了?"

"最好。"

"还有好的吗?"

"有是有,北宽坪怕也没有再胜过的了。"

"妈的,那他姚家世世代代要做财东,要×好女人了?!"

天明,柳子言起得早,站在院子里仰头看一棵枣树。四月里的叶芽长得好快,生着刺的,硬着折弯的枝柯,把天空毛茸茸地割裂开了。四姨太抱着两床绿被往廊前的绳上晾,轻轻就咳嗽一下。柳子言回转头,绿被与绿被之间恰恰地露一副白脸正笑着看他,这景象在柳子言的感觉中妙不可言,想到了荷塘里的出水芙蓉,兀自地发呆了。女人说:"先生起得早呀!"柳子言便说:"四姨太也起得早!"女人从被子下钻过来,抱怨着掌柜天微明送那些风水老先生,顺路又要去前村的铺子里收取些银圆,害得她也没瞌睡了。"先生看枣树看了那么久,枣树上有花吗?"女人已经站在柳子言的身边了,并没有看枣树,却看柳子言的脸。柳子言慌了,竭力饰其中机,不敢苟笑,说:"瞧,枣树上有一颗枣哩!"枣树梢上是有一颗去年的陈枣,虽有些瘦,却经了一冬一春的霜露更深红可爱,女人也就瞧见了。

"我要那颗枣哩!"女人突然说。

柳子言摇了一下树,天乱了,枣没有落下来。

"我要哩!你给我摘下来吃!"女人仍在说。

面对着同龄的已经噘了嘴撒娇的四姨太,柳子言,也忘记了被雇请来的手艺人的身份，忽地鼓足了勇敢，一跃身抓住了树枝，一只手扯着一只手竭力去摘干枣，将一颗在满掌扎着硬刺手心中的枣儿伸到女人面前。女人却并没有去取，喜欢地说："你真老实！"喘笑着竟往厅房去了。

一时间，柳子言窘起来，女人已上了台阶，回身向他招手："傻猫，你不来挑挑刺吗？"脖脸仍窘烧不退。遂走到厅房，却不见了女人，兀自用牙咬着拔掌上的刺，无法拔净，女人却又在东边的小房里轻唤"进来呀！"柳子言再走过去，一挑帘子，房内的窗布并没拉开，光线暗淡，幽香浮动，女人竟已侧卧于床上，靠的是一垒两个菱叶花边的丝绵枕头，身子细软起伏，拥上去的月白色旗袍下露着修长如锥的两条白腿。柳子言的胸中立时有一只小鹿在撞了，欲往外退。女人说："不挑刺了吗？""我已经拔出了。""是吗？"女人翻身下来，拉柳子言于床沿坐了。"先生不用我的针了，我可得求先生事哩。你识得阴阳，一定也会医道的，你凭凭脉，这夜里总是睡不稳呀！"一只手就伸来平平停放在柳子言的膝上了。柳子言何尝识得病理，听了女人的话，不知怎的，竟也伸出三枚指头扼按了女人的玉腕。是的，女人的脉在汩汩跳着，柳子言的三枚指头跳得更厉害，如此近地挨靠着女人且扼按了人家的手，柳子言如果真会凭脉，脉象里的强弱沉浮，能告知女人夜里睡不稳，害的是和自己昨晚一样的心思吗？是一样的心思了，该要说些什么样的话语，透出心迹呢？但是，但是，或许这女人真的有病，是诚恳在请教着一个医家郎中呢，柳子言后悔了不懂假懂，柳子言的手现在是再也取不下来，一瞑目，深自痛恨起来了。为什么有了这样的对于四姨太不禁的妄念呢？自己对医药常理一窍不通，却要将一夜的痴恋发展到这步举动来作伪行骗，这不是很可鄙的吗？紧张得出了热汗又自悔的柳子言这么想，又为自己的检点发生了疑问。看见了一个美妇人而生爱恋，这爱恋又是他人生第一次萌发，这当然算不作什么可鄙，如果见了美艳的女人冷若冰霜心如死灰，柳子言就不是今日一身堪舆本事，是一截木头一块石头了。既然女人的玉腕已在怀中扼按，不识凭脉，也得像模像样地凭一次脉了。柳子言终于心静下来，感觉到了女人的脉正和自己的脉同一节奏地跳跃，为了庄重起见，他侧勾了脑袋。但控制住的思维在不久就又恍惚出游，头虽没有抬，却知道女人一眼一眼瞧着他，而窗布关不住的一格细缝里透进了一道初出的太阳，使万千的微物一齐在其中活活飞动，同时衬映出了女人脸上的一层茸茸细毛所虚化的灵晕般的轮廓。这时候，一只小鼠从房角的什么地方溜出来，做了一个静伏欲扑的姿势，遂钻过门槛不见了。柳子言不知怎么说出了一句："有猫吗？"

"毛？"女人轻轻地惊了一下，明显地被平放在那里凭脉的手在骤然间发胀了。柳子言抬起头来，看见女人一脸羞红地说："不多，……稀稀几根。"

柳子言立即明白了女人的误会，暗暗叫苦了。怎么能提问这些无聊的话呢？女人在不得已回答了提问而要认定自己将是多么淫邪呀！凭着感觉，女人是喜欢了自己，起码可以说并不讨厌，方在没人干扰的空房里能让他凭脉，一旦认定了淫邪而反目，岂不同这可爱的女人连话也说不成了吗？柳子言赶忙解释："我，我……"女人却在羞红脸面的瞬间被另一种东西所刺激，被凭脉的手捏住了一个小小的软拳捶在他的肩上，嗔笑道："你这是什么先生？你这是什么先生？"拢在头上还未完全梳理好的一堆乌发就扑撒而下，摩抚了柳子言的额角和一只眼，以至在一副软体失却了平衡倒过来的时候，柳子言一揽胳膊，女人已在怀里了。

突如其来的变化，不期然而然，柳子言如梦中从高崖纵身跳下，巨大的轰鸣使心脏倏忽停息了，他疑惑着这是不是现实，又一次注视了在怀中已微闭了眼皮而嘴唇颤动的女人，头脑里极快地闪过这女人怎么就委身于我的问题。是真的钟情了我还是个淫荡的雌儿或者更有什么阴谋而陷害我？如果在怀里的不是掌柜的女人，是普通人家的，待嫁的姑娘，这一切顺理成章的事情就会有了。但自己一个被姚家雇请来的贫贱之人怎么能干这种反礼违常的事体呢？正如苟百都所说，这是个饿慌了的娘们儿，这一刻里淫情激荡，为了满足自身而要他充当一个工具，作用如同一条狗吗？坦白的仍是纯洁童子身的柳子言这么一思索，笨拙得竟不知如何来处理这女人了。再一次看着女人，女人眼睛睁开了，燃烧着火一样的光芒，樱红的口里皓齿微开，一点香舌颤抖出没，柳子言的血又重新涌脸，将刚刚闪现出的思索又都粉碎了。他把女人再次搂紧，潜意识里似乎明白面对着的将是一盏鸩酒，但鸩酒的泛着嫣红颜色的美艳，使他只感到心身大渴。

柳子言把四姨太放倒在了床上，解开旗袍，女人竟根本没穿衬裤，白腴的肚皮上裹着一件艳红的裹兜。四姨太说："不要看，你不要看！"柳子言松掉了裤带，却怎么也挺不起来。女人已经蛇一般地蠕动了身子喃喃不已，柳子言还是不能成功。他满头的汗，只狠劲地用手按了一下，立即提穿了裤子一脸羞红地走出门了。

出山的太阳已经灿灿地照着了半个房廊，院中枣树上落下一只翘尾的喜鹊在欢快地欢叫。小房里的四姨太在砸摔着茶碗，踢倒了凳子，随之一疙瘩东西从窗子里甩出，哭声就起了。柳子言看见了那是女人的红裹兜,兜带儿已全然撕断。

贼一样回坐到厢房的柳子言,心仍跳得守不住。他怨恨着自己的无能,原来是这样一个泪蜡头的男人吗?他想,虽然并没有从肉体上接触过女人的经验,但自己并不是这样呀,且现在又是多么刚劲有力,为什么那一时竟会那样呢?柳子言细细回想着刚才的场面,便听到了狗咬,去村前河里挑水的苟百都在房廊口喊:"四姨太,你拦拦你的狗呀!"他就为方才的事件后怕起来,庆幸没有成功而避开了被人撞见的危险。到了这时,柳子言又怀疑了女人大天白日主动于他是不是故意要让家人发觉而加害他,最起码要使他免去踏坟地的报酬吧。或许女人在淫心激荡后而未能满足,恼羞成怒,待掌柜回来,又会怎样地指控着他强行奸淫的罪恶呢?

挨到了苟百都叫他说掌柜召见,柳子言站在掌柜的面前坐也不敢坐。

"坐呀,"掌柜说,"你给我踏了吉地,我说过要谢你的,这些银圆够吗?"这时候,柳子言看见了八仙桌上齐齐摆了五个银圆柱儿,森森放着毫光。

柳子言心放下来,他看着掌柜桃核一样的脸,脸上读不出什么阴谋和奸诈,便知道四姨太并没有告发他。他说:"我不收你的钱。能帮掌柜出些力我就满意了。"掌柜说:"那怎么行?总得补补我的心意呀,那么,你看着我家的东西,看上了什么你拿一件吧!"

柳子言的意识立即又到了四姨太的身上,遗憾着自己的失败,却同时为自己被艳丽的女人钟情感到得意和幸福。那场面的每一个细节皆一齐在甜蜜的浸泡下重新浮现,将会变作一袋永远嚼不尽的干粮而让柳子言于一生的长途上享用了。这么想着,却神忽他往,不禁心里又隐隐地发痛了,一个身缠万贯的财东的女人爱上了自己,一个家穷人微的风水先生,在背后是多么放纵着痴恋,却在她的赐予面前阴暗地审视着她的不是,这不是很耻辱的事吗,很下作的事吗?唉!唉!讲究什么走州过县的见了世面,讲究什么饱肚子的地理学问,屁!忧虑、怀疑、胆怯、恐惧,再也无法弥补地辜负掉怎样的一个清新早晨啊!柳子言扭头斜视了一下旁边的小房,门帘依然垂着,那女人并没有出来。"即使她出来送我,我还有什么脸面再见她呢?"柳子言盯起阳光流溢的厅外院子,院子里的捶布石下软着一疙瘩红,是女人发泄恼恨扔掉的裹兜。他终于说了:"掌柜是大财东,能到你家,我也想沾沾姚门的福气,如果掌柜应允,院子里的那块红布能送我,我好包包罗盘呢。"

掌柜在吉地上拱好双合大墓的第七天,久病卧床的姚家老爷子归天了,灵柩下埋在了墓之左宅。三年里,姚家的光景果然红盛,铺子扩充了五处,生意兴隆,洛河上的商船从南阳贩什么赚什么,北宽坪的四条大沟田畦连片,逃荒而来的下河人几乎全是姚家的贱户。逾过八年,姚母谢世,姚家又是一片孝白,双合大墓将要完全地隆顶了。

苟百都仍在姚家跑腿,仍是夜里不在房中放尿桶,数次起来去茅房要经过掌柜的窗下听动静,回来睡不着了,手淫下脏东西涂在墙上。姚母去世,依然要披麻戴孝的苟百都却不能守坐灵前草铺,也不可拿了烟茶躬身门首迎来送往各路来客,他是粗笨小工班头,恶声败气地着人垒灶生火,担水淘米,剥葱砸蒜。在龟兹乐人哀天怨地的唢呐声中，苟百都听出了别一种味道，为自己的命运悲伤了，他注意了站在厅台阶上看着出出进进接献祭品的四姨太，这娘儿们穿了孝愈发俏艳，他突然冒出一个念头：怎么死的不是姚掌柜呢！现在，苟百都被掌柜支派了去坟地开启窬口，苟百都实在是累得散架，但他又不能不去。背了镢头出门，经过四姨太身边，故意将唾沫涂在眼上，却要说："四姨太，你别太伤心，身子骨要紧哩！"

四姨太说："呸！苟百都，你是嫌我不哭吗？"

苟百都说："我哪里敢说四姨太？其实老太太过世，这是白喜事。再说，老爷子住了吉穴使姚家这多年暴了富，老太太再去吉穴，将来姚家的子子孙孙都要做了官哩！"

四姨太说："你个屁眼嘴，尽是喷粪，又在取笑我养不出来个儿吗？我养不出个儿来，你不是也没儿吗，要不，你儿还得服侍我的儿哩！"

苟百都噎得说不出话来，在坟地启窬口越启越气，骂姚掌柜，骂四姨太，后来骂到柳子言把吉穴踏给了姚家，又骂自己喝了酒提荐了柳子言好心没落下好报。整整半个早晨和一个晌午，一个人将双合墓的宅右门的窬口启开了，苟百都索性发了狠：姚家发财，还不是靠这好穴位了吗，你掌柜有吃有穿，老得咳嗽弹出屁来，却占个好娘儿们，还想世世代代床上都有好×！一镢头竟捣向了严封着的左宅门墙，"喀啦啦"一阵响声，门墙倒坍，一股透骨的森气当即将他推倒，且看见那气出墓化为白色，先是指头粗的一柱直蹿上去，再是于半空中起了蘑菇状，渐渐一切皆无。苟百都死胆大，站在那里捋捋头发又走进去，那一口棺木尚完好无缺，蜘蛛则在其上结满了网，若莲花状，也有官帽状，官帽只是少了一个帽翅罢了。苟百都听人讲过,棺木上有蜘蛛或蚂蚁结网绣堆便是居了好穴,网结成什么,蚂蚁堆成什么,此家后辈就出什么业绩人物。而苟百都此时骇怕了,他明白了他是在出散了姚家的脉气,坏了姚家世世代代作威作福的风水,禁不住手摸了一下脖子,恍惚间看见了有一日自己的头颅要被掌柜砍掉的场面。但苟百都随之却嘎嘎狂笑了:"姚掌柜,姚老儿,苟百都不给你做奴了,我帮你家选的穴,我也可坏你家的风水的!"

姚家明显地开始衰败,先是东乡的染坊被土匪抢劫,再是西沟挂面店的账房被绑票,接着洛河上的商船竟停泊在洄水湾不明不白起了火,一船的丝帛、大麻、土漆焚为灰烬。掌柜怨恨这是坟地散了脉气所致,一提起苟百都便黑血翻滚,提刀将八仙桌的每一个角都劈了。但逃得无踪无影的苟百都再没在北宽坪露面,只是高薪请了会"鬼八卦"的术士画符念咒,弄瞎了远在深山的苟百都的老娘一只眼。

约莫三年,正是稻子扬花时节,掌柜在为其母举办了最后一个服孝忌日的当晚,与四姨太吵了嘴,闷在床上抽烟土,村人急急跑来说是在村前的稻菽地堰头见着苟百都了。苟百都一身黑柞蚕丝的拈绸,金镶门牙,背着一杆乌亮的铁枪。问:"苟百都,你回来了,这么多年你到哪儿去了?"苟百都把枪栓拉得喀啷响。问话人立即脸黄了:"噢,老苟当逛山了?!"苟百都说:"你应该叫我苟队长,唐司令封我队长了!"唐司令就是唐井,威了名的北山白石寨大土匪,问话人赶忙说:"苟队长呀,怎不进村去,哪家拿不出酒也是有一碗鸡蛋煎水呀!"苟百都说:"我等个人。"问:"等谁呀?"苟百都躁了,骂:"你多嘴多舌要尝子弹吗?没你的事,避!"掌柜听了来人的述说,跳起来把刀提在手里了,又兀自放下,一头的汗水就出来。掌柜明白了铺子遭抢、商船被焚的原因,也明白了当了土匪的苟百都在村口要等的是谁了,立时脸色黑灰,拉了四姨太就走。四姨太说:"我就不走,苟百都当年什么嘴脸,不信他要打我?!"掌柜翻后窗到后坡的涝池里,连身蹴在水里,露出的头上顶个葫芦瓢。直到苟百都在天黑严下来骂句:"让狗日的多活几天!"走了,来人方把掌柜水淋淋背回来。

又是一夜,人已经睡了,北宽坪一片狗咬。村口瞭哨的回报着苟百都又来了,是四个人四杆枪,掌柜又要逃,大门外咚地就响了一枪,苟百都已经坐在门外场畔的石碌子碾盘上。不能再逃的掌柜心倒坦然起来,换了一身新衣做寿衣,提上灯笼出来说:"哪一干子兄弟啊?哎呀,是百都贤弟!多年了,让哥哥好想死你了,你怎的走时不告哥哥一声就走了?今日是来看哥哥了!"

苟百都说:"听说北宽坪来了几个毛贼,唐司令要我们来拿剿的,毛贼没害扰了掌柜吧!"

掌柜说:"有苟队长护着这一带,毛毛贼还不吓得钻到地缝去!来来来,把兄弟们都让进屋来,今日正好进了几板烟土好过瘾呀!"

苟百都领人进了屋,还是把鞋踢脱了仰在躺椅上,急去抽那烟土,一抬眼却愣住了。四姨太从帘内出来正倚着门框,一腿斜立,一腿交叉过来脚尖着地,噗地就吐出一片嚼碎的瓜子皮儿。苟百都说:"四姨太还是没老样儿!我记得今日该是老太太的三年忌日,四姨太怎没穿了更显得俏样的孝服呀?"四姨太说:"百都好记性,知道老太太今日过三年!?"掌柜忙责斥女人没礼节,应给苟队长烧颗烟泡才是。四姨太仍是嚼着瓜子;款款地走近烟灯旁了,苟百都便伸手于灯影处拧女人的腿,女人一趟身子将点心盘子撞跌,油炸的面叶撒了一地。苟百都忙要去捡,四姨太说:"沾土了,让狗吃吧!"一迭声地唤起狗来。

苟百都在女人面前失了体面,脸色就黑了,说:"这虎儿还听四姨太话吆!"顺手抓过枪把狗打得脑门碎了。枪一响,满厅药烟,姚家上下人都失声慌叫,掌柜笑道:"打得好,咱们口福都来了!今晚吃狗肉喝烧酒,这狗皮你百都贤弟就拿去做了褥子吧!"

苟百都却懒懒地说:"今日不拿,你让人将皮子熟了,改日送到白石寨就是。"

熟好的狗皮送去,苟百都捎回的口信是:苟百都再不要掌柜的一分一文,只想和姚家认个亲哩,如果把四姨太嫁给他,掌柜也永远是苟百都的仁哥哥。

十天后,得了红帖的苟百都真的骑了一匹披着彩带的黑马来到姚家。苟百都就把四姨太抱上马背,自己也骑上去,回头对掌柜拱拳道:"仁哥哥留步吧!"四姨太却说:"老当家的,我要走了,夫妻一场,你不再来给我整整头吗?"掌柜突然老泪纵横,过来要抱了四姨太痛哭,女人却一口唾在他脸上骂道:"呸!老龟头,你就这么让姚家的一个跑腿的抢了老婆吗?!"掌柜晕厥在台阶上。

一匹油光闪亮的乌马像黑色闪电一般地驶过了北宽坪,晨霭浮动,河蛙乱鸣,丑陋而剽悍的苟百都在这个美丽的早上并没有奔上白石寨,他为巨大的快乐所激荡,纵马在河川道的石板路上无目地疾驰。直待到火红的太阳一跃跳出山巅,马已经通体淌汗,他才揽了缰绳,往五十里外的老家而去。身子发热,那一顶黑绒红顶的礼帽不知滚落在了哪一丛草中,敞开裰子,风摆旗般地啪啪直响，而锃亮的长枪斜背身上，枪带已紧勒进一疙瘩一疙瘩隆起的胸肌里。浑身被汗浸得热腾腾酸臭的汉子，一手牵着缰绳，一手死死地搂着面前的女人，女人像蛇缠住了一样无法动弹，先是不停地惊叫，再后便被颠簸和胳膊的缠裹所要窒息，迷迷晕晕，只剩下一丝幽幽喘吟。

"四姨太，"他说，"不！不不！你终于是归于我的娘儿们，你是我的老婆！你哭吧，闹吧，踢我的肚子，咬我的胳膊吧，我就喜欢你这个烈性子雌儿！你唾那老家伙一口实在解气！你这么闹着也实在解气！你知道吗，在我给姚家当使唤的年头里，我每夜叫着你名字入睡，可你宁去抚摸狗不肯伸给我一个指头，现在你却是我的老婆了！"

女人从昏迷中知觉过来，她的后脖子被苟百都的嘴吻咬着，涎水湿漉漉顺脖流向后背，那一只蒲扇般粗糙的手扼着她的左乳，且有两个指头在捎着乳头。她知道她现在是一只小羊完全被噙在了一只恶狼的口中，在姚家十多年里，不能说没吃好和穿好，但她厌恶着干瘦无力连胡子都不扎人的掌柜，她因此而使尽了执拗性子，摔碟打碗，耍泼叫喊，想象着她能在一种强有力的压迫下驯服和酥软，如今这土匪苟百都给了她这种强力，她却是这么恐惧和悲伤！往昔受她戏弄的人，面孔丑陋，形状肮脏，那么再往后，也就在今日的晚上，他竟要爬上自己的身子吗？她后悔在掌柜极度痛苦的决定后，她竟如释重负又怀有一种幸灾乐祸的心情所发出的笑声，也后悔今天早上没有悄然遁逃或撞柱而死反倒顺从地被苟百都抱上马背！女人在这时，感觉却回到了姚家，可怜起那个瘦弱的财东姚掌柜了，遂一口咬住了扼着她左乳的那只手，血从嘴角流下来。苟百都一松手，她迅疾地扭转身，啪，啪，啪，将耳光扇在了那一张毛孔里溢着油汗的丑脸上，骂："你是什么猪狗，你能娶我吗？你这洗不白的黑炭！你尿尿都是黑水！"

苟百都被这突兀的打击震住了，一时出现了在姚家跑腿时的下贱呆相。但刹那间，这土匪丢开了马缰绳，一手按住了女人的下腭，一个勾拳向她的腹部打去。这一拳打得太重了，女人呀地在马背上平倒了上半身，呼叫着，喊骂着，四肢乱踢乱蹬，苟百都按着，看见勾拳打下去时指上的戒指同时划破了肚皮，一注奇艳无比的血蚯蚓一般沿着玉洁的腹肌往下流，这景象更加刺激他的兴奋了，浑身肌肉颤抖着，嘿嘿大笑，像在案板上扼住一只美丽的野鹿，一刀刀割破脖子而欣赏四条细腿的挥舞，如逮住了老鼠浇上了油点着放开，看着在尖厉的叫声中一朵焰火飘动。苟百都就这么慢动作地扯开了女人的裤带，剥开了女人的衣裤，将身子压下去。

马还在跑着，受惊似的几乎要掠地而飞。犬牙相错的山峰在跳跃中纷纷倒后，成群的蚂蚱于马蹄下溅来在枪托上留一个绿印而瞬息不见。苟百都张大了嘴发出怪叫，在女人的身上终于结束了自己一段漫长的历史，女人肚皮上的血也同时粘上他的胸毛，干痂成一片，揩也揩不掉。受到了从所未有的震撼的女人，如风中的柳树曾经左倒右伏，但就在几乎一时要摧折了之际，又从风中直立而起，无数的反复冲击中则不期然而然地享受了柳之柔软性能和死去又活来的快感。她终于在马放慢了步伐悠悠而行的时候，一句话也说不出来，作为一个女人，毕竟是一个女人，再也没有了在姚家的掌柜面前的泼悍和任性，她说："你真是个土匪！让我到河边去，我要洗洗。"

苟百都停住了马，放她而下，苟百都俨然已成为一个伟丈夫，并不防备她逃走，懒懒地看着头上的太阳闪耀光刺，看着女人走到河边双手掬水再让水从指缝漏下，银亮亮如撒珍珠。水里落着女人的影子，女人一定疑惑了水流得活活，而影子却长了吸盘的鱼一样静沉河底？她蹲下去，似乎在小解，却撩水洗起下身，像要把一切都洗掉。

这时候，河对岸的一条小沟里，山路上踽踽地走下来一个人。路细乱如绳。女人看了一眼，提了裤子又垂头洗脸，觉得那人是牵着绳从沟埫下来的，或是绳拉他而来的。但那人在河边站定了，惊疑地哦了一声，随之叫道："四姨太！"

从水皮面子上传过来的叫声并不高，且颤颤地如水溅湿了发潮发沉，女人却倏忽间蜂蜇一般地冷丁了，多熟悉的声音，又多陌生的声音，多少多少年里只有在睡梦里听到，醒来却茫然四顾而慢慢麻木淡忘以至重重遗失得没了踪迹的声音，如远山里吹来了一缕微风，如大海的深处泛上了一颗泡沫，她的一根神经骤然生痛了。她再一次看着那人时，马背上的苟百都已经认了出来，张狂喊道："柳先生！咋就在这碰着柳子言你狗×的哥了！"

柳子言在喊声中看到了马背上背了长枪的苟百都，他要从河水面上跑过来的腿僵硬了，木桩似的戳在沙里："是苟百都呀，听说你当粮子逛山了，是唐井的队长了，果然是！你这是往哪儿去呀？"

苟百都说："柳子言，我告知你，我今日娶了老婆了，你该是第一个恭贺我的人！"

"娶了老婆？"柳子言看着苟百都在太阳下咧着金牙的嘴，他想戏谑了。"娶的是哪一位，能压了寨吗？"

"你瞧瞧,你叫过她四姨太的!"苟百都说。

女子已经立起身,隔河望着柳子言。望着依旧是长袍短褂背着褡裢的柳子言,他虽没了往昔的年轻,但英俊依然!女人张开了嘴,感觉到的一颗心跳到喉咙了,噎了噎却并没有吐出来,她注视着柳子言听到苟百都娶了她的话后表情,果然笑容陡然硬在脸上,喑哑了似的长久地没有说话,脚下的松沙在陷落,水汪上来湿了鞋面裤管,人明明显显地矮下去了一截。"柳先生!"她叫了一声,但她的耳朵并没有听到她的声音;柳子言也没听到,却怔怔地瞧她一眼——那是多么悲惨的一眼啊!

"娶了四姨太?"柳子言对着苟百都,声音已变调了,"你是枪打了姚掌柜?!"

苟百都说:"娶亲是吉利事,怎么能杀人呢?好女人就不兴咱×吗?"

柳子言勾了头就走,却忍不住还看一下河这边的女人,踉跄而去,石头就无数次地将他绊倒,绊倒了爬起来还是走。

艳阳下女人身子摇晃着返回来,说:"走吧,"牵着苟百都的手上了马背。苟百都笑骂一句"苟先生",一松缰绳,撮嘴吹着口哨,马噔噔噔地跑起碎步,伴响起风前的鸟叫,流水的鸣溅,再一揽胳膊重新要箍了女人的腰,女人突然锐声说:"我要柳先生!"

苟百都勒了马:"你要柳子言?"

女人反转了身来再说一句"要柳子言!"更直直看着苟百都,随之噘了小嘴,将两道尖眉也翘挑了。粗悍的土匪在短暂的疑惑中为女人的变化无常的脾性开心了,这是真正成为自己老婆后的一种要强吧,在姚掌柜面前那种四姨太式的泼劲重演,是女人终于从哭闹而转为顺悦的标志吧?苟百都喜欢女人像烈马般的暴躁而在降服过程中得到快愉，同时也喜欢在降服之后马时不时抖抖臀部，耸耸耳朵，或者毫无缘由地喷一个响鼻。"你要柳先生，看上他那小白脸吗？"他也来了调侃。

女人说："柳先生是咱见到的第一个熟人，他没有祝福咱们一句话，你就让他走了？"

苟百都觉得妇人言之有理，扭转马头，柳子言已经离他们很远了，便举枪在空中叭地放了一枪。枪声很脆，震动着河谷，踉踉跄跄的柳子言在突兀中惊跌在地，在地并没有立即爬起来，枪声震掉了崖头上的松石哗哗啦啦掉下来的时候，也震掉了一时涌在心头的懵懂，顿时清醒于往事的追忆中。多多少少的岁月，他离开了姚家，再没有遇见过像四姨太美艳又钟情于他的女人，谁能在踏过了风水之后还器重一个贫贱的风水先生呢，没有的，愈是为自己的命运悲哀，愈是为失掉了四姨太的情爱而痛惜。一件记载着女人的懊恼和怨恨的红绸裹兜，便一直视为定情物贴身穿在自己的童子体上，他细细感受着红绸裹兜的柔软，体会着红绸裹兜穿在女人身上时的情形，就不免有一阵幸福的晕眩。他曾经数次徒步赶到北宽坪来，希望能再见到一次四姨太，如果四姨太提着瓦罐在泉边汲水，他会要将她从泉台上抱起而不管了瓦罐摔成七片还是八片；如果在山坡上见到捡菌子的四姨太，他会将她放平于蒿草之中，并使蒿草千百次晃动不已。柳子言的暗恋放绽了奇异的光彩，一看见了北宽坪后的山峁上的那个古战场残留的石堡，就心身皆进入恍惚之境，觉得曾经是有一个夜晚，月色清丽，空气甜润，他们携手登上石堡，一任小小的窗洞里风鸣鸣长鸣，也一任露水湿了他们的睫毛也打湿了鞋袜和裤腰，静静地躺过了千年百年……但是，每一次山下村庄的鸡犬之声破碎了他的幻想，远远看见了姚家炊烟直上的屋宅，他却不敢再走下去，落泪独坐，几次已疑心自己是风化成一块石头了。

这日葫芦峪有人家请去踏坟地，葫芦峪可以从另一条沟直达，脚仍是不自觉地拐进北宽坪的山路，他愿意多绕道数十里看看心爱的女人居住的地方，谁知女人竟一河之隔，活生生的，就站在他的面前！

令柳子言悲惨的是女人竟不再是姚家的四姨太，她成了逛山土匪的老婆！在柳子言的意识深层，他爱着这女人，但这女人真正要成为自己的老婆长年相厮那纯是远山头上的一朵云，登上山头云则又远。他们的缘分恐怕只是一种偶然的相遇相爱。因此，在痴恋转为暗恋的漫长日月中，柳子言不管怎样步涉到北宽坪的山上希望去见到四姨太，到最后都将是一种单相思。唉，自己就是这般的薄命，只能在盐一样的生活中把她的身影腌咸了，风干了，在孤独寂寞中下酒吧。问题就在于，女人是姚财东的姨太也好，是另一个什么官家的娘子也好，他柳子言有什么办法呢，可现在女人成了黑皮臭肉的苟百都的老婆，却实在无法接受！粮子、逛山、土匪，就全凭那一杆能喝血吃肉的长枪吗？当苟百都向他炫耀，一脸的恶肉刷漆似的油亮，他恨不能一个石头砸过去，砸出个五颜六色的脑浆来，但面对着高头大马和乌黑的枪管他惧怕了。柳子言的泪水倒流肚里，为女人伤心了，为孱弱的自己伤心了！他不愿多停留，在丑陋的苟百都面前的无能比那一次面对着女人的无能更使他羞辱，再不要让钟情过他的女人看见他了！

一声枪响，使他跌倒了，蓦然间他估摸这一枪是苟百都打向他的。女人现在既已做了苟百都的老婆，瞧着自己无能的样子是不是感到可怜可笑，不经意中会把过去发生的事情失口泄露于她的匪夫吗？土匪毕竟不是守财的姚掌柜，一定不允许一个风水先生曾对他的老婆做过的事体。

马蹄腾着沙石过来了，苟百都在喊："你站住，站住！"柳子言猛然之间翻身而跑，苟百都愈发怒了，开始叫骂，马匹一个飞跃，几乎是掠过柳子言的头顶落在了他的面前。柳子言准备死去。

"苟百都，你要打死我吗？"他说。

"你跑什么？"苟百都说，"我的老婆要给你说话的！"

柳子言吃惊了，他看着女人，女人从马上跳下向他走来。女人站在了两丈外的一株细柳下，一头乱发飘拂，蓬蓬勃勃如燃烧的黑色火焰。

"你没给我说一句话，你就走了？"她说。

"恭喜你。"他说。

"你再说一遍！"

"你要做压寨夫人了，我恭喜你。"

女人嘎嘎地怪笑着靠在了细柳上，细柳负重不了，剧烈地摇晃了。

柳子言掉头又要离去。

"你就这么走吗？"女人突然地厉声嘶叫，手抓住了细柳上的一枝，竟将枝条掰下来，凶得像恶煞一样扭曲了五官。"你就会走吗？你一辈子就会乌龟王八一样地走吗？！"

当女人发疯地扑上来，柳子言不知所措地呆住了，倏忽间柳枝劈头盖脑抽下来，啪啪啪声响一片，柳叶碎纸似的满天皆是了。柳子言没有动。他知道今日是丢命了，与其死在苟百都的枪下，还不如被心爱的女人活活打死！他感觉到的并不是疼痛，女人手中的也不是柳条，是锋利无比的刀，在一阵迅雷不及掩耳的砍杀下，他似乎还完完整整，瞬间则一条胳膊掉下去，另一条胳膊也掉下去，接着是头、颈、腰、腿，一截一截散乱了。女人喘着粗气无休无止地挥动枝条，留给了柳子言满脸的血痕，一截截柳枝随着一缕缕头发飞落在水面，终于只剩下一尺余长的了，仍不解恨，哗啦一下撕裂了他的裤子，赤身上露出了那红绸裹兜，女人呆住了，软在地上，号啕哭起来了。

　　遍身是伤的柳子言与女人倒在沙窝，泪水和鼻涕一齐递出之际，蓦然明白了一个女人的心。女人竟还在爱着他！感激之情油然生出，珍视着从自己脸上流下来的血滴在河滩的石头上溅印出的奇丽的桃花，他要弯身扶起哭倒在面前的女人了。苟百都却以为柳子言欲反击自己的老婆，在马背上吼道："柳子言，你敢动我老婆一个指头吗，我一枪敲了你的脑壳！"柳子言高傲地抬起头，说："我哪儿能打了她？苟百都，我现在正式恭贺你了！"苟百都笑了："你早这么说就好了！你现在可以走了。"但柳子言没有走。女人说："我不让他走！"苟百都说："柳子言，你听见了吗，她不让你走，你就给她下跪再道个万福吧！"女人说："我要让他和咱们一块走！"苟百都疑惑了，眉头随之绾上疙瘩。女人说："柳先生能踏坟地，怎不让他同咱们一块回家去踏个坟地，你不指望我将来的儿子不要像你一样半辈子给姚家跑腿吗？"苟百都哈哈大笑起来："说得好，说得好！柳先生，苟某人就请你为苟家踏吉地了，姚家有钱，能赏你一桌面银圆，苟某人有的是枪，会抢一个女人给你的！"

　　三个人结伴而行了。

先是苟百都和女人同骑一匹马，马后步行的是柳子言，小桥、流水、古木、巉崖，女人就不停地遗落了手帕要柳子言捡了给她，或是瞧见一树桃花，硬要柳子言去折了她嗅。行过三里，马背上的女人便叫苦马背上颠簸，一身的骨头都要散架了，苟百都便命令柳子言背着她："你不悦意吗？不悦意也得背！"柳子言巴不得一声唤，在女人双手搂了他的脖子，树叶一般飘上背来，立即感觉到绵软的肉身热乎乎地如冬日穿了皮袄。哎呀，女人的香口吹动了一丝暖气悠悠在后脑勺了，女人耳后别的一撮柔发扑闪了前来抚摩着他的额角了，柳子言重新温习了久久之前的那一幕的情景，他不知道自己是载负了重量行走，还是被一朵彩云系着在空中浮飞。当半跪在背上后来又换了姿势的女人将两条腿分叉地垂在了两边，柳子言紧紧反搂着一双胳膊，眼睛就看见了两只素洁的肥而不胖的红鞋小脚，呼吸紧促，噎咽唾沫。扬扬得意的苟百都在马背上又吹起口哨。柳子言终是腾出手来把那脚捏住了，捏了又捏，揣了又揣，乐得女人说一句"生了胆了！"苟百都看时，女人用手指山崖上一只在最陡峭处啃草的羊，而同时另一只手轻抠起柳子言的后心了。

到了过风岔，苟百都的家就在岔垴。三间石板和茅草搭就的屋里独住着瞎了一只眼的老娘。山婆子见儿子冷不防地带回一个美妇人，喜得没牙的嘴窝回去，脸全然是一颗大核桃了。举灯将女人从头照到脚，悄声对儿子说这婆娘是从哪儿拾掇来的，屁股好肥，是坐胎的坯子，只是奶太端乍，将来生了娃娃恐怕缺了奶水子吃。天一黑，柳子言被安置到屋旁的旧羊棚里歇息，女人才过来看他，苟百都便也过来扔给了一个缝了筒儿装塞着禾草的老羊皮，说："你要孤单，搂了它睡吧，"一弯腰将女人横着抱到草房东间土炕去了。

幸福了一路如今又被抛进冰窖和油锅受水火煎熬的柳子言，掩了柴扉，静听着山里的鸟叫。鸟叫使夜更空。石礅上插着的松油节焰也不旺，直冒起一股黑烟，柳子言想，这烟也是松油节的气吗，燃不起焰就只是生黑烟吗？躺卧在深山破败寂冷的旧羊棚里，自己背了来的女人却在了一墙之隔的炕上，这是与那个女人算什么一种孽障啊。而苟百都呢，一个黑皮土匪，今夜里却搂了爱自己的恁个美艳的妇人在自己旁边，这真是天下最残酷不过的事情。这样想着的柳子言，随手咚的一声，抛过褡裢将那个松油节打灭去了。

石板房里，传来了苟百都熊一般的喘息声，间或有女人的一声"啊"叫，睡在房西边炕上的山婆子开始用旱烟锅子敲着柜盖了，问："百都，你怎么啦？你们打架了吗？"苟百都回话了："娘，睡你的！你老糊涂?!"后来，一切安静，老鼠在拼命地咬噬什么，柳子言听见石板房门在吱呀拉响，女人嚷着拉肚子，经过了旧羊棚，就蹲在棚门外的不远处。隔着柴扉的缝儿，柳子言看不清她的眉脸，一个黑影站起又返回房中去了。一次如此，二次又如此，柳子言知道了女人的用意，她并没有闹什么肚子，她冒着寒冷为的是经过一次旧草棚来看看他了！柳子言的眼泪潸然而下，他把柴扉打开，他要等待女人她再一次来解手，但女人重新蹲在了旧羊棚门外，他刚要小声轻唤，野兽一般的苟百都却不肯放掉一刻她的肉体，赤条条地跑出来一等她解了手就抱她回去。

翌日，同样是消瘦了许多的三个人在门前的涧溪里洗脸，柳子言在默默地看着女人，女人也在默默地看着他，飞鸟依人，情致婉转，两人眼睛皆潮红了。早饭是一堆柴火里煨了洋芋和在吊罐里煮了鸡蛋,苟百都只给柳子言一颗鸡蛋吃,便爬上屋前槐树杈去割蜂箱中的蜜蘸着鸡蛋喂妇人。女人说:"我是孩子吗?你把你鼻涕擦擦!"苟百都的一珠清涕挂在鼻尖,欲坠不坠,擦掉了却抹在了屋柱上。女人一推碗,说:"柳先生,你吃我这些剩食吧,我恶心得要吐了!"柳子言端过碗,碗里卧着囫囫囵囵五颗荷包蛋,心里就千呼万唤起女人的贤惠。

柳子言有心给出土匪的苟家踏一个败穴,咒念他上山滚山下河溺河砍了刀的打了枪的得病死的没个好落脚,而苟百都毕竟在姚家时跟随诸多风水先生踏过坟,柳子言骗不过他。"你要好好踏!"苟百都警告说,"听说吉穴,夜里插一根竹竿,天明就能生出芽的,我就要生芽的穴!"柳子言踏勘了,苟百都真的就插了竹竿,明天也真的有芽生出,苟百都喜欢了,提出一定要亲自送他走二十里山路回去。柳子言又得和女人分别了,女人说:"柳先生,你现在该记住我家的地方了,路过可要来坐呀!"苟百都说:"是的,苟某人爱朋友。"女人送着他们下山,突然流下泪来,说:"山里风寒,小心肚子着凉呀!"柳子言按按肚子,感觉到了那肚皮上的裹兜。苟百都就笑了:"瞧,一时也离不得我了!柳先生,你不知道,有娘儿们和没娘儿们真不一样哩!"

苟百都真的把柳子言送出了二十里,到了一座山弯处,正是前不着村后不靠庄,苟百都拱手寒暄柳子言是苟家的恩人,永远不会忘了,柳子言喉咙里咕涌着一个谢,爬上山坡去。差不多是上了坡顶,苟百都掏了一颗弹丸儿,鞋底上蹭了又蹭,还涂了唾沫,一枪把柳子言打得从坡的那边滚下去了,说:"苟百都有了美穴,苟百都就不能让你再给谁家踏了好地来压我!"

已经是一年后的又一个初夏。苟百都已不再是昔日的苟百都，黄昏里蹴在前厅后院的新宅前，举枪瞄一棵山杏树上的青果子打，打下一颗就让妇人吃一颗，得得意意又说起柳子言踏的坟地好。可不是吗，自滚了坡的老娘白绫裹了葬在吉穴，他不是顺顺当当就逃离了白石寨，竖了竿子坐山头，他唐井是司令，咱也是司令嘛！做了司令就有人买司令的账，这不就一院子的青堂瓦舍么，不就有大块的肉、大碗的酒、苎麻土布、丝绸绫罗，连尿盆不也是青花细瓷么？妇人在姚家那么多年，生养出个猫儿来吗，没有，现在凸了肚皮，一心只想吃个酸杏，这狗×的柳子言真是好本事！

女人听厌了苟百都的排阔，扭头起身回屋坐了。她不能提柳子言，柳子言就是一枚青杏果，一提起心里便要汪酸水。柳子言为苟家踏了好风水，柳子言却怎地再不照面过风岔！不爱着的人，狼一样地龇牙咧嘴敢下手，爱着的人却是羊羔似的软，红颜女人的命就是这等薄了?!

哀怨苦命的女人，只有独坐在后窗前凝视林中月下的青山。青山是那么照人的明艳却不飞扬妖冶，白杨林子是那么庄严又几多了超逸，但青山与杨林的静而美、美而幽、幽而哀的神意实在不容把握。这样的月夜里，是决不要听到枪声的，白石寨的土匪一来，枪支并不比唐井多的苟百都就要着人背她先去山峰顶上的石洞里避藏了。石洞里凿有厅间卧间和粮仓水房，洞外的光壁上石窝中装了木橛架了木板，人过板抽，唐井的子弹爆豆般地在洞口外的石崖上留一层麻点。这样的月夜里，也是不要狗吠的，一条狗吠起，数百条吠声若雷，苟百都的喽啰回山了，鼓囊囊的包袱摊在桌上，黄的铜钱、白的银圆，叮叮当当抓着往筐里丢，同时在另一处的幽室中就有了一个呻吟的绑了票的人。这样的月夜里也是不要酒的,喝得每一个毛孔都散着酒气的苟百都就又要得意于他的艳福,想象着皇帝老儿该怎么淫乐,把炕席揭了,撒上豌豆,放上木板,使行房事晃悠如在船舟。今夜的月下,就只让女人静静地临窗坐吧,恨一声柳子言你哄了我,骗了我,一架蓬萝开了耀眼的葫芦花就是不见结葫芦!但终在一个月夜,女人看到了窗外不远的涧沟畔上的一株钻天的白杨,白杨通身生成的疤痕是多么活活的人眼哪。这眼是双眼皮的,这眼就是柳子言的眼,原来柳子言竟天天在看着她!女人从此天天开了窗户,一掰眼就看着他的眼睛在看她。但是看着她的只是眼睛还是眼睛,柳子言,你到哪儿去了,真的再也不来了吗?婆婆的泪水溢满了女人的脸面,女人最终把双手抚在了突出的肚腹上,将一颗慈善的心开始渐渐转移到了未出世的儿子身上,说:"你将来要当官的,真的,娘信着柳先生的本事,你也要信哩!当了官你就要天南海北地寻了他回来!"

柳子言其实并没有死。

一颗子弹打了来,那涂了唾沫的炸子儿当即炸断了一条腿在坡顶,而柳子言血糊糊滚落到坡那边的一蓬刺梅架里了。一位砍樵的山民背回了他,他央求着说他可以禳治这一家祖坟使主人从此家境滋润而收留他养伤,便开始了整整半年的卧床未起的生涯。半年里,北瓜瓤子敷好了断腿的伤口,他单足独立,再也不能爬高下低地跑动了。被拾回到老家去拄了拐杖学行走,一次次摔倒在地,磕掉了两枚门牙,终于能蹒跚移步了,就常倚残缺的石砌院墙看远山如眉,听近水呜咽,想起那一个自己答应过要去见的女人。但他独足去不了过风岔,他没有枪,他对付不了土匪苟百都。

夏日正热,于堂前的蒲团上坐了燃香敬神,祈祷着思念中的女人能大吉大安的柳子言,听到了一阵异样的脚步声,回过头来,一副滑竿抬进门,下来的竟是仍没有老死的姚掌柜。掌柜一脸老年斑,给柳子言拱拳了,说找了先生数年,一会听说先生遭苟百都杀害了,一会听说先生还活着,他无论如何要亲自来看看,果然先生还这么年轻这么英俊,竟好好的嘛!柳子言无声笑了笑,就站起来,一条腿没有了,惊得掌柜忙扶住他,日娘捣老子的骂那土匪苟百都,"苟百都害了你害了我,他是咱俩不共戴天的贼啊!"柳子言又一次被掌柜请去北宽坪重新踏风水了。但他不是骑了驴子,他坐在背篓里雇人背着。

旧地重游,柳子言坐在了女人曾经赐给他情爱的那个小房里失声痛哭。掌柜问他伤了什么心,他说想起了四姨太,还是这间房,还是这把椅子,却再见不到四姨太了!掌柜遂也老泪流出,劝慰柳先生不必为他难受,说四姨太好是好,再也寻不到她这般俏眉眼的娘儿们了,可毕竟现在是土匪的婆子,他掌柜也不为她哭坏身子了。柳子言说:"你知道她的近况吗?"掌柜说:"我只说她被抢了过去不是拿剪子捅那土匪,也得触柱死去,她竟旺旺活着!听人说她出门,后边有两个护兵跟随,真真正正是土匪婆了!"柳子言心里愤愤起来:一个家有万贯的财东,一个不该娶少妇偏娶了少妇的老头,你拱手把四姨太献给了土匪,却要怨怪四姨太没有在新婚的夜里触柱死亡,得一个贞节的名号!这也算一个与四姨太十余年的丈夫,算北宽坪地方的绅士么?对着并不慈善的掌柜,柳子言收回了对他遭到苟百都的迫害的同情,也全然坦然了多少年里总有的一丝对他不起的心思。厌恶起掌柜的柳子言这么骂着一个男人的歹毒，却也从掌柜身上看见自己的丑恶，骂起自己不也恰恰和这枯老头一样没能保护了那个女人吗？女人原本不爱掌柜，况且掌柜人也老了，而自己呢？柳子言扭头看窗外，窗外的枣树还在，他不禁戚戚感叹："今年枣树上没干枣了。"

"枣树上哪儿还会有干枣的？"掌柜干笑了一下，忽问起一个问题来。"柳先生，听说苟百都也占了一处吉地？"

柳子言说："那也算一块吉地吧。"

掌柜说："那他还要有大气数吗？你知道吗，为了占那吉地，他是将他娘掀进沟里跌死，对外说是失了足……哼，一个瞎眼山婆子能守得住？！"

柳子言说："甭提土匪那一宗了，柳子言会给你再踏出一块好穴位迁埋骨殖的。"

掌柜连声就呼着丫头，催问酒温好了没有，又说柳先生这次来不必着急踏勘，先喝三天的醉酒，姚家大院中的这些使唤丫头喜欢上哪一个了就只管招叫了去伺候你。

柳子言也真的这一顿酒吃醉了。

就在柳子言醉吐了一定要掌柜来打扫着秽物的时候，一个爆炸的消息传到了北宽坪，说是苟百都被龙抓了！掌柜一把搂住了也被惊得酒醒的柳子言长一声笑，短一声哭，夸讲着天神之公道，也夸讲土匪早不死迟不死偏在柳子言要重踏坟地迁葬父母骨殖的今日而死，这定是将要踏出的美穴预先兆应了。两个人已经听报信人说过一遍苟百都被龙抓的经过，却仍要再说一遍又说一遍，确确实实地核证了这一切皆是事实。威风着方圆百里的苟百都是在前三天下山到黑龙口坪坝里的一家财东炕上抽烟土，已经抽过三个时辰仍不过瘾，他眉飞色舞地给财东和另几个土匪讲他的英武。说唐井派人来杀他，此人枪法好，刀法也好，却不知他苟百都是怎么个人物竟使唐井也奈何不得！那人来了，他枪也不带刀也不挎，端了火盆在门口吸旱烟哩。来人问："谁是苟司令！"他说了："我就是苟百都，伙计，来吸一锅子吧！"来人说："嗬，原来是黑皮八斗瓮！"他说："是长得差些。"还是低头吸他的烟。烟灭了，用手在火盆里捏一颗红炭按在烟锅上，来人眼就看直了。点燃了烟叶取下火炭，火炭没放在盆里却放在了膝盖上，膝盖上的肉就吱吱响，再说一句："这烟叶真香，你真不吸吗？"来人就跪倒在地了，说："苟司令你是条汉子！要么你砍了我的头，要么我跟你吃粮！"那一把短刀就摔在他面前了。在座的财东说苟司令就这么收了来人了？苟百都说，屁！当粮子逛山不敢杀人我要他干啥？拾起来人的刀在眼前看锋刃，说句好刀口哩，忽地一下砍下来人的头。头因为掉得太快，那眉儿眼儿还在笑笑的，就再割了鸡巴塞在嘴里差人直送白石寨去了！在座的皆土色了脸面，苟百都就哈哈大笑，笑未毕，屋外忽然天变，一朵云停在屋当顶，接着嘎啷啷一个炸雷一道电光打开窗子冲进来，众人全都震昏了。待眼目睁开，屋里一切完好，唯独不见了苟百都，急奔出门，空中咚地掉下个黑炭来，苟百都烧焦成二尺长。掌柜又是一串大笑，突然说："可惜了，可惜了！"报信人说："掌柜说土匪死得可惜？"掌柜说："听说他有两颗金牙，花了大钱镶的那金牙就烧化了！"报信人说："哪里就烧化了，他的喽啰敲了金牙才用白布裹了苟百都，正为了这事，他们不敢回去见那四姨太，不，见那匪婆子，才一哄都散了，苟百都的尸首还是那家财东埋了的。"掌柜说："你说得对,是四姨太,今日晚上我就要去过风岔接回那娘儿们,回来了你还叫她四姨太!"

姚掌柜匆匆去张罗要接四姨太的事宜了,留在了厢房里的柳子言却仍在为突如其来的喜讯震得说不出话来。四姨太,那个心爱的美妇人竟然还能再次一见吗?他不能不感慨这是怎么的一种缘分啊?当掌柜领了一班人灯笼火把去了过风岔,柳子言的死而复生般的惊喜却遂被另一层为自己和那女人的悲哀代替了。一个逃离了老朽去当了三年的压寨夫人的四姨太,到头来又回到朽而又朽的老头的炕上,那女人就是因为长得太美么?每一次像猎物一样被狼叼来叼去,又每一次偏让柳子言遇着,短暂的相会,留下的竟是长长久久的悲伤和凄凉,这是对那可怜女人的残忍呢还是对为此而残废了的柳子言的残忍?!那么,自己对一个可望不可即的女人的爱恋是一种自寻的罪过了,就不要再把这种罪过同时带给那个女人吧。这么想着了一夜,发起了高烧的柳子言终于决定在四姨太被接回时绝不去见她,眼不见心则不乱,让她度过她后半世的清静岁月吧。

天稍稍发亮,柳子言收拾了褡裢,扶杖而走了,但门前的土场上一副滑竿急急抬了过来,他看见了坐在滑竿上面色黑灰眉眼扭曲的掌柜,却没见到四姨太。他拱手搭问："四姨太呢?"掌柜却并没有回复他,昨晚那飞扬的神气没有了一点痕迹。"四姨太没有接回来吗?"他又问了一句。掌柜哼了一声,显得那么的不耐烦,却恶狠狠对放下了滑竿要散出的随从说："把吃的用的东西送去,好好看管。今日大门关了,后门掩了,外边人一个不准进来,家里人一个不许出去!"便踉跄进了大厅去自个卧屋了。柳子言是不能私走了,看着立即有人抱了被褥提了饭盒出去,大门砰砰下了横杠，不知究竟出了什么事情。姚家的丫头和跑腿的在没人处交头接耳，一有人又噤声散开，柳子言不能询问任何人。他默默地回坐到厢房去，寻思四姨太一定没有接回来，或许四姨太已经死了，或许四姨太已逃离了过风岙。厢房的门口远远正对着院角的厕所茅房，短墙头上的一蓬豆荚萝窸窸窣窣响后，一个人头冒出来，柳子言知道这是姚家大太太在那里解手用豆荚叶揩了屁股了。但大太太却在短墙头上向他招手。

"来呀，柳先生！"她又一次招他，"你不想听听稀罕吗？"

柳子言走近去，蠢笨得如捣米桶一般的肥婆子走出了茅房短墙，一边系裤带一边说："你知道小骚货的事吗？"

"四姨太？"柳子言忙问，"她到底怎么啦？"

婆子说："哼，老鬼总忘不了吃嫩苜蓿，只说小骚货的×叫土匪×了，心还在他身上，没想骚货死了土匪还不回来！"

"不回来了。"柳子言说，"她到底是不肯回来的了。"

"不回来老鬼行吗，她有一副嫩脸脸么！老鬼真不嫌她脏了，她是给土匪怀了个仔儿，肚子都那么大了，喝苦楝子水怕也坠不下来了！"

柳子言惊呆了："四姨太有了孩子?!"

婆子说："老鬼一看就上了气！要当场把土匪仔踢落下来，又怕丢了骚货的小命儿。可那匪婆子竟也往涧里跳，被人拉住，头上已破了一个洞。老鬼气得骂：你那时怎不就跳了崖，我还给你立个节妇牌呢！我现在来接你，你倒寻死觅活?! 就把骚货用滑竿抬回来了，真该让她死去才好！"

柳子言忙问："怎不见抬了回来？"

婆子说："抬回姚家让生下那个土匪种吗？姚家是什么人，不要说招外人笑话,这邪祟气儿要坏姚家的宅舍吗?你瞧瞧,关在那个石堡里,让生下匪仔儿了,还要放三天的爆竹,艾水洗了身子,方能倒骑了驴子回姚家的门!"

肥婆子说着捂了嘴嘎嘎直笑,柳子言的脑子里已一片混乱,他望着院外山坡顶上的古堡,泪水拂面。那一座古战场残留的石堡,数年前他默默地从远处观望,想象了一个月夜他怎么地能和四姨太幽会其中,数年后的今日,四姨太竟真的被幽闭在那里了。石堡上到底是如何的败旧,荒草横长,野鸽遗矢,孤零零的一个美艳女人就在那里生养胎儿再将胎儿亲手处死吗?柳子言不知道肥婆子何时离去,他双手抠动着墙皮一步一跳地不能在厢房门口安静,指甲就全抠裂了,墙面上抹出了一条一条血道。突然单足跳跃竟走到厅房台阶下,他改变了主意要看看四姨太,甚至拿定主意请求在姚家长期住下,他要永远能见着那个女人,也要让那女人永远能见到他!他跳跃到台阶下再要跳上台阶,他摔倒了,碰掉了一颗门牙。对着听见响声出来的掌柜说:"你怎么能将四姨太关在石堡呢?你不能这样待她!"

掌柜疑惑地看着他,说:"柳先生,我是器重你的,你不要管我家私事。"

"不!"柳子言再一次从地上跳起,单脚竟如锥一样直立着,说:"掌柜,这是你家的事,我本是不能管的,可我是你请来为姚家踏吉地的,你是知道的,积德为求地之本,知积德善人未有不得吉地的。苟百都为何死于非命,他行恶多端,吉地也成了弃地啊!"

掌柜说:"我何尝不正是这样做呢,那娘儿们怀的是土匪的种,我让她出血流污地在姚家生养,岂不辱没了姚氏祖宗?我要不是待她好,我早在过风岔一刀挑开她的肚皮了!柳先生是手艺人,怕是昨日的醉酒还没完全醒的吧?来人,扶柳先生回屋去,熬了莲子汤好好服侍先生吧!"

几个跑腿的男人几乎是抬着柳子言到厢房去了。

躺倒在厢房土炕上的柳子言,现在只能是无声的抽泣,为了将来还是掌柜的四姨太的女人,他的求情遭到了掌柜的拒绝和厌烦,他的那点勇敢可怜得毫无作用可起。漫长的一天里,他恨着自己不是个土匪,若是有土匪的蛮力和枪杆,他也不至于这般容忍了掌柜这老狗!到了这时想,反倒那苟百都真是个汉子,可惜了苟百都的死去,女人宁愿跟着土匪也比来姚家要好了。这一天终于将尽,四山严合,逼出了黑暗下来,月亮也随之出现,多清丽的月夜呀,原本是浪漫的人儿飞身于山岬,依山上下曲折的石堡栈道,让月光浸着白净的衾绸,让月光逼着玲珑的眉宇,有了如丝的幽梦,有了如水的思愁,有彻悟有祈祷有万千种话……而现在的女人于石堡中哭淌了多少泪水?柳子言担心着女人经受不了生下骨血让人活活弄死的折磨而要死去的。是的,她要死去的,任何一个最坚强的女人都会在灰了心的绝望中死去!一时间,柳子言紧张得一身汗都出来了,他似乎就看见了女人披头散发地在那里吼叫,风却灌满了她的口,谁也听不到她的呐喊,她开始痴痴地盯着石壁看那一群快活的蚂蚁了。她是那蚂蚁就好了,上苍啊,怎么不在这女人来世时托生一只自由自在的蚂蚁呢?石堡的门洞外,女人能看到月下起伏的万山壑岭么,能看到浮云浸拥的栈道石廊么?不不,石堡如塔压着她,如笼囚着她,她从门洞看到的是一堆堆磷火。对了,柳子言想起了发生在这山头的一个古远的传说,说是一位英武的将军驰骋鏖战了一生却终在最后被敌军包围在了这座石堡中。同样是一个美丽的月夜,石堡的内外躺满了部下的尸体,只剩下了将军的妻子和一个忠诚的卫士,将军看着满山围拢上来的敌军,他血刃了自己心爱的年轻的妻子,他不忍心妻子落入敌军手中受辱,在血刃了妻子而又抱着她还微笑的头颅而哈哈大笑,对着吓呆了的卫士说:"好了,我英雄的一生要结束了,现在,我要成全你,他们以三百两白银悬赏我的头,你就提了我的头去见他们吧,我忠诚的卫士!"说完,风吹动着他的长发,星月照耀着他的铠甲,一只手抓着头发,一手扬刀就抹掉了自己的头,竟然那只手把抹掉的头颅提着而身子不倒!这古远的传说这么清晰地在柳子言脑海中浮现,他想,四姨太一定在这个时候听见了一片鬼的号叫,看见了那英雄的将军和将军的妻子而在哀叹了:谁是我的英雄呢?英雄的将军保不了妻子的活着,却保护了妻子的死去,这妻子也是幸福的。我一个容貌美丽的女人,因美丽而为臭男人们活着,如今要死在一个可爱的人的刀下也不成啊!柳子言愈这么想,愈坠进了不可自拔的境界里去,过去的一幕幕的无能、软弱、忍耐全然激发了一个男人的所有勇敢,咬牙切齿道:"我是你的英雄,是的,我是你的英雄!"

英雄了的柳子言在夜静人睡之时,拨开了姚家的大门挂杖往山上去了。

崎岖的山路,柳子言摔倒了一次又一次,他开始往山头爬,他的衣服全破了,一条唯一的腿和两条胳膊血肉模糊。他预想着爬到古堡怎样地打开石堡洞门的栅栏,怎样地呼叫着四姨太的名字而与她相见,他要告诉她不要哭,也不要叙说长长久久刻骨铭心的思恋,赶快逃离石堡吧,即使天黑不能远离,也要到另一处的什么地方躲起来，然后他们在某一处相会，然后他要和她，或许她愿意独自一人，他都可以帮她逃到很远很远的地方去的。但是，当柳子言刚刚爬到了古堡下的栈道长廊下，看守着四姨太的人发现了。这是一位年迈的在姚家跑腿的老头，他是认识柳子言的，询问着柳先生摸黑怎么能到山上来。柳子言瞒不了他，老老实实地把一切都告诉了，他明白有人看守着古堡他是不能去搭救女人了，却说尽了女人的苦愁来感化这看守，甚至应允，若看守人能放他上去救那女人，他保证付一笔数目巨大的银钱，也保证为看守踏勘出一处大吉大贵的坟地，永保其家族后代安乐昌盛。看守同意了，却劝柳子言不要亲自去，一个残废的人怎么能爬上那古堡，就是这栈道长廊，健全身体的人也要小心才能过呀。"先生请相信我，我就去帮四姨太逃走吧。明日掌柜要问，我就说我去拉屎，回来不见人了，大不了掌柜勒我一绳，罚了我一年的工钱。"柳子言感动得直磕头，说他今生今世忘不了老伯大恩，又千吩咐万叮咛了许多许多要小心的事，方又倒爬着下山。

  柳子言返回了姚家，天已经麻麻泛亮了，他若无其事地招喊了一个下人要求背篓里背了他去后坡根踏勘坟地。背篓背出了大门外，他却对着从河里挑水的姚家用人说："你就给掌柜说一声吧，我去后坡根踏吉地了，让他随后也来看看。"可是，当柳子言踏勘到了晌午，掌柜却没有来，柳子言也不急着回去，就躺在暖和的地坎下打盹了。昨夜的奔波已经弄得他疲倦之极，现在该是好好的歇息了。蠢笨的掌柜这阵在干什么呢，他哪里能知道石堡中的四姨太已远走高飞，而这一切又都是一个残废的风水先生所为的呢！他作想不出在某一个山洞里还是松林中的四姨太，这阵儿是怎么的感激和思念着他啊，他得很快地踏勘完坟地去相见,而那个尊敬的看守老头能在他一回到姚家碰见,告诉他四姨太的去处吗?柳子言终于在松弛心身后迷糊起来,将隐隐的一种后怕和一种暗自涌上来的英雄气概的念头带到了梦境,但同时听见了声音:"先生,你醒来,掌柜来了!"被用人推醒了的柳子言果然瞧见掌柜远远走来了,且笑眯眯地在几丈外就说:"柳先生,你怎不多歇几天就踏坟地了!你这么为姚家费力,姚某人真是不知该怎样谢你了!"

柳子言说:"掌柜不必客气。你来瞧瞧,这个穴可真不错哩!"

掌柜说:"是吗,这么快的?!先生你怎么受伤了,满手是血呢?"

柳子言脸红一下,忙说:"刚才下坎时不小心跌了,没事的。我想你既然来了,咱就把方位定了好下楔哩。"

掌柜却说:"先生急着是要走吗,这次来可不能让你很快就走的,我得好好款待你才是。过午了,回家吃饭吧,明日再来好了。"

柳子言被背了随掌柜回到姚家大院,掌柜却并没有让他去厢房用膳,而让人一直背他到厅房,掌柜则仰躺在睡椅抽起烟土了。一个泡抽完再抽一个泡,掌柜再不看他,也不说话,柳子言起身要往厢房去,掌柜突然说:"柳先生也爱上我的四姨太吗?"冷丁一句,柳子言脸唰的黄了,扶桌站了起来又坐下,说:"掌柜,你怎么说这话?我姓柳的有什么冒犯了你吗?"掌柜说:"昨晚出了一件怪事儿,有人想要再夺走我的女人,竟到了石堡去,先生是能人,你估摸这是苟百都吗?"柳子言心里作慌了,他想一定是女人逃走后,掌柜在追查了。一想到女人已经逃走,柳子言又暗暗得意,恢复了脸面,故意作惊道:"四姨太真的接回来了，谁到石堡上去干什么？苟百都不是早被龙抓了吗？"掌柜就冷笑了："苟百都是死了，可惜学苟百都的人没他那身膘肉！德顺，你进来吧！"厅房里便有一人进来，竟是石堡那看守四姨太的老头。老头看了一眼柳子言将头就垂下了。掌柜说："姚家的下人出一个苟百都咬人的狗，可再没第二个对姚某人二心的人，德顺告诉我了一切，我现在只想问柳先生一句，你爱上我的那个四姨太了吗？"柳子言在刹那间天旋地转了。他恨死了这个叫德顺的老头，龙该抓的不是苟百都而是狗德顺了！自己英雄了一场，竟坏在一个卑贱的下人手里，柳子言知道他现在的结果了，却为女人将受到又一重的惩罚而叫苦不迭。到了这步田地，柳子言还掩饰什么呢，胆怯什么呢？他虎虎地看着掌柜，突然说："是的，我是爱上四姨太了，我第一次到姚家来就爱上了四姨太！掌柜你杀了我吧。"掌柜一丢烟具，哈哈大笑不已，直笑得身子连同睡椅前后摇晃，说："柳先生真个坦白！我还可以告知你，你不但是爱上四姨太，四姨太也爱上了你！"柳子言叫道："不！这与四姨太无关，要杀要剐，我柳子言一人承当！"掌柜说："柳先生真是爱女人爱得深呀！我并不杀你，你是我请来的贵客，我还要酬谢你哩，你知道我要谢你什么吗？我就把四姨太送你！我虽然爱这娘儿们，我为她破过家，在她当了匪婆子还把她接回来，但我今早去到石堡里见了她，我决定就送你了！"柳子言直直看着掌柜，他估摸不出这老谋深算的掌柜说这话的真正含义，他站在那里不动，等待掌柜的突然变脸而吆喝了五大三粗的打手冲进来。掌柜却又在说："柳先生，难道你也不回谢我一句吗？"柳子言简直不能相信事情竟是这般变化，阴霾密布的天突然透亮，湍急凶猛的水突然拐弯平缓，狂旋的龙卷风突然消失了吗？他一低头颅答道:"掌柜说话若真,那我多谢了!"掌柜却说了:"但我却也要你保证,一定要踏勘个吉穴给我!你今日草草踏了一下就说要定方位,我姚某就不能依你了!好吧,四姨太我先让她在石堡上待几日,几时吉穴踏成,你就带她走吧!"

整整踏勘了六天,真心真意地选好一处美穴吉地的柳子言爬到了石堡,出现在他面前的四姨太已是于那一日的早上被掌柜抽打一通鞭子将儿子降生,儿子却活活地在她的面前摔死了,而她也同时于掌柜的面,用石片从左额直划出四条裂口到右腮,说:"你不是总爱着我这张脸吗?我现在一心一意是你的四姨太了!"柳子言看着毁了容的女子,他啊的一声惊跌在地了。几分得意的掌柜也觉得愧对了柳子言,几分歉疚地说:"柳先生,我不该瞒着她毁容的事,望多谅解。娶女人就是娶一张脸,柳先生若不喜欢这个,姚某再送你个丫头女子,整头洁脸的乖巧人哩。"柳子言一下子跳起来,将女人搂抱住了!

用鸡毛粘好了脸伤的女人,从此再也没有了往昔的俏丽,那四条从左眉斜斜下来到右腮的疤永远留下了红道,但柳子言用驴子领回到他的家屋,怜爱如初。他拥抱着这个千难万难方遂了心的女人,再不是旧日无能的男人,他是丈夫,尽着丈夫的职责。

他们在五年之后终于生下了一个儿子。

有了儿子,使这一对夫妇不再是为了过一种安静可心的日子了,他们幻想着在这个世界上,要活得顺心适意,有头有脸,必须是要当官的。他们商定要为柳氏家族选一个最好的坟地,大半生为了他人的幸福,柳子言踏遍了山山水水,现在他们是在为自己而选穴了。一头瘦小的毛驴子,载着已经花白了头发的夫妇,终于在一个雨后天朗的正午寻觅到了一个山嘴下，柳子言激动不已，满口白沫论说勘踏美穴的妙处，什么风水以山名龙，故山之变态千形万状，走垄之体转移顿异，其潜现跃飞变化莫测，唯龙为然。何以曰脉，是统人身之脉络，气血所由以运行而一身之禀赋，脉清者贵，浊者贱，青者安，凶者兀，地脉亦然。什么龙要旺，脉要细，穴要藏，局要紧，砂要明，水要凝，化生开帐两耳插天，虾须蟹眼左右盘旋，明堂开睁砂脚宜转。他满口文言古辞，女人哪里听得明白，问这山嘴下该是什么穴，柳子言又得意指点，说那山嘴两边呈半环，环后有横岽，岽后又一山成大环抱，虽不是五山耸秀四水归朝，青龙双拥官诰复钟，但却也是梧桐枝穴，此龙身枝脚均匀之格，梧桐枝双迎双送，两平势对节，分枝做穿心，该是祖宗儿孙相顾，至贵呢！女人乐道："好了，好了，我不懂你的这样穴那样穴，我只要我儿子当官的穴哩！"

  柳子言自小没有了父母，被师傅收养学道，他不知道自己的父母葬在哪里，坟墓拱好了，便做了先考先妣的灵牌安放进去，又为自己和女人拱了双合大墓，便宣布再不为人察识风水了。在儿子长到了十二岁，男长十二接父志，在一个早晨，夫妇俩烧了一锅菊花汤水沐浴，穿好了所有崭新的衣服，对儿子说："儿呀，我们不可能看着你长到三十四十，也不可能为你留下青堂瓦舍的一院房屋，百亩良田，万贯资产，可我们可以助你去当官。从今往后，你不要想着你的父母，也不要守在这个地方，你可以出外去干你的事了！这个世界这么大，你不会孤单，你会有许多大事要干的。"儿子是聪明俊秀的人物，听从了父母的话，磕下一个响头，下山而去了。

  这父母骑上了毛驴。女人虽然老了，身架还俏，人依旧干净,头脚整洁不乱,却把一块印格手帕顶在头上,手帕太大了,四个角便遮了脸。柳子言说:"今日暖和没风,还要遮得那么严吗?"妇人说:"不遮,难看呢。"柳子言端详着她,脸上皱纹是纵横了,五官却不多一分不少一分地端正,那四条伤痕虽是发红,他却看到了往昔的美艳,说:"你一点不难看。你是天人,你原本是在天上,但你到了人间,桃花恨你,春风恨你,所以你尽受磨难,你只有了这四道疤你才活得安生了!太阳这么好,咱要出远门,为啥要遮呢?"

女人听从了丈夫的话,要骑上毛驴了,柳子言就去扶她,趁机要捏捏那一双精精巧巧的脚,再将一竿柳条给她,让她当驴鞭。女人就说:"你再捏,我可要抽打你了!"两人遂想起过去长长的一幕,相视在阳光下就全笑了。

他们一个在前一个在后,就这么骑着毛驴来到了他们的坟地,直走到地下拱好的坟墓穴里,便动手将墓坑中的砖石一块一块封了墓穴口。封得是那么严,没有一丝风可漏,没有一点光可透。柳子言说,今晚会有一场雨的,坟顶上的土能塌下来埋了墓道,咱们可以安安静静睡了。

该怎么睡呢?漆黑的世界里,女人并没有立即感到呼吸的紧促,她询问着柳子言,并撒娇地一定要柳子言扶了她睡下,且要双手紧紧搂住她,让她头枕在他宽宽的胸脯上。柳子言按她的要求去做了。他们在这个时候听到了坟外风扫过墓顶,那几丛枯草摇曳着冷冷的金属声,有蚂蚁在叫,蚯蚓在叫,墓壁上爬动的湿湿虫释放着姜葱一样的气味。两人同时想起了过去的岁月,想到了那一切一切细微得不能再细微的细节,倒后悔忘了带一壶酒来,这些记忆是用盐风干了的肉丝,蛮能有滋有味地下酒呢。柳子言开始摸索着从身上解那件已经很旧很旧几乎稍稍一撕就破的红绸裹兜，妇人并没看见，却感觉到了，也伸过手来，拉平了，盖在他们的脸上。

"这是咱们的铭旌哩！"柳子言说。

"铭旌都是要写一生功德的。"妇人说。

"那上面不是有血斑吗，那就算咱自己写下的。"柳子言说。

两人无声笑了。

"咱们的儿子会当了官吗？"妇人悄声又说。

"会的，这是一个好穴哩！"

"能做了什么官呢？"

"很大的官，真的，大官哩！"

十年后，四十里外的洪家戏班有一个出了名的演员，擅演黑头，人称"活包公"。他便是柳子言的儿子。柳子言踏了一辈子坟地真穴，但一心为自己造穴却将假穴错认为真，儿子原本是要当大官，威风八面的官，现在却只能在戏台上扮演了。

白　朗

一

　　这一日天上的太阳毒得如一只滚动着的刺猬，光芒炙烧尖锐，满空的云朵就流出了血似的赤红，地上虚土浮腾，惨白得又像是大火后的灰烬，行走在赛虎岭官道上的一队散乱的人马，差不多只要在一个兵卒的后腿弯撞一下，这个兵卒就倒下去，整个的队伍也便要倒下去，永远也不想爬起来了。原本是前排的乐队在高一声低一声热闹吹打，马也有精神，队形也整齐，现在吹鼓手的眼睛已经白多黑少，呼吸着的空气火一样辣蜇着鼻孔，那吹奏唢呐的凸腮和暴了青筋的粗脖就在一声软一声里陷了下去。最后，乐响变成一种呻吟，一种喘息，几乎在同一刻里熄灭了，唯有一个年幼的小卒还勉强"嘟"地吹动一下，成为沉寂中的一声余音。这是一队衣着不整老幼参差的乌合土匪，以往的变化无常的流浪生活和近日连续的奔跑，又进行了一场残酷的搏杀，他们的面孔全都变得丑恶狰狞，得胜之后的狂热使他们在返回营寨的路上欢声如雷，但狠毒的太阳终使他们消耗了最后的活力，当听到最后一声滑稽的唢呐余音，俱被逗乐，这乐声却没有从口中发出，笑容在脸上纵横了一下皱纹即便消失。而恰在这时，有了一声很爆的笑声，朗朗地震响，遂使每一个兵卒掉过头来，霎时间都张口不能合起地木呆了。

笑声是从那一匹银鬃马背上的做了战俘的白朗口中发出的，这位狼牙山寨的大王，一代巨匪枭雄，被护颈短枷铐了双手，身上又缚了绳索，他竟还有这么清朗的笑声！致使身子俯仰，将青光头顶上的一排受过戒的香火烫印的蓝痂闪动，无法看清那戒印是十二个还是二十个，哪些是戒印哪些是太阳烤炙而成的紫血水泡？汗水就从他的脸上摇散下来，滴在鞍辔上又溅落地上，尘土里噗噗儿腾起几缕细烟了。

笑声自然使队伍骚乱了，甚至使每一个兵卒感到了骇怕，想起了这一位美若妇人的白朗大王，他的俊秀的眉目和清朗的笑声并不是可以让你联想起一种色相的愉悦。黎明里他在酒的沉醉中被七条绳索捆住，因那缚腿的小卒动作稍不麻利，或许是看见了这一张白皙的面孔，光洁的有着戒印的头颅，错觉于是尼姑庵的小尼，忍不住动手捏了一下他的脸蛋，白朗的一脚踢出正击中腹下的恶根上，小卒就当即倒地死了。他们更听到过有关白朗的英武，每每与官兵作战总有一些人淫笑着向他扑来，他并不动的，只将那一柄短枪抛上抛下如羹匙似的玩，忽一扬手瞄也不瞄地着一声"左眼"！百米外的对手们的左眼就老鸦啄过一样成一窟窿，他就笑笑地走过去，用短刀剖开死者的衣裤割掉尘根撬塞进各自的口里了。于是，这些兵卒们都紧张起来，下意识地将手按在了腰间的挎刀上，甚至使抬着滑竿的土匪膝盖僵硬，一步在石头上踏空，险些将滑竿上的黑老七掀跌下来。

"怎么啦？"黑老七睁开了不满的睡眼。

"回禀寨主，他是在笑哩！"抬滑竿的小匪指着白朗。

黑老七在睡梦中似乎也听到了笑声，回转头来，看见白朗大笑之后笑容仍在脸上保留，而自己的部下全都惊慌失措的神色，不禁恼羞成怒了。吼道："和尚雏儿，你在笑什么！你以为你是坐在狼牙山寨子里吗，面对着的是你的大小喽啰吗?!"

白朗看着黑老七，说："是吗，真要是你讲的那样，白某就该笑了。"果然又笑了一下。

黑老七几乎在咆哮了："可你现在是我的战俘，我押解的囚徒！"

白朗说："那你也就笑一笑吧，我还没见过黑寨主的笑脸呀！在七星镇的局子里你呼红叫绿地赌掷，输了筹片不付钱，债主向你讨要你不言语，一巴掌原本要扇出你的话来却扇出你口里的一枚铜板，你那时没有笑过的。你做了寨主，抬着虎皮鹿肉来狼牙山朝拜，我让你坐在那一块冷木墩上你也是没有笑过的。散发纸烟偏又不散发给你，我记得你那时还是没有笑过的。今日你报了木墩纸烟之仇，你真是该笑一笑了吧？"

白朗说着的时候，声音还是那么的柔脆，美目飞动，和颜悦色，甚至在说完了将头偏向一边，看着乐队中的那个吹奏了唢呐余音的年幼的吹手，为他头上戴的干枯了的柳条帽圈和额上贴的薄荷叶片所乐，便把一只好看的右眼那么一睐。年幼的吹手静静地听了白朗的话，他已经不觉得这个枭雄白朗——不，都叫着是白狼——的恐怖，反觉他和蔼可亲了。他是听得懂白朗的话的，知道赛虎岭十二个山大王最厉害的一个大王在攻克了官府管辖的盐池后于狼牙山摆酒宴的情景。那时候，他跟随着他们的寨主最早一个上的狼牙山，却等待着另外十个山主都到齐了坐在熊皮圈椅上，而他的山主却只坐了一个木墩。那一阵的白朗武功是多么卓著,第一个在赛虎岭竖起王旗,又独自一家攻克了盐池,谁不在欢呼着他王中之王呢?可他出来接待众山之主,着的是一件白色的团龙长衣,蹬的是一双白色的深面起跟鞋,持的是一把白绫竹扇,他愈是把自己打扮成素雅的风流倜傥的秀才模样,愈使所有的人为上天偏把一身超群的武功和一副绝伦的容貌造就成一人而感叹了!白朗哈哈大笑,他并不一一回礼众王,亦不设了烟灯烟具让来宾过足一顿烟泡的瘾,而是朗声高叫说他得到了盐监官的香烟,要让各位开开眼界,尝个新鲜。众山主是听说过这种香烟,但未见过更未吸过,一齐睁开了双眼等待狼牙山寨主来发散了,白朗却没有走过去,依然站在高石台上,手一扬,空中数道白光,一根二根纸卷的两头一般粗细的烟支竟端端立栽在各人面前的桌子上。在座的十一个山主站起来十个拱拳致谢,唯独黑老七没有站起,因为黑老七面前的桌子上没有香烟,一张油汗的肥脸由红到白,由白到黑,末了将一口唾沫吐出来,唾沫里有了一颗咬碎了的牙齿。做想着这一幕的年幼的吹手此时万没想到这做了囚徒的白朗,现在仍高傲不逊,气宇不减,这才是大英雄的风范,做人就该做这样的人杰!遂也以右眼眹眨来回报了马背上的那一位白面和尚了。

黑老七看见了两人的动作,他愤怒着喝令年幼的吹手到他的滑竿前来,一伸手啪地扇去个耳光,同时叫道:"把绳拉紧!鼓乐齐鸣,让赛虎岭所有的山头都瞧瞧,谁个才是王中之王!"

银鬃大马左右的四个兵卒同时努力,那缚在身上的四条大绳即被扯紧,纵然马能被他双腿暗中加劲倏忽脱奔,绳索亦会扯石夯一样拉他下来。立时白朗像一截木桩被四方的力量固定在马上,一丝也不能动了。

队伍继续前行，僵着身子高坐在马背之上的白朗被夹在队伍的中间，他们经过了赛虎岭最高的一段山梁道上，队形就衬印在火红的天幕上形成巨大的剪影，使得散居于沟岔的山民，远处以石以木所修造的寨堡上远眺的土匪，都产生了这支队伍的统帅并不是黑老七而是狼牙山寨主的感觉。最后，这种感觉连白朗自己也有了。多少年里，在百里方圆的山地上，他和他的一帮大小兄弟踏遍了每一条沟岔里的每一块石头，杀恶人，劫豪舍，突然地敲开某一家财东的双环大门，便将雪光锃亮的钢刀扎在桌面上，看着那主人从夹墙里地窖里搬出铜银细软，尤其是摘下了主人的茜红色的包巾，剥下姨太们绣花小鞋，出得门来连同那一半的银铜沿村街天女散花般地向穷人撒去，那是多么痛快的事体！而又在某一个风高云低的黎明，大块地吃了肉，大碗地吃了酒，领人层层喝开寨栅，趸出围墙，下山岗，突袭到官府驻扎的众小校营房布幔，见人杀头，遇马砍腿，让污血噗噗地溅满一身，而刀挑了用铁丝串起的二十个三十个耳朵在山坡上论功行赏，那场景是多么辉煌奇艳！可是，那时候竟疏忽了观赏这壮丽的赛虎岭的风光，甚至连这么想过也不曾有。现在于马背上看万山起伏，深若大海，赤日的腐蚀之下，红如炉铁，那沟沟岔岔淌流的溪水又如血道，白朗的脑子里就要浮现起魏家坪姚大掌柜脖子上的红蚯蚓了。是的，那也是这么一个晌午，家存万贯的姚大掌柜正纳一房小妾，一顶花轿才抬进门，他便领着人马踏进去，瞧见了花轿里坐着的是一位何等娇艳的少女，而姚大掌柜却是满口没齿的枯老丑陋，不知出于一种什么原因，他白朗冲上去先一巴掌扇了老朽在地，再提起来逼要起财物，看见了吓得惊叫一声就昏过去的少女竟产生了无尽的同情，说："把她抬到后房吧！"奸诈的姚大掌柜一面捣米鸡似的伏地磕头,一面却暗示了家人偷溜出去通告镇上的防守官兵,财物还未到手,村口的众兄弟就与官兵血刃起来。他那时怒从胆生,令把姚家十二口男女杀得一个不留,再拿刀慢慢割姚大掌柜的脖子,那血就红蚯蚓一般往下流了。那景象好是刺激,以致多少年里在睡梦中看见,醒来也激动得浑身战抖。也就在杀了姚家,开仓放粮,扬扬得意欲回山寨时,刘松林,他结拜的兄弟,狼牙山的二寨主,却从后房提出来了那被纳的小妾,说:"大哥,这个就归你了!"他白朗又看了一眼少女,少女实在美不可言,但他把手挥了:"她从哪儿来,让她回哪儿去。"刘松林叫道:"那你把她放到后房干什么?知道了。大哥是和尚,不要女人,兄弟就拾掇了!"他训道:"我说过了,让回去就回去!"三寨主陆星火跳过来大叫:"这么个好东西咱不要也不能让别人享受了去,我一刀劈了也痛快!"一把便撕开了少女的上衣,将半身雪白如凝脂的肤肌暴露出来,刀尖已要划开她的腹乳了。白朗是一茶壶击过去,打落了陆星火的刀,说道:"咱虽是土匪,杀人也不能乱杀,她是姚家抢来的妾,可现在还不算姚家的人!"竟一手牵了陆星火就往外走。可是,就为了这一场事,刘松林和陆星火埋怨了他数年,甚至讥笑了他是和尚出身不娶女人,又面如美妇,对女人就下不了手了!可是,又有谁能想到在多少年后,又是为了女人的事坏了他们兄弟的大业,将一个好端端的威武不可一世的狼牙山毁掉呢!

　　由艳阳之下的赛虎岭的风光使思想浸沉于那一个少女而悲伤起来了的白朗,摇摆了一下头颅,欲要把挂在眉上的汗珠同烦恼一起甩掉,却也为结拜兄弟的讥笑不以为然了。白朗是和尚出身,这他并不忌讳,且一直光洁着头颅,但要说面如美妇,对女人就下不了手吗？他想起了七岁的孤儿在安福寺里做一个小小的和尚，是经历了十年青灯黄卷的寂静，一心要于佛门修成正果，而在他发现了住持每每造了佛像前的暗坑翻板跌翻了前来烧香供佛的年轻女子藏于地洞行淫的事后，在一个晚课诵经之后住持将一根恶肉企图放在他的体内，他怎样地吼叫着跑出寺院告发了罪恶，又怎样在怒不可遏的村民捣毁了寺院之时，又是他亲自钻入地洞，扼死了那些匿藏得太久，已不能露面活人的女子，再将住持活埋于地上只露出个头来，驾了马拉的铁耙耙碎了淫贼的脑袋，而使安福寺从此人称耙头寺的。那时节，他白朗才是十八岁！做和尚他是正经和尚，即使后来县署的知县与住持有私交，为了替住持报复，以他不能扼死那些无辜女子为罪而要捕杀他，他一气上山落草，落了草也正是从此开始了他的一生惊天动地的事业啊！可你刘松林，可你陆星火，却又是干了些什么呢?！白朗一怒气把眼睛闭上了。

正午的太阳现在已是滚到了头顶之上，它似乎缩短了与这支队伍的距离，人的影子，马的影子，由大而小乃至全然没有，鼓乐的吹打也不知在什么时候又一次停息了。马背上的白朗感觉到，不停地有人将包袱什么的勾挂于鞍鞯下的蹬坠上，企图让马代驮，马却在不停地甩动着长尾，包袱什么的就脱落下去，而立即被几只杂乱的脚踢到了路旁，开始有了低声的叫骂。可怜的押解着白朗的兵卒，原本是各人的背上都带着抢劫来的包袱，或是一件拈绸袍袄，或是一双可以供其在家的老母穿的棕形小鞋，或是项链、巾帻、铜盆、火纸、茶壶，在吵闹叫骂中把被踢掉的东西又捡回来，捡回来又负担过重，终于力不可支，自骂起自己"好贱"，再骂一声"破玩意儿"，遂又抛去。一时间人人都相互感染,把乱七八糟的东西一件一件都扔去,只将那些银钱袋子系在湿淋淋的裤腰带上,发出叮叮当当的繁响了。一把白铜的尖嘴细腰的酒壶还挂在一个小卒的背带上,有人就不允许他留着,催他扔掉,小卒不忍,但无法抗拒,摔在地上了却用脚狠踩,说:"我不能拿,谁也不能拿的!"一脚再踢飞到草丛中去了。白朗在喀嘟嘟的踢声中把眼睁开,看见了那一只踩扁了的酒壶,认得了这是他在盐池喝酒时用过的那只,见壶思酒,好杯的白朗五脏六腑就翻腾起来,几乎同时也闻到了酒香。是酒香,一点不错的!白朗巡睨着马之前后的兵卒,兵卒并没有喝酒的,却皆在拿一种渴馋馋的目光望着前边滑竿里的黑老七而膴下陷下坑儿来了。黑老七是在喝酒了,他已脱了上衣,一胸的黑毛,仰头将一只葫芦里的酒往口里倒。但是,一看见黑老七的嘴的四周的短胡上沾满了酒里的红汁,白朗的脸第一回惨白了!在盐池的池神日神风神的三神殿里,正是他下令众兄弟一醉方休,才使反目为仇了的黑老七偷袭得逞,当他醉得玉山倾倒,一个小兄弟跟跟跄跄跑来报告黑老七的人马围了大殿杀了许多兄弟,他白朗还在说:你也喝醉了吧!可黑老七就进了屋,几条绳索捆翻了他。待他清醒过来,黑老七正拿着一颗艳红红的人心,刀划了往酒葫芦中滴,那个小兄弟开了膛倒在地上……

　　思想到这里的白朗,顿时失却了喝酒的欲望而英雄气短了,强烈的阳光蒸发着万山丛岭,满世界里似乎有丝丝缕缕的白线在晃动,苍苍莽莽的喟叹中,他极力将目光向天边望去。那一片火红的山峦中突兀的峰柱是他的狼牙山吗?是的,隐隐约约的用青石条砌起的寨墙还在,粗木搭成的可以瞭望众山头又可以燃了狼烟招呼众山头的信号架还在,更是那一座天元寺的石塔还巍峨不倒啊！唉唉，怎样的一个英雄的白朗，叱咤风云了十年，官府没有拿下他，十个山头上各有绝技的山主没有伤害他，而是自己最看不起的地坑堡的黑老七，在自己保卫了赛虎岭也同时保护了地坑堡的今日反栽倒在那小人手里，这最是白朗不可思量，尤感一种愤怒遂之是一种莫大的悲哀了！这个时候，白朗真的后悔起不该在攻克了盐池又离开狼牙山寨去盐池的三神殿。他想起了离开耙头寺落草之后，他的声名是多么震响，远近都在播扬着一个叫白朗的和尚。但将白朗却转音为白狼，他先是讨厌了，找着一位算命的老妪推算八字，老妪却说叫白狼最好，要成大事就去占据赛虎岭的狼牙山，占狼牙山则吉，离狼牙山则凶。他上了狼牙山安营扎寨，果然事事顺利，且山上的天元寺虽寺毁而有塔存，也合于他这当过和尚的人的心意。此塔为五百年的古物，二百年前地震裂了半截，就在他去后的又一次地震中塔竟裂而复合，这奇迹的出现也使他威名更远，谁一望见那塔也要不寒而栗。他在他的寨上摇着大旗，旗面上就用白布绣着一个白色狼头，而他的大小数千名兄弟的衣襟上，也皆缀有狼头标志。但是，他为了把官兵更远地赶出赛虎岭，为了不让盐池被盐监官统治而使所有的贫民都能吃上盐，做盐的生意，他忘记了老妪的叮咛下住到了盐池来，才遭到了黑老七的暗袭。黑老七，算是什么东西！如果这次没有离开狼牙山寨，即便山寨上再没别人，单凭了他一柄短枪，黑老七的人马能攻上来一个吗？即使他去了三神殿不喝得酩酊大醉或是喝醉了不将短枪挂在柱子上，黑老七能近得身吗？在他被擒的昨晚，也就是在黑老七刀刃小兄弟的那一时间，三神殿剧烈地抖动了，门环摇响，窗纸崩裂，他估摸着这又是地震了，遂大笑着这是天意，也大笑着他将和黑老七一块儿在房舍的倒坍中死去,但随之一切又恢复了平稳。这阵做了囚徒的白朗,在马上遥眺着狼牙山上的天元塔,吃惊的竟是一塔为二,早年复合的塔身又几乎是从塔底裂开,犹如两柄刺天的刀剑!好呀,这全是兆应了,他是不该离开狼牙山的,可是,塔裂根而不倒,他白朗的气数并没有尽吧?长了志气的白朗精神为之一振了,在心里骂道:"黑老七,狗贼!你能把我怎样呢,狼牙山寨的人死的死,散的散,但只要我白朗还在,你就瞧着吧!"

就在白朗耸了耸肩,愈发挺直身子的时候,山梁道的两旁陆续围观来了一些百姓,他们的长舌往日在传播着枭雄的武功,想象着他是一位凶神和恶煞,夜半狗咬就以为是他进了村,某人被杀也以为是他所为,以至于相互咒骂了,骂了绝死鬼的传死鬼的龙抓的熊挖的就也要骂出门碰上白狼的,连孩子们啼哭不止唬一声"白狼来了",啼哭也顿时噤声。如今听说白狼被擒,惊骇之余就都来围观,全不顾兵卒的呵斥使劲往近挤,要清清楚楚看这位快要横尸的枭雄是怎样的一个狰狞面目,但他们差不多在瞬间里失望了疑惑了甚至多少有了一点愤慨。

"杀盐监官的难道就是他吗?白狼哪儿能是戏台上的小生呢?!"

"他还是个和尚呀!"

一个女人就尖声叫起来了:"瞧呀,他那光亮的额头和高耸的鼻梁以及丰润的嘴唇,妇人也没这般俊俏呀!"

"是吗?"旁观的人群中有着闲汉,为着女人的轻狂而嫉妒了。"老板娘,你也是想着能和他睡觉吗?"

"睡觉又怎么着?!"女人低声咕嘟了一句,拨开人群撵着马的步伐看着白朗,便伸手将头上的一支已经枯干了的野蔷薇拔下来，斜倾了身子企图在马匹稍偏过来时丢上白朗的腿上或马的银鬃里。但兵卒在她的屁股上踢了一脚，把她踢倒了。马背上的白朗似乎听到了围观者的议论，但他并没有注意到这个女人的媚眼和已经探出在口唇外的舌尖，当那朵丢过来的野蔷薇在他的眼前一晃落到地上去后，他听见了黑老七在粗声叫喊："把他的脸抹脏！用泥抹他个三花脸！"刹那间一片寂静，没人敢挖了泥来涂抹，但随之四面八方飞来了虚土，他眯着眼睛扫见了兵卒和那些围观的闲汉都抓了尘土向他掷来，落黏在他的汗脸上，只有女人在嘤嘤地哭了。

瞬间受到污辱的白朗将双目紧闭了，睁开眼来，一只几乎是涂上了炉火一样的光泽的苍鹰从空中掠过，原本要做一个勇猛的俯冲，却寂然地停伏在一块突兀的崖石上如一疙瘩树根了。这一景恰被白朗看得清楚，心中不免被尖锐之物所刺，以鹰而自比了。就是这鹰曾经驮着朝霞飞度过万重山吗？曾经呼啸着从高空冲下抓住了草丛中的蟒蛇，又从高空绳一样将蛇摔死在石板上吗？但它热浪下伏于崖头，非凡的勇猛与它不符，而如果它受伤坠入谷洼，兔子又会怎样地撕咬它，蚂蚁又会怎样地爬满全身?!而那些参与了抓土弄脏他的脸面的围观的人们继续撵着队伍走动，且开始了大声欢叫着："白狼大王！白狼大王！"白朗在一阵痛楚之后心里又泛上了一层清傲之气。他想，这些人并不是在要污辱了我，他们看到的这个汗水搅了尘土形如恶豹之脸的白朗才是心目中真正的白狼枭雄而心理满足了。可不是吗，在他往日威风下山、带领了大小兄弟冲向官兵阵营，刘松林和陆星火也常要他戴上一具凶丑奇异的面具的。白朗就在这此起彼伏的欢叫中把头颅仰得更高了。

黑老七终于喝令着兵卒将围观的人赶散了。没有了围观人的刺激的这支押解的队伍又完全沉于寂静,急促地喘息,叮当的钱袋繁响,同时在没死没活的矮树上长嘶的蝉叫声里,兵卒们感觉到被太阳晒瘪将要一个趔趄跌倒再也爬不起来了。在看着他们的山主又在喝着葫芦里的血酒,就有人喊了声:"杏林!"皆口目大睁,急应:"在哪儿?""在前边。"杏之解渴使他们的脚步加速,但赛虎岭哪儿有杏林呢,就是有一片杏林,在七月的天气里树上哪儿还会有可口的杏果呢?被搞蒙了的兵卒在快速了半里之地后醒悟过来,开始咒骂起多嘴的某一位了,甚至动起手脚,结果就有三个和四个厮打起来,将枯了叶的柳条帽摔掉,将拳头擂到了腮上,血和断折的牙齿吐出来,而裤腰带上的钱袋就从力小的身上系到力大者身上了。他们如驴打滚一样在这样的厮打中恢复着活力,在流血和抢夺的刺激中消除了疲劳,连黑老七也不斥责,反倒怡目而视。山主的放纵使兵卒更加松懈起来,终于在走到一处叫二岔峁的地方,唯一的一处小小的细泉,而爬过去吵吵闹闹渴饮了。泉水在土穴中聚了一个浅潭,沿潭下注一道流渠去了山下,潭的四周连同流渠就苍蝇般地趴满兵卒。得到水的喝了一捧又一捧,有的干脆将头埋进去长饮不起;未喝到的就从身后往前扑,人垒人高,下边的爬不起来,抓泥往上张扬,性急的便跳进潭去双脚乱踩,水成泥浆,一时谁也不能再喝了。在白朗的马的前后左右各拉持绳索的小徒腮根不断显出小坑,但重任在身,他们不能前去渴饮,白朗就说话了:"放开绳,你们也喝去吧,我不会跑掉的。"

四个小徒疑惑地看着他,不相信这是真实,愈发用劲拉直了绳索。半路上被惩罚了的因挨山主的巴掌肿了腮帮不能吹唢呐的那一位吹手，恰已换作拉绳中的一个，听了他的话，终于说："白狼大王，我们知道你是不会为难我们的，我们把你缚在石头上，你可不能跑呀！"

白朗说："好的，把马的缰绳也缚在树上吧。"

四边的绳索和马的缰绳分别缚系在石和树上，小徒们喝水去了，待捧着滚圆的肚子过来，那年幼的曾是吹手的竟以一页檞叶折成小斗盛了泉水来搭在他的嘴唇前，白朗的眼睛潮湿了，看着一边往下滴着、斗里愈来愈少几乎只剩下一小口的清水，他说不出话来。小徒说："快喝呀，要漏完了！"他把嘴凑上去，但叶斗中的水确实漏完了，但他对这个小徒无限的敬爱，说声谢谢，还挤眨了一下右眼。

"我曾经是要去吃你的粮的！"小徒突然低声说："三年前，我就在这儿看见你领着人从那条沟走下去的，我去撵没有撵上，后来黑山主的队伍过来了，我才跟了他……"

三年前？白朗搜索着记忆，觉得这一条小沟他似乎并没有走过。他说："从这里下去的小沟是什么名字呢？"

"是羊肠沟，大王你记不起来了吗？那是一个傍晚，才下过一场雨，西天上烧起一片红云。"小徒认真地说，遗憾得耸了几次肩。

"这条小沟可以通到盐池的西禁门吗？"

哦，白朗终于记起来了，是有一个傍晚，他率领部下企图去山下的盐池攻克西禁门的，但那次他们是失败了，西禁门外的巡马道上的巡夫发现了他们；十里长的护池墙上的烽火台节节引动了一柱狼烟，盐监的兵马严阵以待了。但是，也就在又是三年后的一日，即前七天里，他白朗的人马摸黑赶到了盐池外，偷渡护池河，隐蔽于巡马道，将长长的绳圈套住了每一个巡逻而过的兵卒的脖颈拉下马来，直到兵力冲进西禁门和东禁门，刘松林和陆星火于兵营收拢所有的刀枪，一声呐喊将赤条条的官兵从床上拉下逼进一畦盐池水中时，他白朗也冲进了盐监的府中轻而易举地把盐监的头剃了。这一夜是何等的壮观，所有的盐工从睡梦中惊醒，也拿了铁锨、木铲、卤水斗子参加到他们的队列，到处是燃烧起来的火光，随处可见官兵滚落的头颅，守驻在北禁门和南禁门的官兵见大势已去纷纷逃散，十多里的盐池内顿时齐声呐喊，有锣鼓的敲锣鼓，有鞭炮的放鞭炮，甚至将所有的盆盆罐罐、簸箕、木板也敲打起来，直至天明。天明，四村八乡的百姓推开了十二处护墙蜂拥而进，他们在那一畦一畦盐水池之间的晒盐场上，扒开了盐堆上的一层泥盖，将盐块用驴子驮，用口袋装，用篮子提，连穿着开裆裤的小儿与没齿的老妪也怀抱五块六块盐来往不绝。白朗那一时是骑了马在人群中巡走，为这种抢盐的场面所万千感慨了。守着这天然的宝池，盐池四周的百姓却终年没有盐吃，成百成千的盐工一旦被抓进这护池墙内就一辈子不能出去在这里造盐，整车整车的白花花的盐运到县城，又运到京城，而百姓吃盐反以高价购买又同时负担着沉重的盐苛。现在忙乱抢盐的人们看见了天神一般的白朗骑马走过，他们齐压压跪下来给他磕头，不怕巨匪，枭雄万岁，许多青年壮年就要投他而去，吃粮上山。他记得一个老妪并没有抢盐，而和一个青年拿了小镢在一畦退了水的盐板层上认真挖掘，后来就以头巾包裹了来到他面前。老妪说，她七十了，她的儿子十年前被抓了盐工再没回家，攻克了盐池母子才相见，她万万没有想到在她活着时还能再见到她的儿子！"菩萨大王，我寻着了我儿子，儿子要我们也去抢些盐，我没有去，我要他快挖些盐根子，我儿子是懂得盐根子的，这盐根子是药，有什么病病灾灾吃一点就会好的！我母子挖寻到这一点，菩萨大王你收下吧！"他接受了母子的礼品，纵马在池畦上奔跑起来，得意忘形了的白朗啊啊叫着，他为着天水相接的一畦一畦因盐之浓淡度而池水红黄绿蓝白呈现的奇丽的色泽发狂，也为着自己的惊天动地的英雄业绩而发狂。他仰天大笑，从马背上竟摔到地上，在池水里也想看一看这英雄就是他吗？水面上一张俊俏之脸正对着他，想到了老妪的"菩萨大王"动听的称谓，不禁在心里说：历史上多少名留青史的英雄豪杰也莫过如此吧？而哪一个英雄豪杰又是有着如菩萨一样的花容月貌呢？！

但是，但是，想到了这一幕的白朗心中隐隐作痛起来了。攻克了盐池，雄心勃勃的他预想着下一步怎样地蓄积力量再扩大地域，怎样去联合十一个山头共同发兵攻克县城，要使这皇天后土之下的县境完全是另一个天下，却一切都被女人牺牲去了！女人，女人，白朗在心中叫道，女人真是英雄的罪恶吗？就在他陶醉于盐池风光和自己的英武的时候，刘松林和陆星火策马来说他们在三神殿的盐监家府里将三十二口家眷全尽杀戮，只留下两个如花似玉的女儿，那女儿实在长得美妙无比，他们也要像大哥一样不忍杀掉，但要求大哥允许他们将那雌儿做了他们的夫人。白朗当然是不能答应的，他分析着攻克了盐池，官府肯定要从外地调集兵马来收复，官府丢了盐池如同丢了命根是不可能这么容忍失去敛财的盐苛的，那么，一场恶斗还在后边，若有了家室，迷醉于女色，而上行下效起来狼牙山寨还会像现在这般战无不胜吗？狼牙山寨之所以能战无不胜，凭的并不是兵多将广，而是一人强似十人的剽悍。再说，咱们杀了盐监官满门，只留下他的女儿，这女儿能俯首顺从地做了仇人的夫人而生儿育女吗？刘松林、陆星火却不以为然了，他们浸淫到女色之中，只强调那女儿的美丽人间少有，说他们上山落草难道就是当一辈子光棍不成？今生今世虽是没了好的声名，亦不能当官做僚，但大碗吃酒大块吃肉拥抱美人却也不枉做了一世的山之大王！他们甚至说大哥出家之人，十年的吃斋念佛青灯打坐当然没有了肉色之欲，可他们是能吃生肉能喝生血的混世魔王怎么忍受另一种的饥渴？上一回杀进姚家要留下那美女子大哥不允，如今若再不允，当和尚的哥哥可以不要儿子孙子，但他们的种族的香火要续，不愿做一个绝户鬼的。两位兄弟的话使白朗异常生气，他白朗，当了和尚真就如阉割了的宦官再没有七情六欲吗？有清眉秀目就必是在那一方面无能无耐是一个伪男人吗？他说之以理而两个兄弟不能听进去，他就发了脾气，命令去将那两个女子提来当众砍了算了。刘松林和陆星火灰沓沓地走了，他们并没有把女子提来，却分别携着远走高飞了。正是于此，狼牙山的实力大减，也正是于此，好强的白朗偏要在狼牙山摆酒宴又在酒宴上戏弄了黑老七，又为着意气再次到盐池去观看盐工们在三神殿新塑的又一尊他的神像，而落到这步田地了。

"刘松林，陆星火，两个没出息的东西啊！"

白朗在心里千百万次地咒骂起他的结拜兄弟了。如果要论仇恨，白朗最感伤心也最不能饶恕的倒不是黑老七，而是刘陆二人！当年他们在狼牙山相见，跪拜于高山之顶，风送松涛，杜鹃啼血，说定了生不同时死则同穴，原来这一切皆小儿的信口雌黄？！从狼牙山起根发苗的三个人，千辛万苦才发展到数千人马，杀出了清平的赛虎岭，攻克了偌大的盐池，世事闹得石破天惊，到头来为一个女人就什么也不要了?一直不以土匪自视的白朗不禁在感叹着狼牙山寨还确确实实是些土匪了!啊啊,世界上原本是更多的人可以干一番大事业的,就这样常常被金钱、地位、女人和狭小的意气所毁于一旦的了!

心绪翻腾不已的玉面英雄,扭动着头颈再一次看了万山涌伏的天际,看了一眼在艳阳辉映下迷迷蒙蒙的狼牙山寨中的天元寺塔,和山下那一带闪亮的盐池水面,欲再吁出一口英雄浩气,却先有一颗大而热的泪珠落了下来。

二

第二天醒来,白朗已是在一间很净洁的房间,四面的一人多高的长形花菱窗上糊上了麻纸,经朝阳的照耀亮而发红,自己和衣躺倒着的则是在一面铺垫在虎皮大毡上的一领竹皮凉席上,那有双耳的青花瓷罐歪在床首的桌面,桌面上摊流一块并未晾干的酒渍。他约莫记起昨晚的子时被带到了这里,然后就有人抱了这酒罐进来,不说一句话地出去了。白朗猜想这是到了黑老七的巢窝地坑堡,却不知这是一个什么样的地方,又是怎样走进来的。这些,白朗全然不管了,他看见了酒,就只图吃个痛快,竟抱了瓷罐一大口一大口灌下去沉沉大醉了。他爬起身要坐起来,一阵哗啦啦的响动,原来手脚上现已锁上了铁链,且链长异常,可以自由活动却不能腾跃飞奔了。酒醉之后给他戴这么长的脚手镣铐,看样子,赤手空拳的一个他被关在了地坑堡的巢窝里,黑老七仍是恐惧着他,白朗不觉间很得意了。

白朗再一次抱了酒罐,饮干了剩余的残酒,脑袋愈发清楚了，抖响着镣铐将花窗一扇扇打开朝外瞧看，才知道他是在一座三层高的诵经楼的顶间。地坑堡确实是在一个地坑里，赛虎岭至此耸出层岗，复坡磊磊，下垂至山麓忽陡而洼，形成了下陷二十米三十米齐棱棱的东西长约四百米、南北千米有余的椭圆形坑状。在四周的土塄上，寸草没有生长，光溜溜连兔子也没法跳下来吧，且在外塄上修筑了约三米宽的高墙，每隔一米又一土堡，站立了一个持刀的兵卒，而在堡墙外的远远的东西南北四角恰恰自然形成了四个不高亦不算低的土峁，都驻守了瞭哨警卫的喽啰。白朗没有来过这里，却早听说黑老七占据的是一位曾在某朝某代的翰林晚年归隐的宅居，它虽不能像狼牙山那样遗世独立，登山口上一夫把守万夫莫开，但他现在看到的这种以深求高，于坑洼的南边斜着凿出一洞出入，用大青石修建的堡门楼一旦关闭，也可谓是一个固若金汤的好堡寨了。堡内的屋舍分为七进连环大院，有泉亭，有家庙，有祠堂；这一座诵经楼破旧是破旧了，但顶端檐角齐整，风铃依存；那佛龛，那案桌，那香炉蒲团青灯綮盘佛珠磬碗还一揽堆集在墙角，白朗不觉想到不识一文的粗莽黑老七住在这里倒比更多的赛虎岭的山主们有几分斯文，也有几分滑稽了。但白朗疑惑的是，黑老七将他押解来，既是不让他很快死去也该下到地牢里，放入冷窨中，好好羞辱折磨他的，却使他住在了地坑堡最风光的楼上睡舒适的床铺且有酒吃，差一点是要让他回到往昔的和尚生涯了！他仔细地察看楼下每一进深宅大院，不知道黑老七是居住在哪个院里，而楼下的周围站了三排武装的兵卒，很明显，这是来看守着他的。哼哼，黑老七，白朗在狼牙山是王中之王，今日做了你的囚犯，你还得让老子住在高处，视老子如神哩！

白朗在暂时满足了一颗高傲心性后,到底临窗凄凉了。他白朗毕竟不是来做客的,毕竟已不是佛门的弟子了,英雄一世的山大王可可怜怜被戴了铁镣囚在这孤楼上,即使不是囚徒,一个在血与火的搏杀中培养成的疯狂和野蛮也不是如同闺女一样静处幽室啊!窝巢可以是雀燕栖身,而苍鹰在长空才能任性,白朗一时羞愧蒙面,豁啷啷将手脚上的长镣提起来,他要对着那砖砌的墙壁撞去,要结束一颗不屈的头颅。

就在他斜偏了身子一头撞去之时,他猛然停止了,似乎听见了他脑浆肆流地倒在地上时,黑老七进来了,踢着他的尸体狂笑:这就是王中之王?就这么死去了!知道要这么死去,何不让我在盐池用刀成全你的英雄之名呢!这话是那么响亮,声声震击着白朗的大脑和心脏,觉得这样死也真是一种屈辱了。且由此觉悟到,古时多少英雄豪杰在战败后引剑自刎,以为死得壮烈,其实这何尝不是一种自我的逃避呢。而后人的这么论说也是一种可怜的怜悯罢了。他们的自刎,生命在最后的一刻里肯定是有了我白朗的这种思想,只是一切都来不及了吧?何况,如果死在战败之后也还勉强说得过去,而自己败之于酒后,再没有寻死的机会,被解押来让成千上万的人目睹了最后再自杀掉,那就是更十分地窝囊了,人们会说白朗受不得折磨受不得羞辱而自杀的,那又是何种的能屈能伸的大丈夫英雄呢?!

白朗重新回到床上,将脑袋勾起坐了,伸手来搬动桌上的酒罐看里边还有酒没有时,门被突然很响地推开。白朗摸酒罐的手收不回来,索性僵直在桌上,而将目光硬盯在一个固定的地方,做出了凛然的傲慢的神情。来人在门口几乎是迟疑了一下,接着有软软的起落声,木板的地面发出吱吱嘎嘎的节奏,同时有一股浓烈的香气袭来，白朗的鼻子禁不住皱动了，心里叫道：来的是个女的？

如若进来的是黑老七，一身武人装束，挎了大刀，提了曾是他的那柄短枪，或者换了一身绅士乡约的宽敞绸衫，端了青瓷弯嘴茶壶，白朗这一时是要霍然而起臭骂的，说不定要将偌长的铁镣摔打过去，勒了他的粗短肥脖看那眼珠迸出来舌头吐出来的死相。但进来的却是女的，和尚出身的白朗虽然没有垂头念了阿弥陀佛，却也一时不大自在，泥塑一般固定了身子，眼睫毛则在微微颤动了。

"大王昨夜睡得可好？"女人走到白朗的面前了，娇滴滴地说着，同时矮了截身子双手按在胯下道了个万福。

白朗没有回应，当然也没有去看这女人的眉眼，而眼前却是一团翡翠的绿影，猜想着这是黑老七的丫鬟。他被带到这楼顶来，黑老七是不敢来面对他的，那么，这房间是丫鬟的布置了，这昨夜的酒也是丫鬟所放了。她竟称我还是大王，还给我道万福？！女人却惊叫了："哎哟，早听说大王好酒，果然将一罐酒一夜间都喝了！既然大王海量，这一罐要是再喝完了你吆喝一声就是。这一碟牛肉不知够不够大王的早餐？"白朗还是没理睬，目光盯在墙壁的一角看起那一只系着细丝努力下坠的蜘蛛。女人却偏偏地站在他的眼与墙的中间了，香气更是强烈地刺激他鼻子了，白朗出着粗气，兀自将目光高移屋顶，更听见着女人异样的笑，声声颤软如莺。而她在取了没酒的罐子又换上盛了酒的罐子，宽大的软缎袖口甚至滑腻如脂的玉腕竟在骤然间触贴了他搭在桌沿上的手，说句："大王真是傲视一切，做了囚徒也不肯看看我们这些人的。"遂向门口走了，咯吱吱的软步一路渐渐消退。

213

女人一走，僵硬了身子的白朗终于揉了揉鼻子。从女人的香气里、脚步里，白朗何不想看看这地坑堡里的丫鬟呢，当年在安福寺他是目不近女色的。到了狼牙山，寨子里也从不纳一个女流，黑老七这里却有伺候的丫鬟，丑陋的黑老七倒是好色，可凭他的模样，这里的丫鬟又能是些什么形状呢？回头来往门口那么一瞥，不想目光相遇的，竟是那女人并没有离去门口，恰恰正媚眼而视，立即绽一个娇艳艳的微笑哩。

白朗一下子感到自己的下作了，目光一滑而过到了别处，心里差不多却震惊起来：这丫鬟头上梳了多高的发髻，插一支银打的凤头花钗将一串碎珠怎样地颤巍巍摇晃；一领墨绿隐花软缎长袍紧而不绷地裹了身子，突出的胸位和臀部之连接处，细软几欲一握；最是那粉脸一团，笑脸活活，酒窝浅浅呀，年轻的白朗虽不迷色却阅过的女人不少，还从未见过如此之美妙的！

"大王，你要给我说话吗？"女人趁势献着殷勤又说了。

白朗下了决心，再次塑造自己的孤傲，完全是一尊侧坐的石像。

"那我走了，大王。"女人终于走了。

这一个上午，白朗吃了一碟牛肉，喝了半罐酒，因为没事又接连吃完了那半罐酒后迷迷糊糊倒了床上睡去。但似睡又未彻底睡沉，想这阵的刘松林、陆星火在干什么呢？他们知道做大哥的现在在这儿，知道威风一世的狼牙山寨覆没了吗？由两个兄弟拜倒在女人石榴裙下想到了清晨送酒的丫鬟，蓦然之间，觉得那丫鬟似乎在什么地方见过。可在哪儿见过？又想不起来。就又责骂自己了：这不是很可耻吗，为什么见了一个美貌女人自己就没有勃然怒起，僵持了身子，反要自慰为孤傲清高！真是像丫鬟讲的

"不肯瞧我们这些人"的,那么,为什么在她走了以后又要看人家一眼呢?且喝了人家带的酒,现在又咋想起人家觉得在哪儿见过?!过去在安福寺读禅书,书上讲一个老和尚和一个小和尚过河时看到河边一个女子望着河水发愁,老和尚就主动前去把女子抱过河去,两人重新上路已经走了许多时间了,小和尚却问老和尚:"咱们出家人是不该近女色的,你怎么刚才抱了女子过河呢?"老和尚说:"你还想着她呀?我抱她过河,我早已把她忘了,你没有抱她过河,可你心里现在还在抱着呀!"唉唉,这小和尚又怎么不就是自己的现在呢?白朗气恼地拿拳砸自己头颅,觉得这实在有损于他的英雄气概,就什么也不愿再想下去。

  下午,又是那个丫鬟送了肉馅的包子和一盆小葱豆腐汤,且又换了一罐酒,白朗依然目不旁视,也终不回望她走去的后影。第二天、第三天,都是这丫鬟来送酒饭,来了就更一身鲜艳的服饰,梳一番新的花样的头髻,说许多甜润酥人的话语。因为是经常由这一个丫鬟到这里来,白朗慢慢就不将目光高视屋顶,那么冷眼看她一下,仍不肯回应一句话。而在每一次她放了酒饭坐在他的对面看他狼吞虎咽地吃喝,或是临走时要在他的床铺上用棕刷拂去席上浮尘,他不免也瞧见了她头上的花钗真是纯银铸打,玉腕上戴就的也仍是玛瑙手镯。为着自己的一句话而咯咯发笑时,掏出一块香帕掩口,那香帕竟也是小小的做工十分精致的苏绣品。这种香帕不是本地所产,白朗曾在攻克了盐池,在盐监官太太的房里见过,他便疑心这女人不是黑老七的丫鬟了。可不是丫鬟又能是什么人,哪里又会是黑老七的姨太太或女儿什么的能每日两次殷勤送来酒饭吗?精明的白朗实在有些疑惑了。

  又一个晌午,天气闷热异常,白朗洞开四面窗子,外边没一丝凉风进来，楼顶的通体又被烈日普照，浑身烧燥难受。他吃过了酒饭从门里走出来，沿着门外的一段回廊转到楼梯处，那里是数十级台阶，下边有铁栅拦着，且站了三个持刀的面目狰狞的喽啰。他复转回屋，掩了屋门，估摸着还不到吃饭的时候，就脱光衫子，褪掉长裤，只穿件短裤头仰八叉倒在床的凉席上，但就在这时，门偏被推开，那丫鬟笑吟吟走进来，一脸很狐很狐的媚态了。白朗针刺一般先夹了双腿，遂一个肉团跳坐起来，吼道："出去！出去！"

女人却靠在门上把门扇掩合了，眼里是那样的一层光亮，说："大王终于说话了！可我不出去呢？"

白朗说："不出去我就把你从窗子甩出去！"

女人说："那你就抱起我甩吧。"

她竟一步步挪近来，挺了丰腴的胸膛，使两个大奶子在衣衫里活活地跃动。白朗差一点扑过去扇她个巴掌，再拦腰提起掼下窗去，但他看到女人微闭了双目等着他的赤身几乎要在那一触间软瘫下去的神色，他在狮子一般地跳下床来时，一个发怔，遂抓了长长的镣铐抛打过去。镣铐没能打着女人，反倒带动了自己往前跟跄了一下，女人到底是一声尖叫，变脸失色地夺门逃了。

但是，白朗在中午没有饭吃，太阳已经落山了酒饭还是没人送来，他骂了一句娘，听着肚子一阵咕咕地饥响，却庆幸自己终是没有赤身时让一个女人坐在房间。酒饭不来，一定是吓坏了那个女人，那么，黑老七就该无论如何来见他了。待到晚上，他并不点燃那盏油灯，忍受着饥饿和衣睡去，脚步声却从楼梯口响起，且有光亮愈来愈大。末了，却仍是丫鬟端了一盏擦拭得洁净、灯芯拨得很大的灯檠走了进来。

"大王怎么不点了灯呀,我还以为灯盏里没了油了!"

声音平静柔和,全没有白日受惊的痕迹,白朗倒暗叹女人的非凡,灯檠放在桌上,灯光正映在她的脸上,容颜自比白日多几分艳丽,愈发觉得她的哪儿有些面熟,也愈发觉得她不是地坑堡的丫鬟使女了。女人说:"大王肚子已经很饥了吧?大王是这么一副秀才面孔,凶起来却是恶神一般的了!我是丑陋女子,大王见了就动怒,可晌午你要敲碎了我的脑壳,恐怕今晚你是吃不上酒饭了。"说罢就直勾勾看白朗,将一罐酒和一碟牛肉同三个馒头从篮子取出来,推近到他的面前,还在说:"别那么恶狠狠瞪着我呀,还想打我吗,我想现在的大王怕没有一丝气力哩!"

白朗确实是没了一丝气力,他第一个念头是不接受女人的酒饭,要硬就硬到底,为了自己的英雄意气,他是永远不吃不喝也能行的。这念头才一闪动,立即又被另一个念头代替,自己说定了不为女人所动,为什么竟和一个女人较劲呢,狼牙山覆没,众兄弟死的死、伤的伤、散的散,他白朗既然不死就要在某一日重整旗鼓,大丈夫有大丈夫的气象,若为一个女人而绝食岂不是小儿举动或是那些读了书的情种的秀才坏吗?他忽地张开双臂把酒罐和饭碟搅了过来,并不抬头的,风扫残云般地吃将起来。女人被他的突变之举震住,开始放浪地嘲笑,又调谐玉面秀才吃相的难看。而白朗,这一刻里则视面前的女人是木雕是泥塑是一块无觉无知的桌子凳子或别的物件,只是更紧地扒饭,更猛地饮酒,发出很大的嗝儿了。女人说:"好呀,这才像个山上的大王哩。可我说出一句话来,你就不会这么吃了!"

白朗还是抱起了酒罐往口里倒,发出挺响的咂舌声。

"昨日,也就是你大王攻克盐池的第七天,关在这里的第四天,"女人说,"官府调了五千兵马把盐池收复回去了。"

白朗一下子停止了饮酒,酒罐在半空举不起又未放得下,灌得满满的一口酒不及咽下,他噎着脖子瞪着女人,遂将酒喷吐了,说:"这是真的?"

女人说:"瞧,我说你不会再吃喝的,怎么样呢?"

白朗说:"你要是再捉弄我,这酒罐就砸在你头上了!"

女人说:"你有这般能耐,就在楼上对付一个女人吗?今晌午我原本是要告知你的,可你差点毁了我的命;我现在是不走了,你把酒罐砸过来吧!"

白朗突然咆哮起来:"黑老七,天杀的贼,你现在知道你的罪恶了吗?你有本事来灭狼牙山寨,你怎不去打杀官兵?你到哪儿去了?你龟儿子躲到哪儿去了?!"酒罐就脱手砸去,但并没有砸在女人的头上,高高掠过头顶直飞出窗口,沉重地在楼下爆碎了。楼下一片惊叫,有杂乱的跑步声和刀械的金属撞磕声,倏忽叭叭枪响,子弹在窗口的上沿将碎砖迸溅到了屋里。

枪声使白朗更加暴怒,在赛虎岭的十二个山头上,十一个山主都是有一杆铁枪的,而唯一最好的短枪却是白朗,他用这枪,杀掉了多少豪绅巨富,才使赛虎岭一带没了官府的税苛粮赋,又是这柄枪在盐池震住了盐监,使那多少官兵瓮中捉了鳖去,可如今枪到了黑老七的手里在瞄打着他白朗了!白朗扑到了窗口,对着楼下黑乎乎的屋舍和走动的人影厉声骂道:"黑老七,你狗娘养的打吧!你是还没学会放枪吧,怎么只打在窗沿上?!把盐池丢了,我的打散了的兄弟不会饶了你的,赛虎岭的十个山主也是不会饶掉你的,黑老七!黑王八老七!!"

黑暗里,黑老七在回骂了:"白狼和尚,这枪我是还打不准的,我黑老七是没有你的本事大,可本事大的狼牙山寨主却是我的囚徒关在楼上了!擒了你,你也该明白众山主会懂得敢不敢再惹新的王中王了!"

白朗听了这话,牙齿嘎嘣嘣咬着,却有什么办法呢?短志气了的英雄身子摆晃,从窗口软下来呜呜痛哭了。他为盐池的丢失伤心,也为自己的命运伤心,世界上的事情往往不是毁在明火执仗的对手上,而是毁于并不防备的所谓同盟者手里啊!他再哭出声来的时候,看见了一直看着他咆哮而木呆了的女人,便把气倾泻在她的身上,吼叫着女人为什么还不走?走!将牛肉碟子和馒头一股脑地摔打在门口了。

这一个夜晚风高月黑,白朗在楼屋里咒骂着黑老七,把一生从未骂出的粗野之词都骂了出来,后来就长啸不绝。楼下的黑老七在吆喝着所有兵卒看守好楼的四周,一律则用棉花塞了耳朵,不允许有一个人承接白朗的叫骂:"让他在空洞之夜尽情骂吧。"没有对应,甚至连一个响动也没有,白朗的叫骂如同笼子里的凶狮,渐渐失却了勇猛和狂躁,骂声嘶哑起来,后变成了呢喃,再后只有拿自己的双手来抽打自己的耳光。黎明时分,白朗倒睡于窗口下的地板上,似死还活地喘着粗气。

白日里当女人又带了丰盛的酒饭进来,他正式和女人说话了:"让黑老七上来!我要他黑老七!"

女人说:"他是不会来见你的。"

"不见我?"白朗凶道,"他龟儿子,尿包,他是不敢来见我!"

女人说:"你说得很对,黑老七是怕你的,他把楼底用铁丝全网住了,日夜有人在巡看着。"

白朗说:"那他为什么不杀了我,为什么你天天要来送酒饭?!"

女人没有立即回答，脑袋勾下去半晌，方说道："你是想死吗？要死会有好死的，可你偏这么凶着脸……"

白朗凶过之后却无可奈何地悲哀地叹气了，但女人的话说得含糊不清，且神色诡谲，没了以往的和颜悦色，白朗觉察出了什么异样。"要死会有好死的"，这是什么意思呢？他看这个女人，认不清了她的善恶，也不知了她的深浅。当女人再一次来送了酒饭，他依旧只是咒骂黑老七，要黑老七来见他，以此察看女人的反应，了解外面所发生的事情，果然女人说出了黑老七腿上受了伤，正用南瓜瓤敷治的消息。

"是官府的兵马剿过山吗？"白朗立即问。

"那倒还不至于，"女人说，"大王知道一个叫陆星火的贼吗？"

陆星火，结拜的兄弟，为了女人而外逃的家伙！白朗的气冲上来了，说："不要提他！你是用了他来嘲笑我吗?!"

女人说："我要告知你的是他一个飞镖打伤了我家山主。但他的一条胳膊却也让我家山主一枪打断了！没了胳膊，他还当什么三大王?! 听说他是为了一个女人外逃的，他既然好色丢下你这大哥，怎么就对我那么凶狠呢？"

白朗叫道："他被黑老七废了?!"这么叫了一下，再不言语，遂哈哈大笑。这是怎么样的世事呢？正是陆星火和刘松林突然脱离，黑老七才趁机暗算了我，黑老七应该感谢姓陆的才是，却怎么还对他下毒手？也好，也好，一身好本领的陆星火废了，这岂不是一种报应呢！但他白朗不解的是女人说出的最后的一句话，他说："你认识陆星火？他什么时候要杀了你？"

女人对他的提问显然是惊讶了，说："大王你这是一直装糊涂还是真忘了？"

白朗莫名其妙。

"大王真是忘了！"女人叹了一口气，一时喃喃起来，似乎是在怨恨了自己数句。"你真是和尚不记女人的事，你不认识我了，我可认得你的。那一年在姚家，你总可以记起你的三弟陆星火要刀劈一个花轿里被新纳的小妾吧。"

顿时，白朗明白眼前的这个女人是谁了。多少天来，他之所以总觉得女人面熟，可谁能想到当年被他从陆星火的刀下救出的姚家小妾竟会相见于楼上囚室？白朗现在细细致致地端详这个艳丽的女人了，她虽没了昔日的羞怯、惊恐和满面的愁容，但那个幼小的可怜的小妾毕竟使他对眼前的地坑堡的女人有一份说不出的好感。

"哦，你这些天来给我送酒饭，是要报答我救你的恩呢。"白朗说，"可你要知道，陆星火虽然不是真英雄，他要砍你却并不是不爱你，也就是为了你，我限制过他的娶妻，他后来才又见到美色而背离了我。"

女人说："他背离了你，你还替他说好话呀？不管你怎么护着你过去的兄弟，但我是恨他的！黑老七实在玩不了枪，一枪打死了他我才解气！"

白朗虽然为陆星火开脱，但陆星火已经背离了他，他是从心里彻底抛弃了这一个兄弟的，也不再为其再作强辩，他关心的是外边发生了什么。女人告诉说，在盐池丢失之后，陆星火当天听到了消息，也同时得知黑老七囚俘了白朗，连夜带人直奔地坑堡来。那一夜，黑老七挨了白朗骂，也害怕官府的兵马趁势杀上山来，就领人到地坑堡外二十里地的一个镇子布置防卫力量，恰与陆星火相遇，就一场恶斗里，陆星火砍倒了地坑堡十二个喽啰，且一镖击伤黑老七的右腿。黑老七从马上掉下来，眼看着便遭擒拿了，倒在地上连连放枪，那枪放了十下，终有一颗子弹使陆星火的一条胳膊断了。听完叙说，白朗伏在了窗台再没有说话，极目望着堡墙外远处的山岭，将双拳抱定，在对天为救自己而伤了胳膊的陆星火祈祷了。哎呀，结拜的兄弟到底是兄弟呀，他们到底是狼牙山寨的好汉，到底没有忘了做大哥的白朗呀！他们是爱着女人，但他们与官府绝是不共戴天。想那陆星火因生活所逼，一个无家无产的小镇闲汉，整整十二年里从事着为别人娶亲而从山道上背驮新娘，自己却终是光棍一条，他得了女人而逃也是能理解的了。即便是刘松林，出身于戏班的戏子，抽烟土抽得形如饿鬼，在演出时已经戴了行头，站在了二幕后，还要吸一口烟才能在台上判若两人地将那三国时的周瑜演得活灵活现。他是在盐监官强奸了他的妻子，一怒将妻子杀了上的山。抢了盐监的女儿能说没有一份为先妻报仇的成分在里边吗？如今，来了一个陆星火救他，虽是断了一条胳膊，必更是不甘心就此罢休，而那个刘松林要是听到了消息岂能不也来救他吗？哈哈，有这两个兄弟重新打出狼牙山旗号，走散的更多的狼牙山的兄弟就会不断地寻到地坑堡来的啊！

又高涨了英雄气概的白朗从窗口回过头来，眉宇间神采飞扬，甚至有些戏弄起面前的女人了，说："我现在知道了，黑老七他之所以不杀我，他倒是真害怕着狼牙山寨！瞧着吧，一个陆星火打伤他的腿，把他千刀万剐还在后头哩！"

女人瞧看他的得意。没有恼，反而也笑了一下："大王还明白了什么呢？"

白朗说："还明白黑老七之所以让你一日两次送了酒饭，是要给我施美人计劝我降他,起码可以让我来镇住我的那些兄弟吧!"

女人嘎嘎笑起来将身子仰在墙上,嘴唇却一撇一撇地,笑声变得很冷了。自白朗囚在这里,他见到的女人从没有过这样的笑法,不禁问道:"我说得不对吗?"

女人说:"英雄果然是英雄!可你的分析可以对着别一个的人物合适,我家山主却万万不是你所估计的了!"

不管女人怎样说,此日始后,白朗在楼室里异常的活跃了。他每日早早起床,戴着镣铐扬腿伸臂,锻炼着筋骨。要么,趴在窗口往四方眺望,希望有滚滚的尘烟腾起,看见有飘动着绣有白色狼头的旗帜。这样的眺望常使他脖颈发酸,然后就切切地盼待楼梯口响动脚步,要女人送了饭来。女人一来,立即迎着询问外边的情况。而女人呢,却也是更换了更多更艳的衣饰,说更多更新的消息,殷勤得比以往愈加活泛。她告知了某日有狼牙山寨的一支二十人的兵卒曾攻打过地坑堡,告知了某日地坑堡的下山收粮的喽啰被三个穿白色狼头标志服的人一尽杀戮,告知了断了胳膊的陆星火果然第二次第三次来突袭,害得黑老七放话,谁要能杀掉陆星火的人头可以赏三百两白花花的烂银!白朗在听着这些消息时,眼睛眨也不眨地看着女人,他觉得女人也可亲可爱了,得意之处,竟一伸手抓住她的肩头摇晃了,说:"再说呀,再多说些呀!"

女人说:"大王,我这是要做了奸细了?!"

白朗一愣,方意识到自己的手还搭在女人的肩上,他慌忙取下,脸色也绯红了。

女人却一派自然,偏乜斜了眼说:"人常说树倒猢狲散,我不明白大王是囚徒了,却凭什么还有这么多人要来救你呢?"

白朗说:"你说凭什么呢?"

女人说:"我看凭的是你的脸蛋。"

白朗脸色陡然变了,但随之而笑,"这话你可以去问问你家山主。他把我弄来,莫非也是看上我的脸蛋了吗?那么,他怎么却迟迟不肯来见我呢?"

女人说:"他不来,可我不是来了吗?"

白朗说:"一个小丫鬟,你哪里懂得男人家的事。"

女人说:"男人家的事女人自然不懂,可女人家的事男人就懂吗?尤其你这和尚大王,竟把地坑堡的压寨夫人认作是一个丫鬟了!"

"压寨夫人?!"白朗兀然间惊住了,这女人坐在了他的近旁,动手去他的后脑捏下了一粒从屋顶掉下的小小的灰土。白朗本能地站起来后退了一步,还在说:"你是压寨夫人?"

在白朗得知送酒饭的女人不是丫鬟而是黑老七的压寨夫人,他惊觉着要与这女人疏远,思想却乱得一团麻,理也理不清了。他真不相信她是压寨夫人,是这雌儿在诓他吗?可女人明明白白告诉了他:那次被姚家纳妾不成,她就嫁给了一个经商的富户,而黑老七却看中了她,硬是绑票了那富户抢她到的地坑堡。看来,她是压寨夫人无疑了,而如此的身世,白朗是同情了,在这个世界上美貌是苦命和祸灾之根源吗,她一个弱女子才遭到像一件猎物一样被臭男人抢来夺去?自己一个男人,有了好的容貌,也被安福寺的住持企图污秽,上得山来还常遭一些江湖上的人嘲讽;而像她,不能安安稳稳做良家的妇女,几次转手竟来到山寨终日生活在刀枪死亡流血之中了!但令白朗奇怪的是从这女人的身上并看不出做了压寨夫人有什么愁苦,穿着华贵的服装,戴着珍奇的首饰，这一切又是为什么呢，是取悦于黑老七呢，还是为了一个孤独女人的苦中作乐的一点满足？白朗只叹自己从小当和尚，于女人的事真是知之太少。嫁鸡随鸡，嫁狗随狗，女人或许当初一派软弱良善，可做了压寨夫人，身上是有了黑老七的血气流动，也会是变成另一个人吗，那么，黑老七怎能让自己的夫人专来送吃送喝百般伺候一个仇敌呢？是有了另一层的阴谋，这阴谋又不是为了降服他那又是为了什么呢？

难解的谜苦了白朗，他要为探出压寨夫人的真正用意和目的而平生第一次来琢磨起关于女人的事情了。在又一个炎热的中午，女人洗罢了澡来到楼室，头发蓬松地披在后肩，没有穿紧身的长袍而是短袖和裙子，露出了玉白的小腿和胳膊，甚至那没有扣起领而自自然然半遮半显的一截脖根。最是那一朵才摘下的沾满了水珠的玫瑰，让他看见，也见了插着玫瑰的那一处丰满异常的胸位了。她坐在白朗的面前摇动着团扇，头发拂动裛裛，玫瑰花瓣也翩翩欲飞，白朗被她的奇艳压迫，平生第一次出现了烦躁，常常目光掠在她的脸上又极快地滑过去，汗就不停涌出来。

"大王是太热了吗？"女人说，"就把那褂子脱掉吧。"

白朗说不热的，脸却涨红了，忙中只是问压寨夫人，黑老七打算怎样处治他呢？

女人说："你除了问这些就没了话吗？你说不热，你那脸红得比女儿家的脸还要嫩红呢！"

说罢把扇子递过来，也把目光递过来。白朗只觉得她的眼里有了别一样的光彩，有了别一样的话语，他想起了旱塬的井台上所望见井底的那一块发着幽光的神秘亮团，想起了小时候在一泓四围长满毛茸茸水草的清池牧羊常要跳进池里痛快地沐浴，想起了在九月天里逛山看见的柿树上的一枚红软了的蛋柿，就爬上树用牙嗑开柿尖吸吮糖汁，再送一口气去吹它个鼓圆圆的空壳。女人还在说着什么，他已经不再知道，直到发觉到她递过来的扇子和一只绵软的手放在了他的手里，这一刻里，两人都身子抖颤了，竟谁也不再说话，眼睛很近地看着眼睛，不晓得窗外的阳光依然照耀，楼前的一株弯柳上的知了声声把中午叫得好个空静！女人首先是再也坚持不了了，她的脸出现了潮红，嘴唇隆起了如一枚圆润的红果，那有着酒窝的腮、嫩脖子、酥软的凸胸在微微地汩跳轻动了。

白朗终于在怀里接待了女人香软软的身子，在盯着她的眼睛时也将头俯下去，俯下去，那颤晃的舌头几乎在接触到了那一枚红果，却从女人的眼里看见了一个小小的他的人影儿来。刹那间，血气奔涌的年轻的大王迟钝了，这如同洪水即将崩溃河堤时水潮退了，如同在午夜熬眼，熬过了丑卯之后精神清醒没有了睡意，如同在山穷水尽之时见到又一村的新的境界，他把女人轻轻放在床沿上了，动作全变了形，笨笨拙拙。

对于女人，在交往了这一个地坑堡的压寨夫人后，白朗于女人有了他的新知，他不像往昔总以为一个和尚的身份而视女人为邪恶为淫秽为犯罪置若罔闻，但也不像一个做了落草居山的巨匪大盗将女人看成是一个发泄性欲的工具，寻悦享乐的小猫小狗。他克制着自己是为了自己的一番勃勃大业，而这么克制着但必须承认这女人曾给过他几多的慰藉几多的愉悦和力量！如果他是一位文人，他相信他的文章会汪洋华瞻，色彩烂漫，但他是一介武夫，一个囚徒，他的情绪之所以并没有低落下去，身体并没有衰败下去，觉得精神勃发，这最根本的何尝不是这女人的一份作用？

白朗在瞬间的清醒中，第一个闪过的念头当然是他的大事大业不能陷进男女的情渊之中，而隐隐地也在提问了一个压寨的夫人会委身于他的背景内容。但是，在他放下她在床上，看着那微闭了双目坠入一种不能言传的微妙的境界中的神态，原本也要客气地说：夫人是该回去午休了吧！他仍也说不出口，因为他搜索不出这女人对他有过的任何恶意和供怀疑的痕迹，即使一切是一种假象，有着别一种阴谋，而白朗感念着她最起码是今日里有一份情意于他的，就不能粗暴地骂她是淫婆，打她个半死。何况这一时的女人，在自己的双手承接之后放平在床上，如花苞开瓣等待雨露，他这么撒手而去，未免是太无情，太残忍，无情残忍难道就是真丈夫吗？

白朗没有离开床去，他伸开手，轻轻地充满了柔情地抚摸了她的头发，再滑下来，抚到了起伏的胸部、腹部。女人却忽地睁开了眼来，急促地将他的手拉住，翻身而起说："别，别，不能的，不能的！"

这却使白朗大大的吃惊了！陡然之间，他脸色通红，羞愧得不敢去看女人了。当女人也垂了头悄然离去，他一下子倒在床上，拉了被单蒙了头也蒙了全身，让汗水立时流湿，后来就似睡非睡欲醒不醒地躺了一个正午。

一觉醒来。白朗觉得身下有了凉滑滑的东西，方倏忽记得在梦中有过极幸福的故事发生。急起看视，裤衩上床单上有了一些异味的斑点。他默默地看着，看了许久，并不后悔也不再追忆，而冷冷静静起来冲了一碗放在屋中的凉水，用手抠除着斑点放在其中则一仰脖喝了下去。在安福寺时，住持教训着他们年轻的和尚，其中最重要的一课就是每日早上检查被褥，发现有斑点就让刮下来冲了水喝,这种惩罚可以使有着七情六欲的小和尚牢记着自己的职业和信仰。从那时起,白朗就知道了当和尚的根本是什么,修身就是与性欲做斗争,这种斗争不流血不死人,在青灯下打坐,在木鱼声中沉思,而比流血死人更惊心动魄!做完了这一切,白朗是那样的清心寡欲了,他完全觉得他是一个英雄了,是一个真正的和尚了。真正的英雄和和尚不是说没有性欲而是战胜性欲,不是要让人冷酷如石如木而是要把持自己掌握自己,他白朗正是以他的不屈的和不凡的气度镇服了黑老七,也以一个真正的男人的大情大义的风格赢得了一个女人的爱而又没有在女人面前沉沦啊!

此后的两天,女人再没有来,送酒饭的是一个小卒。但白朗一个人呆呆地立在窗口为女人的不来遗憾时,他却看到了狼牙山寨的人有三次在堡门外的土场上搏杀。他们虽然人很少,武艺皆平平,而且知道到地坑堡前叫杀是自不量力,却一个个在被杀死的时候大声叫喊,"还我寨主!还我寨主!"白朗目睹了这一幕壮烈的场面,热泪纵横,后来就跪在窗前,他叫不上他们的名字,只是拿双拳捶击楼板,发誓定要为这些小兄弟们报仇,祈祷着这些为他而死的人的灵魂在天之一方得到安息。

也就在这一日,他又听见楼下有了鼎沸之声,探窗看时,堡门洞的两边一溜两行的喽啰全副武装了直排到一所高大宅院去。他不知发生了什么事,便见堡门洞开,一个只穿了一件红色的短裤的人走进来,双手在胸前捧着一个木盘,木盘上放着一颗血淋淋的人头。这不看则已,一看使白朗大惊,那人竟是刘松林!这形如饿鬼的狼牙山二大王是来救我的吗,为什么单独一人,且赤身裸体不带了刀棍,为什么不事先吸了烟土而那样神色恍惚?端的又是谁的头呢？便听到那两行喽啰一声迭一声吆喝道："刘松林来献陆星火的头喽——！"白朗终于看清那头颅正是陆星火的，立时明白刘松林来的目的了！顿时双睛爆裂黑血翻滚，巨声骂起来了："刘松林，好个没廉耻的逆贼，你是杀了陆星火来投降的吗?!"

骂声异常洪大，如雷炸响，楼下所有的人都听到了。端着头颅在喽啰的刀林中向大院走去的刘松林身子摇晃了一下，抬头看见了他，双足便跪下来，说："大哥，刘松林终算见你一面了！"

白朗道："我不要你这恶狗给我下跪！我不是你的大哥，你也不是我的兄弟！"

刘松林站了起来，突然哈哈大笑了："那好吧，和尚白狼，你已经是黑大王的囚徒了，你让我也同你一块儿送命吗？陆星火他不识时务与黑大王作对，且他的一颗头值三百两白银，我刘松林有了银子能抽烟土呀！"

白朗道："好吧，你去投靠黑老七吧，可你记着，终有一日我会剁你个肉泥的！"

刘松林说："这你就差了，黑大王赏了我的银子，说不定还封我个头目当，那我就要来先成全了你！白狼和尚，你好好在那楼上待着，我要去见黑大王了！"

白朗身子一软，差一点从窗口栽跌下来，头在窗沿上一磕再后仰在地板，已经气怒昏死过去了。

实指望陆星火残废后有刘松林会振臂一呼部下云集来杀败黑老七救出他白朗，但刘松林却又一次地给了他白朗致命的打击！心隔了一层肚皮的肉疙瘩人是这么难测吗？白朗苏醒过来，眼睛还没有睁，意识里就这么在感叹了，竟骂出了声。骂刘松林的心是彻底的瞎了,骂他自己也是瞎了眼了,但蓦然听到一种声音在唤呼着他,张开眼皮,发现他已睡在床上,床边坐着那一个压寨夫人。白朗立即又闭了双目,将头扭向墙去。女人说:"大王,你能再看看我吗,我们只能再见上这一回了,你也不肯看我一眼吗?"

听了这话,白朗忽地坐起来:"是黑老七要杀了我吗?让他来吧,让刘松林也来杀了我吧!"

他冲着女人发凶,发了凶却吃惊了这女人全然不是了以往的艳丽,几日不见,竟鼻子炎红,眼睛枯涩,那乌黑的头发也似乎稀薄干黄了,他咽了一口唾沫,将头垂下了。

"大王看我是丑了吗?"女人说,眼泪却流了下来,"你终是看了我一眼了!我知道我现在来不是时候,你是不愿意与我多说话的,可我不能不来,我先是给你说说你的兄弟刘松林吧。"

白朗叫道:"我永远也不想听到他的名字!"

"那我就给你说说我的事好吗?"未开口,却哽噎起来,"你告诉我,我是不是真的丑了?"

她确实是丑了,一个奇艳无比的人怎么就突然丑起来了呢?他说,"你怎么了?"

女人说:"我快要死了。"

"要死了?"白朗说,"你是唬我吗?黑老七现在并没有了强大的对手,陆星火死了,刘松林投降了,地坑堡正好红火,你压寨的夫人要死了?"

女人说:"我知道你一直在对我有着防心,我也一直没对你说过,现在全告诉你吧:一个压寨的夫人为什么专来为你送酒送饭如一个丫鬟,是因为这个夫人害了麻风病的。你不要插话,你让我说吧。害了这种病是不能救的，要救就只能与男人同床把病传给那人才能好的，而病在最严重的时候却能使病者的容颜十分艳丽，也是最容易招惹男人的。黑老七他得知我的病后，他当然是不会同我有房事的，却也舍不得我的容貌而让我死去，便要求我传给他的一个喽啰然后把那喽啰杀掉。可我看不上那些喽啰，黑老七抢了我来我已受了屈辱，再若去与那些我不钟爱的人干那种事，我不如死了的好！你被解来，黑老七原本要让赛虎岭的众王瞧瞧他的威风后就立即杀掉你，可在你一到地坑堡，我就看中了你。黑老七他是同意了，说：'只许一次，一次成功了就告知我，我不允许动过我的女人的人多活一个时辰！'这就是我给你送酒送饭的原因，也就是我之所以美衣鲜服来取悦于你的原因，你现在该是知道我的狠毒和邪恶吧？但是，在与你的接触中，你是一位真真正正的英雄，你不但有比一般人英俊的容貌和身架，你更有一般人没有的英雄气概，你并不是贪色之人，你不以你的英俊自恃，不以你是一个王中之王的人物来把送上门的女人收拾了，便宜了。正因了这一点，我更加爱上了你，且后来也认出了你就是当年救我的恩人，我哪里再会去害了你呢？可我毕竟是个女人，心里又是那么爱着你，我真盼望我能得到你的爱，让你抱了我，抚摸我，让我使你在快乐中忘掉囚关的苦楚也让我幸福地死于你的怀中，但一想到如果那样了你就会染病死去，只好在那一时又拒绝了你。你知道吗，每一次送酒饭回去，黑老七都要查问，我瞒着说机会不成熟，他不相信你是个不吃腥的猫，又怀疑我是真心为了你。我的心情矛盾极了，彻夜彻夜不能安睡，所以这数天我没有来。谁知越是这样，病情就越加重，鼻子便开始红炎起来。我知道鼻子一烂，接着头发就要脱落殆尽，身上也会烂得一块块掉皮。我到了那时就丑得不堪入目，更不愿意我爱着的人看见我的样子。但我又是快要死去的人了，我怎能不来见见你呢？我无论如何要来最后看看你了！黑老七见我病到这步田地，知道你的作用并没有起，也没留下的必要，就叫嚣着要杀掉你。但他现在是病了，病得也不轻，终日惊恐着会有人要杀他，也就另眼待我，已将我扔到一间空房中让自个死去。我偷偷地跑来，一是要提醒你，黑老七明日会来杀你，或许就在今日，你万不可睡着，要防着他。二是我要求求你，让我就死在你的手里吧！"

女人不歇气地说着，她不让白朗有一句插话，也似乎她要一停止下来就再也说不完了。现在她跪在了白朗的面前，眼巴巴地看着，向他企求了。泪水不知何时起已经满面了的白朗，双耳轰鸣，喉咙哽噎，他为面前的女人战栗了！天呀，原来是这样，事情原来竟是这样！他忘却了刘松林带给他的烦恼，满心地同情着这个可怜的女人了，更感动着这女人对他的一片挚心了！世界上的英烈并不是男人家才有，柔弱的女人竟也有石破天惊之豪举，他白朗一世来并不看重女人，谁能料到拯救他的不是月下结拜的武功超群的狼牙山寨的二大王刘松林而是这一个不胜风寒的女人啊！他把女人一揽手抱起来，抱得是那样地紧，说，"你是不会死的，你是不会死的，等我那一日出去了，我会请世上最好的郎中治好你的病的！"

女人在双臂之中颤晃着，如风中细柳，几欲要痉挛了，大颗大颗的泪就坠下来，说："啊，有你这样的话我真高兴，可这是不可能的，这是不可能的。"

悲哀到了极点的白朗一下子冰山似的崩溃了，他瘫坐在条凳上，抓过了酒罐来饮，却在酒罐里发现了一柄短刀。他极快地把刀拿在手里,回过头来,女人却已衣着整齐地平平地仰睡在他的床上了,在惨惨地笑:"大王,你来杀了我吧!"

白朗握着刀走过来,他的手在抖动着,他杀过了不计其数的人从没有这么抖动过。"我怎么能杀了你呢?我怎么能杀了你呢?"

"你杀了我,我会死得幸福的!我求求你了,我的大王!"

白朗看着女人微笑着闭合了双眼,脑子里浮现出一刀下去切断了她的喉管或是一刀扎在她的左胸,血喷泉一样地溅上屋顶,溅上四壁,一个美丽善良的女人就再不复存了?!他回头看着窗外,今天的太阳没有照耀,不知何时布满了阴云,有雨在下落了。他终于说:"好吧,我满足你。"俯下身去,在她的额上,鼻尖上,嘴唇上亲吻了。"你把左手搭在床沿吧,我划破血管,血就会流干的。"

女人顺从地伸过右手在床沿了,她并不看,仍那么安详地闭了双目,白朗却拿刀背在她的手腕处划了一下,就坐在一边头软得再也抬不起了。

楼室里是那样安静,窗外的雨在淅淅下着,这雨声在女人的知觉里是血管里的血在往外流淌,她没有痛苦,她觉得生不能与英雄的白朗做妇做妻也不能与他纵情为乐,但经他手死去才使她这般自在幸福吗?现在,她要死了,血一流完她就死了,但愿着在另一世里他们再相会吧。

白朗抬起头来,发现女人的胸部慢慢平息了起伏。他走过去,女人早已经死了!她在一种意识中死得果然安详,脸上还在微笑着,没有血,没有伤,真如睡熟了一般的一尊菩萨。白朗就这么一直看着她,看着她,将她神圣起来而不敢再去碰她,摸她,直至到天黑,天黑又到黎明。

黎明里,白朗抱起了酒罐大口大口往嘴里倒酒,已经喝得大醉了还在摇动酒罐。没了酒的空罐里有了一种金属的声音,掉下来的竟是一把钥匙。白朗立即醒悟了,拿钥匙去开镣铐上的锁,锁打开了,他的眼泪唰地又流了下来了。是呀,这女人在死前把什么都预备好了,她为他带来了钥匙,也为他带来了自卫的短刀!白朗跪倒在女人的尸体前,叫着:"夫人!夫人!"泪水涌流却嘿嘿地大笑了。

这时候,楼下传来了杂乱的呐喊声,听得见有嘶哑的吼叫:"一定要守住,守住!今日谁杀了那头领,我大王就将压寨夫人赏他了!"白朗听出这是黑老七了,黑老七接着又喊着夫人,大骂着跑到哪儿去了?一小卒在答,"夫人昨日上楼没有下来。"黑老七就又骂道:"娘的×,谁还让她到楼上去的?!"白朗隔窗一看,堡门外的土场上果然狼头旗帜数面,无数的狼牙山寨的旧部在那里攻打,他要探身窗外嘲笑那一个黑老七了,楼梯口却传来了急促的脚步声。白朗立即复坐床上,将镣铐缠在手脚,那一柄短刀就顺手压在凉席下。

门被一脚踢开,黑老七和四个提了柳叶刀的喽啰走进来。

"和尚白朗!"黑老七恶狠狠地说,"你不是总要见我吗?我黑老七来见你了!怎么样,地坑堡待你不薄吧,关在这里有吃有喝还有个娘儿陪你?!"突然一变脸吼叫:"小的们,把那臭娘儿一刀砍了!"

白朗说:"慢着,她在我这儿睡着了!"

四个喽啰皆一时满脸尴尬,觉得压寨夫人竟是睡在了囚徒的床上,便拿眼看自己的山主了。黑老七哈哈笑道:"和尚白狼,你以为你是占了我的便宜吗?我告诉你,这臭娘儿们害了麻风病,是我特意让她来找你的,我不用杀你,你也死到临头了!"

白朗傲慢地坐在那里,冷眼看着黑老七,说:"是吗?那你怎么还到楼上来?!是来请我出去吧,外边我的兄弟越来越多,你是让我去领他们进来吗?"

黑老七说:"是的,和尚,外边是打得厉害,自把你关在这里,我地坑堡再没安宁过!"

白朗说:"这我当然知道,你是瘦多了,气色是坏多了,日日夜夜听风声就是雨,见草木也错认了兵,再要下去你不是吓死也得吓疯的吧?"

黑老七说:"说得一点不错,我就为此来向你借一件东西的。"

白朗说:"什么东西?"

黑老七说:"要一颗人头!外边的人见了你的头,心就死了,就不会再来寻我的麻烦了!"

白朗笑了:"是吗,你来取吧!"

黑老七叫了一声,四个喽啰还未动手,白朗忽地从床上凌空跃来,那手在起跃时早从席下捕出了短刀,一下子扑到黑老七的身边,一手扼住了他的胳膊,一手将刀贴逼在他的脖子上,大声说:"实在对不起了,黑老七!你给你的部下说,让他们乖乖放下刀先行开路吧!"

突如其来的变化,惊呆了四个喽啰,也使黑老七面如了土色,他只好命令着喽啰放下刀在前边走,白朗就将黑老七押着一步一步走下楼来。地坑堡的喽啰小卒见山主被押下来,蠢蠢欲抢,那刀就在黑老七的脖子上划出血了,黑老七叫道:"谁也不要动,谁也不要动……"这一幕恰被堡门外搏杀的人瞧见,抵抗的兵卒稍一迟疑,狼牙山寨的旧部早一刀捅死一个,就蜂拥下来使劲砸撞堡门。白朗又逼着黑老七下令把堡门打开了。

地坑堡所有的喽啰兵卒被赤手集中在一块空地上,白朗说:"黑老七,你说怎样处治你呢?"黑老七一脸哭相了:"以牙还牙,你也押了我一路去狼牙山寨吧!"白朗从他的腰间拔过了曾经是自己的短枪,丢开了黑老七,低头将短枪的机头打开,又对着枪管吹了吹气,却将短枪插在自己腰里,仰天哈哈大笑了:"黑老七,你算是什么角色,还用得着我押了一路去狼牙山寨?!我杀了你也嫌损我的英名!"遂叫道:"谁来砍了他?"人群中走出一个人来,穿着狼头标志的服装,提着一面偌大的铡刀。白朗似乎不认识他。

"你是谁?"白朗说。

"大王不认识我,我是新入伙的。"那人说。

"你能砍了他吗?"白朗问道。

"我是盐池北边的人,黑老七暗袭了大王,官府就把盐池又夺走了,还杀了许多抢过盐的百姓,我爹我娘都被杀了,我岂能不砍了这条祸根?!"

阳光下,他一铡刀砍去,竟将黑老七一分两截。那上截的黑老七倒地还活着,说了句:"我不该做那王中之王啊!"睁目绝气。

三

白朗收拾着残部回到了狼牙山寨,白朗又是一代枭雄,赛虎岭的王中之王了。到处在扬颂着一个英雄难而不死、灭而不亡的传奇,已经演义得神乎其神,说白朗在醉酒中被黑老七囚押在地坑堡的诵经楼上,如何是白日里的英俊潇洒的玉面和尚,夜里就显身一只白狼，望月嗥叫，引动着满山遍野的狼群了。诵经楼是那个翰林的老母居住过的，年久未修破败不堪了，但白朗去后，每个黎明里楼檐风铃叮响，悠悠似有诵经之声，只有在盐池上空才能见到的白鹤天鹅，却见天空飞来七只栖在楼顶引颈长鸣。这样的传奇先是在山民百姓中，至后赛虎岭的众山的喽啰小匪，县城的工商作坊里的掌柜相公，连官府军营中的兵勇士卒全都如此谈说。就有人刻印了他两种画像，一是狼头人身做护身镇邪的法品在市面出售，一是美如妇人的脸谱，称作是和尚菩萨的，高价买来不叫买叫请的，请供于高墙神龛上日夜焚香磕拜祈福求贵。

赛虎岭上没有了黑老七，十二个山头便剩下了十一个，那十个山主在白朗遭擒之时着实是晴天里听到了一个霹雳而震撼了，他们遗憾着白朗雄鹰折翅，骏马失蹄，受到了平生的奇耻大辱。但每一个山主之心中却也包藏了一份幸灾乐祸的暗喜；有白朗在，赛虎岭当然是安全的，官府收的税自己收，官府纳的粮自己纳，有大碗的酒大块的肉大福大乐享受；但有白朗在，赛虎岭的头把交椅永远也就是白朗的。所以，黑老七灭了狼牙寨，他们异口皆曰黑老七心毒胆大，却没有一个提出来剿灭地坑堡，黑老七在他们眼里原不算什么角色，只要提高警惕防备着些，愈加经营自己山头，谋图着某一日这赛虎岭真要成了自己的天下。但是，现在的白朗奇迹般地又回坐了狼牙山寨，自不量力的黑老七落了个寨毁人亡，便都一齐称颂起白朗的英雄盖世了。

狼牙山寨的印着白色狼头的旗帜又在已经开裂如刀剑的天元寺塔上飘扬，它就象征着这数百里方圆的赛虎岭上，依旧是一大王们的天下，远在县城的千总老爷果然重新调整了各地的巡检司，城之东西南北四门的吊桥严加把守，天一黄昏便高高吊起，

237

而正欲清剿赛虎岭的计划悄悄撤销，集中起来的小校兵卒以及成批的乡勇民团终于只固守在了盐池。赛虎岭，十一个山头若十一个部落，各自在其势力范围内经营各自的营生，山头上，路口上，喽啰巡哨，见巨贾豪富的钱车粮担就扣，遇官府的游兵暗探便杀，山与山狼烟联络，寨与寨号角呼应。但是，谁也不能侵犯了谁的势力，唯狼牙山寨的人，只要是衣上有狼头标志的或是持一块刻有狼头的木牌的，却可以自由往来于各个山头的区域。这当然没有明文协定，但一时间却成了例行的规矩，于是，常常三更半夜有人影绰约，询问什么人，回答狼牙山的，查也不是不查也不是，更有这个山头与那个山头为一个动心的女人或一担财物发生了冲突，几乎开始都在吆喝：要眼睛出气吗，老子是狼牙山的！结果是假狼牙山的占了便宜去，真狼牙山的又被错为冒充，出现了不少的流血事件。白朗就要传话给十个山头，邀请十个山主前去聚一聚，商议一些事宜了。

众山主得到邀请，莫不筹备了丰盛的礼品，他们知道如今的白朗自比往昔更一层威风，所谓邀请去狼牙山寨也就是让他们前去恭贺他的复出，也就是要暗暗警告狼牙山寨的名号是谁也不允许冒充的，皆在这一日纷沓来到天元寺塔下。

众山主的猜想一点不错，年轻的大王白朗虽然腰斩了黑老七，一把火灰飞烟灭地烧毁了地坑堡，但被一个最不起眼的山主护颈铁枷锁了，四条绳索绑了，行走数十里地解押到一座楼室里，这羞辱是太大了。他成心借此机会让众山之主们瞧瞧他一个王中之王是可以被人欺负的和欺负得了的吗？为了办好这次集会，他重新修整了寨堡的颓墙败栅，粉刷了所有楼亭舍院，到处收拢散落的旧部，招募新兵。但是，令白朗多少有些失望的是数天的时间里虽然张贴了布告喧腾了锣鼓传播了口信,上山来的人马仍是寥寥无几,更多的则是那些在地坑堡招降的喽啰,是山上百姓和从盐池偷跑来的盐工。这些新入伙的穿上了印有狼头标志的服装,包裹了黄的巾帻,操练刀棒,一见他就全伏地呼大王不已,他不认得这些陌生面孔,总觉得与他们没有以往旧部兄弟们的那份熟腻和亲切了。他派了一个当初功在陆星火之下的山寨头目,也就是在他杀死黑老七的那天攻打地坑堡的领头人,交代了再次下山,无论如何要寻到所有的旧部兵卒重新归来,甚至动了情道:"狼牙山寨遭难,我白朗没能保护好大伙,今日天不灭我,狼牙山寨的兄弟就要有福共享啊!"

当众山主到齐了狼牙山寨的山门,那马就不能再骑,因为缘一面突出山嘴随势砌筑了二千级石阶,他们气喘吁吁往上爬,且道道围墙,层层栅栏,头扎草黄包巾腰佩雪光铁刀的迎兵吆喝打开,又吆喝关闭,甚是一派森严。上得山嘴,并未到得正寨,又是一峰崖,开元寺塔就在上头,而崖的两侧有飞瀑直下望之若练,路曲之绕过瀑后,走过了珠玉喷跳之处石皆成穴之处,仰视着崖上苍苔匝生如羊胛状,酷夏之中人也莫不心身寒气所逼了。白朗自然立于崖头路口拱拳喝迎了,自然又是往昔的一身素白一颗光洁头颅的和尚了,他声声呐喊,立即应者雷轰,早有数十个将鬓发绾紧成一个角儿的小徒们安顿了八八六十四张生漆染就的八仙大桌,九九八十一面芦席座铺,众山主和所有山寨的大小新旧兄弟一齐入座了。众山主们走到了桌前,却没有落身下坐,而是环目望见了那旧制的三楹大门楼三楹仪门五楹正堂东西各三楹厢房,那后堂的侧门,那兵库房,庖厨咸具房,三楹花亭,大门外东西分列的大厅,那十二间的榜廊全都焕然一新,张灯结彩,而新造的二十个窝铺，四个角楼，六个敌楼，连同了那木架哨台、天元寺塔，全插上了新崭崭的狼头旗帜。这阵势便使众山主们少了志气，自惭形秽起来了，他们整衣理帽，尽量使脸上长久笑容，就在山鸣海啸般的乐鼓声中让随从抬上虎皮、熊肉、熏鸡、卤鸭和一坛坛的美酒，成匹的丝帛，以及火纸、食盐、豆油、木耳、香菇，言称薄礼小品不成敬意，然后弯腰向白朗恭贺，逐一地挑选着天下最美丽的词句，以悦耳高亢的声调称赞白朗的英勇了。一时间里，狼牙山寨就是赛虎岭的一面旗帜，白朗就是众山之主心悦诚服的领袖，从此赛虎岭将固若金汤，那盐池的收复指日可待，县城的官兵是一群草芥，这方圆数百里地将永远是一个独立的王国，别一种清平的世界了！听着这么多的赞誉，早晨起来又兀自喝过了过多的烈酒，白朗满面红光，神采奕奕，想起了过去的一切，他也为自己的今日而惊讶了！是呀，天下哪有被囚押欲死之人又突然间报得深仇，重整了旗鼓，而又如此地振臂一呼就能应者云集呢？做了阶下之囚，黑老七仍是见他战战兢兢，这已经是别人不能做到的奇迹，何况在囚室之中又有一个艳丽若仙的女人钟爱于他，岂不又是奇迹中的奇迹吗？！这全是自己的英雄气概所征服的呀，赛虎岭上有第二个人吗？或许，这些众山主和众喽啰的称颂未免过分了点，但除了他白朗哪一个人又能如此敢有一点的承当啊！

　　白朗毕竟是英雄的白朗，在这样的场合中他不会忘记了为他牺牲的人，他要在万众欢呼里追念那些亡灵，他首先想起的是他的结拜过的三兄弟陆星火。他给大家讲述着陆星火的英勇，从一只精致的木匣里取出了一颗血肉已化的头的骷髅，安放在高台桌上，为其奠酒，三跪六拜，声明他要修坟造碑，年年月月为他的可敬可亲的三兄弟荞祀。再下来，他就说出了一个女人来。当众说出一个女人，且这女人又是黑老七的压寨夫人，这于当过和尚的白朗是不宜的，于如今被传颂得神乎其神的白朗是不宜的，但他白朗还是要提到她。他讲述着这女人在楼室里怎样地照顾他，又是怎样地暗送给他的钥匙和短刀。此话一出，众山主和喽啰兵卒都议论哗然了，这一切的一切，是谁也不知道的，他们在白朗一说一个女人的时候甚至觉得有些好笑，怨怪白朗怎么启这种口呢？可听罢了她的事迹，他们全都被这前所未见听所未听过的奇艳无比的人儿所感动，心想这女人一定是与白朗有缘的，是不是白朗已经和这女人有了那一层的关系了？这种想法当然一闪即过，遂感叹一个娇弱的女子能身为黑老七的压寨夫人而倾心白朗，这女人定受了英雄白朗的感染，更可以说身上流动了白朗的血气，越发证明白朗是一位大英雄了！当白朗将一壶酒洒向地面，大家把酒全洒在地面，他们同时在心中祈祷着在自己的一生中也能遇上这么个女人，做一个有着生生死死的奇艳风流的英雄多好！白朗接下来再追悼为救他而去攻杀黑老七的兵卒，追悼完了，他站起来喝令着兵卒点燃了炮铳连放三十六个爆响，令四十八位喽啰抬出鸡鸭猪牛肉一盘盘端上，将一瓮瓮烧酒在大碗中筛满，宣布能吃的吃饱能喝的喝足，没了黑老七，不怕有偷袭，醉得昏天黑地、三天不醒的是白朗的朋友。但是，人群中有人叫道："大王，你并没有追奠到一个更救过你而死去的人啊！"

这一声很是响亮，似乎还带有童腔，已经坐下的白朗站起来问："哪一位说话，是我遗忘了谁吗？"

人群中站出一个小小年纪的小卒，一件有着狼头标志的服装宽大过膝，显得两腿短矮失例，但眉目清秀可爱，白朗认出他是那个曾经吹过唢呐、后来又守卫诵经楼的黑老七的旧部下。他站到了人群前的空地上,面对着白朗做了一个半跪的姿势,然后又眨了一下左眼,白朗被他的旧的动作所逗,不自觉地也冲他眨了一下左眼。小卒说:"大王刚才说到的黑老七的压寨夫人,她正是我的表姐。表姐的事大王已经当众讲了,其实这一切表姐都给我讲过,因为这是一个女人的事,大王刚才不说我现在也不会说的。但大王一定只知道我的表姐一个人,殊不知为了大王死的竟还有她的一位丫鬟!当陆星火刘松林死了以后,可以说来地坑堡救大王的并没有几个武艺强过黑老七的,但来救大王的人实在很多,这已经使黑老七紧张起来。为了使黑老七精神崩溃,不得很快杀了大王,表姐就同丫鬟偷书写了许多字条,上面都是一句话:'取黑老七的头!'三更半夜让丫鬟贴得墙上有,树上有,茅房中有。这使黑老七以为狼牙山寨的人混进了地坑堡,或是地坑堡的兵卒中有了狼牙山寨的奸细。他查了又查,搜了又搜,杀死了许多他的部下,但是,每日还是有字条发现,黑老七夜里再也不敢睡了,担心一睡下便有人取了他的头去,白日再也不敢先吃饭,担心饭里放了毒,先要让别人吃第一口。人这么活着怎能不病呢,黑老七就病了!一听见风吹树叶就惊,一看见日影灯影也惊,常常惊起来就怀疑他身边的人,要不严刑拷打,要不就杀了。大王你想想,他得了你的短枪,原本可以在地坑堡的堡门楼上瞄准前来攻打的人放枪吧,虽不能一枪打中一个也可以三枪打中一个的,可他却从不到堡门楼去,怕啥呢,就怕那里一乱,有人暗中害了他呀!这不就是字条的作用吗?可以说,他完全是一个精神病人了,身子虚弱不堪了,他最后去楼上杀大王,大王一定能瞧出他和从前判若了两人,被大王用短刀逼了再没做反抗,他以前也曾是凶猛如恶豹的人呀！我表姐的病到了快死的时候，是反复叮咛过丫鬟不能对人说这事，丫鬟给表姐点头，却在背地里哭了，她以为表姐放心不下她。这也难怪，她原是七星镇杨掌柜的女儿，杨掌柜曾经藏过黑老七，黑老七后来常去杨掌柜家，看中了她，虽不能明着抢来，却使了鬼点子勾引。黑老七早年是个串巢窝闯勾栏的能手，他会让猫在手帕上尿了，把手帕又放在蛇洞前让蛇在上面交媾遗精，再拿手帕去到看中的女子面前摇晃，女子就中了魔法一般竟顺他而来。那杨掌柜的女儿就这样被他迷惑了成的奸，却后来又玩腻了，才让她做了我表姐的丫鬟。这丫鬟有这段往事，就以为表姐怀疑她为人有不争气处，也就在那个晚上，她吊死在一所空院子的门框上了。她吊死了还贴了最后一张字条，那字条贴在她的身上。黑老七当然没有想到丫鬟做了什么，还以为丫鬟也被杀了，更是要杀了他的前兆。大王，她虽然是自杀的，但她是为了谁而自杀的？她的功绩并不低于地坑堡门外叫杀的兵卒，甚至她抵得住十个兵卒，二十个兵卒，但大王却只字未提到她！"

年幼的小卒说完，退回到他的位子去，白朗端起了酒，他深深地被那位并不知晓的丫鬟的作为所激动，他的嘴在颤抖着，一串串掉下来的热泪滴溅在酒碗，正要双膝跪下去对着那上苍对着那冥冥之间游荡不知着落的一颗亡灵呼叫，便有人在号啕大哭了。这哭声是那样的悲痛和凄厉，在炎日当顶如油锅开炸的正午，使每一个人五脏六腑都在震撼了，抽搐痉挛了，他们以为这哭声来自云空，是那一个几乎永远无人知道的丫鬟的阴魂在这彰昭的一刻恸哭了，以为是英雄的白朗率先在为自己的内疚而悲泣了。但是，当众山之主和兵卒们看见白朗也抬起了惊愕不已的眼时,才听清了哭声发自土石场的北角,那一堆拥拥挤挤来瞧热闹的山民群中,而且已有人跟跟跄跄走过来了!也就在这时候白朗却兀自大叫了:"刘松林?!"

听到"刘松林"三字,站在白朗身后的一队贴身喽啰忽地扑过来,如挟风的虎群,将还没有走到场中来的人掀翻在地了,血涌得一脸通红的白朗把手中的酒碗哗啦摔了,大声怒叫:"刘松林,好个贼逆,你今日还有胆量来呀?来了正好,你那一颗贼头正用得上奠我狼牙山寨的英魂!"

那人突然脖子挺硬了:"大王,你再看看我是不是刘松林?!"

暴怒了的白朗一个愣怔,待看了一眼时,那人长得和刘松林十分相似,但毕竟比刘松林矮了些,也胖了些,脸上没有那抽烟土人的一层土灰色,不禁也疑惑了:"你不是刘松林?"

那人说:"我不是刘松林,刘松林却是我的一奶同胞。大王今日重整旗鼓东山再起,刘松林是你第一个要杀要剐的叛逆,可你大王哪里知道这奠祀的第一人却应该是他!"

众山之主和芦席上的残部兵卒几乎是愤怒了:"这厮胡说八道了,刘松林叛主投贼,杀了陆星火,难道还成了功臣不成?!"

白朗却挥手让喽啰们放开了那人,却冷峻问道:"刘松林他是死了?"

"是死了,大王,他死无尸首葬无坟茔。"那人说。

"他死了?"白朗重复了一句,却突然走近了一步说,"你说奠祀的第一人应该是他,他能比陆星火吗?他能比地坑堡的那位妇人和丫鬟女子吗?"

那人站了起来,又几乎是伤心了,但却在红日当空之下擦干了眼泪,说:"陆星火是忠烈之汉,那妇人和丫鬟有节烈之举,刘松林在狼牙山寨时的功绩不用我说，大王心中清楚，在场众位心中也清楚，他的最大的过错不就是曾为了一个女人私自逃离过大王的吗？但是，当他得知大王被囚，盐池丢失，陆星火去救大王义断了胳膊，他大哭一场，血刃了他的那个女人就奔到地坑堡去了。他没有带多少人，他脱离了大王后只想和那女人寻一处僻静地过安静生活，他还忘不了唱戏，怀恋着舞台上的周瑜，所以，带在身边的只有二人，武艺又平平，但他还是去了。去了地坑堡，才知道那里防备森严，他无从下手，又退回来寻找陆星火。陆星火已经残废，还领人去攻杀过地坑堡，但也差不多把人伤亡完了。他二人那一夜就住在我家，从一更商议到二更，二更又到三更，想不出个好办法来，把一坛酒都吃完了，就又趴在桌上哭。到了五更，陆星火终于想出让刘松林砍了他的头去假降黑老七，然后进入地坑堡杀掉黑贼为大王报仇，学一场古书上讲的荆轲刺秦。这办法好是好，刘松林却不忍心陆星火这么死去，陆星火说：'你不要和我争了，你就是献了头让我去，黑老七一是信不过我，二是我一条胳膊也无力杀了黑老七。就借说他去上茅房解手，在那里用刀自割了头。刘松林那时没有哭，他把陆星火的头血滴在酒里喝，他说：兄弟，刘松林现在不是刘松林一个了，刘松林是陆星火和刘松林两个人了！就带了头赶到地坑堡。黑老七果然相信了他，让他端了陆星火的头进了他住的厅院里，他首先要黑老七先拿出三百两银子放在一边，再要黑老七把烟土准备好，说他烟瘾犯了需要抽烟。黑老七一一照办了，要他端上陆星火的头来，却不让他近身。不让近身怎么能行呢，陆星火的头颅下是藏好一把短刀的，他便说：'我还有个请求，黑山主一定答应我！'黑老七说：'什么请求？'他说是陆星火的嘴里有一颗金牙的，请求能让他敲了那一颗金牙！黑老七嘿嘿笑了，让人把头递给了他，他一边往黑老七跟前走一边掰弄头颅的嘴，忽地从头颅下抽出短刀，却一脚踩在了一块瓜皮上滑倒了。他再要爬起来，一切都来不及了。大王，你是知道的，刘松林抽烟土抽上了瘾，没烟是没劲的，他从我家走时是抽过三个顿时的烟的，但到了地坑堡，烟劲还是过去了。他没能爬起来，黑老七的左右兵卒就乱刀将他砍了，砍成一堆肉泥了。刘松林死后，黑老七是胆战心惊了，刚才那位小兄弟谈到丫鬟的字条使黑老七几乎要疯了，这根源也一定是有了刘松林的谋杀才产生了效果的。像这么英勇之人，大王不但不追奠他，反倒还骂他贼逆，我那兄弟在九泉之下也不安宁啊！"

那人说到这里又哭起来，白朗已经支持不了了，瘫坐在了条凳上，反复地说："是这样吗？是这样吗？"

"是这样的，大王！"刘松林的哥哥说，"我要是有一句假话，大王现在就刀劈了我，他们是可以做证啊！"

拥集在观看热闹的山民中就有两人走来跪下了，自报他们曾是黑老七的左右随从，他们是亲眼看见了这壮烈的场面。黑老七杀了刘松林后，即关了厅院大门，封锁了消息，所以地坑堡的别的兵卒是不知道的。待到黑老七最后死了，他们不愿再上山吃粮才回家务了农的，今日原也不来瞧这种热闹，是刘松林的哥哥特意要他们来做证的。

白朗的脸色黑沉起来，他没有再将酒端起来奠祀，也没有落下一滴泪，而是离开了那个他一直站着的高台阶，向着众山之王和他的部下喽啰走来，喃喃地说："还有我白朗不知道的人吗？还有替我白朗死去的我不该忘了的人吗？"他的样子非常的虔诚又非常的令人恐怖,当目光落在十个山主身上时,有两个山主突然脸色煞白,扑通扑通差不多一起跌倒在地昏迷不醒了。

酷热的夏天使所有的人都在这沉重而窒息的气氛中支持不了了,两个大王的昏厥使人群骚乱,立即有喽啰去舀了绿豆汤来灌,想这汤水灌下必会败了火气,但两个山主紧闭了双目却在高声说话了,一个说:"你说呀,你快说呀!今日不说哪儿还有说的地方呢?"一个说:"我怕哩。"一个就说:"大王是白朗大王,不是真个白狼吃了你吗?"一个还说:"我还是不说。"一个就生气了说:"跟你这不出息的男人我算倒八辈子霉了!你不说我说了吧!"两人这么你一句我一句,互相不看,接应自然,又全然是夫妇口吻,有人就骇声叫道:"这是鬼附身了,这是通说了!快拿簸箕桃条来盖住抽打!"那一个说着妇人腔的大王就闭目发怒了:"谁要打我,我是来向大王诉冤的!"有人就问:"你是谁,你要向大王诉什么冤?有冤你到县衙公堂去!"那妇人腔就说:"我是七星镇兴茂客店的娘子,他是我的丈夫,我们在客店里接待过你们狼牙山寨的人,是二十个人,他们说是要去打黑老七要去救白朗大王,我们夫妻白给他们酒喝白给他们肉吃,可他们天明一出店碰上地坑堡的人就打起来,他们是全被杀了,那地坑堡的人就又来到店里找我们。院子里一刀戳了我丈夫,进厨房又找我。我跳进水瓮里,头上顶着葫芦水瓢,但还是让找到了。他们说我是狼牙山寨人,我说老娘不是,但老娘看不起黑老七,他不去杀官兵却关了白朗大王,他是小牛牛!他们问我小牛牛是什么?我说是小娃的鸡巴!他们就一刀砍了我的右胳膊。我知道我不得活了,就骂黑老七,他们说你再骂砍了左胳膊!我还是骂,左胳膊就砍了。我倒地上还在骂,他们就割我的舌头,最后连奶也割了,下身也……"说到这里,另一个就说:"你不要说了,我来给大王说,大王,我夫妻不是狼牙山寨的人,我夫妻是为狼牙山寨死的,为狼牙山寨死的能不能说给你大王呢?若大王不肯理我们,我们这不是死得太冤吗?如果大王能理解我们,就把我们也当了狼牙山寨的人,大王奠酒那我们夫妻也能去享受一口了!"脸色更加难看了的白朗不知该怎么处治眼前的事故,他为着两个山主的突然昏厥而担心,也为着昏厥的山主怎么说出这一段全然是别人口吻的话而惊疑,他说:"为我狼牙山寨死去的人,当然是有一份奠酒。"此话一落,倒在地上的那一个山主便说了:"娘子,你听见了吗,你听见了吗?"遂夫妻两种声调同时说道:"谢谢大王!"而也是两个大王在这一时睁眼坐起来,浑身冷汗淋漓,虚弱无力,犹如干罢了一场最苦最累的活计。众人忙问是怎么啦,他们只说刚才脑子嗡的一下就什么也不知道了。

众人面面相觑而毛骨一齐悚然了,这是一场鬼魂附身的通说无疑,那么,在得胜相庆的今日,在白朗大王酒奠亡灵的狼牙山寨上,召唤来的是多少鬼魂!兴茂客店的夫妻来了,而并不是狼牙山寨的人却为狼牙山寨死去的又何止这一对夫妻,会不会也要通通到来附体通说呢?众山之主和每一个兵卒喽啰都脸色蜡黄惊恐不已,便有年纪稍大的老兵急去将接收的火纸以铜钱拍打了当场焚烧,企图让到来的鬼魂得到一份阴钱而安而息,偌大的纸火蓬蓬燃烧,纸灰如万千黑色的飞鸟在漫空飘浮,并不阻止的白朗也抬起头来,久久地盯着一叶纸灰在那里方向不定地游动,最后就静落在他的头上,他没有拂去。

这时候,从寨子下上来了一队人,形容憔悴衣衫破烂,领头的正是领了白朗的命令下山招收旧部的那个头目。他上得寨来被这纷乱而恐怖的场面所惊,也被白朗大王苦楚得僵硬了脸面的神色所惊,就跪下了,同来的旧部也跪下了,所有的狼牙山寨的兵卒喽啰全都跪下了,齐声叫:"大王——!"

大王白朗木木地看着他们,终于趋前扶起了那个头目,问道:

"就召回这么些人吗,旧日的兄弟都不愿再来了吗?"

头目说:"回禀大王,只要是旧日的兄弟,全都回来了!"

白朗说:"那是三千人呀,三千呀?!"

头目说:"是的,别的全都死了。"

白朗说:"死了?"

头目说:"我走遍了他们所有的家乡,他们是死了。有的是黑老七偷袭盐池时死的,死了三百七十人。有的是盐池战败后逃散出去,先后被官府捉住杀掉的。死了七百二十一人。有的是为了救出大王,前前后后在地坑堡周围战死的,是六百三十九人。只有三十八人没有来,他们是在救你时没有救了却伤了双腿或瞎了双目或伤势过重被人背回去实在不能行走了。"

白朗没有言语,回转过头来叫道:"是我的旧部兄弟,都站过来吧!"

跪伏在地上的兵卒喽啰有一半站起来,集中到一起了。这是有千人之众,却三分之一的人不是残了手就是跛了腿,更多的则是在头上、肩上、腿上包扎了厚厚的血布。

白朗突然间头后仰向天,哈哈哈哈地狂笑了:"我胜利了吗?我是王中之王的英雄了吗?"

这笑声和叫喊异常怪异,使所有的人听见了都打了一个寒噤,一身的鸡皮疙瘩暴起了。赛虎岭的十个山头的大王和黑压压一片的兵卒皆惊骇得看见在火红的如毒刺猬一样滚动的太阳下，白朗的脸色再也不是那么神采奕奕，再也不是那么唇红齿白双目若星，他一下子衰老了，头皮松弛，脸色丑陋，骤然间一动不动，遂身子慢慢摇晃着、摇晃着，最后倒在了地上，远远的那座天元寺的分裂成两柄剑状的石塔同时在一声沉闷的轰隆中崩坍了……

第三日的一个早上，一群妇女在赛虎岭最高的山梁官道上，那一眼唯一的泉水边，看见了一个人挎了短枪过来，全吓了一跳，以为是遇上了一个行歹的土匪或是一个官兵，急忙匿身于草丛里。等那人走近了，却有一个胆大的又能认识此人的女人尖声锐叫："这不是白朗大王吗？"

女人的眼睛是好，他正是白朗。但已经苍老得如一个朽翁的白朗大王，再没有穿着那一件白色的团龙长衣，也没有那一双白色的深面起跟鞋，而是一身肮脏短服，一柄短枪并没有将皮带儿斜挎了肩头，也不别插在腰间，泥土把枪身糊了，也堵塞了枪管，在他上土坎时完全是用着一柄短拐杖了。他听见呼他的名字，站住了，却疑惑地看着面前的女人。

"大王认不得我了吗？"那个女人说，"可我认识你的！你想想，当日你被黑老七铁枷绳索地押了路过前面那个山头时，有个说过你长得好，又为你献了一朵野蔷薇，遭到黑老七的喽啰踢过一脚的人吗？那人就是我！"

白朗想了想，想不起来，他摇开头了。

"你当然认不得我了，你是多么有名的王中之王，你又长得那么英俊，多少女子会围着你的，你是不会注意到我一个开店的半老徐娘的。"

女人说罢,放荡地笑起来,旁边就有人说:"你这是做女人的嘴吗?"女人说:"我说的不是实话吗?你们谁不想着白朗大王?听说许多人家买了大王的像在家供奉,家里的女人夜里老想着,都想疯了的!"

又转向白朗说道:"可是大王,我要说一句冒犯你的话,你不会拿枪打了我吧?你现在可老多了,要不是我见过你,谁还相信你就是英雄大王白朗呢?一定是大王将那么多的女人都收纳了做压寨夫人了吧!大王,你是英雄,又是英俊的男人,你真不该为了那几个狐狸精的娘儿们而将自己弄成这样,使我们从此见了你失望哩!"

白朗还是痴痴地看着这利嘴放荡的女人,却说:"你提水罐吗,能给我喝一口吗?"

女人说:"大王你是怎么啦,你已经走到这泉水边了,你还向我讨喝吗?"

白朗终于看见了那眼山泉,他走近去,放下了短枪,俯身趴下就喝起来。他喝得很急,连一颗有着戒印的头也没入水里。喝毕了,站起身来,嘟嘟囔囔说着什么,又一步步兀自走远了。女人们都惊讶地看着白朗,发现白朗喝了水并没有再拎了那柄短枪,就叫道:"大王,大王,你忘记你的枪了!"

白朗似乎没有听见,渐渐走远了,女人们回到泉边拾起了短枪,枪被太阳晒得焦热,烫得手没抓住溜进泉中了,但入水嗤地一声冲出了一团白汽,枪不见了,水底里静伏着一条黑脊梁的银鱼。原来这些女人见到了白朗,虽然白朗是老了,虽然白朗并不理睬她们,但她们想他毕竟是盖世的英雄,是英俊的男人,今生不能与他长生相伴,喝喝他喝过的泉水,就如同是和他嘴与嘴的接吻了，水喝下去也就化作他的血气了。可水里现在有了一条鱼，一摇尾将水搅浑了，且那柄短枪倏忽间又不见了。她们就疑惑了，觉得刚才是一场梦吗？那利嘴放荡的女人就说："这不是梦也是那个人作了祟的，他哪儿会是白朗呢，白朗做了囚徒时我是见过的，那一阵他还是多么英雄多么英俊，现在狼牙山寨得胜了，狼牙山寨的大王怎么会是他那个样呢?!"

好事的女人受到了侮辱，又觉得那人窝囊可欺，就顺着白朗走去的路寻找那人出气。她们走过了很长一段山道，终在一个不起眼的崖根下的石洞，看见了那人盘脚闭目坐在里边。她们先是觉得奇怪，后明白了他果然不是白朗是一个居止无定、炼精服气、欲得道引吐纳之法的隐人。洞斜而下注，她们不能去拉出他来教训，就于洞口再一次问："你还敢说你是白朗吗?"那人看着她们，说："是白朗呀。"女人们的愤怒再也不能遏制了，一边将土块掷进洞去，一边大喊："你怎么是白朗？不准你是白朗！你不是白朗，不是白朗!!"

五　魁

　　迎亲的队伍一上路,狗子就咬起来,这畜类有人的激动,要撑了唢呐声从苟子坪到鸡公寨四十里长行中再不散去。有着力气,又健于奔跑的后生,以狗碍了腿脚为理由,总是放慢速度,直嚷道背负着的箱子、被褥、火盆架、独坐凳以及枕匣、灯檠、镜子,装了麦子的两个小瓷碗,使他们累坏了。"该歇歇吧!"就歇下来。做陪娘的麻脸王嫂说不得,多给五魁丢眼色,五魁便提醒世道混乱,山路上会有土匪哩,后生们偏放诞了勇敢,说土匪怕什么,不怕,拔了近旁秋季看护庄稼的茅棚上的木杆去吆喝打狗。狗子遂不再是一个两个,每一个沟岔里都有来加盟者,于亢昂的唢呐声中生发了疯狂,跃起细长黄瘦剪去了尾巴的身子在空中做弓状,或夵起腿来当众撒尿,甚或有一对尾与尾勾结了长长久久地受活在一处了。于是就喊:"嗨,骚狗子!嗨,骚狗子!"喊狗子,眼睛却看着五魁背上的人。五魁脸也红了,脚步停驻,却没有放下背上的人。

　　背上的人是不能在路上沾土的,五魁懂得规矩,愤愤地说:"掌柜是不会放过你们的!"

　　"我们当然不像五魁,"后生们说,"我们背的是死物,越背越沉。五魁有能耐你一个人快活走吧!"

五魁脸已是火炭，说"造孽哩，造孽哩"，但没办法，终是在前边的一块石头前将背褡靠着了。背褡一靠着，女人的身子明显地闪了一下，两只葱管似的手抓在他的肩上，五魁一身不自在，连脖子都一时僵硬了。

五魁明白，这些后生绝不是偷懒的痞子，往日的接亲，都是一路小跑着赶回去，恋那早备了的好烟吃，烈酒喝，今日如此全是为了他背着的这个女人的。

当一串鞭炮响过，苟子坪的老姚捏着烟迎他们在厅屋里吃酒，瞥见了里屋土炕上正坐了一位哭啼抹泪的女人，他们就全然没有嘻嘻哈哈的放浪了，因为那女人生就得十分美艳，为他们见所未见。一个贫穷的茅草屋里生养出个观音人来，实在是一个奇迹，立时感到他们来此接亲并不是为柳家的富豪所逼使出的苦力，而是一种赐予与恩赏了。世上的闺女在离开了父母的土炕将要去另一个做妇人的土炕时，都是要哭啼落泪，而这女人哭起来也是样子可爱。她的母亲和她的陪娘在劝说着，拉下她的手，将粉重新敷在她的脸上，梳子蘸了香油再一次梳光了头发，五魁就看见了她歪在炕沿上，一条腿屈压在臀下，一条腿款款地斜横在炕沿板上，将绣花的小鞋就欲脱未脱地露出了脚跟的姿态。那一刻里，他觉得这女人是应该嫁到富豪的柳家去享福的，而且应该用八抬花轿来抬，但可惜山高沟大，没有抬花轿的路可走，只得他五魁驮背了。

五魁在十六岁的时候，已经体格均匀，有大力气，被选作了驮背新娘的角色，以致从此成了专门职业。十年来，他几乎背驮了数十个新娘，他是知道了鸡公寨的各家媳妇重与轻，胖与瘦，甚至俊丑及香臭，但他从来还未背过这么美妙的女人的。他不明白在他走向炕边，背过身去，让那女人爬上背来，他竟是唰地出了一身微汗，以致在女人已经双膝跪在了背褡上的毡垫还不知道，待到一声叫喝，姚家的人将朱砂红水抹在了他的脸上，他才清醒他是该出门走了。这一路都在后悔，他不能看见背上的人，背上的人却能这么近地看着他，该怎么在窃笑他那时的一副蠢相呢？

正是这女人被他背驮着了，挨在后边的抬着嫁妆的后生们，他们是可以一直不歇气地走到天边去，走到死去，也不觉劳累的。但是四十里山路轻易地到达实在不是他们的需要，后生们话才这么多，才这么兴奋，才这么故意寻借口拖延。在接亲的路上，做了新娘的虽是柳家的人了，但还不是真正的柳家人，他们的戏谑都不为过，若一经进了柳家，这女人就不是能轻易见得到的了。后生们如此，他五魁还能这么近地接触了她吗？

所以五魁也就把背褡靠在石头上歇起来。

八月的太阳十分明亮，山路上刮起悠悠的风，风前的鸟皱着乱毛地叫，五魁觉得一切很美，平生第一次喜欢起眼前起伏连绵的山和山顶上如绳纠缠的小路。如果有宽敞的官道，花轿抬了，或者彩马骑了，五魁最多也是抬嫁妆的一个。五魁几乎要唱一唱，但一张嘴，咧着白生生的牙笑了。麻脸陪娘走近来很焦急地看着他，又折身后去打开了陪箱的黄铜锁子，取出了里边的核桃和枣子分给后生们吃。这些吃物原本准备给接嫁人路上吃的，但通常是由接嫁人自己动手，现在则由陪娘来招待，大家就知道麻脸人的意思了。

"天是不早了呢！"陪娘说。

"误不了夜里入洞房的。"后生们耍花嘴，"瞧这天气多好！"

"好天气……"

"哪还怕了土匪?"

"哪里怕了土匪!"陪娘不愿说不吉祥的话,"你们可以歇着,五魁才要累死了!"

"五魁才累不死的!"

五魁想,真的累不死。他就觉得好笑了,这些后生是在忌妒着他哩。当五魁一次一次做驮夫的差事,他们是使尽了嘲弄的,现在却羡慕不已了。他不知道背上的女人这阵在想着什么,一路上未听到说一句话,五魁没有真正实际地待过女人,揣测不出昨日的中午,在娘家的院子里被人用丝线绞着额上的汗毛开脸,这女人是何等的心情,在这一步近于一步地去做妇人的路上,又在作想了什么呢?隔着薄薄的衣服,五魁能感觉到女人的心在跳着,知道这女人是个纯净的又有心计的人儿;多少女人在一路上要么偶尔地笑笑,要么一路地啼哭,她却全然没有,她一定也像陪娘一样着急吧,或者她是很会懂得自己的美丽,明白这些后生的心意,只是不言破罢了。

不言破这才是会做女人的女人。

好吧,五魁想,那不妨就急急她。她急着,陪娘急着,在鸡公寨外的山口上等待着新人的柳家少爷更让他急着去吧。

老实坦诚的五魁这一时也有了一种戏谑的得意,若这么慢慢腾腾地走下去,一个响午女人是不能吃喝和解手,使她因水火无情的缘故而憋得难受,于他和他的同类将又是怎么开心的事呢?一个将要在柳家的土炕上生活的妇人,五魁对于她的美的爱怜而生就出了自己的童身孤体的悲哀,就有了说不清的一种报复的念头了。

有了这一念头的五魁，立即又被自己的另一种思想消灭了：谁让自己是一个穷光蛋呢，不要说自己不能有这样的美人，连一个稍有人样的女人也不曾有，即使能得到这女人，有好吃的供她吗，有好穿的供她吗？什么马配什么鞍，什么树招什么鸟，这都是命运安定的。五魁，驮背一回这女人，已经是福分了，是满足了！于是，五魁对于后生们没休没止的磨蹭有些不满了。

"歇过了，快赶路吧！"他说。

后生们却在和陪娘耍嘴儿，他们虽然爱恋着那个可人的新娘，但新娘的丽质使他们只能喜悦和兴奋，而这种丽质又使他们逼退了那一份轻狂和妄胆，只是拿半老徐娘的陪娘作乐。他们说陪娘的漂亮，拔了坡上的野花让她插在鬓角。五魁扭头瞧着快活了的麻脸陪娘也乐了。

是的，陪娘在以往的冷遇里受到了后生们的夸耀忘记了自己的本色，如此标致的新人偏要这个麻脸做她的陪娘，分明是新人以丑衬美的心计所在了。或许，这并不是新人的用意，而她实在是美不可言，才使陪娘的脸如此的不光洁吗？五魁觉得自己太幸福了，他离开了石头，兀自背着新人立在那里，看太阳的光下他与背上的人影子叠合，盼望着她能说一句：这样你会累的。新人没说。但他知道她心里会说的，他的之所以自讨苦吃，是要新人在以后的长长的日月里更能记忆着一个背驮过她的人。

天确实是不早了，但后生们仍在拖延着时间，似乎要待到如铜盆的太阳哐嚓一声坠下山去才肯接嫁到家。戏弄了陪娘之后，又用木棒将勾连的狗子从中间抬过来，竟抬到五魁的面前，取笑着抹了朱砂红脸的五魁，来偷窥五魁背上的人面桃花了。

五魁无奈扭身，背了新人碎步急走。

这一幕背上的女人其实也看到了,一脸羞怯,假装眼盯在前面的五魁头顶的发旋上了。

五魁感觉到发旋部痒痒的。在一背起女人上路,他的发旋部就不正常,先是害怕虽然洗净了头,可会有虱子从衣领里爬上去吗?即便不会有虱子,而那个发旋并不是单旋,是双旋,男的双旋拆房卖砖,女人会怎样看待自己呢?到后来,发旋部有悠悠的风,不知是自己紧张的灵魂如烟一样从那里出了窍去,还是女人鼻息的微微热气,或者,是女人在轻轻为他吹拂了,她是会看见自己头上湿漉漉汗水,不能贸然地动手来揩,便来为他送股凉风的吧!

这般想着的五魁,幻觉起自己真成了一匹良马,只被主人用手抚了一下鬃毛,便抖开四蹄翻碟般地奔驰。后边的后生果然再不磨蹭,背了嫁妆快步追上,唢呐吹奏得更是热烈。五魁还是走得飞快,脚步弹软若簧,在一起一跃中感受了女人也在背上起伏,两颗隐在衣服内的胖奶子正抵着他的后背,腾腾地将热量传递过来了。草丛里的蚂蚱纷纷从路边飞溅开去,却有一只蜜蜂紧追着他们。

"蜂,蜂!"女人突然地低声叫了。

蜜蜂正落在了五魁的发旋上。

听见女人的说话,五魁也放了大胆,并不腾出手来撵赶飞虫,喘着气说:"它是为你的香气来的。"但蜜蜂狠狠蜇了他,发旋部火辣辣的立时暴起一个包来。

"五魁,蜇了包了!你疼吗?"

"不疼!"五魁说。

女人终于用手指在口里蘸了唾沫涂在五魁的发旋包上。

五魁永远要感激着那只蜜蜂了。蜜蜂是为女人的香气而来的,女人却把最好的香液涂抹在了自己的头上!对于一个下人,一个接嫁的驮夫,她竟会有这般疼爱之心,这就是对五魁的奖赏,也使五魁消失了活人的自卑,同时产生了一种可怕的邪念,倒希望在这路上突然地出现一群青面獠牙的土匪,他就再不必把这女人背到柳家去。就是背回柳家,也是为了逃避土匪而让他拐弯几条沟几面坡、走千山万水,直待他驮她驮够了,累得快要死去了。

是心之所想的结果,还是命中而定的缘分,苟子坪距鸡公寨仅剩下十五里的山道上,果然从乱草中跳出七八条白衣白裤的莽汉横在前面,麻脸陪娘尖锥锥叫起来:"白风寨!"

白风寨远鸡公寨六十里,原是一个下河人云集的大镇落。二十年前,从深山里迁来了一对夫妇,妇人年纪已迈,丈夫却很精神,所带的四个孩子到了镇落,默默地开垦着山林中的几块畦田生活着。这丈夫的脾气十分暴躁,经常严厉地殴打他的孩子,竟有一次三个孩子炒吃了做种子的黄豆,即用了吆牛的皮鞭抽打,皮鞭也一截一截抽断了。做母亲的闻讯赶来,突然破口大骂道:"你就这么狠心吗?他们是我的儿子,你也是我的儿子,你在他们面前逞什么威风?!"那丈夫听了妇人的话,立即呆了,遂即大声狂叫起来,一头撞死在栗子树上。消息传开,人们得知了这一对夫妇原是母子,他们就愤怒起来。这妇人为自己的失言而后悔,也为着自己的失去妇德和母德,虽然她说出了当年在深山这样做是为了能与野兽和阴雨荆棘的搏斗而生存下来的需要,但她还是被双腿缚上了一扇石磨,而脖子套上了绳索挂在栗子树干上。妇人的四个孩子也被抓来了三个,并在妇人没有咽气中被人们用榔头砸死。妇人就在同一瞬间死去了,于一个夜晚,身子同石磨的重量拉断了纤细的脖颈,掉入了树下的那个深渊,而头却依然在绳索里吊着如摇摆的铁钟……

那个走脱的四个孩子中最小的一个终没有下落,二十年后的一天,白风寨便有了一个年轻的枭雄唐景,他打败了官家,以此安营扎寨,演出了许多英武的故事。外边的世界里都在传说着这个枭雄正是往昔的妇人的最小儿子,他在别的村庄别的山寨里提起来是令人毛骨悚然的人物,但在白风寨却大受拥戴,他并不骚扰这个寨以及寨之四周十数里地的所辖区任何人家,而任何官家任何别的匪家却不能动了这地区的一棵草或一颗石头。就是这么一个奇怪的匪胎,虽然也娶下了一位美貌的夫人,但他的服饰从来都是白的,也强令着他的部下以至那个夫人也四季着白色的衣裤。为了满足寨主的欢喜,居住在这个寨中的山民都崇尚起白色。于是,遭受了骚扰的别地方的人一见着一身着白的人就如撞见瘟神,最后连崇尚白色的白风寨的山民也皆被视为十恶不赦的匪类了。

麻脸的陪娘看得一点没错,拦道的正是白风寨的人,他们不是寨中的山民,实实在在是唐景的部下。原本在山的另一条路口要截袭县城官家运往州城的税粮,但消息不确,苦等了一日未见踪影,气急败坏地撤下来议论着白风寨近期的运气不佳全是殁了压寨夫人所致,痛惜着美貌的夫人什么都长得好,就是鼻梁上有一颗痣坏了她的声名。为什么平日荡秋千她能荡得与梁齐平而未失手,偏在七月十六日寨主的生日,那么多人聚集在大场上赛秋千,她竟要争那个第一呢?为什么在荡到与梁欲平的时候,众人一哇声叫好,她的宽大的丝绸裤子就断了系带脱溜下来,使在场的人都看见了不该看到的部位呢?寨主从不忌讳自己的杀人抢劫,当他把大批的粮食衣物分给寨中山民时告诉说这是我们应该有的,甚至会从褡裢中掏出一颗血淋淋的人头讲明这是官府×××和豪富×××,但他却是不能允许在他的辖地有什么违了人伦的事体。他扬起枪来一个脆响击中了秋千上的夫人,血在蓝天上洒开,几乎把白云都要染红,美貌的夫人就从秋千上掉下来。他第一个走近去,将她的裤子为她穿好,系紧了裤带,又脱下自己的外衣再一次覆盖了夫人的下体后,因惯性还在摆动的秋千踏板磕中了他的后脑勺。

现在,他们停下来,挡住了去路,或许是心情不好而听到欢乐的唢呐而觉愤怒,或许是看见了接亲的队伍抬背了花花绿绿的丰富的嫁妆而生出贪婪,他们决定要逞威风了。此一时的山崀,因地壳的变动岩石裸露把层次竖起,形成一块一块零乱的黑点,云雾弥漫在山之沟壑,只将细路经过的这个瘦硬崀梁衬得像射过的一道光线。接亲的队列自是乱了,但仍强装叫喊:"大天白日抢劫吗,这可是鸡公寨柳掌柜家的!"

拦道者听了,脸上露出笑容来,几乎是很潇洒地坐下,脱下鞋倒其中的垫脚沙石了,有一个便以手做小动作向接亲人招呼,食指一勾一勾地,说:"过来,过来呀,让我听听柳家的派头有多大的?"

接亲的人没有过去,却还在说:"鸡公寨的八条沟都是柳家的,掌柜的小舅子在州城有官做的,今日柳家少爷成亲,大爷们是不是也去坐坐席面啊!"

那人说:"柳家是大掌柜那就好了,我们没工夫去坐席,可想这一点嫁妆柳家是不稀罕的吧?!"

后生们彻底是慌了,他们拿眼睛睃视四周,崩梁之外,坡陡岩仄,下意识地摸摸脑袋,将背负的箱、柜、被褥、枕头都放下来,准备作鸟兽散了。麻脸的陪娘却是勇敢的女流,立即抓掉了头上的野花,一把土抹了脏脸,走过去跪下了:"大爷,这枚戒指全是赤金,送给大爷,大爷抬开腿放我们过去吧!"

陪娘伸着右手的中指,中指上有闪光的金属。

那人就走过来欲卸下戒指,但一扭头,正是藏在五魁背后的新娘探出头来瞧陪娘的戒指,四目对视,新娘自然是低眼缩伏在了五魁的背后,那人就笑了。

陪娘说:"大爷,这可是一两重的真货,嫁妆并不值钱的,只求图个吉祥。"

那人说:"可惜了,可惜了!"

陪娘说:"只要大爷放过我们,这点小意思,权当让大爷们喝杯水酒了!"

那人却说:"这么好的雌儿倒让柳家的消用,有钱就可以有好女人吗?你家少爷能,我们白风寨也是能的。"遂扭转头去对散坐的同伙说,"瞧见那雌儿了吗?好个人才,与其让做财东婆真不如做了咱们的压寨夫人哩!"

同伙在这一时里都兴奋得跳起来。

陪娘立即站起,"这使不得,这使不得!"双手挥舞,似要抵挡了。那人抽刀来扫,一道白光在陪娘的面前闪过,便见一件东西飞起来,陪娘定睛看时,东西已被贼人接住,是半截指头和指头上的戒指,才发现自己中指已失,齐棱棱一个白碴,就昏死地上了。

那人叫道:"都听着,这新娘还是新娘,但已是我们的压寨夫人!柳家是大掌柜,他少不得被我们抄家杀头,这女人与其做少奶奶短命倒不如做压寨夫人长长久久!"

五魁不待那人说完,拧身就往来路跑,跑到一块大石后,拐脚钻入一块茅草地,不顾一切地往崀沟窜去,已经吓得木木呆呆的新娘此一刻里双脚双手只搂着五魁如缠树藤蔓。慌不择路的五魁不住地要耸耸身子,将越背越下沉的女人在耸中向上挪送,每一耸就摔下一把汗豆子,再后就双手反搂在后,勒紧了女人的腰,说:"我要滚了!"已是刺猬一般从一个斜坎滚下去,荆棘茅草就碾平了一道。滚到坎下,前面就是一条河了,河面上架一棵朽柳树的桥,深水漩着无数的涡儿,看去如一排排铆钉。五魁仰头往山上看,看不到崀梁,却想,若立即踏桥过河,山崀上必是能看得见的了,就用嘴努努左侧的一处鹰嘴窝岩,说:"那里有一个洞的,藏在那里鬼也寻不着了!"要站起来,却发现自己还倒在草窝里,女人的双手还勒着自己脖子,女人的双脚也弯过来绞住了自己的腰,五魁就驮着女人拱身要站起来,但几次拱不起。女人终于说:"让我下来!"一句话使惊魂失魄的五魁知道现在是安全地带了,便庆幸起自己的勇敢和机智,同时松弛了的脑袋里闪动了许多思绪,啊啊,一个菩萨般的女人现在与自己是很亲近的了!且不说她到了柳家做少奶奶是五魁不能正眼看的,即使她还在苟子坪做女儿,比五魁更魁伟的也更有钱的男人能挨着她一个指头吗?而如今她手脚纠缠地在自己身上合而为一,她是把一切的一切都依赖着他了!他看见了在自己下巴下十指交叉着的白手有一处流着血,就后悔滚坡下来的时候没有保护得了被荆棘的划撕,那一只脚上,绣花的红鞋也快要掉了,如果真要被树枝挂

263

走了，一个女人赤着一只脚，女人的难堪会使自己怎样的负疚呢！他腾出一只手来，将她的小鞋穿好，这一动作蛮有心劲，浑身的血管就汩汩跳，但表现得似乎毫无别的心思的样子。女人竟也如小孩一样并不配合，软软的，让他穿了许久。

女人说："五魁，你救了我，你好行哩！"

这样的一句话，使五魁无限的激动，一拱身就站起来了。"土匪我见得多了，跑得过我的他娘还没生下哩！"

五魁想，躲在鹰嘴窝岩下只要熬过一时，土匪就会寻不到他们而离去，那么，驮着女人过了那个桥面，再顺沟下行二十里，再绕上鸡公寨，天擦黑是可以将新娘背驮到柳家的。对于这一场抢劫，于五魁实在不是灾祸，原本想多背驮女人的想法竟成现实，五魁对土匪是不恨的，倒觉得土匪与自己有一种默契似的。

"王嫂她不知怎么啦？"背上的女人突然说。

"不知怎么啦？"五魁也说，为女人的慈良叹息了。土匪用刀削掉了陪娘的指头，他是看见了，他可惜这个陪娘，却又怨恨为什么要送给土匪金戒指呢？如果土匪发现走失了新娘，会不会就又抢走了这个麻脸断指的黄皮婆呢？"这都是那些崽子的罪！"五魁骂起抬嫁妆的后生们了，吓，口大气粗，遇事精松，要不是他五魁及早逃走，这女人今日晚上不就沦为土匪的床上用品吗！

"只要你好，"五魁说，"我会把你囫囵囵接到柳家的。"

土匪是可能抢走了所有的嫁妆，也可能杀死一些人的，这消息会传到柳家，柳家一定在为新娘担心了，或许他们痛哭号叫，或许组织人马去白风寨要人，或许绝望了，但偏偏在这个时候，他五魁背驮着新娘安全无恙地出现了，柳家于惊喜之余如何感念他啊？是的，五魁的举动并不是建立在柳家的是否感念，只要求得新娘对自己的记忆,再退一步,即使新娘此后再不记忆这事,他五魁完成了他对于一个美丽女人的保护,五魁就是很英雄很得意的人了!

已经到了鹰嘴窝岩下,五魁还是没有放下女人。他说他不累,有什么累呢,百五十斤的劈柴捆,他会从四十里外高山上一气背回来的,一搂粗的碌碡也能搬得起来,"我行的!"他说得很豪迈,甚至背驮着女人往上跳了一下。但是,他突然哐地跌在地上,女人也摔在一丈开外了。五魁顿时羞愧满面,抬头就看女人,却看到的是三个提刀的土匪,明白了刚才的跌倒并不是他的无能,是土匪的一块石头砸在他的腿内弯的。

五魁扑过去把女人罩在了身下。

土匪嘿嘿地笑了:"小子你好腿功!"

五魁说:"你们不要抢她,她怎么能嫁给一个土匪呢?!你们捆了我去吧!"

土匪一脚把五魁踢倒了,却用手拍拍他的脸:"养活你个吃口货吗?"

五魁就势抓了匪手又扑过来,土匪再踢开去,五魁已流血满面,还是扑过来。土匪说:"是个死缠头!"举刀就砍下去。女人叫道:"不要杀他,我跟你们走是了!"落下来的刀一翻,刀背砸在五魁的长颈上,五魁就死一般地昏过去了。

死里逃生的接嫁人抬背着完整无损的嫁妆到了柳家,但接亲没能接回新娘,蜂拥在柳家门前鸣放着三千头的鞭炮的众人,便立即放下挑竿,用脚把炮捻踩灭。柳掌柜怀里的水烟袋惊落在地,肥胖的稀落着头发的柳太太一声不响地从八仙桌上软溜下去，被人折腾了半日方才缓醒。那个少爷，戴着红花的新郎，倒是哈哈大笑而使众人目瞪口呆，笑声就很凄惨，很恐怖，慌得旁人拿不出什么言语去劝慰，正要附和着他的笑也笑上一笑，少爷却把一位垂手伺立的接亲人一个耳刮接一个耳刮扇起来。柳家门里门外，顿时一片静寂，等少爷已返回东厢房里，众人还瓷着大气儿不敢出。

柳少爷的发凶理所当然，这位富豪家的孩子，并没有营养过剩的虚胖或贪食零嘴而羸孱不堪，魁伟的身体是鸡公寨最健壮的男人，有钱有力却新妻遭人抢夺，他没有失声痛哭，自然进屋去抄了长杆猎枪，压上了沙弹和铁条，便又搭了高凳去取屋柱上吊着的竹笼。竹笼里存放着平日炸猎狐子和狼的用品，全是以鸡皮将炸药、铁砂和瓷片包裹成的炸弹。这炸弹放在狐狼出没之地，不知引诱了多少野物丧命，现在他脑子里构想着立即领人抄近道去截击土匪，将炸弹布置在他们需要经过的山路上，然后凭一杆猎枪打响，使土匪在爆炸声中丢下属于自己的新娘。但是，就在少爷双手卸下了竹笼从凳子上要下来的时候，凳子的一条腿却断了，少爷一趔趄，竹笼掉落，随之身子也跌下来，震耳欲聋的爆炸就发生了。

众人闻声冲进屋去，柳少爷躺在血泊里，拉他，拉他起来，一放手他又躺下去，才发现少爷没了两条腿，那腿一条在门后，一条搁在桌面上。

柳家的噩耗沉重地打击了鸡公寨，五魁的老父得知自己的小儿子没能回来，就蹴在太阳炎照的山墙根足足抽完了一把烟叶末，叫着两个儿子，说："揭了我炕上那页席吧，把五魁卷回来。"两个兄长没有说一句话，带了席和碾杆往遭劫的地方走了。

十五里外的山峁梁上，嗡嗡着一团苍蝇，走近看了，有一截胖胖的断指，却没有五魁的尸体。两个兄长好生疑惑，顺着坡道上踩倒的茅草寻下去，五魁正坐在那里，迷迷瞪瞪茫然四顾。

"五魁，五魁，你没有死?!"兄长喜欢地说。

五魁突然呜呜地哭起来了。

"你没有死，五魁，真的没死!"兄长以为五魁惊吓呆了，"五魁是想爹了!"

五魁说："新娘被抢走了，是从我手里抢走了的!"

兄长就拉五魁快回家去，说土匪要抢人，你五魁有什么办法？原本是十个五魁也该丢命了，你五魁却没死，回去喝些姜汤，蒙了被子睡一觉，一场噩梦也就过去了。但五魁偏说："我要去找新娘!"

话说得坚决，兄长越发以为他是惊吓呆了，拿耳光打他，要打掉他的迷瞪来。五魁却疯了一般向兄长还击，红着双眼，挥舞拳头，兄长不能近身。遂抽手就跑，狼一样从窝岩跑上峁梁，大声说，"新娘是我背的，我把新娘丢了，我要把她找回来!"兄长在坡下气得大骂："五魁，五魁，你这个呆头，那是你女人吗?!"

五魁并没有停下脚，他知道白风寨的方向，没死没活地跑，兄长的话他是听见了，只是喘着气在嘟叨：不是我女人，当然不是我女人，可这是一般的女人吗？嫁给柳家她是有福享的，却怎么能去做了土匪的婆子呢？

况且况且，五魁心里想，女人在和他一起滚下坡坎的时候，是那样地用身子胶着他，是那样地信任他，作为一个穷而丑的五魁，这还不够吗？即使自己不能被她信任，给她保护，却偏偏是她保护了自己，在土匪的刀口下争得自己一条活命，现在活得旺旺的五魁要是心没让狗吃,就不能不管这女人了!

五魁后悔不迭的是,那一阵里自己如果不逞英雄,不在女人面前得意,急急过了桥去又掀了桥板,土匪还能追上吗?而自作聪明地要到窝岩下,又那么自信地在岩下歇息,才导致了土匪追来,岂不是女人让自己交给了土匪吗?

跑过了无数的沟沟岇岇,体力渐渐不支了的五魁,为自己单枪匹马地去白风寨多少有些怀疑了。要夺回女人,毕竟艰难,况且十之八九自己的命也就搭上了。他顺着一条沟流跑,落日在河面上渲染红团,末了,光芒稀少以至消失,是一块橘橙色的圆。圆是排列于整个河水中的,愈走看着圆块愈小,五魁惊奇他是看到了日落之迹,思想又浸淫于一个境界中去:命搭上了也就搭上了,只要再能见上女人一面,让她明白自己的真意,看到如这日落之迹一样的心迹,他就可以舒舒坦坦死在她的面前了。

五魁赶到了白风寨,已是这一日夜里的子时。白风寨并不是以一座山包而筑,围有青石长条的寨墙和高高的古堡,朦胧的月色下依然是极普通的村镇了。一座形如鸡冠状的巨大的峰峦面南横出,五魁看不到那鸡冠齿峰的最高处,只感到天到此便是终止。山根漫坡下来,黑黝黝的散乱着巨石和如千手佛一般的枝条排列十分对称的柿树,那石与树之间,矮屋幢幢,全亮有灯火,而沿着绕山曲流的河畔,密集了一片乱中有序的房院,于房院最集中的巷道过去,跨过了一条石拱旱桥,那一个土场的东边有了三间高基砖砌的戏楼、正演动着一曲戏文,锣鼓嘈杂,人头攒动。五魁疑心这不是自己要来的地方,却清清楚楚看见了戏楼上十二盏壮捻油灯辉映下的戏楼上额的三个白粉大字:白风寨。于往日的想象里,白风寨是个匪窝,人皆蓬首垢面,目透凶光,眼前却老少男女皆只是淫浸于狂欢之中,大呼小叫地冲着戏台上喊。戏台上正坐了一位戴着胡须却未画脸的人,半日半日念一句:"清早起来烧炷香",然后在身旁桌上一炷香插了,又枯坐半日,念:"坐在门前观天象。"台下就嚷:"下去下去!我们要看'换花'!"五魁知道这是正戏还未开前的"戏引",却纳闷白风寨好生奇怪,夜到这么深了,还没到开演时间。台上那人就狼狈下去,又上来一人说道:"今日白风寨有喜开了台子,演过了'穆桂英招亲',寨主也都走了,原本是收场了。大家不走,要看'换花',总得换妆呀!好了,好了,不要吵了,马上开始!"果真戏幕拉合了,又拉开来,粉墨就登场了。五魁心不在戏上,只打听寨主的营盘扎在哪儿,被问者或不耐烦,或虎虎地盯着他看,五魁担心被认出不是白风寨的人,急钻入人群,企望能在旁人闲谈中得知唐景的匪窝,也就有一下没一下假装看戏。戏是极风趣的,演的是一位贪图占小便宜的小媳妇如何在买一个货郎的棉花时偷拿了棉花,货郎说她偷花,她说没偷,后来搜身,从小媳妇的裤裆里抓出了棉花,那棉花竟被红的东西弄湿了,一握直滴红水儿。在一阵浪笑声中,五魁终于打问清了唐景的住处,钻出人窝就高高低低向山根高地上走去。

在满坡遍野的灯火中果然一处灯火最亮,走近去一院宅房,高大的砖木门楼挂了偌大的灯笼,又于门楼旁的木桩上燃着熊熊的两盏灯盏,一定是盛了野猪油,灯芯粗大如绳,火光之上腾冲起两股黑烟,门口正有人出出进进。五魁想,大门是不好进去吧,却见有人影走过来,忙藏身一个地坎下,坎沿上有人就说话了:"寨主得到的女人好俊哟!"一个说:"我知道你走神了,死眼儿地看,可你却不看看你自己,你是寨主吗,你是卖烧饼的!"先头的便说:"其实那女人像你哩!"问:"你说哪儿像?"说:"你近来,我给你说!"两人靠近了,一个很响的口吻声,一个就骂道:"别让人瞧见了!"五魁知道这是一对少男少女,正是去看了抢来的女人,便想:白风寨真是土匪管的地方,唐景抢了女人,就有人唱大戏,还有人跑去相看,看了寨主的女人就贼胆包天,暗地里要来野合吗?却听那少女又说:"你离远点,看着人,我要尿呀!"少男不远离,女的就训斥,后来蹲下去撒尿,尿水恰好浇在五魁的头上。五魁又气又恨,却不敢声张,遂又自慰:不是说被狗尿浇着吉利吗?待那少男少女走远了,不免又于黑暗里目送了他们,倒生出欣羡之心,唉唉,这嫩骨头小儿倒会受活,咱活的什么人呢?五魁这般思想,越发珍贵起了柳家的新娘待自己的好心诚意,也庆幸自己是应该来这一趟的。可是,门楼里外还是站了许多人,五魁就顺着宅院围墙往后走,企图有什么残缺处可以翻进去。围墙很高,亦完整,却有一间厕所在围墙右角,沿着塄坎修的,是两根砖柱,上边凌空架了木板,那便是蹲位了。五魁一阵惊喜,念叨着这间厕所实在是为他所修,就脱了外衫顶在头部,一跃身双手抓住了上边的木板,收肌提身爬了上去,木板空隙狭窄,卡住了臀但还是跳上来。五魁丢了外衫,双手在土墙上蹭了污秽,见正是后院的一角,院中的灯光隐隐约约照过来。

贼一样地转过了后院的墙根拐角,五魁终于闪身到了中院的一个大厅中,于一棵树后看见了那里五间厅堂,中间三间有柱无墙,一张八仙土漆方桌围坐了一堆人吃酒,厅之两头各有界墙分隔成套间,西头的门窗黑着,东头的一扇揭窗用竹棍撑了,亮出里边炕上的一个人来。五魁差不多要叫起来了,炕上歪着的正是新娘！五魁鼓了劲便往厅门走，走得很猛，脚步咚咚地响，厅里就有人问："谁个？"五魁端直进门，问道："哪位是唐寨主？"众人就停了吃酒，一齐拿眼盯他，一个说："是给寨主贺喜吗？夜深了，寨主和夫人也要休息了，拿了什么礼物就交给前厅，那里有人收礼记单，赏吃一碗酒的！"五魁说："我不是来送礼的，我有话要给寨主说！"在座的偏有两个是亲自抢夺了女人的，五魁没有看清他们，他们却识得五魁，忽地扑过来各抓了他的胳膊扭在地上了，回头说："寨主，这小子就是那个驮夫，竟寻到咱们白凤寨来了！"中间坐着的那个白脸长身男人闻声站起，五魁知道这便是唐景了，四目对视了半晌，唐景挥手让放了他，冷冷说道："你一个人来的？"

五魁说："就我一个。"

"好驮夫！"唐景说，"我就是唐景，唐景要谢谢你，来，给客人倒一碗酒来！"

五魁不喝酒。

唐景就哈哈笑了："不喝你就白不喝了！你是个汉子倒是汉子，可一人之勇却有些那个吧，要夺了女人回去，你应该领了百儿八十人才行啊！"

五魁说："我不是来夺女人的，我只是来给寨主说个话。"

唐景说："白凤寨上唐景没有秘密的，你说吧！"

五魁说："寨主要不让我说，就着人拔了我的舌头，要让我说，我只给寨主一个人说。"

唐景又笑了："真是条好汉子！好吧，你们都回去歇着吧。"

众人散了开去，一个人已经走到厅院了，又进来将身上的一把腰刀摘下给了唐景，唐景说："用不着的。"倒将厅门哐啷关闭了。

五魁还站在那里不动,心里却吃惊面前的就是唐景吗?外边的世间纷纷扬扬地传说着有三头六臂的土匪头子,竟是这么一个朗目白面的英俊少年吗,且这般随和和客气!僵硬了半日的五魁一时却不知所措,突然腿软了,跪在地上说:"寨主,五魁是一个下贱驮夫,莽撞到白风寨来,得罪寨主了!"

唐景说:"来的都是客嘛!权当你是我派的驮夫,有话喝了这碗酒你说吧。"

五魁便把酒接过喝了,一边喝一边拿眼看唐景的脸,看不出有什么奸诈和阴谋,心里倒犹豫该不该对他撒谎呢?这么一想,却立即否定了:唐景不像个凶煞,可土匪毕竟是土匪,柳家的新娘不是现在抢来要做压寨的夫人吗?我是来救女人的啊!就放下酒碗说:"寨主,我只是个驮夫,原本用不着为柳家的这个新娘来的。这女人若是被别的人抢了去,我也不会这么来的,一个女人嫁给谁都一样,反正不是我的女人。可寨主是什么人物?我五魁虽不是白风寨的人,寨主的英名却听得多了!为了寨主,五魁才有一句话来说的,寨主哪里寻不到一个好女人,怎么就会要这个女人呢?她虽然眉眼美一点,却是个白虎星。"

五魁的话十分啰唆,他始终在申明自己来的目的,唐景就一直看着他微笑,可说出最重要的一点了,却戛然而止,唐景就霍地站起来,问道:"白虎星?"

五魁说:"是白虎星。"

白虎星是指女人的下身没毛,而山地的风俗里,认定着白虎星的女人便是最大的邪恶,若嫁了丈夫,必克丈夫,不是家破业败,就是人病横死,即使这号女人貌美天仙,家财万贯,男人一经得知断是不肯讨要的。

五魁看着唐景脸面灰黑起来，却说："寨主如果是青龙这便好了！"

青龙者，为男人的胸毛茂密，一直下延到下身器官，再一溜上长到后背。若女为白虎，男为青龙，这便是天成佳偶，不但不能相克反倒相济相助，是世上最美满的婚嫁。

但唐景不是青龙，白脸唐景连胡子都不长。唐景直愣愣拿眼看着五魁，看得五魁几乎要防线崩溃了，突然说："她是不是白虎，你怎么知道？"

这是五魁在准备说谎的时候就考虑到了，他说，这女人是苟子坪姚家的女儿，而他五魁的表姐正好也在那个村的，鸡公寨柳家少爷定了这门亲，一次他去表姐家提说起此事，表姐悄悄告知他的。五魁这么说着，尽量平静着心，说了上句，就严密谨慎下句，不要出现差错，猛然之间，他想起了外边世界里传说着的唐景的身世一事，他是不能确定这个枭雄是不是二十年前那一个遭人吊死的妇人的儿子，但却想，或许要是，他一定要最忌讳女人乱伦的事了。"表姐说，"五魁就又说了，一次是表姐同这女人上山捡菌子，捡得热了，两人偷偷在林中的一个山泉里洗澡发现的。表姐发现了，心里就犯嘀咕，怪不得姚家族里的那个小伙上山砍柴就滚坡死了，以前都在说这女人与那个本门哥相好得怎样怎样，原来她是白虎星短了他的寿呀！这事表姐当然不敢对人言说，只是柳家一向欺负他五魁家，他五魁无可奈何，知道了柳家定了这门亲，表姐才喜欢地说恶人有恶报，瞧他柳家的霉事吧！

"这也真是，"五魁说，"鸡公寨年年要娶多少女人，而每一个新人都是我当的驮夫，可从来没有遭人抢过，偏偏柳家就出了事，这不是白虎星女人一结婚起就克柳家了吗？"

唐景说:"我要是不信你这话呢?"

这话却使五魁全然没有预料,五魁不知道怎么回答了。他低下头去,心里慌乱了,唐景怎么个不信呢?是他要验证吗?今日夜里,那女人就成了他的女人,是白虎星不是白虎星一目就知的。可是,可是,五魁又想,风俗里讲,若是白虎星,男人即使不与行房事,但亲眼见了那东西,也就有了克的作用,唐景是不会做这种险事的。那么,先让手下人检查吧,可一个寨主何等人物,自己的女人能先让手下人检查吗?唐景能一枪打了秋千上断了裤带的夫人,他绝不肯将这女人的隐私暴露给部下。五魁心里有些安妥,却仍是一头汗;说谎原本心中发虚,唐景若再诈问一次,他就一定会露出破绽了。或许,他这阵已看出我的谎言,一个变脸就要杀了我了!杀就杀吧,既然已经说了谎被他识破,五魁来时也就不想活着回去了!五魁的汗水有一颗滴在了地上,他现在遗憾的是还没有见上女人一面。

"信不信由你。"他无可奈何地说。

唐景却反身进了西边套间,很快又出来,端了一盅酒,说道:"你是这女人的接亲驮夫?"

五魁茫然,不作回答。

唐景说:"一个驮夫,新娘被人抢了,主人家是不会怪了你的吧?驮的新娘被抢,新娘做谁的新娘你也用不着太计较的吧?为一个富豪人家的新娘而来白风寨要人,你不会这么大劲头吧?可你却来了!或许你是来救这女人的,或许你真为了我好,但怎么让我相信呢?这里有一盅酒,说白了,酒里有药,你要是来救女人,念你一个驮夫有这般勇气,我放你囫囵回去,绝不伤你一根头发,唐景说话算话。你要是真心为了我,你就喝了这酒,这酒能毒聋你双耳,耳聋了我却有大事交给你干,你肯喝吗?"

酒盅放在了桌上,五魁的脸唰地变了,琢磨唐景的话,明白面前的这个白脸少年,之所以能成枭雄果真有不同一般的手段!承认是来救女人的就放走,承认说了真话却让喝毒,但不论怎样就是不说还要不要这女人,五魁是犯难了,想,承认了来救女人,唐景真的会生放了他?就是生放,我五魁是来干什么的,就这么空手又回去吗?证明一切为了唐景,却要喝下聋耳毒酒,土匪就这样恩将仇报吗?好吧,五魁是来救女人的,女人救不走,五魁也是不回去的,聋就聋了耳朵,先待在这里再寻机救那女人吧!五魁端了酒盅一仰头就喝了,立即倒在地上准备毒在腹内作凶。

但五魁没有难受,耳朵依然很聪。

唐景说:"五魁是真心待我了!我现在告诉你,这酒里并没有毒,而抢这女人我事先也全不知道,压寨夫人才死了,我也没个心思这么快再娶一个,手下的兄弟一番好意,人既然到了白风寨,不应允也怕冷了兄弟们的心,可要立即圆房却是不肯,只准备养了她在这里,待亡人周年之后才能成亲。现在既然如此,我会让这女人回去的,唐景也不落个抢人家女人的名声,但却希望你能来白风寨吃粮,不知肯不肯?"

五魁一下子则浑身稀软,手脚发起抖来,他给唐景磕头,磕了一个又一个,说:"五魁当不了粮子的,我只会种地。"

唐景说:"那也可以来寨子里安家嘛!"

五魁说:"我还有一个老爹,他离不开热土,寨主还是让我回去吧。"

唐景说:"你这个硬憨头!那好吧,你老爹过世了,你想来白风寨住,你就来找我吧!"

依唐景的意思,五魁可以在白风寨歇一夜,天明领女人回去,五魁却要求连夜走,直待五魁进东套间背驮起了又惊又喜的女人出门了,唐景又倒了酒,一盅给女人喝下,一盅自己喝了,说:"毕竟咱们还有这份缘!"伸手忍不住在女人的脸上捏了一把。

五魁驮背了女人千辛万苦地回到柳家,柳家却怀疑了,怀疑的不是五魁,是女人。无论五魁如何地解说他是怎样混进了白风寨乘唐景醉酒之后偷背了女人逃出,柳掌柜只是赏了他三升黑豆,一筐萝卜,以及吃饱了一顿有酒的小米干饭外,并没有将女人安置到装修一新的洞房,也不让与少爷相见,而是歇在厢房,门窗就反锁了。夜里,柳太太于厢房放了一个蒲团,蒲团上铺了油布,油布上捏了一撮灯草灰,令女人脱得光光的分腿下蹲于蒲团之上。女人不明白这是要干什么,蹲上去纹丝不动,婆婆就拿一羽鸡毛要求她捅鼻孔,遂一个巨声的喷嚏,女人的鼻涕、唾沫都喷溅了,那灯草灰仍未飞动。婆婆说:"你穿好衣服吧。"穿好了,婆婆端过一个木盆,揭盖放出一个龟来,女人吓了一跳,旋即蹦到凳子上。婆婆说:"没规矩!"女人又下来。婆婆再说:"你踩到龟背上去!"惊惊恐恐踩上去,老是立不稳,好的是龟沉寂如一冷石,单是瞄准了猛踩上去,龟背一角响动,裂了一道小纹,也摔得女人在地上了。柳太太慢慢地笑了,说:"五魁说的是实话,我儿的地里是不插别人的犁啊!"到了此时,女人方清楚做婆婆的在验证自己的童身,不觉满脸羞红,一腔恼怒了。死死活活逃出了土匪的手回到柳家,柳家原来要的并不是她和她的心,而是她的贞操!看来柳家在得知了她遭抢劫时就已失望了心,她的返回只是意料之外的收获。那么,土匪唐景真的糟蹋了她,在验证时因处女膜破裂打喷嚏而使下身冲飞了灯草灰,龟背未裂不是千斤,婆婆又会怎样待她呢?两行悲酸热泪就流了下来。

"回来了就不要哭哭啼啼,"婆婆说,"从今往后不要对人提说你是到过白风寨的,只道是五魁背了躲在一个山岩下的!记住了吗?记住!"

婆婆出去了,不一会有人送来姜汤催她服下,再有人进来拿了香火在她头顶、周身绕了三绕,再是有人抬了环盆,添了菊花汤水要她沐浴,就听见外边鞭炮大作,遂拥来七八人牵了红绸彩带的毛驴抱她上坐。坐上去她的面与驴头相左,正欲掉过身来。牵驴人说:"要倒骑才能消灾灭罪!"拥着就走出厢房,和驴一起在院中转了三六一十八个圆圈,每一圈于东西南北的方向立栽的木桩上点燃一支香火,待到弄得她头晕目眩停下来的时候,她已是坐在洞房的炕上了。

炕上并不是新娘初入洞房时独坐的一张四六草席,而红毡绿被铺得软乎,被窝里正睡着她的夫君柳少爷。

五魁是蒙头睡了三天三夜,昏昏如死。第三日的黄昏起来,回想往事,惊恐已去,正得得意意做了一场传奇人物、英雄壮士,却得知柳家少爷已经断了双腿,今生今世残废得只能在炕上躺着了。

五魁捶胸顿足地后悔起来了,自己冒死抢回的女人,就是为着让她来陪伴一个不是人形的人吗?如果自己不去抢救,不在白风寨编造那一番一生唯有的一次弥天大谎,女人就是白风寨的压寨夫人了，嫁了土匪声名虽是不好，可土匪唐景却年轻英武，是个真真正正的男人啊！唉唉，到底是做了一场好事呢还是做了一次罪孽，五魁眼泪就淌下来。

这是为什么呢？一个菩萨般的女人，人见人爱，原本是有最好的郎君，是有最大福享，命运却如此不济，在真正要成为女人的第一天里就遭匪抢，到了婆家，丈夫又残，这会是多少男人愤愤不平的事啊！五魁为自己痛恨，更为着女人而惋惜，也想到那个白凤寨的唐景得知了这个消息后又不知怎样的一声浩叹呢？

当女人进入洞房，看见了等待自己的就是没了双腿的一块肉疙瘩，做女儿时多年来的蓬蓬勃勃情焰被一瓢冷水浇灭，一派鸳鸳鸯鸯的憧憬一时化为乌有的女人会想到些什么呢？能不能怀疑起自己一个贫贱的与柳家无亲无故的驮夫怎么能冒死去匪窝救她出来的动机呢？女人一定要认定柳家少爷的残废在前，娶她在后，被土匪抢去，他五魁又是拿了柳家重金赎她而回又得了柳家一笔可观的酬金的。啊啊，他五魁的一切英雄行为原却是一场阴谋的大骗局了，五魁在女人的眼里是个恶魔，是个小人，是个一生一世永远要诅咒的了！

五魁想很快能到柳家去，他要把一切实情告知女人。

但五魁没有理由去柳家，除了红白喜丧事，一个穷鬼是不能随便就踏进柳家院门的。五魁便见天清早拾粪，三次经过柳家门前的大场，或是远远地站在大场前的河对面堤畔，看着柳家门前的动静。终一日，太阳还没有出来，村口、河岸一层薄雾闪动着蓝光，五魁瞧见女人提着篮子到河边洗衣服了。女人还是那么俊俏，脸却苍白了许多，挽了袖子将白藕般的胳膊伸进水里来回搓摆，那本来是盘着的发髻就松散了，蓬得像黑色的莲花，后来一撮掉下来,遂全然扑撒脸前,发梢也浸在河面了。女人几次把乱发撩向脑后,常常手搭在脑后了,却静止着看起水面发呆。五魁想,那脑袋稍稍再抬高一些,就能看见蹲在河之对岸看着她的他了,但女人始终是那么个姿势。五魁看看四周,远处山沟垴上有牛的哞哞声,河下游的水磨坊里水轮在转着,一只风筝悠悠在田畔的上空荡,放风筝的是三个年幼的村童,五魁就生了胆儿,提了粪筐轻脚挪近河边,出山的日头正照了他的身影印过河面,人脸印在女人的手下了。

女人发了一阵呆,低头看见水里有了一个熟悉的人脸,以为还浸在长长的回忆之中而产生了幻影,脸分明红了一下,忙用手打乱了水面,加紧了搓洗衣服。可是,就在她又发呆之时,那人脸又印在水里,她这下是吃惊了,猛地抬起头来。五魁瞧见的是一脸的瀑布似的乌发,女人湿淋淋的手拨开乌发,嘴半张了,却没有叫出声来。

"柳少奶奶,"五魁说话了,"大清早洗呀?"

女人说:"啊。"

五魁却再没了词。

女人说:"是五魁呀,多时不见你了,你不住在寨子里吗,怎不见你来坐坐?"

五魁说:"我就在寨里的三道巷住的,我怕柳家的那狗。"

女人笑了一下,但再不如接嫁路上的美妙了。五魁看见她眼睛红红的,似乎是肿着,他明白她哭的原因,心便沉下来了。

"五魁,你过得还好?"女人倒问他。

"我,我……"五魁想起自己的罪过,"柳少奶奶,事情我都知道了……这事我真不知道是那样的……你还好吗?"

女人的眼睫一低，两颗泪水就掉了下去，同时也轻轻笑了一下，说："还好，他伤口已经不痛了。"

五魁这才注意到女人洗的并不是衣服，而是一堆沾满了血滴和药汤斑渍的布带子。有一条在说话间从石头上溜下去，要顺水冲去了，女人伸手去抓，没有抓住。

五魁就要从河面的列石上跳过来帮她去打捞，列石被水冲得七扭八弯，过了一次，没能跳过，女人说："过不来的，过不来的！"

女人越说过不来，五魁的秉性就犯了，他偏要证明能过来，后退几步猛地加力一个跌子跳过来。但他还是没能捞住那冲走的布带子，遗憾地直跺脚。

"算了，冲了就冲了，"女人说，"你住在三道巷，我几时去谢你，你和你哥哥分家了吗？"

五魁说："我一个人过的。我那地方脏得没你好坐的。"

女人说："那你就常来我家喝杯茶呀！你对柳家是有恩的人……我以后听到狗咬，会出来接你的。"

女人说完，拾掇了布条在篮子，扭身回去了。上大场的那个斜坎，回头看五魁还站那里看着她走，半边乌发遮盖的脸上无声地闪一个笑，五魁记得了那个眼笑起来特别细，特别翘。女人似乎知道五魁还在看她，步子就不自然起来，手脚有些僵，却更有了一种味道。

再是五魁依旧过了河去对岸地畔捡粪，列石怎么也跳不过去，弄湿了鞋和裤管儿。

十天之后吧，做光棍的五魁又为寨子里一家人当驮夫接回来了一位新娘，照例是被朱砂水涂抹了花脸。还未洗去，请来坐了上席的柳掌柜对他说:"五魁,你是我家的功臣哩,一直要说再酬谢你的,但事忙都搁下了。你要悦意,你来我家喂那些牛吧,吃了喝了,一年给你两担麦子。嘿嘿,权当柳家就把你养活了!"五魁毫无精神准备,一时愣了,心想柳家有八头牛,光垫圈、铡草、出粪就够累的了,虽说管吃管喝,可一年两担麦子,实质是一个长工,算什么"柳家把你养活了"?!正欲说声"不去",立即想到若长年住到柳家,不就能日日见着柳家少奶奶了吗,且柳家突然提出要他去,也一定是少奶奶的主意。便趴下给柳掌柜磕一个头,说多谢掌柜了。

去柳家虽是个牛倌的份儿,但毕竟要做了柳家大院中的人,接亲的一帮村人就起了哄,这个过来摸摸五魁剃得青光的脑袋,那个也过来摸摸脑袋。五魁说:"摸你娘的奶头吗?男人头,女人脚,只准看,不准摸!"

村人说:"瞧五魁爬了高枝,说话气也粗了,摸摸你的头沾沾你的贵气呀!"

五魁说:"我有脚气!"

村人说:"五魁脚气是有,那是当驮夫跑得来,往后还能让柳家的人当驮夫吗,你几时让人给你当驮夫呀?"

五魁说:"我那媳妇,怕还在丈人腿上转筋哩!"

村人说:"你哄人了,现在听说有八个找你的,可惜身骨架大了些,要是脾气不犟又不抵人,那倒真是有干活的好力气!"

说的是柳家的八头牛了,五魁受奚落,气得一口唾沫就喷出来,众人乐得欢天喜地。

翌日中午,五魁果真夹了一卷铺盖来到柳家大院内的牛棚来住了,他穿上了油布缝制的长大围裙,牵了八头牛在太阳下用刷子刷牛毛。太阳很暖和，牛得了阳光也得了搔痒舒坦地卧在土窝里嗷叫，五魁也被太阳晒得身子发懒，靠了牛身坐下去，感觉到有小动物在衣服下跑动得酥酥，要脱衣捉虱子，柳少奶奶却看着他哧哧地笑。

女人来院中的晾绳上收取清晨照例洗过的布带儿，看见五魁和牛卧在一起，牛尾就一摇一摇赶走了趴在牛眼上的苍蝇，也赶了五魁身上的苍蝇，她觉得好笑就笑了，五魁立即站起来说："少奶奶好！"

女人说："中午来的？午饭在这儿吃过的吗？"

五魁说："吃过的。"

女人说："吃得饱？"

五魁说："饱。"

女人说："下苦人，饭好赖吃饱。"

五魁说："嗯。"

五魁回过话后，突然眼里酸酸的了，他长这么大，娘在世的时候对他说过这类话，除此就只有这女人了。他可以回说许多受了大感动的言语，可眼前的是柳家的少奶奶，他只得规矩着。"多谢少奶奶了！喂这几头牛活不重的，少奶奶有什么事，你只管吩咐是了。"

女人在阳光下，眼睛似乎睁不开，说："五魁你生分了，不像是背我那阵的五魁了！"

五魁想起接亲的一幕，咽了口唾沫，给女人苦笑了。

自此以后，五魁每日在大院第一个起床，先烧好了温水给八头牛拌料，便拿拌料棍一边笃笃笃地敲着牛槽沿儿，一边拿眼睛看着院里的一切。这差不多成了习惯。这时候柳家的大小才开始起床，上茅房去的，对镜梳理的，打洗脸水，抱被褥晾晒，开放了鸡窝门的公鸡扑扇着翅膀追撵一只黄帽疙瘩母鸡的，五魁就注意着少奶奶的行踪。少奶奶最多的是要提了布带儿去河里洗涤，或是抱着被单来晾晒。五魁看见了，有时能说上几句话，有时远远瞧着，只要这一个早上能见到了女人，五魁一整天的情绪就很好，要对牛说许多莫名其妙的话，若是早上起来没能看到少奶奶，情绪就很烦躁，恍恍惚惚掉了魂似的。

到了冬天，西风头很硬，河的浅水处全结了冰，五魁就起得早，去河里挑了水，在为牛温水时温出许多，倒在柳家人洗澡的大木盆里，就瞅着少奶奶又要去洗布带子了，过去说河水太冷，木盆里有温水哩。少奶奶看了他半天，没有固执，便在盆里洗起来。五魁这阵是返回牛棚去吃烟，吃得蛮香。等到一遍洗完要换水了，五魁准时又提了一桶温水过来，女人说："五魁，这样太费水哩！"

五魁说："没啥，水用河盛着的。"

女人说："你要会歇哩。"

五魁说："我有力气，真有力气呢，那个碌碡我也能立起来的。"

女人说："五魁喂牛也会吹牛！"

五魁就走过去，将一个拴牛的平卧的碌碡双手搂了，列一马步，一个嗨字就掀得立栽成功，女人尖声说："二杆子，可别闪了腰！"五魁偏还显能，再要去掀另一个碌碡，一扎马步，裤子的膝盖处嘣地裂开来，窘得五魁跑到牛棚半日没敢出来。

午饭后，柳家的人睡午觉，五魁穿了背夹，挽了破了膝盖的旧裤在牛棚出粪，正干得一头一脸的热汗，少奶奶趴在牛棚边的木杆上叫五魁，五魁忙不迭地就擦脸，女人说："你不要命了吗，一日干不完还有二日嘛。我收拾了少爷的一件旧裤子，他也是穿不成了，你就穿吧。可能你穿着长，我改短了一下，不知合适不合适，已放到你的床上了。"女人说完话要走，却又返回来说："这事我给老掌柜已说过了，你穿吧，别人不会说你偷的。"同时笑了一下，左眼还那么一挤转身又走，却不想一头牛在槽里吃草，一甩头，将草料和汤水甩了她一脸，五魁急扑过去拉牛头，女人擦着脸已走开了，五魁一腔激情无法泄出，抄了一根木棍就打牛，牛因为缰绳系在柱子上，受了打跑不脱，就绕着柱子转，五魁还是撵打，那柱子摇晃起来，尘土飞扬，吓得鸡叫狗也咬了。厅房里柳掌柜午休起来，提了裤带去茅房，看见了训道："这不是你家牛就不心疼吗?!"五魁说："掌柜，这牛抵开战了!"棍子一丢，脚下顺势踢到牛棚角里。

五魁试穿了柳少爷的裤子，裤子当然是旧的，但对五魁来说却是再新不过的了，他惊奇的是少奶奶并没有量过他的身材，却改短之后正好合体。五魁先是穿了脱下，再穿了再脱了，不好意思走出牛棚去。当少奶奶见着他问他为啥不穿那裤子呢，他终是鼓了勇气来穿，一出门，双手不知哪里放，腿也发硬走了八字步，女人说："好，人是衣服马是鞍，五魁体面多了!"五魁就自然了。除了在院内忙活牛棚的事，又忙活院内杂事，他也穿了这裤子牵了牛出大院去碾子上碾米。掌柜无聊，也到碾子边来，在旁的人就羡慕五魁的裤子好，五魁说："托掌柜的福哩!"掌柜说："五魁是我们柳家人嘛!年终了，还要给五魁置一身新的哩!"回到大院，掌柜却说："五魁，这衣服虽是你家少爷穿过的，但只穿了一水，原本是四个银圆买的布料，就从二担麦子中扣除四升，让你拾个便宜，谁让五魁是柳家的人呢！"

这件事，五魁只字不给少奶奶说，凡是看见少奶奶在院中的太阳下做针线或在捶布石捶浆布，五魁就在牛棚脱了旧裤，穿上这件裤子走出来。他当然是牵了一头牛假装要给牛去院子里的土场上刷毛的，这样，他们互相有话可说，又有事干，五魁就不显得那样紧张和拘束。这时候，少奶奶常常取笑了五魁的一些很憨的行为后就自觉不自觉地看着五魁，五魁心里就猜摸，她一定是在为自己改做的裤子合适而得意吧。但是，女人那么看了一会儿，脸色就阴下来，眼里是很忧愁的神气了。五魁便又想：可怜的女人，是看见我穿了裤子便看见了少爷未残废前的样子吗？如今裤子穿在我的身上，跑出走进，而裤子的真正主人则永远没有穿裤子的需要了，她的心在流泪吗？五魁的情绪也就低落下来，他要走回牛棚脱了那裤子，却又不忍心在女人难受时自己走掉，他说："少奶奶，你还好？"

女人说："不好。"

五魁的话原本是一句安慰话，如果女人说一句"还好"，五魁心也就能安妥一分，但女人却说出个"不好"，五魁竟没词再说下去。

女人看着五魁，眼泪婆娑而下。

女人一落泪，五魁毫无任何经验来处理了，慌了手脚，口笨得如一木头，也勾下头去了。脚前是一只细小的蚂蚁在搬动了什么，看清了，是一只死亡了的蚂蚁。这死去的蚂蚁是那只小蚂蚁的丈夫吗，妻子吗？一个弱小的躯体搬运与己同样大的尸体行动得够艰辛了。五魁猜想小蚂蚁的心灵一定更有比躯体大几倍十几倍的创伤吧，眼泪也吧嗒嗒掉下来。女人突然低声说："掌柜过来了!"双手举起来假装搓脸而擦了泪水,同时大声说:"五魁,这条牛是几个牙口了?"却不待五魁反应过来,已站起身,迎着公公问今日中午吃什么饭,她要去伙房通知厨娘呀,掌柜才没走过来。而五魁还在那里独自落泪。

这一夜又一次失眠了的五魁,细细地回想了与少奶奶的初识和每一次相见的情景,女人对自己的关心这是无疑的了。菩萨一样美好的女人,同时有一颗慈母般的心肠,这使五魁已淫浸于一种说不出也说不清的欢悦之中。中午女人当着面说了她的"不好",当他的面流了眼泪,五魁感受到了这女人待他是敞开了心扉,完全是把他当作了亲人或知己了。但是,五魁一个下人,一个柳家的牛倌,能为她做些什么呢?如果能换了腿去,五魁会决不吝啬地把自己的双腿给了少爷,而只要这女人幸福。但这怎么可能呢?

使五魁稍稍心安的是,女人虽没有幸福的小日子好过,可柳家毕竟是鸡公寨最富有的大家,做了少奶奶的女人在这个家里地位也不能说低微,一切下人,甚至村寨里的男女老少没有不恭敬的,她是不会像一般人家的媳妇去田地耕犁翻种,施肥收割,也不会上山割草砍柴,一日三顿吃的虽不是山珍海味却也白米细面。这是鸡公寨多少女人所企羡不已的福分。正因为怀有这份心思,五魁在原先是同全村寨的人一起妒忌过和仇恨过柳家的富裕的,现在却希望柳家的日月不败。他作为一个长工式的牛倌,也不再学别人的样子消极怠工,当然盼望的是柳家牛马成群,五谷满仓,而这一切均为少奶奶所有,让掌柜,让掌柜婆,甚至包括那个无法再变成完整人形的柳少爷都快些蹬脚闭眼去吧!若到那时,少奶奶再招一个英俊的主人进门,他五魁就永世为她喂牛,甚至死后,也情愿变作一头牛就来到她家供她使唤。

所以,再当少奶奶和柳家的公婆在厅房里吃着有鸡鸭的干饭时,少奶奶总是在饭桌上说鸡没煮烂,公公要把鸡头、鸡爪倒给狗去吃时,她就主张让下人吃去,端出来,当着院中吃着苞谷糊汤的下人高声喊:"来,来,我爹让把这些东西叫大伙尝尝!"却全部交给了他五魁,说:"你不要嫌弃,总比你碗里的强。"他五魁明白女人的心意,就要当着她的面可口无比地咬嚼剩肉,讨得她喜欢,甚至说:"你不要顾着我,只要你吃好,我喝凉水也会长膘的!"

能说出讨女人喜欢的话来,这于五魁也惊奇了自己。女人就在一次他说过话伸手点了他的额头,很撒娇地嗫了嘴:"你倒会善解人意了!"

这撒娇使五魁去了许多怯,生了无数的胆,言语也渐轻狂起来,他希望这样的撒娇每日赐予他,但往后却再没有发生。

到了阳春三月,柳少爷能被人背了出来在院中晒太阳,看云看云中的鸟了。五魁很久很久再没有见过少爷,猛地见了,确实吓了一跳。少爷头发蓬乱,脸色浮肿寡白如发酵面团,一条被子裹着整个身子在躺椅上,俨然一颗冬瓜模样。可躺椅前的小桌上,少奶奶端放了茶水、水烟袋,又正砸着一碗核桃,砸一个仁儿,交给他嚼吃。五魁就走过去,躬腰问候:"少爷,你晒太阳了!"

少爷看见了五魁,五魁高高大大站在自己面前,嘴要启开说话,没有说,眼睛就闭上了。五魁不知怎么啦,走也不是,不走也不是,女人说:"五魁你蹲下来砸核桃吧!"五魁一时明白女人让他蹲下来,一定是少爷不愿看见一个下人端端直直站在他的面前,就蹲了下来。少爷果然眼又睁开,却立即看见了五魁穿的是自己曾穿过的裤子,乜眼就看女人,鼻子里发出"嗯?!"女人立即说:"这是爹让给的。"少爷却对五魁吼了一声:"你滚!我是你的牛吗,我让你来喂我吃吗?!"女人咬了咬嘴唇看着五魁,五魁起身走了。他听见身后的少爷脾气更焦躁了,连声骂女人把核桃全砸碎了,随即哐的一声。五魁回过头来,少爷推翻了小桌,正将一把核桃打在女人的脸上。女人呜呜地哭起来,而从厅房走出的柳太太却在说:"你哭什么呀,他是你男人,你不知道他心情不好吗?"五魁急步回跑到牛棚里自己的卧屋,扑在床上,头埋被窝里无声地流泪了。

从那以后,五魁每天可以看见女人抱了少爷到院中的躺椅上晒太阳,除了那一颗硕大的脑袋,纤弱的女人犹如抱了一个孩子,然后服侍他吃喝。这个时间,院子里不能有人走过,甚至后来不能有牛羊猪狗走动,凡是看见除了父母和自己女人外,任何有腿的东西都要引起他的烦躁,院子里以致后来只有碾碡、石头或蒲团。

不久掌柜放出风来,说自己的儿子伤彻底好了,又不久就购买了两个粗壮的丫鬟在少爷跟前伺候。五魁见到了女人,说:"有了丫鬟,你就轻省了。"女人却哇地哭出了声,说:"你不要说,你不要说!"平生第一次对五魁发了脾气。五魁一脸灰气,只好回坐到牛棚发了半天的呆。

想不通女人是怎么啦的五魁一连好多日在纳闷着,夜里更睡不着,起身坐到牛槽边,听吃了夜草的老牛又把胃里的草料泛上牛嘴里反刍,还是琢磨不出女人发脾气的原因,倏忽什么地方就有了幽幽的哭声。五魁凝神听了听,声音是从厅房左边的套间里发出的,似乎就是少奶奶在哭,便挪脚往那里走,隐身于鸡圈的后墙处,看见了少爷的卧房窗口还亮着灯,果然是少奶奶的哽咽声,同时听见少爷在大声骂:"你是我的老婆!你是我的老婆!"接着有很响的耳光,旋即窗纸上人影晃动,少奶奶的哽咽声起起伏伏断断续续,静夜里十分凄凉。天明,五魁起得早,在院子里第一个就碰见了女人,女人的脸上有了几道血痕,眼肿得如烂桃一样。五魁不敢相问,想起那日的训斥,扭身要走,女人却说:"五魁,五魁,你也不理我了吗?"五魁吃了一惊,站住说:"少奶奶,你怎么啦,跌在哪儿吗?"女人说:"打的。"五魁一脸苦楚:"昨夜我听见你哭了。"女人说:"你是知道了?"

五魁并不知道他们为什么打架,只恨少爷的脾气古怪暴躁。可是一个晚上,又一个晚上,女人都是很晚很晚了在房中哭泣,哭泣中还是夹杂了殴打声。终于在一个中午,五魁正在牛棚垫圈,远远看见女人又陪着少爷在晒太阳,少爷就反复要求着女人把头发梳好,还要抹上油,敷粉,施胭脂,女人都依了,少爷就笑着问身边的两个丫鬟:"少奶奶美不美?"丫鬟说:"美。"少爷再问:"怎么个美?"丫鬟说:"像画上走下来的。"少爷又问:"你们见过谁家的媳妇比少奶奶还美?"丫鬟说:"再没见过。"少爷就让女人前走几步,转过身来近走几步,嘿嘿地笑。女人始终没有笑,机械得像个木偶,忽见狗子从大门口走过来,说:"它在门口,怎么进来了,我去拴好!"就走去了。少爷却说:"抱我回去!"两个丫鬟抱着回去了,立即一个丫鬟在那里喊:"少奶奶,少爷叫你了!"女人说:"他要吃酒,你去给他倒呀!"丫鬟说:"他不吃酒,他要干那个……事哩!"女人不言语,头也不回地还是走她的路。

另一丫鬟又跑过来喊:"少奶奶,少爷发脾气了!"果然卧房里就有了少爷狼一样地号叫。女人依旧往大门口走。大门口却站住了刚刚从外进来的柳太太,竖了眼,说:"你男人叫不动你吗?回房去,回去!"女人站住了,却抱住了那里的一棵树说:"我不回去!"柳太太一个耳光打过来,叫道:"你是反了吗,柳家娶你为了啥?你那个×是要留给外人吗?!"便哗啦关了院门,喝令两个丫鬟把她拉回屋。两个丫鬟架了女人走,柳太太一边在后边骂,一边用手拧女人的屁股,到后,卧房里就传出凄厉的哭声。

五魁明白了女人在受着怎样的罪了。

于是,他不愿意再见到少奶奶,不忍心看见她而想到自己的过失所造就给她的不幸,也不忍心见了她而她看着他时的脸上的悲苦和难堪。五魁除了担水、运土和背驮草料,其余的时间就把自己困在牛棚里,或是架了铡刀,双脚站在分叉的铡刀架前狠命地铡草。他想起了一首很古老的谜语:"一个姑娘十七八,睡下腿分叉,小伙有劲只管压,老汉没劲压两下。"谜底说的是铡草,谜面的描写却是男女交合。遂想,少奶奶如果嫁的是一个老汉也还说得过去了,而少爷算什么呢?柳掌柜为儿子购置的两个粗笨丫鬟,就是抱了那一个肉疙瘩来发泄性欲吗?五魁不禁一个冷战,一身的鸡皮疙瘩都起来了。

夜里的哭声如幽灵一样压迫着五魁,白日丫鬟的每一次呼喊:"少奶奶,少爷叫你哩!"五魁更紧张得出一身汗,就跑进自己的睡屋拳击墙壁,墙壁泥皮便一片一片掉下来。一日,他把一大片泥皮击打下来,精疲力竭地瘫坐在了地上,屋门哗啦地被推开了,几乎像倒柴捆一样,少奶奶披头散发地顺着门扇倒在地上,放开了声地哭。五魁惊叫着扑来把女人扶起,女人的头却歪在他怀里哭声更大，眼泪鼻涕湿了他一胸口，五魁把女人抱住了，像远久出门的爹抱住了委屈的孩子。女人说："我受不了了，我实在受不了了，你把我带来的，你把我再带走吧！我去当尼姑，去要饭，我也不当柳家的少奶奶了！"

"少奶奶！"女人的一句话，使五魁惊恐了，他一个下人，又是在柳家的大院里，柳家的少奶奶却在自己怀里，五魁触电般地挣脱了身，站起来，但五魁无言以对。

门在开着，门道里射进着白光光的太阳，女人瞧见五魁的呆傻样，越发号啕了。

"你不要哭，你一哭，他们知道你到我这里来了。"五魁紧张地说。

"你把我带走，你把我带走！"女人不哭了，却死眼看着他。

这不是说小儿语吗？五魁是什么人怎么敢带走一个少奶奶？怎么带？往哪儿带？带出去干啥？五魁看看女人，又看看院外，五魁急得也掉眼泪了。

女人却突然双手攥了拳，狠劲捶打自己的一双缠过的小巧玲珑的脚，她没有翅膀，也没有一双能跑动的脚，只好双手开始抓自己的脸，已经抓破了一道血印，五魁就握住了她的双手，说："你不能这样，你不能这样！"

女人往回抽手："都怪我这张脸，我成丑八怪了，让他休了我去！"

五魁只是抓了她的手不放。

柳掌柜领着人横在门口了。五魁忙丢开女人，静立一边，听掌柜在骂道："柳家世世代代还没这个门风哩！捆起来，给我往死里打这贱货！"

女人立即被一条绳索捆了,五魁跪下说:"掌柜,这不怪少奶奶,要打就打五魁!"

掌柜说:"你瞎了心,也是我瞎了眼,原本我也要打死你这个穷鬼在这里,念你还对柳家出过力,你滚吧,滚,永远不要到我柳家来!我也告诉你,你要在外胡说少奶奶来你这里的事,我会拧了你的嘴到屁股眼去的!滚!"

五魁把自己的铺盖一卷,夹在胳膊下走出门,走出门了,回头看了一下女人,说:"掌柜,那我走了,五魁最后求求你,你把少奶奶放开吧,你若不想杀了她,她还是柳家的人嘛!"掌柜一脚踢在他的屁股上,同时听到了噼里啪啦的鞋底扇打女人脸面的声音。

五魁回住到他的老屋,第三日就逮到风声,说柳家的少奶奶得了病,瘫痪了,整日安安静静地躺在床上。有人就说,柳家真是倒了霉了,少爷没了腿终日睡床,少奶奶有腿也是床上睡。有人也说,柳家爱收藏古玩,这少奶奶成了睡美人,如今可是柳家的一件会说话的赏玩品了吧。五魁知道少奶奶为什么就瘫了,这么一瘫,少爷就可以随时让两个丫鬟抱了他来享用女人了,不禁黑血翻涌。

到这个时候,五魁才是后悔,为什么女人求他带着出逃,他竟没有应允呢?这该是一种什么缘分,一个下人偏今生与这个女人有恁多的瓜葛,第一次没有听她的话过河逃亡,这一次还是没有听她的话逃出柳家,就眼睁睁地看着她一次次在苦难中沉下去,五魁仇恨起自己的孱弱和丑恶了!

夜里,他独自躺在床上,总听见有人在叫着"五魁",叫得殷切,叫得怨恨,叫得凄惨不堪。五魁明白这是一种幻觉,幻觉却使他整夜不能安生。是的,完全变成了一个供人发泄性欲工具的女人那么睡在床上终日在想些什么呢?她清楚不过地知道大天白日在柳家大院内跑到五魁的卧屋痛哭是做少奶奶的危险,但还是跑去了,去了在他怀里放声大哭,她是忍无可忍了,她是勇敢的,是把五魁还看作了一个男人,一个有能力保护的人,可是可是,窝囊的五魁……五魁为着自己伤透了一个女人的心的罪过把头颅在炕沿上咚咚地撞起来了。

五魁再也在屋里坐不住,黑明不分地,在村巷中走,看什么也不顺眼,见鸡撵鸡,逢狗打狗,旁人说一句,就张口叫骂,甚至大打出手。鸡公寨的人都认定他是疯了,叫苦着这地方脉气不对头了,尽出了些不可思议的人。也就在村人这么疑惑恐惧之时,一个晚上竟又是柳家的在村口大场上的三座高大饲料谷草堆着火了。火光十分大,冲天的烟火笼罩了鸡公寨,照得半边天都红了,柳家老少,一并男女用人哭喊着招呼村人去灭火,鸡公寨所有人皆忙如乱蚁,却有一个人在忙乱中溜进了柳家大院,直奔少爷的卧房。

推开屋门,少爷首先发现了,张口欲喊,来人一拳打过去,肉疙瘩窝在那里昏过去了。转身过来,女人仰躺在另一床上,窗棂透进的月光照她美如冷玉,他扶着床沿给她笑着,眼泪却流下来。

"五魁,是你放火了?"女人聪明,女人说。

五魁点点头。

"你就为着来看看我吗?你真是不要命了!"女人说,伸出手来摸上了五魁宽宽的额角和鼻梁。"你快回去吧,让他们发现你真会没了命的。"

五魁说:"我是来要带你走的!"

女人说:"迟了,都迟了,我成了这样子,我已经认作我是死了。五魁,我不能再害了你,你快走吧!"

五魁忽地挺直腰,说:"我要带你走就要带你走!"双手将被的四角向一起裹,女人裹在被卷里,用力一耸,身子已钻在被卷下,双手趁势往后搂了顺门就走。

五魁将女人背到了很深很深的山林。

一夜的山高月小,他只是拐进一条沟慌不择路,直走到了两边的山梁越来越低,越来越窄,最后几乎合而为一在一座横亘的大岭峰下,已是第二日的中午了。感觉到鸟飞天外,鱼游海际,柳家是不会寻得着了,坐下来歇息,啃了块从家里出走时揣在怀里的玉米面饼子,两人皆觉得没有一丝力气可以再迈动一步了。这是什么地方,翻过这黑黝黝的岭峰之后那边又将是什么地方,女人询问着五魁,五魁也茫然无答。走到哪儿算哪儿,哪儿的黄土不养人呢,五魁放下了女人,要到看不见也闻不着的地方去解手,大出意外地发现了一座坍得几乎只有四堵墙的山神庙,墙头一株朽了半部靠一溜树皮还活着的老柏,庙后的涧上桥已断去,残留了涧沿一根腐木,卧一秃鹰呆如石头,偏很响地拉下了一股白色的稀粪。五魁一时四肢生力,跳蹦着过来如孩子:"咱有住的了!"

女人眼睛也亮起来:"在哪儿?"

五魁说:"那边有个山神庙!既然有庙,必定先前住过人,住过人就有活人处,咱们住在这儿不会死了!"

把女人背过来，钻过了梢林和荒草，女人的身上、被子上、头发上沾满了一种小小的带刺的草果。五魁指着古庙在讲，屋顶虽然没有，砍些树木搭上去就是椽，苫上草编的帘子就是瓦。瞧，从庙后的那条小路下去不是可以汲到涧中水吗？那一大片埋脚的荒草又是以前开垦过的地，再开垦了不是就种麦子收麦粒种玉米收棒子吗？满树林子里的鸟儿会来给你唱歌再不寂寞，一坡一坡的野花采来别在你的头上，蝴蝶能飞来看你的美。这草地多软，太阳出来背你睡在这里，你会看着云一疙瘩一疙瘩怎样变个小猫小狗从山这头飞过山那头。咱们再可养鸡养羊养牛，你躺着看我怎么吆喝犁地，若有黄羊山鸡来了，看我又怎样将它们打倒，熬了肉汤给你喝……

五魁说得很兴奋，在他的脑子里，一时间浮现了往后清静日子的图像，离开了柳家，他那殷勤女人的秉性就又来了，说："你不信呀？你只管信着好了，我有力气的，我不会死去就绝不会让你死去，你信吗？"

女人说："我信你的，可我肚子饥了，你还有饼吗？"

五魁在怀里掏，掏出一块干饼末儿，把腰带解下来再寻，饼是没有了，却掉下了一把小小的斧子。斧子是五魁准备着进柳家时做防身用的，一路安全无恙，他几乎就忘了还带了斧子来。

五魁虽然在安慰着女人，说了那么多似乎已是一处安闲日月的住处，可他在说这些的时候何尝没有知道这一切只是日后的事呢，现在，他把她背驮到了一个荒野僻地，自由是自由了，却拿什么吃呢？晚上怎么睡呢？如果是他一个人还罢了，还有少奶奶这样个女人，这个女人又是他英雄一场搭救出来，又让她饿死冻死在山地吗？！

女人看着发急了的五魁,她笑了:"我并不饿的,真的,不饿哩!"

五魁没有接她的话,不知怎么心里酸酸的,他有些羞愧,却不愿她看见他的难堪,将目光极力放远。他看到了白云驻在远处的山林上。五魁把斧子重新别在了腰带上,说:"你好生坐着,我过会就来!"

他去了,他又回来了,带着好大一堆山桃。山桃个儿不大,颜色异常红嫩。五魁无法带得更多,是脱了外套的那件柳少爷穿旧的裤子,用藤条扎了裤管,桃就装在里边竖立了一个人字。五魁不识文墨,不知人字的好处,却看作如搭在驴背上的褡裢,架在脖子上回来了,他说:"我是王母娘娘的毛驴给你送蟠桃来哩!"

有了吃的,五魁却不吃,他在女人很响的咬嚼声中去砍做椽的树木。选中了一种长得并不粗却端直无比的栲木,斧子在下面哐哐哐地砍,树顶上的稀疏的黄金之叶就落下来。叶子往下落如是蝴蝶,一旋一旋划着无数个半弘,女人就想起了小时在清水潭丢砣入水的情形,叫道:"我要那叶子呢!"五魁抱了一堆叶子给她,她还要,叶子就把她埋起来,她睡在了一片灿烂的红霞上。

简直是不可思议的精力,五魁砍下了十多根栲树搭到墙头去,因为没绳,一切都是葛条在系,他手脚并用从墙头上、木椽上爬动,女人就要在下面反复叮咛着小心,五魁偏不,竟要直了身来走,有几次腿一晃就掉下来,但身子掉下来了手却最后抓住了椽,女人大呼小叫,甚至变了脸唬他。五魁说:"我是逗你哩!"然后是把树枝和茅草编成帘子,一层一层苫上去,一个安身的小巢屋就造成了。女人要五魁背她到屋里去看看,五魁说不急,又砍了无数细树棍来,先一排排在屋地栽了一圈,再竖一层横一层把软树枝编上去,再铺了茅草和树叶,五魁把女人抱过来往上一丢,女人竟被弹得跳了几跳,惊喜地叫:"这是睡了棕条床嘛!"

五魁得意地唱起来,唱的是一种很好听的小曲子,就眨了眼说你是应该有这么个床的,小时候爹说过故事,讲古时代一个皇后流落民间,后县官查寻时,竟有三个女人自称是皇后,县官就在床上放一个豌豆,再铺了四十几条被子让每一个女人去睡,有谁感觉到身子垫着疼,谁就是皇后。五魁也就捡一个小石子放在茅草里边。

"我不是皇后!"女人笑着说。

"可你是少奶奶!"五魁说。

"我不是少奶奶!我不是!"女人坚决地说。

五魁愣了一下,立即也说:"不是,不是柳家少奶奶!可你是菩萨!你能试出垫吗?"

女人说:"我腿全瘫了,你放上刀子也试不来的。"

五魁的心受了刺激,低下头好久没有抬上来,就走出去又狠劲砍了树枝抱回来,在屋之中间扎起一个界墙了。

女人说:"五魁,你又要干什么?"

五魁说:"那边是你的房间,这边该是我的卧屋了。"

女人的眉宇间骤然泛红了,意识到自己并不是五魁的老婆。五魁只是救自己的一个贫贱牛倌,一个光棍。在这荒天野地的世界里,五魁能自觉地将睡窝一分为二,女人为坦白悫诚的五魁而感动了。

红日坠山,乌鸦飞来,天很快就黑了。五魁安置了女人睡好,燃起了松油节,便坐于旁边说许多豪迈的话,叮嘱夜里放心安睡,狼来了有他哩,熊来了有他哩,有他持一把斧子守在同一屋中的界墙那边，狼和熊是不敢靠近的。女人担心不下的是他没有被褥，五魁说他不会冷的，他从小就钻过茅草堆睡，做的也是甜甜蜜蜜的梦来。并说他明日就再下山，要弄来被褥、锅碗、粮食。女人一双明亮的大眼睛看着跳跃不已的松节灯焰，又看着那松节灯焰的光亮在五魁的黑红脸上反射出的油光，她说了一句："你快歇去吧，五魁哥！"

五魁倏忽浑身骨节酥软了，瓷眼看着女人，女人也看着他，五魁的嘴唇翕动了，颤巍巍伸开了双手，但手只把女人的被角掖了掖，忽地拨大了松节灯焰，再慢慢地压灭了，轻脚退出来到界墙的那边，躺在自己的草铺上了。

五魁并没有在自己的卧屋点燃松节，他感觉到黑暗对于他的世界更大，内容更丰富。人世间有一种叫诗的东西五魁不懂，五魁心里却涌动了一种情绪很兴奋，很快活。劳累了一夜一天的疲倦没有集中到他的眼皮上来，坐起来，实在觉得睡着是太浪费，太辜负这夜了。

这一举动和想法于五魁是从未发生过的，他不明白今日里怎么啦，是完满了自己久久以来的内疚呢，是帮助了女人解除折磨，第一次体会到了保护了女人的男人的能力呢？

墙那边的女人窸窸窣窣了一阵之后一切归于安静。可怜的女人经历了一夜一天的惊恐和劳累是需要安眠了，她醒着的时候，温柔和气，睡了也如猫一样安闲，发出轻轻的咝儿咝儿的呼吸。作为一个爱恋着女人的光棍汉五魁，在这么个晚上同一个美艳女人睡一庙内，仅一草墙之隔能听到她的呼吸，闻到她的气息，五魁的感觉十分异样和新奇。他轻轻扭转了脖子，将头贴近了草墙，只要用刀轻轻拨动，从那间隙就可以看到橡头缝里透进月光所朦胧了的夜中的睡美人，这种欲望一经产生，五魁浑身燥热烫灼，恍恍惚惚竟站了起来，挪脚往门口走，要走进墙的那边去了。

但是，睡窝前的那一块白光忽地消失了，这白光是屋顶草隙所透射的，五魁初睡下时幻觉是一块白石头，也是走入的白月亮，现在消失了，而自己却正动步将身子处于了这白光之中，猛然获得的是一种警觉，以为受到了一种惩罚，被光罩住要照出他的心中邪念，五魁责备起自己了：这是要干什么去？去了墙的那边一下子按住了她吗，还是跪在床边乞求赐舍，那又说些什么话呢？

五魁认定了这白光实在是天意，是在监视他的一只夜之眼。去了那边，女人会如何看待他呢？强迫是完全可以如愿的，这女人就是自己的了，可英英雄雄救她出柳家，原来是为了自己，这岂不如同土匪唐景，唐景他们抢人且公开说是为了个压寨夫人，而自己却打着救人家的名分，做乘人危难的流氓无赖了！即是女人悦意地收纳自己，在五魁做人的规矩中这又是一场什么事情呢？

五魁回身坐到了草铺，那一块白光又出现了。白光的出现使他心情平静下来，感觉到从一种罪恶的深渊重新上岸，为自己毕竟是一个坚韧的男人而庆幸了。随之而来的是坦白磊磊的荒诞之想，其兴奋自比刚才愈发强烈，试想想，自己一个什么角色，竟现在有一个美艳女人就在自己的保护下安睡入梦，这是所有男人都不曾有的福分，就是那个家有万贯的柳少爷他也没有的了。女人睡得那么安妥和放心，她是建立在对自己绝对的信赖：那么，做男人的还有什么比这更有意义呢？一只蟋蟀不知什么时候跳到了白光之中,嚯嚯地振翅鸣叫了。这旷野的小生命,山林精光灵气凝化物,又喝饱了甘露在为他五魁颂什么样的赞歌吗?

五魁平身躺下,在蟋蟀的美音妙乐中迷迷糊糊坠入梦境。

不知什么时候,他突然醒来,觉得胸膛上奇痒,本能地拍了手,手心黏腻腻一股腥味,同时听到嗡嗡之声不绝,他明白深山林子里蚊子很多,入睡时或许蚊子还不曾知道这里有了人,也不知人血的滋味,在月到中夜才成团拥来的吧。五魁用唾沫涂着被叮咬的地方,立即想到墙的那边女人也一定被蚊子欺负了,薄嫩的皮肉,所叮咬的地方恐怕不是一个红点而大若小栗的疙瘩了,五魁终于走出睡窝,蹑手蹑脚到墙的那边用火镰打着火,燃一小堆湿茅草,让浓烟为女人驱赶蚊虫。这一切做得特别小心,黑暗中女人却说:"五魁哥!"

声音低却清脆,当然不是梦话,五魁忙解释:"我,我不是……我是来烟熏蚊子的……"

"我知道,"女人说,"我有被子盖了头,蚊子叮不到的。"

五魁说:"你是早醒了?"

女人说:"我一直没有睡得着哩!"

女人没有睡觉,这是五魁难以想象了,她睡不着在想些什么呢?那么,她是听见了墙那边自己曾经站起又睡下的声响了吗?五魁的脸在黑暗中又红了一下。

"夜深了,要抓紧睡的。"五魁说着,赶紧就退了出来。

一切又都安静了,五魁却没有再睡下,也没有燃湿茅草取烟,还在琢磨女人没有睡着在想些什么,是不是也同自己一样的想法呢?念头一闪,就又责备起自己的不恭。不想了,不再想下去。可是,身闲的又无睡意了的五魁越是不让自己想女人,脑子里总是摆脱不了女人。今晚里她没有说他们就住在一个床上，也没有说出两人要分住两个地方，其实这女人已是把他当作最亲近的人了。现在蚊子这么多，那边燃了烟火，他这边偏不燃，就让蚊子都过来叮咬他吧。在一只蚊子又于他脸上叮咬得火辣辣痒痛，五魁再不拍打，倒生出一种奇异的想法：这只蚊子或许是刚才在墙那边叮咬过了女人的，现又叮咬了自己，两人虽然分住了两处，血却在蚊子的肚里融合一体了吧。再幻想：如果自己能变成个蚊子就好了，那就飞过去，落在她的脸上叮她，这叮当然不要让她疼的，那该多好哩。或许，她能变个蚊子又过来哩，那怎么叮怎么咬也都可以了，即使这叮咬会使他五魁中毒，发疟疾，他也是多么幸福的啊！

　　天亮起来，脸上布满了一层小红疙瘩的五魁来告诉女人，说他下山去，女人哭了。五魁安慰女人，保证很快就能回来，女人说："我哪里是为了我，我半死不活的人却要害你！"就从头上拔了头钗，从手腕卸了银镯，说是到山下什么地方换些吃的穿的，五魁这时倒哭了。女人便笑了，说："我不哭了，你倒哭，男人家的羞死了！"五魁也就不哭了，把昨日采摘的山桃一颗颗擦净放在床上，出来用木棍闩了柴门，说："我走呀！"就走了。他一路小跑下山，却并没回到鸡公寨，抄近道去了苟子坪见女人的老爹。老爹正在家长吁短叹，因为柳家派人已查看少奶奶是否被偷背回娘家了。听了五魁叙说，老爹倒生了气，说女儿嫁了柳家，嫁鸡就要随鸡，嫁狗就要随狗，何况柳家何等豪富，人一生有吃有喝还不是享福吗？五魁不等说完出门就走，老爹还拉住问："你把她藏在哪儿了？"五魁说："这我不能说。"老爹说："你不说也罢，既然我女儿是个薄命享不了大福的人，我也没办法了，你就带些吃食去吧。"翻锅里瓮里却没什么可吃的,从炕洞的夹缝中抠出几个银圆给了五魁。五魁下午赶到一个镇上,将头钗、银镯兑换了银钱,买了一些粮食以及锅碗油盐,再就是一把馒头。

他们就这样在深山野沟住下来了,五魁每日于庙后开垦新地,播下种子,然后挖了竹根,采了山楂野果,拔了野菜蕨芽,回来做菜糊糊饭吃。三天四天了,砍一根木头或一捆竹子捎到山下的镇落去卖,再办置生计用品,日子一天比一天开始有了眉目。

女人肤色明显的是不如先前了,但精神挺好。每日五魁开垦地,就让背她出来,靠一棵树坐了,她不能帮了五魁去劳动,却知道五魁喜欢她,她来了就能解他的乏,她就不断地说许多话给他,还给他唱歌。她的手能动的,又懂得女人美在头上,就拿了新买来的梳子不停地梳各种各样的发型,让五魁瞧着好看不?五魁说:"你怎么个梳都好看!"就折一朵花来让她插。女人偏要五魁给她插。五魁为难了,女人噘了嘴生气,不理五魁,五魁的憨相就暴露了,不知所措。女人抬头,五魁只是蹴在那里看她,说:"你生气了也好看哩!"还是嘬着嘴。五魁就说:"你不高兴了,我给你翻个跟斗你看吗?"就一连翻了五个跟斗,女人倒忍不住扑扑哧哧笑了。

一日没风,暖暖和和的,五魁挖了一阵地,地头上的女人在叫他:"五魁哥,你要歇着!"

五魁说:"我不歇。"

女人说:"我要你到这边来哩!"

五魁走过来,女人把头发解了,扑撒满头,又将衣领窝进去,露出长长的白细脖子,说:"你给我分分头发畔儿。"五魁只好蹴在她身后分发畔。柔软光洁的头发揽在手里，五魁的心就跳起来，女人问："我头发好吗？"五魁说："好。"女人说："怎么个好？"五魁说不上来，拿眼睛看见了头发拢起了的后脖，甚至从脖的圆润白腻的边沿看见了前边解了领口扣子的地方，那愈往下愈起伏的部位，在阳光下有细小的茸毛晕成了光的虚轮，能想见到再下去的东西会有怎样的弹性，散发着怎样的芳香。五魁禁不住浑身酥颤起来，越是要控制，越是酥颤得厉害，那手中的头发就将这酥颤传达到了另一人的身上。女人问："你冷吗？"五魁说："不冷。"站起来，却一身的汗，说天气怪好的，坐在一边掏起了耳屎。

掏耳屎是五魁的一种发明，他往往在最骚动不安，或是害怕了女人瞧见了他裤子的某一部分出现异常而不致两人尴尬的时候，就要坐下来掏耳屎，将注意力转移到另一个地方去。

但是，女人却说："你笨手笨脚的，让我替你掏吧。"

他不肯过来，女人手一伸，牵了耳朵过来。掏了又掏，女人让他坐得更近，竟将他的头侧按在了自己怀里在掏了。头侧睡在女人怀里，五魁一切皆迷糊了，温馨馨的热气从女人身上涌入他的鼻中，看见了衣服内部有肉团在咕拥着，他很窘，却觉得到处的石头到处的树木都是人，都是用眼睛在瞧他，他的那只被掏着的耳朵就火炭一样的通红起来。

"好了，"他架开了女人的手，把头抽出来了。

女人明白他的意思，不禁绯红了脸面，要说什么了，却没有说，假装看见了远处林子里飞动了一只五彩的山鸡，一口气轻轻呼出。

这吁出长气，五魁是看见和听见了，他感觉到时间突然很长起来，想岔开来说些别的话，一张口却说起往昔接嫁的一幕，女人突兀兀冒了一句："唐景倒不是个坏人哩。"

"不像个土匪。"五魁说，真心也这么认为了。

"可他怎么就当了土匪呢？"女人还在说。

也就是打这以后，他们常常便说到了土匪，而差不多话题都是由女人首先提到的，五魁想，女人说到唐景的好话，或许是与那个柳少爷做对比的。是的，唐景土匪真是个人物，他闹得天摇地动的事业，官家也惹他不起，却偏偏是那么一个俊俏的脸面，抢得女人又被他五魁三言两语的谎话所骗，放人或许也是可能的，没想竟动也未动女人一下就放了。他们虽然这么论说着唐景，土匪唐景毕竟是遥远之事，五魁就又想到，女人这么提说唐景，莫非日子是太寂寞了吗，尤其在他下山去购买东西或上山去砍柴捡菌子，留下一个走不动的她在草房里，她是没有个可说话解闷的人事了。因此，他又一次下山，花了钱买来一只狗子。

狗子非常的漂亮，一条大尾巴弯过来，可以搭到头上，黄毛若金，却在眼睛上部生出两个圆圆的白毛斑。女人叫狗子为四眼。

四眼初来，性子很野，总是乱跑，五魁怕它逃散，拿绳拴在一块石头上，而它一听见山林起风就狂吠不已，竟要拖了石头扑腾。女人解了石头，拉到身边拿手抚摩那软软的耳朵和长长的毛，不住地唤："四眼，四眼。"四眼不再狂躁，只要女人锐声叫着它，即使它已经跟着五魁到了山林，也闪电一般返来摇尾了。五魁常常劳作回来，总看见狗卧在女人身边如一孩子，女人正给它说着话，似乎一切话皆能听懂，女人竟咯咯笑起来，五魁就说："四眼是咱的一口人了！"

女人说:"四眼好通人性的,它不仅听得懂我的话,连心思都猜得出来哩!"就拍了狗子头,"去呀,你爹回来了,快给他个蒲团歇着。"四眼果然把一个草编蒲团叼给了五魁。

五魁说:"我怎么是狗的爹?"

女人说:"你不是说四眼是一口人吗?"

五魁说:"那你该是四眼的什么呢?"

女人说:"我做四眼娘!"

五魁说:"可不敢胡说!"

女人一吐舌头,羞得不言语起来,眼睛却还看着五魁,五魁也就看着她。四眼站在两人之间,也举了头这边看看,那边也看看,末了却对五魁汪汪吼叫,女人说了一句"四眼向着我哩。"把狗子招过来抱在怀里,那金黄的狗尾就如围巾一样缠了女人一脖颈。

女人是不寂寞了,而使五魁心愈来愈不安的是女人一日不济一日地瘦削起来,虽然每次做饭,他总要先给她捞些稠的,但她吃着的时候常说:"这菜要炒一下就特别香了!"五魁就十分作难。女人在柳家的时候,她是从未吃过这种清汤寡水的饭食,五魁即使尽最大努力,自是与柳家不能伦比,他不禁怀疑了这样下去能是什么结果呢?原本是救了女人出来让她享福,而反倒又在吃苦,尤其在他每每回来看见了她的泪眼,而一经看见他了又要对他笑,他就猜测女人一定是为往后的日月犯愁了。于是,就在女人时不时提到土匪唐景,五魁突然感到自己认为英雄了一场救她出来,是不是又犯了大错误呢?他倒希望在某一日那个唐景会蓦然出现,又一次发现了女人而把她抢走!土匪的名声是不好听,但自己一个驮夫出身,一个没钱财没声望没武功不能弄来一切,自己的名声还真不如唐景。也正是有这一条原因，他五魁才自己说服了自己，压迫了自己的那方面欲望。而唐景呢，虽是个土匪，可是多英俊的男人，闹多大的事业，又有足够的吃的穿的戴的……

五魁在心里说：好吧，既然我爱着这女人，要对这女人好，那就再躲过一段时间，等山下柳家的寻找无望而风波平息，我就把女人背到白风寨去，我权当做了她的亲哥哥，哥哥把妹妹嫁给唐景。或许唐景以为她仍是白虎星，不愿接娶，那就说明一切，甘愿受罚，要弹嫌她成了瘫子，他也会说服唐景的：她瘫了，她也是睡美人，世上哪儿还能找下这么美的人呢。况且她菩萨般心肠，天下还能有第二个吗？

有了这种心思的五魁，却没有把心思说给女人，而是加紧劳作，接二连三捎了木头和竹子下山赶镇市，宁愿自己少吃少喝，为她弄来可口的食物，一面暗暗打听鸡公寨的动静以及白风寨的消息。

或许是努力的报应，或许感动了上苍，山神破庙中的东西丰富起来，女人脸上的气色红润起来，在太阳温和的中午女人被背到庙前的草地上，五魁也看见了女人起伏的身躯恢复到接嫁时的模样，那隆起的前胸愈加饱满起来了。五魁却黑瘦如烧焦的木柴，显得嘴大，鼻子大，眼白特多。但五魁，十分地得意了，感觉里他现在最磊磊坦白，无私心邪念，他所做的一切是伟大的，如给黑夜以月亮，如酝酿一轮红日将付于白天。他平生第一回地出口叫女人是"妹妹"，无拘无束地为她分发畔，烧了水给她洗头洗脖还洗了脚，甚至下定决心在他背她走下山去的时候一定得把以前贱卖出去的头钗和银镯再给她买回来。

进入冬天,到处都驻了雪,五魁在房中生燃了柴火,自己就往山上去捕杀岩鸡子。五魁没有枪也没有箭,但他摸清了岩鸡子的特性,仍可以赤手空拳弄到这种美味的东西,他翻过了一条沟,又爬一面坡,在一处树木稀少的土壑地带,果然发现了就在那并未避风的一个低岩上站有十多只岩鸡。他就手脚并用爬至壑沟中间,捡了石头掷向左岩,大声叫喊,受惊的岩鸡扑啦啦向对面岩上飞,岩鸡是飞不高也飞不远地落在了对面岩上,他就又掷石子向右岩,大声叫喊,岩鸡又飞向左岸。如此只会笨拙地向两边飞停的岩鸡,就在他永不休止的掷打叫喊中往复不已,终有三只四只累得气绝,飞动中突然在空中停止,如石子一样垂直跌死在涧底。五魁捡了岩鸡,一路高唱着往回走,直走到山神庙后了突然捂了口,他想冷不防地出现在女人面前,然后一下子从身后亮出肥乎乎的岩鸡,让她吃惊不小,要问是怎么猎得这么多?那时候,他,五魁哥,就开始一边烧水烫毛,动刀剖鸡,一边讲他的聪明与能干,当然要夸大其词,从她的眼里读出一篇英雄的颂词来啊。

但是,当五魁走近了房前,却无一点声息,连四眼也没有听到动静而来迎接,本来是要按捺下收获后的激动,仍禁不住轻狂的五魁还是先从柴门缝中要看看睡在里边的女人。

这一看,却使五魁长长久久地冻僵住了。

草房里的女人是还睡在被窝里,而那四眼竟也同女人一样睡在被窝,且前爪分叉在女人的头的两边撑着,身子却在动。五魁先是惊奇,待明白了一点什么,就弯身去捡被雪已埋了一半的台阶上的斧子,而斧子冻在地上一时捡不起,这一瞬间他停住了。

然后悄声走到房后的雪地里,开始大声地咳嗽和跺脚,制造他刚刚返回的气氛。

这一个下午,五魁照样熬过岩鸡汤两人吃过后,他假说到后山去拣些柴火去,一个人离开了草房坐在雪地上痛哭了。中午眼见的事情,无疑对他的打击太残酷,他简直不能想象,女人怎么会干这种事呢?是看花了眼吗?他这么想,或许是看花了眼。女人不正是为了逃避柳少爷的糟践而痛不欲生吗,怎么会同一只狗?!五魁的脑子炸起来,要竭力地做这么一次一次的或许,却始终不能消除那噩梦般的场面:女人的眼睛是微闭了的,口半合半启,一双手就搂在四眼的背上⋯⋯

那么,女人原本就是一个淫荡的雌儿吗?这怎么可能,若是那样,为什么死死活活要让他背她出逃?!

无法解释得清的五魁回想着他与女人先先后后的接触,尤其到了这里,女人是对自己有过多次的表示,他五魁何尝没有冲劲,几乎数次要干出越轨的事体。但他明白自己的身份,更明白怕引起帮她而成了为自己的现实而从此活着的内疚。难道女人就是在自己的理智制约下而冷落了她才使她这样吗?可不管怎样,她怎么就能到这一步呀?!

这是怎么啦,怎么会这样,自以为最了解了女人的五魁不明白了女人到底是什么,女人到底怎样才是女人!

终于得出结论:一切罪恶源于狗子四眼!这狗子买下时就觉得与别的狗不同,偏偏在双眼上还有一对白毛斑。五魁认定了这狗子是精而托变的鬼魂,它出奇地通人性,出奇地喜欢在女人身边,必是以妖法迷惑了女人,然后在女人的迷糊中⋯⋯

五魁想到这里举起双拳来揍自己了!狗子是自己买来的,自己又一次害了女人,害了女人的身子,害了女人的贞洁,害了女人做女人的德行!

他咬着牙站起来,要回去立即就斧砍了恶狗。但走回草房了,五魁打消了念头,如果那么气势汹汹地当着女人的面杀了四眼,女人受得了吗?那么把狗子拉出来处死,女人问起来怎么回答,不点明狗子的罪恶,女人没有自省自己的过失,作为他这么一个哥哥又怎么起到保护她珍惜她的作用呢?

三天后,太阳把地上的雪差不多晒薄晒稀,世界再不是一片银白,而一块一块露出黑的土地和杂乱的草木。五魁说:"妹妹,外边太阳好红的,我背你出去看看吧。"女人说:"雪下得人心好憋。"五魁就背了女人,却也牵了四眼一块出来,一直走到了深得不可久看的沟涧边,把女人放在地上的一堆干草上。

五魁说:"妹妹,这地方多好。"

涧上是早已搭好了的两根长竹。

女人说:"这有什么好看的?"

五魁说:"瞧涧那边的冰锥结得多大,我让四眼过去叼一根过来,对着太阳看里边有五颜六色的哩!"

就把一条长长的绳索系在四眼的脖子上,又将绳索的一头绾个环儿套在竹竿上,给四眼指点了涧那边的冰锥,撵它从竹竿上过去。四眼走到竹竿上,却不愿过去,五魁推,推不动,五魁让女人给它发话,女人说:"四眼不要怕,能过去的!"四眼就走了上去,摇摇晃晃走到了中间,那绳索环儿也随着套到竹竿中间。五魁突然在这边将竹竿使劲一分开,四眼掉了下去,绳索一头勒着脑袋,一头套在竹竿上,四眼就吊在空中四蹄乱动了。

女人锐叫道:"快,快,快把竹竿拉过来!"

五魁没有看女人，没有动。

四眼先是汪地叫了一声，一双红眼直向女人看着。

女人说："五魁哥，五魁哥，四眼会死去的！"

五魁说："这狗子不吉利的，它也是该死的了！"

女人啊了一声沉默了。天地间一个特大特大的静，五魁感到自己呼吸也停止了，却同时听见女人在低低地说："五魁……你这是要让我看吗？"

五魁痛苦地说："不，不是，不是的。你瞧那面坡，树枝结了冻，太阳一晒多像是玉做的，啊，妹妹。"

五魁心慌口慌地说着，始终没有回过头来。他不愿看见女人一时的羞愧，但却在心里说："原谅我这样做吧，我的好妹妹，我不能不这样做呀！你是少奶奶，你是我的妹妹，不，你是菩萨一样圣洁的女人，我怎么能害了你呢？"但是他听到了一声不大也不小的响声，以为是涧那边的冰锥断裂了，看着涧的那边，太阳依旧光明，冰锥依旧银洁。回过头来，却见女人正爬到了涧边，双手在抓自己的脸面，抓出了深深的血印。五魁惊叫着扑过来，就在要抓住还未抓住的时候，女人双手一撑，反过身掉向涧下去了……

一年后，山神庙改造的草房扩建成了有十多间木屋的小寨子，小寨子里聚集了一伙土匪。这股土匪队伍虽比不得白风寨的唐景庞大，但他们匪性暴戾，常常冲下山林去四方抢劫，而抢在寨子中来的压寨夫人已经有十一位。官府在县城的大街上和县境的所有村寨路口贴满了悬赏缉拿的布告，但布告上的首匪不是唐景，而赫然写着两个字：五魁。

佛　关

一

兑子最后一次从这里走开是夜的子时，镇子里人睡灯熄，孕璜寺没有钟声。我前半夜无论如何睡不着，先是听屋梁上的老鼠磨牙，后来觉得身下发凉，凉气直往骨头里透，揭起席子，果然摸到了冰滑滑的一盘，抓起就从窗子扔出去。这是条双尾蛇，后来在院子的捶布石旁发现的。见到双尾蛇是要砸死的，但我没有砸死（我以为它已让我甩死了），以致倒霉的事一个接一个，这当然是后话了。当时该是公鸡要打啼的，公鸡未啼，狗也不叫，母鸡却鸣得很厉害，我按约就去了山根的黑松林里。兑子并没有先到，我等待她，奇异的事情就发生了：听见了蚯蚓在泥土中的呼吸，缓慢悠长，如表叔独坐时的叹息。有一颗露珠从松针上往下滑，刺啦刺啦地似乎很涩，终于极脆地跌下来，遂声大到五音齐发的轰动。一朵两朵，相继是彼起此伏的狼牙刺花开放，唱着一种很美妙的歌。我惊奇在这个夜晚里我竟有这么好的听觉，以至于她还在蹚着那一片黄麦菅草丛，我便知道她来了，那理头发的声音，提衣领的声音，手在胳膊弯抓着衣服搔痒的声音，以及脚下松果压扁声，头发甩起来又扑撒开的声，音响惊心动魄。而当我们面对面站着的时候,这声音却全消失了。我问兑子,我这耳朵怎么啦?兑子没有回答,只看着我,说:"你喝酒了!"她看着我,其实她什么也看不见,刹那间我明白她决定离开的时间在子夜,压根儿是没有考虑到白天与黑夜。我喃喃着我是喝了酒,从下午一直喝到天黑,原企图麻醉一场,但酒淡如水,这恐怕是我人生最后一次对酒的信赖了。我们沿着黑松林边的一个阴沟往山上走,山崖把月光割裂成一个大的三角,一靠近三角的边缘,似乎身子被割得疼痛。好容易到了那条小路,路很白,也瘦得可怜,且纠缠不清如绳子。绳子牵扯着我们上了山梁,孩子就哭了,静夜里声传得很远,越上得高越听着显。我在那里站住,她也停住,但立即又在前面走,不像一个瞎子,衣袂飘然宛若是鬼。我说兑子,她说嗯,你真的要走了?她默不作声,步子加快,几乎要飞起来。人都说她是花蝴蝶变的,我疑心她真是非人了。山梁下逆着河水是有一条官路的,她却选定山梁上的小路,亏这夜月亮也好,一直伴随着我们,我看着面前深幽如海的山峦,我不知道她怎么能走回家去,鼻子就发酸,眼泪扑扑簌簌落下来。当我坐在一个石板上,倒掉鞋壳里一粒磨破了脚心的石子,我说兑子呀我跟你一块走吧。她对着我,脸面极凶,骂了一句,我没有听清。

"你浑蛋!"她又骂了一声。

"我浑蛋?"我说。

"我是妇道人家,你也是雌的吗?"

"雌的?"

"最没出息的是走。"她说,"我看你是男子汉,我才把孩子托付了你。你连孩子都保护不了,还能保护我吗?"

我说:"孩子我能保护了的!"

她说:"那你还跟我往哪儿走?!"

我无话以对,我们就站起来告辞了。

兑子说:"你记住,孩子是佛关的孩子!"

她说了,就走近我,伸出手来,亲切地在我头上脸上摸一把。她这是第一次摸我,多少年里,我放诞着暗恋,希望有一日我能触摸了她的肤肌,她这时是摸我了,我立即抓住了她的手。手是棉花一样柔软,越握越小。我说兑子兑子,浑身就战栗起来,直到她为我拭擦眼泪的时候,我才清醒她已经在我怀里温热如个婴儿。

她说:"我们要分手了吗?"

我说:"是要分手了吗?"眼泪又流下来。

她说:"不要这样,魁。我知道你爱我,但我把最好的时光给了别人,现在我眼瞎了,我变成一个丑脸婆了。"

我说:"不,你不丑,你还是最美的人。"

她说:"这你骗我,我不美了,我是丑镇上最丑的人了。"

我说:"就是丑,丑能避邪呀!"

兑子咯咯地笑起来,柔软的身子在我的怀里起伏,我那时完全处于迷糊状态,至今想不起事情是如何起承转合地发展着,反正她什么也没反抗,当我进一寸时,她竟能退一丈,月光下她把衣服都剥了,我听见她说你来吧,魁,你愿意怎样就怎样吧。在那个时刻,奇异的听觉又产生了,我听见了嚯嚯的风声,听见了风压倒蒿草而又在草窝里回旋揉搓声,听见了土壕里有石槌打胡基声,听见了猫舔糨糊声,听见了老牛犁水田声,听见了似乎是狼虫虎豹牛鬼蛇神一起的狰狞声。上帝啊,无言的上帝!我激动地感念着，同时也怨恨这一天来得太晚，为什么竟在最后分离时幸运到来？毫不掩饰地说，在我兴奋之余，不止一次涌上一种犯罪的感觉，觉得对不住了表哥，但冥冥之中，又觉得我已不是我，或许我那时是表哥的替身。我祈祷上苍，我是表哥的替身……后来我倒在那里没有一丝力气；瞧见兑子站起来，身子在月亮下美妙绝伦，而双腿上有了红的血迹，如花如霞，如染的太阳光辉。我吓得问怎么啦，她说我来那个了，用手去涂，亮在我面前的是一个血手。

她说："魁，我现在完全了结与佛的缘分了！"

我说："兑子，我永远会记着你的，我一定还要找你回佛关的！"

她说："今世再不会回来了，魁，我托你给孩子一个作念吧，你有纸吗？"

我有纸，纸是垫在帽子壳里防头油的。我取下来，她将手按在上边，纸上是一个血手印。手印的精细纵横纹线全印着，了了清晰。

她说："孩子长大了，你告诉她，这是她母亲的手印。我画了多少人的手印，我只留下这一个手印。你躺着，我走了。"

她不让我起来，穿好衣服，系好鞋带，硬要我静静地看着她走远，走得无影无踪。

于是我看着她一身素白，衣袂袅袅而逝。至今回忆起来，她在欲逝未逝之际，是回过一次头来的，倏忽一片白光，只剩下那个白而空的月亮。我是一直在那里呆坐到天明，呆坐到太阳一竿子高起来，当我要站起，才发现我是坐在山顶上的一块五月的将熟的麦田里。我们的分离使麦子倒伏了好大一片。我抓过一把麦来，看着已灌了浆的麦粒，突然觉悟每颗麦粒都是一个女性的生殖器！我发疯般地扑向路面，朝着深幽如海的山峦，叫着兑子兑子，一边用手在地上写她的名字。孕璜寺的住持说，叫名如念咒，书名如画符。对着太阳看着她的血手印，这一张兑子的人生命运图，我默默地祈祷着永远离开佛关的兑子，能安全行走。

二

　　从山林里返回，我不舒服极了，膝腿发软，虚汗淋淋，路也似乎在地震摇晃，或者是海绵，一脚踏下去陷一个坑儿，脚抬起来路又随脚而上，我感觉我要虚脱了，谁只要轻轻撞我一下就倒下去再也不会起来。脑子里便有了幻景：我这么倒下去二百年三百年，一切都腐化了，骨头一节一节散在那里，只有身子中间部位的那团毛还在，考古的人会捡起毛来，突然说，×毛！唾一口扔掉的。是的，我的那毛不干净！我也不干净，那一刻里，我安慰着自己是表哥的替身，但这种自欺欺人的心理越发使我有乱伦的犯罪感，更觉卑鄙。一步步走近佛关，一步比一步更艰难，更不舒服。有几次人走前去，又往后退，像是谁在后边拉，用手在屁股后摸摸，衣服完整，也没有长出尾巴，那身影正在一个树桩上，就知道影子挂在那里了。我终于明白我的不舒服是影子被树丫子牵扯得疼痛所致，慌忙紧跑，尽量躲开树丛地方，又恨天上的太阳太红。今日的事情奇怪得厉害，那一阵是惊心动魄的音响，现在又是影子生了感觉的困扰，这一定是表哥在作祟。商州的山里，鬼可以作祟，神可以作祟，狼虫虎豹成了精作祟，人也作祟。表哥是不是已经死在大狱了呢，他的亡魂在一直监视我？

还是表哥并没有死,而他的意念在千里之外发注于兑子,而产生了无比的能量来惩罚我?活人的作祟是最厉害的。我回到佛关,并没有去镇街,急急地就到河畔崖头的那座石塔下。塔在三年前一场雷雨中劈残了,黑黝黝的只剩一半如插立的剑,失去了往昔的庄严,却有骇人的威武。我数着第八层脱落了浮雕小佛的佛龛,爬上去,撕破了一张很完整的蛛网,取下了半截砖压着的小纸包。天呐,老鸦并没有叼了它去,也没有腐烂发臭,而完全风干了!这是表哥的尘根,当人们把他和兑子抓住的时候,巨大的仇恨,拳脚如雨地倾注在他的身上,后来就踢这尘根,表哥偏要双手去护,他越是护,人们越是恨,双手就被人抓起来,露出那垂头丧气的一条肉来,有人就用手指去那里一蘸,拉出一道白色的有着胶质的细线,骂道:你干了!你真是干了啊!人们又扑上去打,慌乱中尘根便被割断了,日的一声,掠过人们的头顶,又飞过了一个颓废的矮墙。我那时正站在人群的后边,我祝贺着表哥的又一次勇敢,内心深处也生了不少的嫉妒,我明白他掏出那么多钱在佛关改造校舍,目的全是为了讨好镇人,而一等将来与兑子成亲能堵了镇人的口。但表哥错了,镇人乐意接受他的办学和享受他请的那一顿丰盛异常的饭菜,却不肯他把兑子占为己有。镇人打他一顿,我是可以理解的,并不想去劝解,但镇人打他打到疯狂,我要前去阻止也是不可能了,当那尘根飞过墙头,我第一眼看清那不是一只鞋子,也不是兑子留给他的乳罩,我以为表哥这下是要死去了,就跑过矮墙去捡尘根。矮墙外正好是一个胡基壕,在掘土掘得乱七八糟的土坷垃窝里,我偷偷地把它捡起来。表哥并没有死,流了好多血。我说:要出人命了,快往医院送!但偏在送医院的路上,警车就把表哥带走了。尘根要接续是没指望了,我是在夜里爬上石塔存放起来的。

这尘根儿风干得很小,像指头粗的一根牛肉干。它是死了,它曾经英雄一世,标志了一个男人的威风,它给了表哥人生最幸福的享受,也给了表哥最痛苦的折磨。表哥是死是活无法预料,即使活着也活得非男非女,非人非兽,表哥是彻底完蛋了。属于表哥的世界,也就是说表哥的这个世界是那么大,其实只是这么小。

我孤独地回到铁匠铺里。起火的炉台还在,但泥皮早已斑驳,一只硕大的母鼠正衔了一撮茅草钻进了炉膛,我知道鼠的家族里又将要添丁进口了。环视着这曾经住过表叔和表哥的地方,我不知道该说些什么。揭开炕角那个瓷瓮,舀了一葫芦瓢苞谷酒要喝,猛地记起来昨日下午再不喝酒的誓言,就把葫芦瓢打翻,想往酒瓮里尿一泡永远断绝酒对我的诱惑,但我顺手却将牛肉干一样的尘根丢了进去。做这一突然举动连我也莫明其妙,立在那里笑了一下,脑子里却闪过数年前的一场事来。表哥在崖壁上跌下来,他浑身的关节疼得立不起身来,他就在一个月里喝完了这一瓮酒而好的,他的好使我和表叔都视为奇迹,直到他出走之后,我重新做酒,才发现瓮底里有一盘蛇的骨架。表哥是喝了钻进毒蛇而腐化的酒恢复了身子,这尘根丢在酒里还能显出早昔的英武,表哥若是活着真有意念,又能使尘根重新恢复在身吗?然后我就又想起现在不知还在路上如何行走的兑子,那山野的恶狼吃没吃她,那路上的石子绊倒没绊倒她?我一遍又一遍念诵着惠心住持教我的"嗡哒似嘟哒似嘟似娑哈"的十字真言,召唤着佛关镇上那所有的佛窟里的佛尊能保佑这两个人。当我长长地念诵之后,我无意中往酒瓮中瞧了一眼,我竟发现酒瓮中的尘根膨胀粗肿，似乎比在表哥身上精神勃发时还巨大！它原本是平沉于酒瓮底的，现在直立而起跃在瓮口，像一个竖起的萝卜，更准确地说像酒瓮里长出了一颗硕大异常的平头蘑菇！我放声大哭了。

三

七年前，我还是地道的西安城里人，我只知道我的表叔住在商州的山里，但并不知道商州的山地是个什么样子。表叔领着表哥曾经来过我家，带了许多洋芋和一篓苞谷酒，我就是那时喝苞谷酒喝上了瘾。我问过母亲：表哥的眼睛为什么那样大？母亲说，山里洋芋多，稀饭里都煮团囵洋芋，吃的时候眼睛就得睁，久而久之睁大了。但表叔带来的洋芋，母亲总是切了丝儿炒菜吃。我恨我没有生在商州，眼睛才这么小，爹就不止一次地骂过我贱命。当我后来真正成了商州佛关人，回想起爹的骂，认了我来商州是一份机缘，是我的命运。在我十六岁的那年，高中并没有上完，我与爹的矛盾日益加剧。爹是一个挣钱的能手，常常出去一月半月，回来就提那么一提兜钱票，然后当着母亲和我的面，捏了一沓啪啪地在桌沿上拍，乜斜的眼神里全是在说：老子怎么样，老子在养活你们哩！他于是在家的日子就是酗酒，或是红着眼睛数落母亲的脸黑，头发干涩不蓬松，小腹突出，臀部下垂，尤其是脚，大拇指凸一个难看的骨包。母亲开始在脸上搽许多粉，烫头发，趔趔趄趄穿尖头皮鞋走路。但爹越发厌烦母亲，竟长期不回来。我知道爹是在旅馆里包了一间房子，供养了一个很漂亮的女人。母亲常让我去找爹要钱，我就去敲他的那些朋友的家，那里总是烟雾腾腾的麻将场，爹或许在，或许不在，我就又往那个旅馆跑，门卫每每一看见我就用身子挡在门口，大声喊我爹说:"警察来了!"我讨厌父亲，讨厌不敢与父亲离婚的母亲，讨厌西安。我在某一个夜里下定决心要离开，因为我已经长大了，我可以独立了，虽然我不知道离开后能不能挣钱养活自己，可我毅然搭车长行了半个关中平原，长途汽车到达秦岭的山口，我打问着佛关镇的地方，终于找到了表叔。

这是关中平原和商州的交接点，原是一条古栈道上的驿站，车路沿着秦岭北坡向东绕去，而逆了那条满是大的且白得生硬的石头的河向里漫行，越过了韩家坪、张家界、蓝桥关、宋家洼，到达西峪山顶，下行七个盘道，就是佛关镇。说是镇子，其实还是一个小小山寨，四周都是连匝的山，有三个崖突出过来，像一个平面的三个齿的轮，屋舍就在每一个齿的两边繁衍。三个齿崖下流三道水，于镇前汇一个清幽幽的潭然后往东流去，三片房舍皆以九道木板桥、铁索桥、石拱桥连接。我站在东边三桥头上打问表叔，有人指桥头下街石铺的土场上坐着的一个老头，他果然是表叔。我叫:表叔!表叔看看我，又扭过头去看脚前卧着的一个母猪。母猪有十八个奶，阳光下卧着如死了。我知道表叔没有注意到我，又叫一声表叔，他这下定睛地看我了，没牙的嘴皱如婴儿屁眼，立即就走过来。"这不是魁吗?"他喜欢地说，"你怎么寻得着这地方?!"表叔拔下后腰带上的旱烟锅擦了擦烟锅嘴儿递过来，又意识到我不会吃烟，再别回后腰带上说快到家去，说罢就前边走。表叔还是那急性子，步如雀跃，我母亲常叹息，表叔一生困苦，全是他的走相不好所致。我追不上表叔，他走得远了，立下就等我，等我走近了，他又小跑前去。后来指了指街铺南头那家门前搭有油毛毡棚的房子，随手抽下近旁一圈篱笆上的木棍给我,说:"你消停来!"他就先回去了。我不晓给我木棍做甚,立即有狗来吠,一扬棍它住了声,才扭身走,它又扑前来吠,而且很快来了三只,我便拿棍左右扫荡。远处的石阶上有人在笑,却不肯来帮我。好不容易赶到油毛毡棚,钻过一道铁丝悬挂着的链条、火剪、镢头、铲子、板锄等各式铁器,木板门里,表叔正急急收拾乱如猪窝的家室:用笤帚扫地,提走了夜里用的尿桶;说:"表叔这地方肮脏,你将就坐吧。"我是来投靠表叔的,哪里还能嫌弃他的不卫生?问表哥,他就骂起来,说表哥高不成低不就,铁匠手艺不愿学,又不能做学问、生意,家里待不住,也不收拾,生儿子生了个冤家。然后就舀了酒给我喝,又喊住门口路过的一个人,叮咛去寻表哥,让把母猪从街面铺的土场上拉回来。"你喝口酒呀!"他端着葫芦瓢追到棚前,酒却倒在自己的嘴里。

　　表叔在佛关是出了名的铁匠,有祖传绝技,所打造的链条是不会断的,除非铁质生锈腐蚀。佛关是古栈道上的山寨,公路没有通前,路都是在山崖石嘴上掏石窝子,栽石橛子,上边架了石条而行,最危险处就挂链条做栏,那时表叔的生意即不红火也不困顿。公路现在虽没完全开通,但开辟了新的毛路,做栏的链条没了用场,表叔就承接了开路用的铁钎打制的活路,再是山上垦田用的镢头、砍柴用的斧子,以及生活日用器具。表婶过世得早,表叔拉扯着表哥过了有十年,他到西安我们家总是哭穷说恓惶,可在佛关,他却是个人物。那天我刚到,吃着表叔做的浆水面,就有四个人来定货,表叔带理不理的,和人说话时一直用竹篾儿掏耳屎,掏一点,放在桌面上,又掏,然后就积聚起来吹落在地,不改口地说是多少价就是多少价,一个子儿也不让的。

天擦黑，表哥回来了，他并不知道我来，用脚砰砰地踢开门，一个难看的猪头就先进来。表叔就说："你没长手吗，门板耐得住你这么踢吗？"门是走扇门，踢开了又往一起合，进来一半的猪就卡在那里，后边的表哥一脸不高兴，偏用脚又踢猪屁股，猪像杀它似的叫，原来这一个早上表叔起猪圈的粪土，放了猪在屋后拱食，就拱出一个死老鼠，表叔大呼小叫去抢那老鼠，猪却一口将老鼠吃进肚去。这是一只吃了毒药而死的老鼠，果然中午猪就不进食，卧在地上直吐白沫。表叔让表哥去请兽医，表哥懒得去，表叔只好拉了猪上兽医站去，我见到他的时候是兽医在猪屁股里放了体温表而回屋洗手去了。表哥脸还恼着，抬了脚还要踢猪，突然看见了我，那踢出的脚一时收不住，扑过来抱我，我们两个都倒在炕前的火塘里，火塘里没有火，灰腾起一团雾。我喜欢我的表哥，表哥有一副很美的体形，五官俊气，头发密而乌黑，他虽在佛关，样子极像是城里人。他看见我穿的夹克，连声说好漂亮。我脱下让他试，他就穿上了，对着镜子照前照后。表叔就说：你安分些好了。表哥就瞪表叔，拉我到他的卧房去说话。表叔却问："猪病怎么样了？"

"死不了的！"表哥说，"人家让给喝绿豆汤的。你怎么寻着来的？"

我说："坐车到山口就下来，问了差不多十个人哩。"

"山里不比你们西安省城，"表哥说，"满地石头，走路可得抬高脚的。可山里空气好、厕所多，哪里都是厕所，没人你哪里都可以尿了！爹，爹！"

表哥突然叫表叔。

表叔在后院关猪进圈，应了声："是熟绿豆汤还是生绿豆汤？"

表哥说:"随便吧。猪的屁眼里还有半截体温表的,人家让你看着,你走了,猪拿屁股在石头上蹭,体温表就断了。"

表叔在后院惊叫了:"这你怎不早说,这猪还能活吗?"

表哥说:"没事的,等拉屎就出来了。你累了吧?"

表哥就给我扫炕,说我们合一个铺睡,说他没有虱子,摊了被子让我检查,又怕我不相信,最后还是反盖了被子。我说我不乏的,这么早睡不着的。表哥就说看佛关夜景去,拉我下炕就走。表叔在后院又嚷什么,他一拉门,声音全关里面。山里的月亮小,但很清丽。我们走过狗咬我的那条不成街的街路,三四条狗依然在那里游走,但出声儿也没出声。表哥依然穿了我的那个夹克,赢得了许多街上的人说好,他也不说穿了我的,样子很得意。我们走了旧关台,那已经废了,只有一座石条子垒成的古墙垛。他说,陇海线未通前,这里是关中通往河南、湖北、广东、广西的唯一要道,要是朝代不变,可是繁华地面的。他这么说着,英俊的脸上洋溢着激动,随之就默然下来,但他仍站在旧关台上指着半山腰新开辟的路面讲:不要几年吧,这里公路就通了,或许这地方还有出息。他一心向往西安,羡慕着我。我告诉他我来这里就不走了,讨厌起西安城了。他大惑不解,以为我说谎言,我坚定起来,他大叫我要后悔的。后来,我们下旧关台的时候,我发现了台壁上嵌着的一面石碑,顺便看一下,上边竟有一首诗的:来时一布衣,去时一布衣,夜黑投宿店,羞于见关吏。表哥说这是唐朝的××写的,他是商州人,两次赴长安赶考落第,此诗是第二次空手而回所作。我脑子乱起来,××我是在学校读书时就知道的,他失败而归后,三年奋发苦读,又一次出关,终于在长安城里做了大官。而我,生下来已是那个古城的人:却偏偏又来到山里来了。

表哥说:"哪儿去不得,为什么要来这儿昵?"

我说:"我也不知道。"

表哥说:"明日领你去抽个签吧。"

我们从外边返回铁匠铺,夜已经很深了,但表叔还没有睡,他在堂屋用脚踩木橛子捣一个石窝子里蒸熟的洋芋,说是给我做糍粑吃。表哥说猪要能死就好了,有肉吃,吃什么糍粑!表叔就发狠声,骂你小子就盼不得猪死,死不了的,刚才喝了绿豆汤,猪屙了,屎里有半截体温表的。魁什么肉没吃过,糍粑是山里特产,他吃个稀罕哩。我和表哥已经在炕上睡下了,那哐啷哐啷的木橛声还在响着。

四

我恍恍惚惚地来到孕璜寺。推开山门,偌大的寺院里,端端地站着一帮小和尚,惠心住持正在教训哩。惠心这老和尚有一颗干瘪的头,平日与人少语,脸面严肃,只有和我说话时偶尔笑笑,笑也无声。他见我进来,看了一眼,并不做理会,我知道他在小和尚面前更要拿出庄严相的,就坐在石凳上看一只黄色细腿的蚂蚁爬动。寺院香火一年复一年旺盛后,扩建了一座大殿,又新辟了两排僧房,接二连三从外地寺院转来的和弃俗修行新来的和尚增多,这些和尚道行不深,定力不够,又出了表哥和兑子的艳事,小和尚们的衣着日渐新鲜,目光灵动,惠心住持就每日清晨于院中检查被褥了。现在的阳光灿烂,一道铁丝上晾晒了十二条被褥,惠心一一凑近查看,终于发现了一条被褥上有了斑痕,叫出那个白脸长身的小和尚，令他用小刀刮了，搅在一碗水里喝下。小和尚好俊气，端了碗看惠心。惠心说："喝！"喝了，却不咽，作呕要吐。惠心说："说话！"小和尚说了话，说了话就咽下去了。我不免替小和尚难过，不明白佛是什么，信佛难道就一定要来寺院修行吗？修行就是将一个活人硬要变成木人石人吗？人哪个是没贼心的，做好人是有贼心没个贼胆的，在自己的被褥上遗自己的精任何年轻的男人是正常的而做了和尚就不行吗？这和尚我是死也不肯做的，我宁愿上战场面对着千军万马去作战，我也不肯去与自己的性欲做斗争！

这个时候，我突然对惠心住持产生了恶感，但我必须见他，因为兑子毕竟是与他有着关联的人，兑子的出走，不能不告诉他。

小和尚们各自抱了被褥去殿里做功课了，惠心就走过来，他对我拱手作礼，口诵阿弥陀佛，问大清早有什么事吗？

"兑子走了。"我说，眼泪就掉下来。

他看着我，满脸麻木，好像我站在他的面前是那棵丁香树。我想起在佛关流传的一个故事，说是孕璜寺的老住持在寺里的时候，手下有两个小和尚，他年老将逝欲选一个传钵者，这一夜就安排了一个年轻的妇人去诵经房里。妇人美貌，鲜衣艳服，先去一个小和尚那里，哭哭啼啼诉说自己的苦情，那个小和尚只闭目诵经，妇人伸手在他的光头上摸了一下，小和尚一侧身又诵起经来。妇人起身又到另一个房间去见另一个小和尚，同样苦诉了一番，央求能送其回家。这位小和尚就站起来，将她送到寺外的吊桥上，吊桥晃荡难行，妇人不得过去，就又将妇人抱着过了吊桥。结果，住持的衣钵传给了送妇人回家的小和尚。这小和尚就是现在的惠心住持，而妇人就是我的表婶。表婶那时老犯心口疼，在寺里还愿，替老住持办过了这件事，心口病并未彻底好，五年后又犯时过世了。这当然是后话。但老住持在传衣钵时说，惠心有同情心，惠心才能修正果。可现在，惠心听了兑子的消息，竟久久地旁若无事。"老秃……"我几乎要愤怒了，转身要走的时候，他却说："那孩子呢？"

"孩子，你还能想到孩子？"我说，"我养着，他是丑镇佛关的孩子。"

我是称佛关为丑镇的，这称谓佛关的人没有异议，并且大家都沿用了这个词。在佛关，不论孕璜寺的佛塑还是洞窟里的佛画，每一个佛都是异常的庄严美丽，但居住在这里的人却是十分丑陋。土著的人世世代代身不高五尺，且皆头大腿短，或是臀肥头小，即使后来新迁的客户，久而久之也相貌失起比例来。我初来时不明白这是为什么，后见到这里的山桃野枣，以及苹果柿子梨，也都歪嘴裂肚的，就认定是水土所致，称这里是丑镇了。出奇的是兑子和表哥却英俊了得，我夸赞他们，表哥却说：这里是以丑避邪的，美只能是佛，但人怎么会是佛呢？人美了只能是妖，是邪，我和兑子不丑反倒是丑哩！当时我不以为然，而今看来是有道理了。

兑子终于生就的那个孩子是不美的，我可以这样说，她完全没有其母的一点优点，反倒将母亲不易察觉的缺点成十倍地扩大发展，她的鼻子就很塌，眼睛太小，稀薄的一头黄毛。但是，孩子生下来后，兑子抱着她在镇上，大家并没有作践这个世上没有公开父亲的孩子，反倒都来抢着抱，当了她的母亲说："叫爹，叫爹！"兑子立即将孩子抱过去走掉，却不变脸唾骂。

我是相信这孩子是表哥的，但孩子的奇丑又使我怀疑是表哥播种，而镇上每一个年轻男人的丑都能在孩子身上现出一部分来，却也令我无法判定到底谁是孩子的父亲。

兑子走了，无法再论证孩子的父亲，在我的眼里，兑子在某种程度上讲，是寺里的人。惠心住持修行到了成精，兑子一定会把孩子的来历告诉他的，或许住持的天眼洞开，早知道了孩子的父亲是谁的，我和住持就坐在寺院里莲花池沿上，故意反复提说孩子的可怜。住持说："她是佛的弟子吧。你带着也好，你要在洞窟里画佛的时候，孩子就放到寺院来，这里人多好照看。"

冲这一点，住持虽没绝对信任我，肯说出兑子的所有秘密，但我感念住持了。从此我去画佛或出门一天半晌，孩子就在寺院里同小和尚、同香客逗玩，心眼生多，只是头发越来越稀，个子不长。

在我以保护人的身份去兑子的土坯房里接孩子的时候，我忍不住地又一次放声大哭了。这是我今生哭得最伤心的一次。

土坯房很小，是土胡基一层平压一层立栽而干打垒起来的。立栽的土坯上都有着手印：大的，小的，深的，浅的。这些手印是丑镇上人的手印。他们其中，有人或许已经死了，有人或许已成婚立家，但更多的现在还是单身汉住在佛关，可是他们谁都不知道在这手印房里的兑子离开了，永远永远不会回来了。

土坯手印房后就是兑子早年居住的窑洞，她在临走已用石头砌垒了洞口。多少年里她在那里所画的什么，她不让任何人进去，现在也不让任何人看到，这就是我之所以伤心落泪的原因。

孩子使劲在房子里哭，声音嘶哑。当我和兑子前天晚上爬上山梁，听到孩子在哭，这两天里孩子是哭了几场呢？我打开房门，她已经成了泥人，一筐的鸡蛋一个一个全部捏碎，黄水白水同屎尿和在一起，肮脏的手又在四面墙上抓着无数的手印。她的肚子是饿极了，兑子将一张烙好的面饼中间掏了洞挂在她的脖子上，是让孩子饿时一低头就能吃到，但她只吃了面前的饼，饿得吃泥吃屎，脖后的一半饼却不晓得转过来。

我把孩子抱起来，孩子立即抓起我的衣服，头就偎在怀里吮我的奶。我痒痛难受，但还是让她吮，一面蛮有兴趣地看孩子的屎尿手印，并拿出兑子的血手印对着满墙土坯上的手印对照起来。兑子的血手印是兑子的人生图，土坯上的手印是追慕兑子的男人们的人生图，而那个与兑子组合，完成了孩子的人生图呢？

我可恨我的无能，无法得出结论，这也是我伤心落泪的又一个原因。

我终于大胆认定，我就是孩子的父亲。"孩子，叫爹！叫爹！"我说，这是天命，我在兑子离开丑镇时得到了她，而在她离开丑镇后又得到了孩子，命运使我懂得了，今生今世我为什么厌烦西安而来到佛关的原因。如果表哥还在，还要像来时那个月夜说的话，我就要回答：我就为这点来的！

五

七年前，表哥为了我来佛关的祸福于第二天一早领我去孕璜寺抽签，一进寺院，到处都是香客，他们头上戴着黄表纸叠的小帽，背着五彩碎布缀纳的香袋，于大殿的长案桌上献贡添油，跪下磕头烧香，然后在和尚敲响的磬声里抱了签筒摇晃，捡了最先跃出的竹签给和尚，又持了和尚发的签号，布施了十元八元后到后院去领签语。我一走进上殿的石子甬道上，一个小和尚就喊：又一个生意来了！这是什么话，佛家之地，香客布施是对佛的敬仰，怎好是将摘签看作做生意，我对孕璜寺的签之灵验发生质疑。表哥说，这是和尚与他太熟了，开玩笑的，但我终不愿再去抽签。那小和尚有一双狡黠的小眼，见我生气并不着恼，只对表哥笑。

"我知道你不会来布施的，"小和尚戳戳表哥的脸，"是来看发签语的吧！"

表哥也笑，甚或在小和尚的光头上敲了一下，就领我往后院去。

我那时并听不懂他们的对话，只好笑表哥路过莲花池时朝水里望望，拂了一下头发，好臭美的。后院发签语的那儿集了好多人，好容易人散开，令我大吃一惊的是发签语的并不是个鸡皮秃头的和尚，而是一个女孩，那么漂亮，一条腿跪在凳子上，一条腿向后伸直脚尖点地，上半身子前倾在桌上，一只手托住左腮，小拇指却在嘴里被咬着。佛关的人都丑，这女孩的出现无疑是黑石崖上开了一树山桃花，妖妖地烂漫，我那时眼睛都直了。

"这女的也是寺里的吗？"我问。

"这里不是尼姑庵。"表哥说，眼角却闪动了一下，有万般言语。

我顺目看去，那女孩也对着表哥挤了一下眼。

"哟，几时买的这夹克，好合身哟！"

表哥当然是穿了我的夹克的，他走过去，有些不好意思，回头看看我。我那时很傻，竟以为他在暗示我前去，就也走近了。女孩看我一下，目光就避开了。

"这是我的表弟。"他对女孩说,又给我介绍,"她叫兑子,画师的女儿,跟她爹也画佛哩。"

兑子有些羞,对一个拿到签语的香客说:"好了,这高中生有文墨,让他给你解释吧。"

表哥接过签语纸片,手一翻,却将纸片凑到兑子面前。兑子极快地从纸片中取了一个什么东西塞在了口里,笑了笑,那两边的腮里就不停出现一个小包儿。这一切我全看在眼里,兑子吃到的是一颗红酸枣儿,吃得我腭下也沁了一股酸水。

从寺院回来,我戏谑表哥什么时间摘的红酸枣儿,一颗酸枣儿也忘不了送兑子!表哥说,你都看见了,你这鬼眼睛!我是路过西边桥头,看见崖畔有颗酸枣,摘了舍不得吃的。

我说:"兑子好漂亮!"

表哥说:"是漂亮吗?"

也就在这一次,我从表哥口里知道了兑子的身世。兑子并不是佛关人,家在七百里外的卧凤岭,是和娘来迎接出山三年的爹到佛关的。因为爹出山时,于孕璜寺里许了愿:如果出山能发财回来,就要在寺后的山壁凿一个洞窟,让人画一窟佛像的。他果然发了财,要返回时,电报告知了在家的妻女,妻女赶到这里,他却因最后一笔生意耽误了时间,妻子长途跋涉染了重病,竟等不及丈夫归来就死去了。在背心里,汗水捂湿了一大捆钱票的兑子爹来到佛关,知道妻子已死,悲痛至极,就信服这是天命,再也没有返回老家,拜师于一位画佛师,父女两人就长居此地,虔诚地以为前世一定是冒犯了佛的,今生后半世里便要替人画佛了。

"画佛,画佛是什么样子,"我说,"你领我去看兑子和她爹画佛吗?"

表哥却说:"我怕她爹哩!"

我说:"她爹很凶?"

表哥说:"我心里有鬼。"

但表哥还是有一日领我去看画佛了。遗憾的是兑子爹这天并没有在洞窟画佛,表哥很高兴,就拉我从孕璜寺后的小路往山上去。路的两旁长满了翠竹,竹林里十分幽静,落下的竹叶全都发白如纸,拾起来却腐了。太阳就在竹林上空,仰头看去是一团淡绿。林子边有一道小溪,也是很绿的颜色,我一时弄不清是这绿水染绿了竹子,还是竹子染绿了这水,后来发觉表哥的脸和脖子也是绿的了。出了竹林,到了山根,一面很陡的红石崖上,洞窟如蜂巢一般,每一个窟前都有凿开的小路,拐折如之字,有的可以直通窟里,有的只有一丈间隔的石碓,这些石碓全是长条石插嵌在凿就的石窝里,而沿着石碓的崖上挂有垂垂的链条,如蛇在那里趴伏。表哥说,这些洞窟要上去就得搭木板,搭一页走过去,再搭一页,到了洞窟要返回,就退着走,走过一页抽掉一页的。不用说,那供人手攀的链条就是表叔的产品了。

"这好危险的,"我说,"佛爱在险处住?"

表哥说:"险的还在东边崖那里哩,山顶上有石柱,挂了链条垂在崖上,攀着链条才能下到半崖的洞窟去的。"

我和表哥跑遍了容易上去的洞窟,我敢说世上最灿烂的色彩全集中在这儿了,这些大大小小的洞窟,全用石灰搪了,彩绘了各种各样的佛画。我那时并不懂得佛界,不知道佛的大千世界里有那么严格的秩序,有那么多尊位!表哥用手电一一照着给我讲,我当时最感兴趣的是那些菩萨,记住了普贤菩萨、肋侍菩萨、圆觉菩萨、水目观音菩萨、千臂千钵文殊菩萨。

表哥说:"佛关现有五个画佛人。除了兑子父女,还有三个,但画得最好的还是兑子爹。"

我看着每一个菩萨,总觉得眉目在哪儿见过,说给表哥,表哥就笑了,说:"你还行,与佛也有缘的,你没看出像不像兑子?"

经他这一说,这佛像还真几分像兑子。

从洞窟里出来,表哥就四处张望。我知道他在张望什么,说:"兑子今日没有在洞窟,还是在寺里替和尚发签语吗?"

表哥说:"寺里我一早去看过了,她不在那儿。"

他想了想,又说:"魁,你想见兑子吗?"

我说:"你想见就说你想见,别架我的桥。"

表哥脸就红了:"你去她家叫她吧,就说是寺里住持唤她说个话的。"

我同意了。虽然叫兑子是为表哥服务,但我也希望能见到她。以表哥的指点,我到了山根的一个洞窟前,洞门安得很低,洞前有一棵分着双杈的药树,这药树给我的印象是:风水不好。对于地理风水我有天生的感悟,一次在孕璜寺听一位会风水的香客聊天,从此爱琢磨,久而久之倒有了我的一套经验。譬如一场淫雨淋塌了表叔家后院墙头,我曾担心表叔走路要摔跌的,但表叔没事,表哥却断了一次筋骨。铁匠铺左邻的那家大门正对了河对岸突伸出来的齿崖,我就说过此家人不兴旺,果然后来兄弟二人同时患了胃癌;而患了胃癌,门前的两棵榆树上也相应长了两个包,老二的媳妇嫌难看,用斧子劈了。我给表叔说:坏了,这老二要死了!老二真的死了,老大却活下来。我的经验是,地理环境在平常是毫无意义的,这如打仗一样,不打仗一切的山是山,水是水,土堆是土堆,石头是石头,但突然要察看凶吉,就如突然一声枪响战争打起,山、水、土堆、石头就全然变成符号,哪里可做某高地哪里可做掩护体而发生作用了。兑子家洞前的树的形状给我的印象不好,但当时我的风水知识才有萌动,并未意识到他们家将要发生什么变故。

兑子是和她爹跪在树下的小方桌前烧着香,桌上的灵牌上写着先妣的字样。我躲在三丈远的一座茅房墙后不敢前去打扰,听见他们在召唤兑子娘前来享馔,于冥冥之中关照他们。祭祀完毕,兑子爹却粗声叫道:"谁在那里鬼鬼祟祟?"

我吓了一跳。兑子爹在祭祀时头始终没抬,怎么就知道我躲在墙后呢?这一定是在空中的兑子娘传导了信息。我懦懦地站出来,说是我。

"你是谁?"兑子爹站起来,拿很凶的眼光审我。这是个精干的、腰有些驼的丑老头。

兑子分明看见我了,但她没有替我解围,却扭过身去,拿一块浆过米汤的衣服在捶布石上捶打。咚的一声,棒槌打空在地上。

"我是捎话来的,"我说,"寺里住持唤兑子去说话的。你是兑子爹吗?阿伯!"

兑子爹就说:"兑子,去了快回来,不要疯跑。经过××家门口,问托他从西安买的颜料买回来了没?"

兑子丢了棒槌,一边向我走来,一边说:"有什么话呢?"我们一转过茅房墙,她竟在前面小跑起来。

我说:"兑子,兑子,不是住持唤你的。"

兑子回过头来,那么一笑,说:"我知道的,你表哥在哪儿?"

约好表哥在镇的西沟桥头的小酒馆里等着,我们走了去,所有的人都与兑子打招呼,给兑子笑,没话寻话地搭讪。几乎所到之处,花也开了,鸟也叫了,一切都鲜明光亮,以致人们又拿很异样的眼光看我,就有一黑胖汉子横过来,很凶地问我从哪里来,怎么认识了兑子,和兑子是什么关系,简直要吃了我似的!我不怕,我倒希望有人敢动手脚,我就使一套拳脚让他瞧瞧,也可在兑子面前逞一场英雄。但一想到,我这一切全是为了表哥呀,我如实地说我只是认识兑子,别无他求,心里就对表哥也有几分嫉妒起来了。

表哥在酒馆已买了酒,我们三个都喝了一杯。表哥说:"兑子,我表弟想让你领他见见佛关的世面。"兑子说:"佛关的哪一个石头不认识你,用得着我外来户?"表哥说:"有你一块说说话行吗?"兑子说:"现在不行的,我爹让我去取颜料的。"表哥说:"那晚上吧,咱们一块去东山坪听吵架去。"兑子说:"好的。"他们就拿眼睛说话,我装作不理会,低下头来,又故意弯下腰要捡掉下去的筷子。但就在我弯腰下看时,表哥的一只脚从鞋壳抽出,慢慢地向兑子脚靠近,脚的五指很激动,蠕动着又十分地温柔,像一只可怜的蟹。我忙抬起头,却见表哥的手同时伸在兑子面前,几乎要触到兑子额前的刘海儿了。表哥见我看着,手在空中停住,却收不回来,尴尬地扳着指头说:"昨日是初一,今日是初二,明日是初三吧?天气真好的。"

天擦黑。兑子果然到了东山坪。这是一个小平台,全耕作了农田,田的中间有一条发白的小路,路的两边相对是两座很大的土坟,我们就席地坐在路上。我说:"这是谁要吵架了?"兑子说:"不要说话,一会你就知道了。"天很快黑严下来,满荒野的蛐蛐叫,坟头上就出现了磷火。我是第一次看见磷火,非常害怕。表哥让我摸摸头发，头发能放阳气的，果然一摸头发，头发都在头上竖着，哗哗叭叭响。兑子说，魁要是胆大的，可以去坟上捉蛐蛐，这里的蛐蛐瘦小却好斗，即使让对方咬得满头流血还是往前扑。表哥一个嘘声，我们就噤了说话，听到了有咳嗽声。这咳嗽声很长，好像一口痰老咳不出来，声响完了，完了又续起来，接着有了说话，一片嗡音听不清内容，一会急一会缓，一会哈成一片，一会又呃呃如叹息。我说这是怎么啦？表哥说：是大队长和贫协主席吵架哩。那两座坟一个埋的是大队长，一个埋的是贫协主席，他们生前组合佛关这地方的领导班子，但一直配合不好，矛盾重重，认为是路线斗争。但他们都没有后代，死后没有祭祀的，成了饿鬼，在佛关镇夜夜闹事，镇上就用桃木楔插在坟头，他们不到镇上去了，便却相互在这里争吵不休。"你说，"表哥说，"好玩吧？"

我毛骨悚然，嚷道要回。我一嚷，那吵声就停了。兑子说："你真胆小，城里人胆小。咱到月亮垭去，那里有好听的呢！"我问那里是什么，表哥说那里早先是一条官道，李自成起义时来商州屯兵，与官兵在其处打了一仗，山就把一场厮杀声录了下来，现在只要对着山垭一百五十步的地方敲打一阵石头，音响就释放出来，金戈铁马，雄壮了得，听了人能添勇，刀山火海都敢去闯的。

我不愿意去，说那山垭会录了战争的厮杀声，说不定也会把我们的说话声也录了进去。三人就往回走，表哥兴致高，总是走得慢，看见月光下路边秋日护田的庵棚，提议到庵棚里聊聊天："这么好的月光，不多玩玩，太辜负了！"我只好依他去。走到半路，兑子说她要解手，让我们不要动，也不要扭头，她就到一个地坎下去。我们分明听见了很动听的撒尿声。一时间,我有了很美妙的感觉,我却不好意思被表哥看出我的神情,抬头看表哥,他脸上也闪着光彩,轻轻地吟诵"清泉石上流",看见我看他,吟诵含糊起来,也就把头仰起说天上月亮好亮,我也说月亮好亮。这么等了许久,不见兑子过来,我们轻声唤兑子兑子,兑子没有回声。表哥说她怎么啦,这儿可有狼的。一说到狼我就紧张,兑子在土坎下,怎么听不到我们叫唤呢?两个便往土坎下跑,月光下真的没了兑子,而松软的地上有一摊尿湿,且还有一个很深的涡儿。对着涡儿看了许久,我们差不多要哭了,兑子却在远处的庵棚里喊:"要我在这里等你们到天亮吗?"

她原来早已去了庵棚。表哥问她怎么不说一声就先走了。兑子说:"我已经不好意思了,再去给你们说:我尿过了,走吧!你这坏小子,还是让我说了!"

这一个晚上,我们谈得非常有意思,但谈得最多的是他们,他们互相询问回答,我插不上言,我只有耳朵。我现在是佛关通,基础就是那时打下的。佛关是苍茫山海的商州去关中大平原和西安省城的最后关口,原本这里很少有人家,孕璜寺虽然还有和尚,但残壁断墙,香火冷清。自打政府颁发了政策,农民可以流通出外经商,这地方人来往多起来,先有人出山去大平原做生意,出山时在孕璜寺里磕头烧香,许了愿:若在外发了财,回来时就一定凿个洞窟画佛,结果那人真的发财回来,真的凿洞画佛还愿。兑子爹的师傅就是第一个画佛的人。一个人如此,消息飞传,效仿的日渐增多,画佛的事开始红盛,以至远近,甚至于整个商州地面都知道了这里的神灵,出山做生意便不再走别的山口,绕几百里来这里给神许愿,发财了还愿。这条山口成了商道,佛关镇成了佛界,兑子父女也以此为职业长期居住下来了。

"那就是我爹的师傅的坟。"兑子指着山峁上的一个塔说。

月光下,塔并不十分清晰,但我想塔一定修得伟大,因为老画师为多少人画了佛,他死了,得到过他好处的人一定会为他的坟塔修造舍得出钱出物的。

"你死了,我给你也修一个塔,让佛关永远记着你。"表哥说,可惜他没有金子。

"土堆我也不要。"兑子说,"我现在只给爹做帮手,等我能独立画佛了,我会凿一个大手印在佛关崖壁上,就像我盖的名章一样。"

六

人的一生,有时会说出后来完全按着来的话,兑子这一晚的话以后发生的事情全实现了。在她独立能画佛了,虽没有在崖壁上凿一个大的手印,但她毕竟留下个手印,一个血染的手印。

每个深夜,我搂着孩子睡觉,总要掏出血手印的纸让孩子看,讲关于母亲的故事,这孩子什么也不懂,一看到血手印就哭,甚至一看到红的颜色也哭,在哭叫中就把褥子尿湿。我把她放在干处,我睡在湿处,她又尿湿了那边,还是哭个不停,我一个没有结婚的男人束手无策,突然意识到我是犯忌讳了,忘记了给兑子母亲祭祀。兑子的母亲原本是极善极软弱的女人,她客死在佛关,从此魂灵迷失了回归故里的方向,就在佛关游荡。兑子和爹在的时候,他们每月初一和十五就祭祀一次。兑子的爹早走了,兑子也走了,我没有再祭祀她,她变成饿鬼,才使孩子日夜不得安生吧？

在佛关的七年里，我已经地地道道成了山里人，我完全相信了人是有灵魂存在的。惠心住持告诉我，他是能看见每个人头上的光焰的，焰的大小明暗决定了此人的寿夭福祸。我没有惠心师父的修行，但我不怀疑灵魂之说，生前有个功德的，可以很快托变成人、树、花草和动物，开始着它的轮回，生前做过恶事的或突然暴死的或还未完成托变的这便只能算作游鬼，游鬼都在冥冥之中注视着他们的后代，他们永远与后代同在，只是后代不要忘记他们，能按时祭祀，他们有保佑之功力，贫困时给你富有，胆怯时给你勇气，若不祭祀就成饿鬼，饿鬼则为凶鬼，反过来又得惩罚后代了。我蒸好了三个献祭大馍，还有一碗素饺，子夜时对天祈祷，乞求兑子的娘能保佑这可怜的孩子。这一夜的月亮没有出来，黑如泼墨，无风无雨，寂静使我屏住了呼吸，突然浑身战栗起来，我知道鬼魂来了，跪在那里不敢抬头，只一眼一眼盯着香炉里燃得很快的香炷。约莫一个小时，估计饿鬼是享用了献祭，就撤下大馍和饺子。这东西不能给孩子吃。孩子吃了要糊涂心的，倒了又可惜，我吃了下去，果然一点味道也没有了。而孩子就一夜安静。

我并没有去睡，默默地坐在那里，听着鸡啼，听着狗咬，听着山墙的"吉"字孔里的老鼠惊慌吱叫。这一定是一条蛇钻进了鼠窝。就在这时，我抬头看见了天幕已经灰白，而灯影似的有一个人的仰卧状的黑云就在当空，这黑云色并不均，呈现了一道深一道浅的区别，简直如一个跌损或大面积烧伤而被绷带严裹的人，人形酷似兑子，更奇妙的是裹了绷带的头顶之前，有一个彩色的圆影，犹如佛的光环。"兑子！"我叫了一声，不明白这是什么启示,难道为她的母亲祭祀,兑子的灵魂出窍也来照看她的孩子和我了吗?兑子来了,怎么是这个模样,莫非她在离走的路上跌了大跤或点火取暖而引起大火烧伤?或者或者……我说:"兑子,兑子,我明白了你的意思,我理解你,佛关的人都理解了你的!"是的,这是兑子最后离走一直耿耿于怀的心事,她以天幕上的图影告诉佛关的人们,她生不是恶人,死不是凶鬼,她是有一身的不是,即便世人骂得她体无完肤,但她的头顶还是有佛的光环的。

第二天我把这天幕上的图影告诉了许多丑镇的人,他们没有否定我的认为,只是长长叹息,就又骂了表哥,骂得难听。我没有与他们争辩,又怎么去争辩呢,一颗牙就咬下来,嘎嘣嘎嘣全嚼碎了。

东山坪庵棚里长谈的翌日,表哥又给我说起兑子,他告诉我:三个人从庵棚返回时,月亮已经下沉了,他走在中间,左边是我,右边是兑子,无意中右手甩动中碰着了兑子的手,她是戴了手套的,他有些不好意思,害怕引起兑子认为他是故意,他虽不敢再去碰她,却希望在自然摆动中手能再碰着她,后来真就碰着了,但兑子已经褪了手套,他勇敢地就抓住了。表哥说这事的时候,满怀激情,他一再征求我的意见,希望帮他分析他与兑子的关系到了什么程度,有没有最后成功的可能,但我知道他是在宣泄,在炫耀。他把别人的痛苦说给我,痛苦便一分为二,他把这事的欢乐告诉我,欢乐却不是一分为二,倒让我仰天长叹,临风悲凄。

"她狐狸一样的聪明哩!"表哥说,"她也希望能碰着我的手,早早就将手套褪了。过几天咱们再去夜游,你去吗?"

我当然要去的,我警告表哥:我可以避开时间让你们好,却不允许你们当着我的面好。但是，我们再也没有创造出那样的机会来，因为兑子一天天长大起来，出落得更加标致，丑镇上的男人就像苍蝇一样勇敢地去包围她，他们都在计算着兑子的年龄，做着兑子会成为自己老婆的梦想，而几乎同时，表哥的形象一日不如一日在丑镇败坏起来。他们到处散布表哥的坏话，说他是佛关的土著人，脾性儿不像佛关人，相貌也不像佛关人，油头粉面，游手好闲。这些话当然传到表叔的耳里，表叔在每一顿吃饭桌上都骂表哥，父子俩关系愈发紧张，表叔越是要让表哥在家打铁，表哥越是反感这个家。我知道这不全怪表哥，而我就只有在家帮表叔拉风箱，抡大锤。我那时就替了表哥，尽了我不该尽的责任，表哥却不领情，说我"活该"。

正是所有的男人都在企图着兑子，兑子在佛关反倒很安全，没人骂她，没人打她，说一般好话做一般的殷勤，她都接受，说出格的言语或眼里有火辣辣的光芒，她立即借口就走掉了。只有几分痴傻的保贵见了她，嘿嘿地对她笑，身子一晃一晃还做着不雅的挑逗的动作。兑子倒不介意，反招手让他近来，说他的西式裤子又穿反了。保贵就正经地给她说，不是穿反了，是故意反穿的，只固定一个方向穿容易破的。兑子就动手去扯他的后边裤子，一扯露出个红裤衩，就说反穿了可别忘了拉上开口的链锁。

我和表哥再不能主动去约她，想见她就到洞窟去看画佛。看画佛的人很多，这样不显眼。我们尽量讨好兑子爹，给他递菜油灯，给他搭梯子，送颜料，在水盆里洗笔。佛关一直没有通电，洞窟里光线十分暗，老头的视力明显地不行了，就在他戴了硬腿的眼镜爬在梯子上精心绘制的时候，表哥才有空去和兑子说一些话。有一次，这样的事也让老头发觉，生气得把一碗颜料掷过来，溅了表哥一身,从此我们也不敢去看画佛。

见不到兑子的日子是非常难过的,那一个秋天我永远也忘不了,天下雨下了整整二十八天,下得天发白,地发绿,许多屋舍在漏,墙垣倒塌。在佛关,人们一直认为,天雨时节是天与地的交合之期,看着天地汪汪汤汤地交合做爱,表哥就扑出扑进在家待不住。这当儿,公路是畅通了,汽车开始经过佛关,绕过关前的山梁就可以开往省城去,在冬季天下大雪或秋雨连绵,通了而未铺柏油的路面泥泞不堪,汽车常常在山梁上打滑翻滚,造成许多伤亡。过往的车辆有的备有防滑链,有的未曾备有,于是就有一些人有了新的赚钱的门路,就是自己背了一套防滑链守在山梁下,去高价借用未备防滑链的司机。这新造防滑链的就是我的表叔,在雨季中,他加紧自己的工作,而表哥却无心帮他,父子俩吵闹得更厉害了。表哥的酒量和麻将瘾也是那时培养的,我在陪表叔打过铁后也同表哥一起喝过酒打过麻将,他说只有这样他才能忘掉一时的苦闷。我理解他,却不同意他玩起来没个长短。有一次他打了一天麻将,晚上还没回来,半夜去找他,他乏困得眼睛都睁不开,但仍是不走,用火柴棍儿撑住左眼。他已经五圈未开和了,这一次牌停在夹五条上,揭起一看,大叫"自扣"!其他三个丧气得推了牌,他还舍不得推,大讲"自扣"的感觉和故意留夹张的经验。牌友也来审视他的牌,突然说:"你夹张的是什么?"表哥说:"五条啊!""你再看看!"看看还是五条。牌友过来把他左眼撑眼皮的火柴棍儿一取,表哥看清了是个四条!

从牌场出来,表哥说:"我这手臭呀,场场是输!人都说牌场上得意情场上失意,牌场上失意情场上得意,可我样样失意!"

我劝他:"像你牌场上这么输,说不定情场上有大得意的,好事要多磨!"

我们磨来的是从佛关出入的人愈多起来,许多人给神灵许愿,还愿时就只找兑子画佛,忙得兑子终日待在洞窟里。画完了佛,那些人仍不回老家去,以一切借口在佛关滞留。而也有从山里出关去做生意,来许愿时见到了兑子,也就突然决定不出山留下来,为了糊口,简陋地在佛关办起饭店、客栈,或为人修伞、钉锅、掌破鞋、织网套,甚或办起修胎补带的铺子,每晚带了酒瓶子到山梁上的公路上去摔,故意要过往车辆轧了玻璃碴放炮。佛关的人多而杂,衣着打扮日益时兴,日夜鸡飞狗咬,乱哄哄没个宁静。接着,就有好多人的家妻远路寻来,大骂丈夫瞎了心,有钱不回家;男的就骂妻子个子是墩墩,脸是黑黑,说明叫响要离婚,要娶兑子呀!这些女人就寻死觅活,末了寻着兑子,一面惊叹兑子果然长得美,一面又骂兑子长得艳乍、妖气,拿很长很脏的指甲朝兑子的脸上抓。

一日,雨驻初晴,有消息说兑子被一帮妇女打了,表哥就往出跑,我也丢了大锤跟了跑。我们在兑子家的门前,看见了那几个泼妇,但唾骂和殴打的并不是兑子,而是几十个男人在围攻这帮泼妇,连泼妇的丈夫也在用脚踢自己的婆娘。我先到兑子家去看兑子,兑子的脸被抓伤了三道,我安慰她,她一句话也不说,表哥一来,她却呜呜地哭了。

这场事好是轰动。表叔就说这是兑子长得贱相所致。表哥正在炉台上帮爹抢大锤,咣的一声,砸得铁花乱溅。表叔用小火钳忙夹了红铁翻过来,小锤子叮叮叮在旁边敲节奏,等着大锤再砸下去。表哥却不动了,说:"什么贱相,她长得菩萨一样,佛也是贱相吗?"表叔说:"贱就贱在她长得好看,佛关上人丑,丑能避邪。"表哥说："丑了就好，怎么那样多的人去谋算兑子?"表叔说："丑是福，人就少谋算了。"表叔不指望表哥帮忙了，铁块在炉台上又烧红，自个用小锤精敲细打起来，表哥却连珠炮似的落下一阵大锤，将已制成的一把斧子砸成一个薄片了。

　　表叔的话或许是对的，这个下午我陪他喝茶，茶是从山上采的一种什么叶子，于自制的小铁皮罐里放在火上熬出稠汁。我吮了一口，呕得直吐。表叔说："这茶作用大哩，喝了蚊子不叮，蛇见了不咬。"夏天里，佛关的蚊子和蛇都是多得可怕，仅我知道，表叔家的屋里就有蛇，一次我看见蛇在屋梁盘着，一只老鼠正从一条横绳上往梁上跑，突然看见就吓得跌下来死了。我给表叔说是条白蛇，表叔说：白蛇？就捂了我的嘴不让我多说，后来在屋外叮咛：白蛇在家，家里一个夏天不会热的，这是福蛇，不会伤人。可不要说破，一说破就走了。我始终难以置信，单独睡在家里，心里总慌慌地不踏实。对于喝这种茶的功用也怀疑，只觉得佛关的人喜欢喝这种茶，这茶才使佛关人越喝越丑的。

　　到了夜里，寺前吊桥对面的山梁上有两个光团在游走，我以为是磷火，嚷得表叔出来看，却听到一人苍老的声音在喊：回来哟——回来——哟! 一个细弱的声音应着：回来了，回来了。是兑子和她爹。表叔说："画师给兑子招魂了。这画师，兑子遭人打骂了，哪里会丢了魂呢？他家出事，多半是得罪了佛关的鬼魂，应该请戏班给这些鬼魂唱戏祭祀的。"

　　我说他们已经祭祀了兑子的母亲，为什么还要祭祀全镇的饿鬼？

　　表叔说："生这么个兑子，又住在佛关不走，搅得一帮人神神经经起来，你见过谁还在祭祀他的先人，全都忘了！"

果然后半夜,我听见了饿鬼在哭,哭声有如狼嚎,有如蝙蝠啾啾飞动,有如猫头鹰在笑。狗不住地狂咬,猪也在圈里哼哼。我睡在被窝里浑身筛糠,想象屋外的黑暗里鬼一定拥挤在空中。这些鬼做人时计较了一生,做了鬼还要关注世情,佛关的人和鬼一样狰狞,不言的只有那孕璜寺的和洞窟的佛吧。突然我又听到了异样的响动,呼叫表叔,说鬼在油毛毡棚子里,摇得绳上挂的链条叮叮响,又拿土往门上撒。表叔说甭怕甭怕,侧耳听听,忽地披了衣下炕就往后院跑,接着喊道:"魁,魁!不是鬼在油毛毡棚里,是猪下起猪崽了!你快来吧,我点了马灯,鬼见了灯火不敢来的。哎呀魁,一个二个三个四个……下了七个。这崽子怎么都这么丑,从没见过这么丑的崽!"

我没有下炕去看,觉得猪在这时候下崽,下得那么多那么丑,一定是鬼魂投胎要转世了。

第二天,全镇的人都说昨夜听到鬼哭,又都来看表叔家多而丑的猪崽,有几个人久久端详着,甚至还掰开了一个猪崽的嘴,翻看了一个猪崽的肚脐。他们没有说话,面有惊恐之色就走了,他们也认定这些猪崽是鬼转世了,一定是他们的一个什么先人在世时口里有枚龋齿或嵌镶了一颗金牙,是肚脐处有一个肉瘊或一个红痣,而要在猪崽上验证的。

中午,就传出消息,兑子爹的一只眼睛失明了。

七

失了一只眼的画师,终于传出话来:他要出嫁自己的女儿了。他是外地人,能在佛关画佛是他的缘分,他要报答这里的天地山川，他就把女儿嫁给佛关。

我猜想，兑子爹的决定，是痛苦的决定，他是被佛关的灾异恐惧了。但不管怎样，这决定让表哥激动，我也激动，整个丑镇都激动了。当傍晚红云烧起，成群的鹳鹤在河的浅水里散步，他提了一把画笔走过独木桥去洗涤的样子是那样的温厚和慈祥，有人挑着水桶与他说话，长时间挑担不换肩，吃饭的人老远用筷子敲碗沿，"老伯吃饭吗？"招呼热情亲切。画师总是笑着，一只眼却审视了每一个表示殷勤的人，他觉得这些年轻人任何一个都可以做他的女婿，而任何一个做了他的女婿，这女婿和他及兑子立即将被孤立于佛关，回家里就警告兑子，万不敢草率行事，不嫁给佛关有灾，嫁错了更是有灾。丑镇的年轻男人，喧哗与骚动中眼睛都绿了，他们各自在估量自己，充满了自信又自惭形秽，反复地以己之长比他人之短，又以己之短比他人之长，每个人都成了每个人的敌人。孕璜寺里抽签祈祷的多起来，言语不和拳脚相动的频繁。月余的时间过去，一个强大的阴谋联合了所有的年轻人，抗拒着谁也不能独自得到兑子，但兑子既要留在佛关，又要她成为佛关所有人的所有，他们经过周密考虑，一致鼓动画师把兑子嫁给孤儿保贵。

保贵痴傻，我曾经说他脑子进了水，表哥干脆作践他长有二两猪脑子，若是痴傻有时倒可爱，恶心的是他从小患有哮喘病，治好留有后遗症：口里流一种涎水，早晚端了小缸要接住。兑子死活不肯。不肯不行，爹是这么认定的。表哥就夜里提了一页砖去黑暗里砸在画师的背上。表哥是发疯了，他要一砖头砸死老头，但他没有砸死，画师腰疼得躺在炕上七天七夜。兑子哭着照料他，他也搂了女儿哭，说兑子你投错了胎，这是爹害了你，说兑子你天高的心，纸薄的命，前世一定欠了佛关的什么，就认了这命吧！为什么娘一来到佛关就死了？为什么爹在佛关一个心思想画佛，以前从未握过画笔，一画就画得入了门道？为什么一个吃五谷杂粮的深山人着了女儿美颜丽色，惹得这地方形成一个偌大镇子？为什么爹黑夜里挨了一砖？他说兑子要答应嫁给保贵，他的伤病就会好，要不同意，"我什么也不吃不喝脚一蹬过世了，你愿意怎么过便怎么过吧！"

兑子就这样答应了。

出嫁兑子的那天，全镇的人都去了，唯有表哥没去，我也没去。我们在家里喝酒，喝醉了就唱起来。这是个夏天，水田里的稻子正扬花，我们唱的不知道是什么，只觉得要唱，唱得如狼嚎。后来水田里的蝴蝶就飞动了，一大片一大片的，天地都变颜色了。先是窗棂上一阵响，一只拳大的蝴蝶飞进来。这蝴蝶漂亮极了，我们从来没有见过的。我抓住后就要放进一本书里夹死做标本，表哥却拿过去要放掉，说这么美的生命弄死了太残酷了，但蝴蝶又落在他的手上，表哥说了一句"蝴蝶是来陪我的"，眼泪就大颗大颗掉下来。我们决定把蝴蝶放生田野，走出屋来便看见门前水田里到处飞有蝴蝶，再后是整个佛关镇上，孕璜寺后的坡根山崖上，蝴蝶如一条彩色云带游走。我们并不知道这是为什么，蝴蝶从哪儿来，又要往哪儿去，何种原因竟花花绿绿飞临佛关？一个中午一个下午是彩色的世界，晚上打了灯笼出来，蝴蝶还未散，灯笼的前前后后又是成片成团，光影搅乱，如梦如幻。直到后半夜，表叔跟跟跄跄跑回来，说是保贵死了。

"他早该死了！"表哥说，"他上山砍柴该坠坡死，他下河挑水该滚江里！"

啪的一声，表叔扇了表哥一个耳光。

表哥愣住了，他没有还手，说："他真的死了?!"

保贵是真的死了，保贵却死得奇怪。那夜里闹洞房，人们只逗乐着兑子，上百只手你掀过来，他又掀过去，兑子在人窝里东摇西晃，被冷落坐在大炕四六席上的保贵一边用小缸接着涎水，一边说："你们把兑子摇糊涂了！"并没人做理会，又编出一套酸话让兑子来说。兑子满头满脸是汗，只是羞于启口。有人提议，咱把保贵捆到门外树上，她不说咱不解！应声轰然，一群人就把小缸夺过丢了，拉保贵在房后坡根捆在一棵松树上，返回又闹着兑子。他们简直闹不够，喜欢看光头净脸的兑子，也喜欢看散发亮脖的兑子，喜欢看兑子笑，也喜欢看兑子被摇得满眼泪水地哭，直闹到人人都没力气了，才突然记起新郎还在门外捆着哩，出去看时，豺狗子将保贵的屁股抓破，掏了肠子吃空了。

佛关是有狼的，但很少有豺狗子，且豺狗子向来只掏吃驴和牛的肠子，偏偏掏吃了保贵的。人们后来总是说保贵是驴托生的，甚至论证保贵的耳朵长。我知道这样说是为了推卸责任，因为捆保贵几乎是人人有份的，为了进一步清白自己，也是消除对一个无辜人的死的内疚，他们就寻找保贵死前所有征兆，说突然有那么多的蝴蝶飞来，兑子可能是蝴蝶精变的，既是精变，兑子命硬，可怜保贵阳气弱享不了艳福，也是无可奈何。

保贵一死，兑子痛哭了一场，请来镇人用针补缝了保贵的屁股眼，装棺土埋，也算尽了一场做夫妻的情分。她没有怨恨佛关的人，不出门了十天，第十一天里就进洞窟又画佛了。

表哥是坚信兑子为蝴蝶精变的，保贵结婚日蝴蝶飞来那么多，尤其最大最艳的那只能飞进他的家，表哥更是坚定了他与兑子的爱情。从此，表哥对于蝴蝶一类的飞物再不伤害，直至在他被警车押走的时候，他是昏迷的，但听押解他的一个人后来说，车在翻越秦岭时路过了一片菜地，几只蝴蝶翻飞着往车玻璃上碰，虽然那是很小很快的响声，表哥就醒了，说，"求求你们了，让我带一只蝴蝶吧！"押解人没有让他带，踢了他一脚。

兑子没有和保贵成为实质性的夫妻，兑子不可能为保贵戴孝守寡，但兑子不愿意待在新凿的做洞房的那间窑里。她爹让她再住回旧窑，她也不去，筹划着要在窑洞前盖一间小土屋，入冬里就打胡基。

胡基是雇了一个人打的，每日最多打一百页。可每每过一个晚上，第二天胡基垛子却就高起来许多。那雇来的人就惊奇：馍不吃是有人吃的，胡基不打也有人打的？我打了一辈子胡基还没碰上这么好的事！这是表哥干的。表哥在夜里于别处用很湿的土打胡基，打出一个，就用手按一个手印在上边，然后约我连夜挑到兑子窑洞前的胡基垛里。表哥很聪明，他知道兑子能看出是他的手印，他要以有自己手印的胡基砌在兑子的房子，让兑子日日夜夜能看到想到他。但是，当兑子在读这些手印的时候，她是怎么也读不懂其中的两个手印的，因为那是我偷偷按下的我的左手和右手。我知道兑子并不爱我，如果表哥还在这个世上，我也不希望兑子能看出是我的手印，但我觉得被人爱是一种幸福，爱人也是一种幸福。我那时幻想着有我手印的胡基或许在兑子住进去小屋多少年月，它寂寞得会生满苔藓，那一定是记录了我对兑子的一份暗恋，只要兑子有一日突然发现了它，且能对它一个微笑，这苔藓会立即生活，开出一朵朵美丽的小花束。

遗憾的是直至兑子最后离开佛关，她也没有注意到有我的手印的胡基。而我比任何人，甚至比表哥还要幸福的是，我得到了兑子的血手印的纸。如果历史还得继续，过二百年、三百年，兑子的那间小屋不倒，我的手印胡基也就会成为一件珍贵的文物，永远有着值得研究一个男人内心隐秘的激情的价值的。

就在我们偷偷将有手印的胡基送到兑子窑洞前，使我们吃惊而随之懊丧的是那里的胡基越来越多，全都按有手印。这一定是佛关的所有男人干的，都希望把自己的一份爱恋呈送兑子。满以为聪明的我们在黑夜里无声地苦笑了——这个世界上，凡是你能想到的，别人也能想到，你甚至没有想到的，别人也可能早已想到和早已做到了。

兑子再没有雇请人打胡基，她就用这些手印胡基盖起一间小土屋，里外不涂墙皮，全然裸露手印，也不在胡基上钉什么木橛挂衣服、辣串和谷穗儿。

自从住进了手印屋，兑子的窑洞就常年锁起来，只到了晚上她独自进去在洞壁上作画。佛关的人都知道兑子白日在山崖的洞窟里画佛，晚上在自家的窑洞里也作画，却不知道她在画了些什么。我曾经与表哥商讨过，我说是在画佛，表哥说是在画她自己。我们在一次过河时，正好于木板桥上与兑子相遇，在这种情况下谁见了也没有非议的，我们就立在那里说话，问过她，她没有说。也就在这次表哥最后约好了兑子四天后再来桥上相遇，四天后那日表哥却掉进了河里，落下了腿疼的毛病。"她要走了。"表哥说。他们在桥面上说话，各自在对方的眼里看着小小的自己，一个说你是水，一个说你是乳，水乳交融，谁都是谁的俘虏，什么力量也不能把他们分离开来。兑子就有了几分伤感，眼睛眨了眨，睫毛上挂上了一串晶亮的泪珠，紧促地吸动了鼻子。

表哥在这个时候,极力想去拥抱她,给她保护给她力量,一连三遍地说了你等着我,你要等我,你一定要等着我,直到兑子给他点了点头。"我提出让我摸摸你吧。但我怎么去摸呢,我蹲下来,假装在收拾一截木板的平稳,她就走近了,我一下子捏住了她的脚。她的脚肉腻腻的却不肥,蹼很高,五根趾头上指甲修得十分洁净。她说好了,我该走了,就走了。我看着她一步步走下桥面,走进镇街,只觉得水在往下流桥在往上走,头一晕就掉下去了。我从河水里跃出头来的时候,恰看见的是岸上有两只交媾的狗,我恨我不如个狗,又沉下水里想把自己溺死,但我想起我让她等我,我死了还算个男人吗?才又一次跃出水面,爬上了沙滩。"

表哥复述着这件事,十分伤感,我听起来却美丽得像一首诗。我不止一次地宣传表哥是一个诗人或是一个歌词大家,他常常哼商州山里的花鼓小调,词儿都是他自填的,他当着我唱时故意将词意含糊,直到他被警车带走后我整理他的东西,一个日记本上写满了各种各样的诗。我读到一首《拉手手》是这么写的:"我要拉你的手,我要亲你的口,拉手手,亲口口,咱们俩山旮旯里走。"我猜想这诗产生于那次桥上相会,一定是表哥用花鼓小曲唱了给兑子听过。如果这诗词不是以花鼓小曲配唱,哪一个音乐家配上了通俗音乐,必将会流行全国。

第二年春上,商州山里山外做生意的人更多,这条以古栈道为基础开辟出的公路,实际上成了繁忙的经商之路,同样,滞留在佛关的人也更多。兑子爹的另一只眼睛也开始模糊起来,已经不能继续画佛了。而另外的三人,也有二个彻底失明,失明的二人都家在千里之外,他们画成了十数个洞窟,佛留在佛关光芒万丈，而自己瞎了眼，很悲怆地离关而去。年迈的表叔身板还硬朗，仍在继续他的铁业，保持着四十三年来所打造的链条还不曾有过断裂的纪录。他所操心的是表哥已经老大而不成婚，变得碎嘴，见了谁家的孩子都喜欢去摸摸那一根小牛牛，然后哀叹他要成绝死鬼了。表哥的性格也变了，忧郁寡言，不大喜欢出门与我同行，他一直是在寻找机会接近兑子，但十有八九希望落空，且越来越成了佛关有名的闲汉。

　　一日早上，我在那家汽车轮胎修补站里同小个子老板下棋，老板黎明才去了山梁公路上摔了玻璃瓶，估计着今日有生意可做，情绪很好，一边下棋一边问起表哥的事体，嘲笑表哥神神经经。那一天表哥在这里看他补轮胎，天上落下一根羽毛来，那明明是一根斑鸠的羽毛，表哥硬说是鹰的羽毛，便去逮捉，未逮捉住，羽毛飘过前面那堵墙，他竟翻过墙去捡回来，硬说是鹰的羽毛！鹰的羽毛是在搏击云空的，可惜落下来，你看它就成斑鸠的羽毛了！"还有一次，"老板说，"风把那棵榆树上的一个鸟巢吹落下来，我捡了要去生火，他偏夺了去，爬那么高把巢又架到树上。我说你闲得无事了，帮我去山梁路上摔几个瓶子我让你挣一份钱。他骂我头上长了二两猪脑子。他才是长了二两猪脑子！"小老板还要说下去，偏巧表哥使劲喊我，他正在第五道桥头上。我去了，他交给我一个纸包，不允许我拆开看，拿回家就放在柜子里，说他要去孕璜寺给住持说句话。我遵守他的叮咛，没有拆了纸包，回家来表叔正烧红炉子让我打铁抡锤，纸包就放在柜台上，后来我给人送几把打制的馒头，返回已是下午，表叔却在后院石磨上套牛磨苞谷，说："魁，这牛暗眼是你买回来的吗？"

我说:"什么牛暗眼,表哥让我拿回了个纸包,我也不知道是什么?"

表叔说:"一个暗眼,用得着买那么好吗?又这么小,牛还是偷吃磨盘上的粮食!"

我一看,戴在牛眼睛上的是一副女人用的乳罩,赶忙就取下来,谎说这是表哥代别人买的,你怎么给牛当了暗眼。我知道这东西是表哥从西安来的小贩手里买给谁的,可戴在牛眼上弄脏了,表哥回来怎么对他说呢?我也不知哪来的勇气,决定立即去寻兑子。往日里我见兑子,心里总发虚,今日却理直气壮地往兑子手印房去,兑子说:"你怎么敢来了?"

我说:"我就敢来!"

兑子说:"是你表哥让来的?"

我说:"是的,他给你买了件礼物,掉在地上弄脏了,不知你肯不肯收。"

兑子说:"什么好礼物?"

我说:"就是那个……"

我赶忙就走了。

过了三天,表哥很高兴地夸我,说我是他的知己。我明白他见过了兑子,兑子一定在感谢他买的好东西。又是一日,我路过兑子的手印房,门前的竹竿上晾着洗后的乳罩,简直是一面幸福的旗子。我悄悄地走过去,趁没人看见,近前闻闻,用手就捏一下。这一天里我的感觉十分奇特,我的鼻子能闻见各种各样从未闻见过的气味,满空气里有一股糖味、奶味,我甚至闻见了孕璜寺飘来的焚香味,闻见了一只蜜蜂飞过面前散发的薄荷味,还有那只趴在树上的七星瓢虫,有淡淡的苏打味。世界上所有的东西

351

都有了各自的气味，我怀疑我是长了一个狗鼻子了。整整一天，我浸淫在这令我陶醉的气味里，我不给任何人说，也不告诉表哥，总是借各种理由从兑子的手印房前过，体会一种微热的酥香的似乎是佛关镇年三十晚上有人用大锅煮肉的气味。但我再一次注视那个晾着的乳罩时，乳罩的中间已经发黑，是无数的指印。我当时冷丁怔住，鼻子的嗅觉消失了，我感到莫大的气愤。兑子的乳罩从此以后，直到她最后离走，再没有在门前晾过。我已经说过，世上的事情往往是你能想到什么地方，别人也能想到什么地方的，于是，我害怕起来，也是自那以后胆怯起来，不敢靠近兑子一步，担心佛关的人看出我的谋图不轨，或让表哥也将我列为情敌之行。以致夏天来还愿的人多，兑子来寻到我，让我和表哥承接一个洞窟的开凿，她正吃一颗糖，问我吃不吃，我说不吃，其实心里很想吃，已经没有那份胆了。

这个洞窟是一个发了大财的人自个选择的方位，要求洞窟要开凿特别大，在崖的最高部，又不要凿上洞的石阶，只能掏石窝栽石条搭了木板上下。我们雇了一帮小工苦苦干了一月，洞凿成了，还愿人出了大价，一定要兑子一口气把佛画成才出洞窟，以免泄了佛的真气。这要求实在有些过分，但兑子却同意了。三个月里，兑子就住在洞窟，每日还愿人负责买好食品在洞下，让兑子从洞口垂下一条链条吊上去。

三个月里，表哥哼的歌特别多，一静下来就扳了指头计算日子。他甚至不停地去撕那本日历，只过了十天，一本日历就撕完了。后来每日很晚回来，衣服有好几处破烂，双手和胳膊上也鲜血淋淋的。我问他干什么去了，他不告诉我。有一晚我尾随他出去，他贼一样在镇后的一处崖壁上练习爬壁，月光下，他像一个爬壁虎，手脚并用，已经爬了三丈五丈了才掉下来，掉下来他又爬，这一次爬得最高，我为他激动起来，给他鼓掌，没想他一受惊又掉下来。我跑过去就拉起他，拉起来了他又坐下去，说腿疼得厉害。我知道他是骨折了，说，"表哥，这都是我不好！"表哥说："没你的事。我给你说了吧，我想见到兑子，她虽然能把链条垂下来，可我手脚功夫不行，爬不上去，我只有这么加紧练习。她在洞窟还有两个月，这是绝好的机会，我一定要去见她！"我抱着表哥哭了，我说你一定能去，天老爷都会保佑你的！把表哥背回家，表叔问是怎么啦，我们不敢说实话，只谎报走路失了脚，表叔就连夜去二十里外的漆树沟请来了接骨先生。先生捏了捏腿，敷了一剂膏药，又熬了一碗药汤让表哥喝，再留下十剂膏药和五服草药，说，"会好的，但要卧床两个月。"表哥一听泪就下来了。先生好像生了气，说了句嫌卧床长吗，那你到西安大医院去，截了脚只要二十天就出院了。我和表叔忙赔笑脸，打鸡蛋下挂面伺候人家，先生才对我说，两个月能不能好彻底，还看膏药和汤药里有没有簸箕虫做引子。送走先生，我就整日在佛关的残墙败垣中翻寻簸箕虫，这种虫有分币大小，极丑的一个硬壳爬物。我虽然一直安慰表哥，一定找到这药引子把腿伤治好，心下却不相信这虫有什么功能。表叔说，这种虫能愈合，晚上用刀劈开了，用碗盖上，第二天就会自动长合完好。我做了试验，果然是这样。为了寻到足够的簸箕虫，我在地窖里曾经待过整整一天一夜。簸箕虫很臭，一沾手上就臭，以致好多年里，一见到簸箕虫，我就躲得远远的。但我那时就想，表哥是不是个簸箕虫托变的呢？他对兑子那么死心，即使身裂几块，他还是能愈合着忠心不渝。我回想起来了。那天夜里他练爬崖，样子是像爬壁虎，但更像是个簸箕虫哩。

虽然我找到了一大包簸箕虫,表哥并没有振作起来,因为腿好了也是兑子画好佛要出洞窟了,他就不按时换膏药,甚至汤药喝半碗倒半碗,而只舀炕前墙角的瓷瓮中的苞谷酒来独饮。我已经讲了,这酒瓮里钻进了一条毒蛇,表哥喝了这瓮酒,直到舀最后一碗时舀不上,让我把酒瓮扳倒来舀,才发现了瓮底盘作一团的蛇骨架。表哥一听喝的是蛇酒,恶心得就吐,吐得炕沿下满地都是秽物,又赶忙从火塘里掏灰来垫来扫。我突然大叫:"表哥,你能走了?"他一怔,才意识到自己真的在来回走动,没有感到腿的疼痛。这是个奇迹,是接骨先生的膏药汤药的功能还是喝了毒蛇酒的作用,我们无法判定,或许这是天意,成心要在兑子下洞窟的前十天让表哥去上洞窟的。

于是,我们准备着这个夜里去爬崖,我向他发誓当好一个忠诚的警卫,而且这事对谁也不说。为了一切顺利,白天里我们同去孕璜寺抽签,签是上上签,签语非常的好。当我们兴高采烈离开寺院时却碰着了独眼的兑子爹。兑子爹怀抱了一只兔子,眼泪汪汪地来找住持,说是兑子上了洞窟,兑子的兔子就交他来养,这兔子近来却不吃不喝,两颗下牙竟出奇地往上长,长到一直顶住了鼻子。老头说:"师父,你瞧瞧,这犯了哪门邪了,兔子的下牙这么长,什么东西也吃不了,它要饿死了!"

我那时冒出个怪念头,兔子是兑子的,兔子一定通了兑子灵性,是兑子在洞窟里也想表哥想得不思饮食,快要死去吗?

住持掰开了兔嘴,说兔子上下牙床不对位了,下牙不磨动当然疯长,就取了锯子来锯牙齿。但怎么也锯不下。

我说:"表哥,你来锯吧,你肯定能锯下的!"

我说这话充满信心，果然表哥一抱了兔子，兔子就安静下来，搭锯几下牙就断了，一断立即就吃起了草。

住持说："这牙床不对位，下牙还会长上来的。"

兑子爹说："都怪我照看不好，让兔子跌过一次，可能牙床就跌错位了，那怎么办呢？"

我说："有我表哥呢，它能长，我表哥就能锯的！"

老头长吁短叹地抱着兔子走了。

我悄声说："表哥！"

表哥说："嗯。"

我说："我现在明白了，这兔子倒像你哩，牙长到鼻子上，看见草但吃不上，会饿死的。"

表哥说："饿死的不是我，是你！"

我脸唰地红了。

八

月亮出来的时候，我和表哥已经趴在山根的荒草里打口哨。我的感觉如在战场，一切充满了神秘和新奇，仰头望去，黑黝黝的石崖上端，那洞窟口亮着灯，灯光浑圆，四周是毛毛的芒刺，似乎是一轮太阳，更确切是一个月亮，倏忽脑子里就坠入了月宫的虚幻中：兑子正好养有玉兔，兑子真的就是嫦娥吗？若兑子是嫦娥，表哥是谁呢？我又是谁呢？就听到表哥说："兑子听见了，兑子听见了！"我定睛看去，灯光中站着的果然是兑子。表哥就脱了白衬衣摇了摇，洞窟口的灯忽地灭了，遂听到唰唰的响声，一根链条便垂下来，表哥立即往崖根跑。我悄声叮咛："慢些，慢些,如果听见我打口哨,就是有人从山根经过,一定要身子附在崖壁不要出声,也不要蹬落石头。"表哥没有回答我,已经抓了链条往上爬。我伏在荒草里,浑身紧张极了,害怕他又是爬不上去再跌下来,害怕突然有人经过发现这一切。我不停地四周张望,又要注视崖壁上的表哥,眼睛不够用,耳朵也不够用,我想尿,脱了裤子又不能站起来尿,就蹲下,结果尿了一裤裆。当我再一次注视崖畔,表哥差不多离洞窟口只有三丈远了,他完全是一只簸箕虫!但这时他停止了,我几乎听到了他的喘息,我双拳都握起来给他使劲,如果这次不成功,那想爬上洞窟去的信心就全失掉了,机会也全失去了。我在心里叫:要稳住,稳住,不要往下看!表哥停止了几乎有一分钟,他又开始往上爬了,且蹬落了几块石子,石子沉沉地落下来,又很响地粉碎在崖下。我的心都提到嗓子眼了,担心有人经过。我想好了对策,如果真有人来,我就迎上去,说我路过这里觉得害怕,故意拿石头在崖根掷打而壮胆的。当我这样思想的时候,一抬头,崖壁上已经没有了表哥,那一条链条蛇一样地收了上去。表哥是成功了,洞窟口重新亮了灯光。

但是,成功了的表哥没有在洞口向我致意,连回头望一下也没望,他现在是忘记了我这个表弟!

我松下心来,浑身没有了一丝力气,却同时深深地为自己悲哀了。我这是干什么呢?我也是爱着兑子的,却在帮着别人去约会兑子,而自己则可怜地一人在这空旷苍凉的山根荒草中了。

我怏怏地往家走去,蒿草的叶上茎上都潮上了露水,脚腿一撞,全滚落下来,湿了鞋子、袜子,连裤管也湿了。走过一棵柿树下,我想靠着歇歇,身子才摇动了一下树干,就有三个柿子掉下来。柿子是红透了也熟透了的，是撞不得的，我蹾下来捡摔破的柿子想吃，但柿泥涂地，我是无论如何吃不上的。走过了佛关镇中的街巷，一种很异样的声音震响起来，这声音很美妙，又很丑恶，很让人发疯发狂，又让人难过，想流泪。但这声音绝不是我用耳朵听出来的，也不是我的嗅觉和视觉，我只有这样的感觉，好像是由我的头发、我的皮肤，甚至是我的五脏六腑的一切一切传导给我的。我那时一会儿很舒服，就像后来一位吸大烟的人告诉我吸烟后的情景：想什么眼前就出现什么；一会儿又很急躁，如梦中的逃跑，怎么急也跑不动；一会儿又觉得轰的一下，像一枚炸弹把我炸碎在半空，什么也没有了，又像是狂风之中一只猫倏忽被刮到了屋檐上，屋檐上又跌落了一页瓦，瓦无声无息地在地上碎裂。

第二天，佛关的人都在议论，说是夜里听见了一种声音，又说不清是什么声音，好像不是听到的，总觉得怪怪的。当我端了米筛去河里要淘米，走过街道，听到了两个妇人的对话，我着实吃了一惊。这两个妇人是南北对门的街坊，一个在门道安了织布机子织布，一个在自家门槛上坐着刮洋芋皮，她们好像有许多憋得心慌的事要对人说，就说开了。

这个说："哎，你昨晚睡得好吗？"

那个说："哪有你睡得好，颤声软语的，我还以为发高烧呻吟哩！"

这个说："你们倒没高烧呻吟，窗棂纸上印着跷得高高的两条腿影……"

两个妇人就哧哧笑，似乎都在害羞了。

那个说："今早听我那口回来说，那一伙结了婚的昨晚都没空过,那些光棍的也不要脸,说他们也都手淫了。天神,干这事好像是商量了似的,昨儿晚上这是怎么啦?"

这个说:"就是呀,这佛关越来越出怪事了!"

我不忍心打断她们的谈话,也不好意思突然出现在当街而使她们害羞,我折身从街的另一头下河去淘米,想昨儿晚上全镇发生了的怪事,我应该是知道为什么,又说不清是为什么,但是无论如何,丑镇上的男男女女都很受活,唯有我一夜难受。

一连五天,天降了雨,雨下得十分大,天地都分辨不了层次。表叔一边和我打铁,一边抱怨这雨下得太多,又抱怨表哥去同学家竟这么日子不返回。我哄了表叔,抡起的大锤就常常打空,表叔第一次骂我"猪笨"。

表哥第七天还没有回来,天雨是停了,但未炸晴,阴雾还退不开,河里的水涨得满河满沿,终日沉沉地咬噬着岸崖。我帮表叔打过铁后,无聊之极,曾提了篮子去山根捡地软,目的是要看看洞窟里的兑子和表哥,但那里静悄悄的,只有野斑鸠在崖头扑棱扑棱飞。我又返回来,瞧见这个洞窟的还愿人在街头的商店里购买黄表纸,香药和整整一竹筐的鞭炮,嚷着再过两天佛就画成,要大张旗鼓地举行开佛窟典礼呀。我为表哥着急了,他怎么还不下洞呢,是忘记了日期吗?遂又想,我为人家着什么急呢?表哥上了洞窟,他何尝在他幸福之时还能想到孤独凄凄的表弟呢?!

我回到家胡乱吃了饭,上炕睡了觉,一直睡了一个下午天,黑了接着又睡,梦到了在宾馆养着一个白脸修身的女人的爹,梦到了簸箕虫一样爬崖的表哥,梦到了洞窟里形形色色的佛尊。这些梦使我兴奋又难受,意识里说这是梦,快快醒吧,梦偏是不醒，竟又做了一个很卑劣的梦，梦见我是坐在一片荒草地里，觉得下身很酸很憋得慌。一抬头，身后的土坝上正走过一个人来，我躲避不及，便说：你也来吧。那人似乎已看见了我，但目光又立即放远，很斯文镇静的样子，说：不啦，我才干过。我惊醒过来，琢磨这是什么征兆，那个在土坎上的人是谁呢？这时候，表叔就在喊我了。

表叔的声音从没有这么可怕过，我立即穿上衣服下了炕。天还没有亮，屋里一片灯火。

表叔说："魁，魁，你老实说，你表哥这几天去哪儿了？"

我说："去他同学家了呀！"

表叔吼道："屁！他被人捆在山根石嘴上了！我怎么生下这种劣种，我把人都丢尽了！"

我撒腿就往外跑。

表叔把我抱住，说："你真的睡得那么死哟，你没听见刚才来人在辱没我吗？他们把你表哥用链条捆在崖嘴，又在链条上上了锁，说谁也断不了链条，只有我去断，这不是故意丧我脸皮吗？你去吧，你把这个拿上，开了链条，你让他一头就撞死在崖上得了！"

表叔给我的是一把大锤和一根錾子。

我跑过佛关镇的时候，天已微亮，人们看见了我，他们问我干什么去，然后就哈哈大笑，给我吐唾沫，咬了牙骂我，还问我拿没拿了手巾和纸，也可给表哥的××上擦擦，我没有回一句骂。一句回骂，我将会被他们打翻在地，他们的愤怒太大了，如果不是犯法偿命，表哥不会仅仅被捆在崖嘴。

我赶到山根，表哥果然衣裤褴褛，被链条重重捆缚在一个崖嘴的石头上。我用大锤和錾子开始砸链条，表叔打制的链条太坚固了，我是真真正正领教了他的手艺的高明。可怜的表哥侧了身子躺在石头上，我大锤砸下去，链条未断，却震得他胳膊上出了血，我不敢再砸了。表哥说："砸吧，使劲砸吧！"我再砸了二十下，二十下的铁石之响，肯定是全丑镇的人都听见了。

  过后我才知道，那个夜里表哥准备离开洞窟，原本侦察了动静，兑子在洞窟拉扯了链条，表哥就攀着往下吊着滑动，差不多就要着地了，恰一伙人从大山后的丛林打猎回来经过这里，他们都在仰头看洞窟，议论兑子快要下洞了，就发现了登在崖壁上的表哥，立即朝空放了一火枪。表哥以为是瞄准了自己，慌乱中就掉下来了。这伙人审问表哥是从洞窟下来的吗？表哥不敢牵连兑子，大声说他是要往洞窟上爬的。他的意思是大声这么说了，好让兑子不要出现在洞窟。这伙人当然不信，追问这链条怎么就垂下来？表哥说链条是兑子一日三次吊饭食的，可能吊了饭后，忘了收拾，他看见了就想爬上去的。再问爬上洞窟干什么，想独占兑子？表哥说：是的，我爱兑子，兑子应该是我的！表哥的脸上当即就是一拳。表哥的嘴还硬，又还了手，他们就放翻了他，搜他的身，竟发现了他的腰里缠了一截花布，展开来是一个丝头巾。这是兑子的头巾，他们是认得的，他们就怀疑表哥是从洞窟下来的，气得嗷嗷大叫，把表哥的衣裤撕烂。表哥为兑子就是不承认到过洞窟。他们就把他捆在崖嘴石头上，又进镇吵吵嚷嚷，惹了更多人前来唾表哥，打表哥，解了裤子往表哥的伤口上撒尿，最后把链条从洞窟口扯下来，紧紧捆缚了七道，又将链条两头锁了四把大锁，说：他爹的链条谁也断不开，让他爹来断，他爹要是有脸不来，让他永远就在这里吧！

表叔真是要脸面的人,他不来,我来了,我来佛关是我的命,在佛关尽干些别人偷牛我拔桩的事,这也是我的命。

当链条断开的时候,我说:"表叔以后再不要打制链条了,我再不会跟他学打铁了,让他的手艺失传得了!"

表哥哗啦啦卸下了链条,却呆呆地立在那里。

"表哥,"我突然可怜起表哥了,"咱们回吧!"

表哥说:"回,能回去了吗?"

我把链条抓起来,扬手要远远甩到荒野中去,他挡住了。说:"我还得用这链条。你回去吧,我拜托你,我爹年纪大了,需要照顾,还有兑子……我得走了。"

表哥要往哪里去,我没有问他。他走是对的,他应该早走。我再没有说话,只把我的衣裤脱下来让他穿了,我剩下的只是一条花短裤。

九

表哥逃离佛关是二十五岁,他一逃三年没有踪影,也没有消息,当后来他回来的时候,并没有说这三年里经历了什么,干了什么生意。他只是有钱,很能挥霍,而临走带的链条是拿回来了。

这链条现在已埋在了表叔的坟前。我的表哥与表叔天生不是父子,是冤家对头:表叔去世的时候,摔孝子盆的只有我,一代名匠就么被儿子忧愁死了;他死了,带走了绝好的链条手艺,而表哥回来还带着的那链条,我说了,这是表叔最好的纪念物,我们应该将其放在老人的灵牌前供着才是,可表哥却在上坟时埋在了父亲的坟头。我不知道他是怎么想的,他或许是永远也不愿思念自己的父亲,或许怕看见了链条而触痛他那可怕的一幕。链条是不怕石头砸的,也不怕什么拉力拉的,怕埋在土里,埋在土里就会生锈腐蚀;那链条或许已经锈腐不堪了。

说真实的话,三年里我并不想表哥。表叔曾经托人四处寻找,听了惠心住持的话,把表哥的鞋和袜子、裤子用绳子捆了吊在地窟里,表哥仍是未回,他就病倒了,从此不再提儿子,把家私秘密全告诉了我:后院梨树底下埋有一个瓷罐,装有六十五个袁大头的银圆;表婶死时手上戴有嵌着一颗绿宝石的金戒指,一定要防备着盗墓贼。我成了表叔真正认可的儿子,这还罢了,而佛关镇上,可以放诞暗恋兑子的就是我了,兑子唯一愿意接近愿意说话的就是我了。我的那件夹克,虽然洗得灰白,但毕竟穿在我的身上,我去见兑子和兑子来见我,那我真正是代表了我,而不是表哥的我。

我曾经担心过兑子要出事,出走或觅死?谢天谢地,兑子还继续在佛关,继续活着。活着就画佛。兑子爹先是说什么也不让兑子画佛,认为她已不配画佛,兑子也有一段时间闭门不出,但是,还愿的人都坚持还让她画佛,兑子又开始上洞窟,兑子爹的眼睛就是那时彻底失明了。同兑子爹失明的日子相差不过几天,兑子养的那只兔子也死了。兔牙发疯似的往上长,我去用锯子锯一次,过数天就又长上来,最后竟长得顶住了鼻子又钻进了鼻孔,便饿死了。我那天黄昏在孕璜寺后的山坡上捡地软,兑子荷了锄在那里埋兔子,我回来浑身不舒服了多日。我想起表哥的话,说我也像这兔子,现在兔子是饿死了,象征了什么呢?在佛关的七年,我完全信一种神秘的力量,我暗中留意过兑子,她肯定不是凡人，一定是什么精变的，是不是蝴蝶一类呢？我也仔细观察过佛关所有的人，我敢说，惠心住持那是一株老树变的，表叔是一头山羊变的，轮胎修补站的小老板是野鼠变的，还有许多人是狼虫虎豹猪马牛狗变的，甚或那山上的每一棵树，河边的每一块石头，它们都是人死后的托变，或将来要变成个什么人的。

这种玄思日日夜夜困扰了我，有意思，也恐怖。家里的老鼠也明显多起来，我没有捕，也没有放鼠药，纵然我的一双皮鞋晚上放在炕下，白天起来被咬成凉鞋。供我夜夜入梦的是老鼠磨牙，那声响大极了。我知道那只兔子之所以死去就是牙床错位不能磨动了。每当白天发现箱子、木柜被鼠咬了，我就高兴它们不会再饿死了。

九月天里，有人在集市上出售兔子，我买下抱给兑子。我恍恍惚惚觉得饿死掉的那只兔子不应该是我，应是倒霉的表哥。遗憾得很，也是天命注定，兑子竟谢绝收养。这预兆果然是我吃尽了精神煎熬之苦，以心比心，才后悔诅咒着表哥永远不回来是那么的残酷和狠毒。

丑镇的许多结了婚的年轻人在这时期纷纷生下孩子，但没有例外的一尽发癫。家有发癫的孩子，夫妻关系愈是不和，就又有离婚或常年分床另枕的事件多起发生。有人梦见东山坪长了一棵石榴树，树上累累的石榴在风里摇落，皮裂籽散，满地旋转。全佛关就议论石榴结籽，籽为子也，发癫的孩子便是摇落破烂的石榴变的，遂以石榴树在东山坪，就怨恨了做鬼也吵闹不休的贫协主席和大队长，再一次将桃木楔钉在那里。轮胎修补站的小老板正值妻子坐胎，更是虔诚，托人四处查访，找着了一株被雷火击轰过的老枣木，雕刻成符印，在黄表纸上按了，一张贴于门首，一张压炕席下,一张焚化和水让婆娘喝下。但是,孩子落草后,仍是患有癫狂症。这件事我一直闹不清楚,后是离开佛关又回到了西安省城,见着一个老中医教授谈起来,谜底才彻底解开。教授说,凡是夫妻性交,男的于射精时脑子里想到的不是身下的妻子,而是迷恋以至产生幻觉,以身下的妻子为暗恋的别人,那么怀孕得子就易患癫狂。

事情原来是这样,这实在是一种报应了。

佛关的人依旧追慕着兑子,他们对于兑子总是开怀大量,只把一切仇恨集中在表哥身上,表哥一走,除了眼中钉肉中刺每个人又激发了自信。他们每时每刻都在注视着兑子,兑子某一日穿了什么衣服,梳了什么发型,吃的什么饭,上了几次厕所,他们都有记录,恨不得把兑子画在眼窝里,一睁眼就能看见。兑子的世界成了眼睛的世界。我想兑子一定认为人的眼睛是绿的,是火辣辣有着火焰的,甚至每天晚上回家脱下衣服,抖一抖,就会落下一层的眼睛。当兑子谢绝了我送她的兔子使我尴尬和沮丧,她成心要使我牙床错位成为饿兔,我是怨恨过她的,不理解甚至讨厌她对那么多眼睛不进行反抗的表示,她是恐怖这些眼睛,还是窃喜这些眼睛?我之所以吃不透女人的原因就在这里。以致我和兑子在麦地里的事情后有些反省:她既然那么爱着表哥,为什么会赐予我一切,她当时的心理如何,这种心理如何构成?这或许就是女人的弱点。或许又正是伟大如兑子一样的女人的高明处:喜欢所有的男人爱她,利用男人,调动男人,却又不愿意除了表哥而有具体的男人爱她?我吃不准。

偏偏这时候,兑子怀孕了。兑子怀的是表哥的孩子,这是无疑的。她来找过我,正是一个下雪的日子,天地一片白,我在孕璜寺翻阅了《华严经》出来,她就站在寺院山门外的雪地里,雪衬得她脖脸通红,绕着那株柏树,脚印杂乱。她说她远远看见我进了寺里,她就在这里等我。我说:"有什么事吗?"她直愣愣看着我,突然说:"我要堕胎呀!"

我简直吓了一跳。表哥走了这么长日子,我只说什么事也没有了,怎么她就怀孕了呢?怀了孕是多么大的事情,要堕胎又是多么大的事情!兑子以前见我闭口不谈与表哥相好的事,现在直截了当说给我,我知道这是她万不得已,也知道我如今在她心上的位置,我顿时增加了一个男子汉的气派,承担了要保护她的重大责任!但我随之又怀疑起事情的真伪,看她的样子,压根不像怀了孕。

她说:"已经七个月了,我不显身。"

七个月了,七个月在一般女人已经笨得走形,她却依然苗条,步有弹性。仔细看了看,才发觉腰身确是不比先前灵活了。

她说:"我一发觉有,就想堕了下来,爬高上低,翻滚捶打,可就是不出来。听说七个月里堕不了了,我想让他(她)小产。"

我说:"这使不得的。"

说过了,我就明白兑子是来听我的主意的,在一有发觉就要堕胎这或许是真心的,可现在要小产,她一定是犹豫不决,听听我的意见而坚定自己吗?

她犹豫地说:"我知道孩子是没有罪的,可我能够生下他(她)吗?"

我说:"就生下他(她)!生下了,就证明你是我表哥的人,表哥不在,别人也便不会骚扰你了。"

她点着头,温柔如一小猫。我那时一下子觉得这雪天雪地怎么让她一个人走呢，要是滑一跤怎么办？就搀扶她下了寺前石阶。她笑了，说："你敢？"我说敢。她倒甩了我说没事："我怎么这阵就娇贵了？孩子是你表哥的，你表哥的孩子不怕摔打。"

孩子是超期了十五天生下来的。孩子生的时候野狼在河对面号哭，满镇的狗大咬，血水和胎液噗的一声，如将木盆里的鱼和水一齐泼出一样，孩子在炕面上冲滑而过，远远掉落在炕下的一堆麦草里，啼哭了。而我的表叔，在铁匠铺的炕上蹬脚咽气了。老人痛苦地挣扎了半天，最后突然一个微笑安静下来。我以为表叔病有了回转，用手在他眼前晃晃，没有反应，一按鼻孔，才知道他已经就这么过去了。我不清楚这孩子是不是表叔的投胎，但孩子极端丑陋。

十

兑子有了孩子，兑子一下子没有了往日的羞涩。女人就是这么怪。她抱了孩子时常在镇子里转悠，请教别人：孩子屙屎成黑色是什么原因，发烧能不能用艾香熏脚心，治夜哭的符是怎么画？她买猪蹄说要给孩子下奶，甚至再没有戴乳罩，嘟噜着两个大奶，竟也能在任何地方一侧身撩了衣服按着孩子的头让吮。有人推算，说孩子不是表哥的，即就是否定了表哥说他不是从洞窟下来的话，哪有一遍卤水就点成的豆腐，且孩子这般模样，哪里有表哥的影子呢？而这孩子的身上，倒蛮可以看出镇上每一个丑陋男人的影子。对此，我也犯过疑惑，可后来我坚信这是表哥的。因为佛关犯癫狂病的孩子都并不丑，眉里眼里都有着兑子的俏样，而兑子的孩子却这么丑，一定是意淫的结果了。这些丑男人，他们夫妻性交时想的是兑子，孩子当然有兑子的样子，而他们每时每刻都思想兑子，他们的意念也必会使兑子的孩子变丑了。

我想，这些人在兑子抱孩子出来时厚颜无耻地让孩子叫他们是爹，但他们心里明白，这毕竟是表哥的种子，表哥虽远在山外，但总有一日会回来。而兑子呢，她的心还在爱表哥，要不她能在表哥不在时还敢把孩子生下来吗？

其实这种思想已经是镇上的男人们思考了无数遍的，他们最后差不多是信心失落了，于是，有从山外归来的人陆续返回老家去了，去山外做生意的人许完愿又将钞票缝入裤衩很快出山了。而曾经痴心太重，又在此地花销了挣来的钱物，就发疯了，说孕璜寺的神明不明，是假佛、伪佛、坏佛和罪佛。大多数的，就没有了生活的追求，但都有钱，便做美食家，做赌圣，做浪子班头。佛关的人早年是不吃鱼的，嫌有腥味，不准上锅，只有顽童用泥和了，在火塘里烤，且少半是吃，多半为玩，现在黄鳝也吃，山泉里的瞎眼蛤蟆也吃，还吃蛇和青蛙，水田里整夜有捕青蛙的灯笼。酒馆里常有醉倒的人，举了刀嚷着要杀人，赤了下身街上跑，对你说天上的星星并不高，站在山顶上能摘到的，问信不信？你不敢说不信，信，他就抱了你说你是知己，是朋友，要吻你，结果倒在你怀里吐出一堆污秽。麻将场上，吆三喝五，白日不下场，晚上不下场，直打得分文没有了，出来举了手发疑问：这鸡爪子是我的手吗？肉都跑到哪儿去了？更有甚者，是有了吸大烟土的，卖大烟土的，吸了烟是武松打虎，烟瘾发了像张良过街，蓬首垢面，清涕长流，让叫爹也叫，让呼娘也呼，趴下钻人胯下也行，只要答应给个泡儿。打扮得脂粉往下掉的女人出现了，就有了梅毒，有了淋病，太阳暖和之日，僻背的山坡上几个男人如晒蘑一样晒那坏烂了的东西,一边叹命运不济,黑弯榆树招不来兑子那样的凤凰,栖落的乌鸦又害苦了榆树,哽咽不已。佛关的繁荣度过了鼎盛时期,佛关的风气每况愈下,这一切都是兑子惹起的。

失明的兑子爹终于强迫着兑子离开佛关。

如果兑子在那次跟着父亲离开了佛关,佛关在那时就会彻底衰败的,镇上的人口会十天之内顿减一半,店铺摊点倒闭,孕璜寺香火萧条,山崖将不会再有佛窟。但是,兑子却又返回来。她是在半路上摆脱了父亲,携子返回的。这可能是佛的旨意,是兑子与佛的缘故未尽,也是兑子与我的那一场麦地的缘分未了吧。

她回来后,我说兑子你真好,你回来了,你知道佛关人差不多要欢呼万岁了。

我说:"佛关的风气现在是不好了,可你知道原因吗?"

她不知道。

我不能说是她为表哥生了孩子,我说你爹不让你画佛,虽然画着,但没有以前画的那么多,自生了孩子又是差不多半年里未画了,人们就认为画的佛少,佛不保佑佛关了,佛关的风气才一日不济一日。

兑子说:"是吗?"

她从此真的凡有还愿的就起早贪黑地画佛,她画佛的技艺已经十分高超。也就在那时,我正式跟了她学画佛,她是我的师傅,我是她的徒弟。洞窟里光线阴暗,她擎着小油灯却画得线条并不走样,上的颜色均匀悦目。我那时才了解佛的大千世界的内容,她在梯子上精心作画的时候,我就一眼一眼看着她,我觉得她就是佛。到了晚上,我们回到铁匠铺来睡,做一夜她和佛的梦，她则哄睡了孩子便去属于她的那个洞窟里画，她画的什么我仍然不知道，她老是画不完。

日子就这么过下来，表哥回来了。

我永远要说，我的表哥不是平庸的人，他的鼻梁很高，相书上讲这种鼻梁的人不成就英雄就沦为奸恶。而用我读高中时手抄的一本日本将人分为九类以测命运的卦法，表哥的生辰年月算起来属于第一类。上面写清：此类人聪明异常，感情用事，易招异性喜欢，常有实质性的和不实质性的桃色事件发生，一生总觉得能量没有发挥，这山望见那山高，样样事都干，要干就干得还出色，但都不彻底。这完全符合表哥。表哥在佛关的乖觉行为，虽然做的事情令人头痛，但有一点，对兑子的爱的执着，起码让我敬佩不已。我早就说过，没有嗜好，而嗜好不投入到身心的如痴如醉，这人是不可能有大的出息，表哥对兑子是刻骨铭心的，表哥才赢得了兑子。

逃走了三年的表哥重新回到佛关，他再也不是个闲汉的形象，西装革履，佩结领带，烫卷头发，是个腰缠万贯的暴发户。来佛关还愿画佛的发财人，以前都是商州别处人，还从来没有过一个佛关的土著，表哥回来，财富和气势绝对压倒了所有的画佛窟还愿者，光这一点，佛关的人就刮目相看，倒暗自后悔当初链条相捆，使这竖子发财成名。他们没脸面询问这三年里表哥去过什么地方，做了什么生意，发了究竟多少财？表哥似乎也忘记了先前的大辱，不记仇，反倒在尽孝子之责，重新祭奠父亲的时候趁机大摆宴席，邀请全镇所有人来吃喝。就在那次宴席上，表哥掏出了三万元，当众交给了佛关镇的镇长，让改造佛关镇的村办小学。

说老实话，看到表哥出手这么大方，我怀疑他怎么会有这样多的钱？以至公安局的警车把他押走，当时闪过我脑海的第一个想法，就是表哥一定因经济问题犯案了。等到我回到西安，托熟人去翻看了表哥在公安局的案卷，知道他并不是钱的问题。他只是与一场政治风波有关。当西安城里学生大游行的时候，他是资助了五万元，当时许多摄像机对准了他，他很得意，以为要上电视，就跳上一辆三轮车上大肆讲演。结果，风波过后，那些摄像胶带收缴到公安局，在镜头上发现了他，到处寻他。更糟糕的是他所在的那个公司，头头恰是工联的负责者，逃亡到了国外，目标显著，在清查这个公司时发现了他的踪迹，才警车开到佛关来了。

在厚厚的案卷里，当然涉及到经济，但经济上的问题审查结果给他没定任何罪名。他交代了他之所以有钱的原因。我看了他的交代书，字迹清秀，整整十六页，每一页都有手印。一般交代书上按指印，他按的是手印，如他送给兑子的土胡基上按的手印一样大，一样清晰。我知道了他逃离佛关，背了那根链条到了秦岭的另一个山口为过往车挂防滑链为生，日子恓惶，才偷扒了车来到西安。他小时候去过我家，但对西安几乎一概不知，光是在大街上小便寻不着厕所就让他大吃了苦头。一个警察可怜了他，领他到一个宾馆厕所去尿，他却不尿了，因为已尿在了裤子上。也是以祸得福，他竟在这家宾馆的餐厅做了小工，原本有吃有住的好事，但他太逞能，事情就坏了。这一日餐厅已下班，还留了他打扫卫生，偏来了一个蓝眼的白人，白人要吃荷包鸡蛋，白人不懂汉语，表哥又听不懂英语，白人就领他到厕所，脱了裤子指着自己的生殖器，又指指口。表哥明白了，说这饭我是可以的，打了两个荷包蛋,又取了一根香肠。客人十分满意。不料在旁的一个黑人也要这样吃,叽里哇啦表哥更是听不懂,黑人也拉他去厕所做同样的比画。他哦哦点头了,端上来却是两颗变蛋和一根熏肠。黑人大发肝火,叫喊表哥种族歧视,告状到经理那里,经理就将表哥开销了。开销了的表哥流浪在街头,三天里没有吃饭,晚上蜷缩在一个巷口的檐下。半夜醒来,却发现身边有一个提包,提包里全是钱!表哥从来没见过这么多钱,他害怕了,他绝不是见财忘义之人,他首先考虑到丢钱人的痛苦,就抱了提包坐在那里,等待失包人找回来。果然天明时跑来三个人寻包,他们查对了钱一文不少,当下感谢后又疑惑:为什么不带了钱跑掉?表哥说,我跑掉了,你们上吊呀?这三人就看中了表哥的实诚,决定留了他跟着做生意。这些人做什么生意,表哥绝不过问,他的任务是在宾馆、在街上看守他们的财物,帮他们买车票飞机票,出门提皮箱,住下洗衣裳,遇了小痞子去打架,有女人进房子了就立走廊放哨。"他们玩女人我没有,"表哥写着,"我只想我的兑子,我的兑子比她们长得好!"如此两年多里,三个人给他提成分红,表哥得到十万元,表哥梦里都在念佛了。

　　看到这里,我笑了。心想表哥回到佛关那么精明,有气派,他在西安城里其实还是一个傻子,他之所以发了财是他的运气,或许是他一个山里人不懂得大城市的憨人憨福罢了。

　　请了客,又掏了三万元改造了学校校舍,佛关的人见了表哥都是笑笑的。但我看出,他们心里更恨起了表哥,往往当笑笑嘻嘻地与表哥打过招呼,接过了表哥递过的香烟在嘴上点燃了,就三个一堆五个一伙喊喊啾啾批点表哥。我担心,如果这样的时间一长,如果表哥手中的钱一旦花完,表哥的倒霉事就该来了,可谁也没有料到,这一切还等不及,表哥就残废了。

这又是因兑子引起的。

我曾对表哥说过:"表哥,快与兑子举行婚礼吧,孩子都那么大了,现在正是时候,不要错过机会。"

表哥却说:"我要等着学校改造好的那天。"

我说:"你拿钱可以买来政治上的保险,可你能买来人心吗?"

表哥说:"那你瞧着吧。"

他说过了,又附到我耳边,说:"你知道什么,你只在佛关井大的山窝里。我在西安三万元,买得一条街的人欢呼哩!"

我那时从报纸上知道了那场政治风波的情况,他说得也含糊,但我劝他别这么说,他那时是听从了,再没向人吹嘘过,最后他还是栽在那五万元上。钱多了就不属于自己,钱多了就要害人,这话是对的。

他没与兑子极快结婚,但他常常去找兑子,可惜的是兑子那阵没在洞窟画佛,却在孕璜寺翻修大殿。惠心住持请她去彩绘佛殿大梁上的图案,表哥也去殿里帮忙,事情就在那里发生了。

那是一个中午饭辰,所有翻修的人都去厢房吃饭,兑子想把碗里的颜料用完,还一个人骑在大梁上。表哥就去看兑子,兑子让他取眼镜。兑子那时的眼睛已经不好了,眼镜放在窗台上。表哥拿了眼镜也爬上大梁。他们竟在大梁上做爱起来了,偏让一个小和尚看见,大呼小叫嚷动开了。

表哥与兑子做爱,或许人人都能理解,心里也觉得人家既然是那样了,迟早要结婚为夫妻,也不怎么稀奇吧。可人人毕竟是强忍了炉火的,你要做爱,你结了婚到洞房去,或许结婚前到一个僻背的地方去,你龙翻凤吟也好,你颠鸾倒蝶也好,你大天白日,佛殿之上,广众之前干这事体,这不是让人家更丧了志气吗?事后的第四天里,我又去佛殿帮忙,爬上那大梁,我还在琢磨这件事,那时正好一束阳光从瓦楞缝透下来,于是我想,表哥爬上了大梁,这样的光束那时一定是照在兑子的脸上,兑子的白嫩粉脸一定出现了佛光一样的茸毛晕圈,表哥一定是看迷了,看醉了,情绪亢奋,不能自持的。胆大的表哥,却偏偏忘乎了这是佛殿,这又是佛殿的大梁上。而兑子,也是糊涂了,太爱表哥,心就是再软,也不能就俯就了表哥啊!也活该要出事的,小和尚已是端了饭碗在殿外台阶上用膳,忽觉菜汤碗里映有图影,抬头一望,就嚷了起来。表哥和兑子竟不知觉,直到殿门口拥了那么多人,他们还是坚持把动作做完。

众和尚与帮工把表哥与兑子拉下来,他们是发怒了,佛关的人闻讯更是怒不可遏,直闹得惠心住持从禅房出来也气得嘴脸乌青,让表哥和兑子身披了红布跪倒在佛像前求饶,又燃了大火,让他们跳来跳去三十六次,消除阴邪,宣布他们永远不准进孕璜寺来,就轰出山门,开始了三天三夜的诵经念佛,以净寺院。

表哥和兑子被轰出了山门,兑子就昏倒了,是我脱下外衣包了她的头,立即抱回她的家去,用指甲掐她人中救醒了她。我叮咛千遍万遍不要怕,又将房里的刀剪收拾了,绳索收拾了,反锁了房门,就往镇中跑,因为表哥还在那伙已经发了疯的佛关人手中。

结果,表哥就在一片打骂声中头破血流,他的尘根儿被割了扔到了胡基壕里。没了尘根儿,表哥或许不会死,但他就废了,从此不是男子汉了。如果在大城市,必须送医院缝合,还是可以的,但佛关没有大医院,小医院也要到远离二十里外的另一个镇上,这里的医疗站的医生只会抹红汞水,包感冒片,连计划生育的结扎术也干不了。尘根儿在我手里是那么难看,先还一抽一抽地动,似乎是疼,但还活着,后来就死了,发黑了,开始缩小。我冲过去,给人们磕头(如埋表叔那次,他们抬棺到半路就要放下,棺不能沾土的,我跪下磕头),说:"饶了他吧,饶了他吧,再不缝合,这东西就完了!"人们一下子静下来,才意识到他们干了一件极可怕的事情:一个男人即便是最大的仇人,可割掉了尘根儿是比掘了祖坟,甚至比杀掉了他更残忍啊!几个老年人就推来架子车,摘下表哥的帽子盖住了表哥的下身,往公路上拉,要拦汽车送医院。表哥已经昏过去了,昏了如死去一般。

等来的是一辆小车,一停下就跳出了警察,他们询问表哥住址,得知后立即拿照片查对表哥的脸面。我看见警察拭擦了表哥额上的血,表哥的脸很俊,警察说:像港台的明星×××。我没有看过×××的影视作品,佛关的人也都不知道×××是什么明星,所以没有反应。警察于是抬了表哥上车,拿手铐铐了他的双手,回头说:谢谢。

我愣愣地看着警车开走了,佛关的人都愣愣地看着警车开走了。我后悔的是我竟忘记了我手里还拿着表哥的尘根儿。佛关人安慰我:魁,别难过,大家都别难过,咱就是不怎么他,他那命在公安局里还会有吗?要他小子命的可不是佛关的人啊!

十一

表哥这一去,并没有死,这就是说他没了尘根儿,性命还在。可到底罪行够不够死,或是判多少年刑,这已经是后话了。

我后来在佛关,唯一值得留恋,唯一可以亲近的,只有兑子和兑子的孩子了。我以未举行仪式但实质已是我的表嫂的理由,还有一个徒弟对师傅的关系,我常常去看望兑子。兑子却不愿与我多话。她几乎很少画佛了。还愿的人无论怎么求她,她都推说眼睛不好,让我去画。而她就独自钻进自己的窑洞里画自己的东西。

佛关毕竟是商州与关中大平原的交接口,出山去闯世事的人越来越多,还愿的一批走掉了,又来一批,他们对兑子依然感兴趣。我替兑子回绝他们,说兑子的事情你们也知闻了,佛是圣洁而庄严的,兑子不愿画佛,是她自感了那个。来人却说:"放下屠刀,立地都能成佛的,何况兑子?再说,你表哥还能再回来吗?兑子还会再与他什么吗?"

没想到,有一日,兑子却来找我,说她答应画佛了,她要画一组十八罗汉佛。

她果真就画起来,钻在一个暗洞里整整画了两个月。没有画成,不许任何人进去看,也不让我进去。两个月后,她走出洞来,她在大声地笑,阳光下笑得十分灿烂,笑着笑着不笑了,捂了双眼就蹲下去,她说她眼睛疼,有麦芒在里头。我去帮她吹取麦芒,眼睛里什么也没有,但眼珠发瘀发红,她失明了。

启洞庆典的那天,鞭炮齐鸣,人如潮水一样来洞窟磕头焚香,观赏朝拜。兑子对我说:"魁,有一件事我要说给你,你能保密吗?"

我说:"表嫂……"

她说:"谁是你表嫂?我是兑子!"

我说:"兑子,你信得过我就说,你信不过我就不说。"

她说:"我明日要走了。"

我说:"这一天终于来了。"

她说:"好了,你明日来送送我吧。"

兑子就这样地走出了佛关。

十二

我依旧留在佛关。我没有走,是我要抚养表哥和兑子的丑孩。孩子太小,只有三岁,我决定等孩子长到七岁,可以放心地把她留在佛关,我再另谋生路。

孩子先是哭着要娘,但没有了娘,孩子就喊起我为爹来。我当的什么爹呢,在麦地里那么一次,代价就是四年的抚养丑孩子。但我屎一把尿一把将孩子一天天养大起来,我为了让孩子知道她的身世,就抱了她到兑子最后的画佛洞去教孩子认佛。我已经不止十次地抱了孩子去,却在一次点了灯细细讲着这些罗汉佛就是你娘画的时,我发现了十八个罗汉里,十七个都是男性,而最后的一个竟是女性,那眉眼,那神态分明是兑子!我大叫起来,兑子最后的画佛是把她也做了佛了!这样的事情为什么我一直没有发现呢,开洞庆典那日,多少人进洞窟来,以后又有多少人来烧香,为什么都没有发现呢,是没有发现还是发现了并未提出异议?!

我久久地呆在那里,孩子也一点不叫不动地呆在那里,直到手中的小油灯油尽了,捻子跳了一下全然漆黑,我才发觉我已经是跪在了壁画面前。我伸手去拉孩子,孩子也跪在那里。

于是我们又跪了很久。

我在黑暗中说:"孩子,这是你娘!"

孩子在黑暗中说:"娘!"

出洞来,我情绪非常低,回头远望着洞窟口两边石刻的对联,默默地念诵,竟不觉念出声"冷眼看世上几多忙人"。孩子问我说什么,我说是洞窟的下联。孩子问什么是下联,下联是谁的冷眼看什么忙人?我说是你娘吧,或者不是你娘,我不知道。

佛关正逢了集市,人乱如蚁,群丑云集,土墙上新张贴了许多广告,一张最红的纸上字迹难看地写有"修脚,打耳孔,文眉,割双眼皮,去乌痣,为你美容"的内容,我拉紧了孩子的手,说:"孩子,你记住,你娘是个美人哩!佛关镇再没有你娘那么美的人了!"

孩子说:"我不如我娘吗?"

我说:"你丑。"

孩子说:"我丑,你更丑的。"

我知道我已经丑了,我原本就不美,在丑镇这么七年,我是彻底成丑人了。

孩子说过了,注意力却转移到一个秃了头的人身上,她悄声对我说,那人头上趴着虱,是两个哩,两个一摞哩。这秃头上是有虱子的,是两个一摞的。我示意她不要说。孩子却还在瞧那秃头,说虱子在动哩,在干什么了!秃头依然在那里与人论价,两个虱子是在动着,这孩子看出虱子在干什么吗?孩子还小,是不应该让她知道虱子在干什么,我打了她指点的手,吓道:"你管什么?!"孩子生气了,说:"不管就不管,哪怕虱子把秃头××烂哩!"

孩子竟能说出这样的字眼,这么小的年纪,是谁教唆的?还是表哥和兑子的遗传!我一巴掌扇在她的脸上,孩子哇哇哭起来了。她哭得凶,我劝她劝不住,哄她哄不乖,我骂她是丑孩才哭的。她不哭了,却骂我是丑大人,丑丑的大人。我承认我是丑大人,比她还丑的丑丑大人,她才破涕而笑,同我回家去。

"咱们都丑,"我把她架在脖子上,我也笑了,"可丑能避邪的,孩子!"

火 纸

一

崖畔上长着竹，皆瘦，死死地咬着岩缝繁衍绿。一少年将竹捆五个六个地掀下崖底乱石丛里了，砍刀就静落草中，明亮亮地，像失遗的一柄弯月。现在是汉江垂暮时分，半天劳作可以暂做歇息，少年便从一石板下取出三块浆粑糕来啃，一边茫然地望着崖下江面。浆粑糕是用槲叶包蒸的，形如粽子，剥开，槲叶的脉络就清晰地印在糕上。正待吃，乌鸦旋即在头顶上飞。乌鸦没有发现石板下的藏物，却不放过少年吃嚼时掉下来的糕渣，甚至从他手中衔下一小块倏然飞去。江面上恰好有一只梭子船滑过，船走得飞快，锯齿般的崖，这一齿才看见了船尾，那一齿又见着船首。船首上是站着持篙的人，狼一样的嗓子在唱歌：

> 你拉我的手，
> 我就要亲你的口。
> 拉手手，
> 亲口口，
> 咱们两个山圪崂里走……

这是沿江送人去北山密林割漆的船,朝从两河关出发,夜到葫芦镇停泊。葫芦镇上有孙二娘的茶社。据说水上人乏乏的了,一摊散肉躺在竹椅上,茗茶、抽烟,看着孙二娘弹着琵琶软软地唱山歌。歌听得多了,回忆常在心上,一蓑一船在水上漂了,唱这些没皮没脸的骚歌,享想象中的福。少年想:爹就是坐这船到北山密林里割漆的,百里千刀一斤漆,爹的衣裳破成絮絮,在一握粗的漆树上开人字刀,插贝壳片。漆树是苦命的树,一年春秋两季挨刀,粗处的皮挨得不能再挨了,向细处挨,直到将皮割完,将汁流干,树死了,爹也死了。爹是中漆毒死的,爹虽不怕漆,每次开刀时说:"你是七(漆),我是八!"但漆汁溅在衣裳上洗不掉,溅在手上脸上也洗不掉,手脸便烂起来,烂得像漆树一样也没有好皮,就死了。

崖畔下有人在喊,其声尖锐,后来就骂:"狗子阿季,你在山上又跑阳了吗?!"阿季是少年的名,是小名,大号姓刘名季。狗子是七里坪火纸坊王麻子家的狗,狗常随着王麻子的女儿丑丑,同伙们就作践阿季,说阿季二十多了没见过女人,不如狗子福分大。阿季就往崖下走,一面看夕阳从汉江下游处照上来,在一面石壁上印一个圆圆的淡红,便发现自己在竹林里形影俱清,肌发也变绿了。

河滩上,同伙们已经缚好了柴筏子,将砍下的竹捆垒上去,末了就帮阿季缚筏子,运了气吹饱了两个手拉车的内胎系在筏下,竹捆也垒上去了。

"阿季,你见着王七吗?"

"没有。"

"他坐在梭子船上,割了三十斤漆,他又发了!"

"他发肿了,我也不去割漆!"

"凭这砍竹,你能见女人的腥吗?你不给你爹生个孙子,你就不是好儿子!"

"回吧,天不早啦。"

阿季跳上竹筏,篙一点,筏倏忽冲到江心,一横,顺水面去。同伙们的竹筏也撑上来,七张八张筏头尾相接列成一字。行至七里坪,天已经彻底黑了,看得见村口的火纸作坊,窗口红得像血,咯吱,咯吱,缓慢的、沉重的水轮声匝地过来,沉沉地又落在江水里。阿季无由地打一个冷战,一听见这水轮声他就激动,偏磨磨蹭蹭不往前边走。

"阿季,你不交竹了吗?"

"你们先走,我就来。"

七八个人负重了湿竹走在作坊前的土场上,眼睛全朝砸竹坊门口看。砸竹坊梁上吊一盏油灯,光圈红灼,如一轮太阳,那水轮立旋,带动了一搂粗的方形木榫,丑丑就坐在木榫那边拨竹绒。木榫升起,露出她小小的身形和白白的脸;木榫落降,不见了小小的身形和白白的脸。阿季真担心丑丑一时走了神,或者打了盹,那木榫要把她也砸成肉茸的。当然阿季是多余的担心,丑丑在作坊里拨了两年竹绒,一次皮毛也没伤过。那只狗子便从作坊里窜出来,大声咬,直向阿季进攻;不会说人话的狗子偏咬说人话的狗子,同伙们就很乐。

"丑丑,你的狗子要咬死阿季了,你也不管吗?"

砸竹坊里的水轮声大,丑丑没听见,压纸坊里的王麻子却出来,凶声恶气地说:"叫什么呀?不来过秤,今日我就不收了!"

阿季在心里直骂:"十个麻子九个怪,一个不死都是害!"

二

麻子最不放心的是砍竹的这帮少年，但又不能太得罪，因为火纸坊是他私人开办的。火纸的原料青竹是砍竹人卖给他的。他对于他们，见不得，离不得，所以他的人缘难处，活得很累。

说实话，麻子还算不上是坏人，公社化时期，他任过职，是七里坪的贫协主席，秉性所限，职位所制，生活极尽严肃。别人趁机能捞的全捞到了，他依旧是三间石板房，石桌子，石臼子舂米，门前一棵弯身子石榴树。人常说：人旺财不旺，财旺人不旺。他什么都不缺，就是缺钱，什么都没有，就是老婆有病，病过三年竟死了。老婆死时女儿才两岁，他再不续妻，也不偷鸡摸狗，一心拉扯丑丑长大。丑丑是他的作品，他精心塑造，开会时背上，他不准她哭闹，她也不哭闹；村里人家分家另灶，他去主持，不准丑丑吃别人的东西，丑丑馋死也不吃。丑丑长大了，长到十六，一切都成熟，恰公社取消，乡政府代替，土地由各家各户经营。父女俩在山坡上刨地，一株桃花在地边开得妖妖的艳，丑丑折一枝插在头上，他说："快取下来，妖精似的难看！"村里的少年子走了汉江，到葫芦镇，下白河县，去襄阳市，回来穿的裤子腰身紧了，裤管宽了，人一下子修长了许多，楚楚可人。丑丑也将自己裤腿往小里缝，他黑了脸："成精作怪！"硬要恢复原样。麻子老爹最欢迎土地承包，却一天一天怨恨世风沉沦，人心不古，在家里对丑丑说："你瞧瞧，人到底是私虫虫，公社化的时候，在地里都磨洋工，现各人种各人地了，就干疯了！疯了也便疯了，这还像个农民，倒又都出去跑生意、做商业，自古无商不奸啊！那些年，村里一家盖房，哪一家不去帮忙，挖个厕所，都会来五个六个帮工的，现在都盯在钱上，没钱不帮工，人都成乌眼鸡了！这政策是还得变一变的！"

但是，农村没有了贫协机构，麻子的话说了白说；政策依旧没有变，变的倒是麻子威信下降，人缘衰败，手头拮据日月困顿。他只好也开办了火纸坊，没钱你寸步难行啊！火纸坊是在三间石板房的基础上改做的，麻子会做纸浆。捞纸匠请的是丑丑的大舅，一个嘴只吃饭不能说话的老头。丑丑的工作就是在门前土场上挖下三个大坑，将收来的竹捆压一层，铺一层石灰，再用稻草盖了，以水灌了，铲土埋了，两月三月之后竹捆腐烂，掘开摊晒，就一天到黑坐在那个一搂粗的方形木榫下经营砸绒了。

水轮转动的时候，砸竹坊里似乎什么也不复在，咯吱，咯吱，咚咣，咚咣，丑丑先是一声响动心肠就扭翻一下，后来耳朵就听不见这响动，她听到的只是胸口里的一颗心在跳，手腕子的脉搏在跳。

她常常想：世上事真怪，火纸是火，青竹是水，水竟能成为火。而她造纸不就是在做这种水火交融的转化吗？丑丑的文墨少，好多事想不到，想到了又解不开。在水轮木轴上润油的时候，她就走出砸竹坊吸新空气，看见对面山上那棵独独的树，树顶上那片孤孤的云，后来就看见汉江上烟波迷茫，有竹筏子悠悠下来。

竹筏上坐的是砍竹少年，一帮一伙，光头大耳，一走近火纸坊前看见了丑丑，那话就多起来了，叫道："丑丑，你来给我们的竹捆过秤吧！"

丑丑先是笑着，太阳照在脸上，刺得她眼睛睁不开。

"丑丑，你爱吃蘑菇吗？这一把蘑菇不是狗尿苔，肥得流水水哩！"

丑丑就跑过来，她的腰身很好，衣服却太长，一边跑一边将衣服往上揪。砍竹少年子说一句"丑丑让衣服穿坏了"，丑丑就脸红。

麻子将这些看在眼里，自然就催丑丑去砸竹，自然在过秤时极不耐烦，偏将秤撅得老高，以毛竹、水竹、苦竹分类，以粗细分等，和少年子讨价还价，论高论低。

"掌柜的，你这不是勒刻人吗？"

"谁勒刻你了？啥人啥对付，我也学着来哩！"

"你没丑丑好。"

"好你娘去！"

丑丑见爹和少年子吵起来，过来说："爹！"麻子一脸深红浅红，吼道："砸你的竹去！"少年子怏怏地领钱走了，丑丑并没有再去砸竹，坐到水渠沿上去抹眼泪，爹叫也不理。

麻子见丑丑哭了，心也软下来，拿了烟袋蹲在丑丑身边吸，吸进去一口，喷出来三股，说："丑丑，你还生你爹的气吗？爹不是怨你多事，爹害怕现在的人心复杂引坏了你。咱是正经人家，虽说办了这个作坊，但不做亏心事，活个干干净净，到时候政府的政策变了，谁也说不上咱一句闲话。"

丑丑听着爹的话，心里却想着娘。娘的记忆是模糊的，涌上来的是十多年爹的形象。爹的话或许是对的，世界上还有谁最疼爱自己呢？但丑丑错在哪里，哪处不够检点，失了女儿体态？丑丑的心里乱糟糟的，坐在水渠上没有动，看渠水活活地流。直到后来，砸竹坊的水轮又响了，木榫沉重地砸起来，丑丑就不忍心了，走进坊里去，站在拨竹绒的爹身后。爹站起来，她蹲下去，一下一下将竹绒拨到木榫下。听见爹说了一句："我丑丑到底懂事！"

从此，砸竹坊的门口卧了一条狗子，一身雪白，双目却生黑圈。

不知怎么，丑丑一看见那狗子，就想到那些光着头的砍竹少年子，但砍竹的少年子交竹来了，狗子就在坊门口汪汪叫，声巨如豹。

一日，阿季勇敢地向砸竹坊走，狗子就扑上去吠，阿季胆包了天，不怕狗子，龇牙咧嘴地比狗子还凶。丑丑就站起来说："阿季，那狗子会真咬的！你有事吗？"

阿季说："丑丑，你不会到外边去转转吗？"

丑丑说："我要砸竹。"

阿季说："你爹老不死的，使你太苦！"

阿季骂爹，丑丑没有回骂，心里却不悦。狗子真的咬住了阿季的后脚，阿季叫一声"丑丑"，丢过来一颗黄黄的山杏儿，狗子却也将阿季的一只鞋叼了过来。丑丑接住了山杏，将鞋丢过来，爹就来了。丑丑将山杏塞在口里，低头只是拨竹绒。山杏太熟了，牙一嗑在口里就烂了，甜甜的，酸酸的，甜酸甜酸的。

阿季走到汉江边，大骂麻子老东西，说："我要有钱了一定娶丑丑！"同帮同伙的就笑阿季说大话，戏谑之后却叹息，叹息了坐着竹筏回各自村里去，江面上就驶过了那些往葫芦镇去的梭子船，持篙人又在自情自爱地唱歌：

>对门打伞就是她，
>提个冷罐去烧茶。
>冷罐烧茶茶不滚，
>把我哄到南岭北岭西岭象牙床上鸳鸯
>　枕上席子面上铺盖底下去探花，
>一身白肉当细茶。

三

阿季家也是石板房,下雨不漏水,日头出来却满屋光点。阿季躺在炕上看那吊下来的光绳子,绳子里有万物,活活飞动,就想着怎样去挣钱;挣了钱就好了,满口袋人民币,走到火纸坊去,说,麻子,你的火纸我全买了!麻子一定高兴,就不会待他恶声败气了。他就提出要娶丑丑,叫他一声老泰山!可是,怎样挣钱呢?靠砍竹,一斤竹一分钱,山上、水上苦一天挣三元钱,仅够上自己吃喝花用。去割漆吧,死也不走那条路了。阿季想,要挣钱还得去砍竹,砍竹挣钱少也只有砍竹才能挣钱。麻子,麻子,你死不着的,你古板了一辈子你也要丑丑和你一样!瞧着吧,我娶了丑丑,领着丑丑去逛大世界,你死了也不理,没人给你摔孝子盆,你造火纸,到头来却没人给你坟头上烧!

阿季想得好,一到火纸坊,还是怯麻子,怯狗。再到崖畔上砍竹子,砍得心烦手困,就做了一支竹箫儿吹。汉江边上的人不识乐谱,一代一代却传下来会吹箫,吹的是孝歌,呜呜咽咽,苦竹丛里人就觉得更飕飙地冷。同伙说:"阿季,阿季,你别吹了!"阿季还是吹,同伙就叹息:"阿季真让丑丑勾了魂了!"先前戏谑阿季是狗子,那是为了开心,阿季当真爱上了丑丑,同伙们就正经地替阿季想办法。小逛山们不想办法则已,一想办法就绝。

"阿季,你是真心娶丑丑,还是赌气娶丑丑?"

"真心也娶,赌气也娶!"

"你个小情种!我们给你想办法,你去找丑丑,你给丑丑个生米做熟饭!麻子当然恨你,但他好脸皮,也只好包住事情挨个肚子疼，事情就成了。你敢？"

阿季却摇头。

但同伙们还是要帮阿季，当去交竹时，几个人围着麻子到纸浆坊去算账，几个人用一块猪骨头引狗子到土场外，阿季真的从水轮后闪进砸竹坊去见丑丑。

丑丑好慌，说："你死胆儿，狗一咬，我爹要来骂我的。"

阿季说："你那么怕你爹？！你爹七十了，你才十八！"

丑丑说："我爹信不过你们，你们在外边跑的人，心都不正哩。"

阿季说："你爹胡说，我心正哩！"

两个人站在木桦前，木桦升起，与他们平肩，木桦落下，脚下的地就咚的一颤。木桦空起空落，响声空洞，丑丑嘴里说着什么，传到阿季耳朵里却听不清音。阿季一时不知说什么了，将腰带上的箫送丑丑。丑丑笑，说："我不会吹。"阿季说："我给你教，好学得很哩！"就搭在嘴皮上吹起来，吹得像水声，比水还柔，和谐到了水轮木轴的"咯吱"声中，和谐到木桦的"碇咚"声中。阿季的一双眼看见了石板屋顶的木橡上蜘蛛结编的一个雨帽般的大网，看见了水轮轴杆上生就的一层绿色的藓苔，看见了丑丑的白白脸和宽大的粗布衫子下依然能看出的凸起的胸部。丑丑也听呆了，眼里一会儿放光，一会儿又黯淡，头低下去，惊奇阿季的嘴怎么比夜莺还巧妙？

麻子却出现在了坊门口，吼了一声："吹你娘的脚！"一竹棍磕在阿季的腿上，竹箫落下去，正在木桦下，立即粉碎。阿季跑出砸竹坊，听见麻子打丑丑，直声喊："要打来打我，打丑丑不算有本事！"狗子闻声扑上来，将阿季腿咬了一口，阿季跑了。

麻子在土场上指着远去的阿季骂:"阿季,你这坏坯子,火纸坊再收你的竹子,除非你砍了我这脑袋!"

阿季挣钱的门路因此也就绝了。他在家里躺过三天,心灰意懒,无事可做。同帮同伙们少了阿季,生活也寡了味,提了酒来阿季家喝,话又退一步说着劝慰。酒是消愁的,酒却添了愁,阿季第一次醉了,口口声声念叨丑丑。醉醒了,倒一脸羞愧,第三天里,当江面上驶过去葫芦镇的梭子船时,搭上走了。

阿季到了葫芦镇,镇上人来人往,阿季认不得一个人,阿季也没个地方去待。汉江上顺行的逆行的船在葫芦镇都要停,停了,船夫们就上孙二娘茶社去,阿季也跟了去。茶社是三间房,房里没隔墙,四根光柱子,左一排右一排竹躺椅,人人一边茗茶,一边听孙二娘弹琵琶唱曲儿。孙二娘是真名实姓,还是称号,反正人不老,说有三十,小了一点,说有四十,老了一点。白脸,光头发,衣服里涌动着两个胖奶子。她唱的是好嗓子:

郎撑船儿下汉江,
姐在房中烧报香。
报香插在香炉内,
一望二望七十二望南京土地北京
　城隍观音老母送子娘娘,
保佑我郎早回乡,
免得我一心挂两肠。

阿季听着听着,倒想起火纸坊里的丑丑,眼角湿起。后来就迷糊起来,竟在竹躺椅上睡着了。待到孙二娘喊:"这少年子,这里是你的炕吗?"睁眼看,茶社里已没了人,慌忙走出茶社,到街上寻栖身的地方去。

四

葫芦镇是个古镇,有三百年事,是汉江崖上最繁华热闹的地方。北崖山势形如卧龙,忽于此细若蜂腰,单单地突结一个葫芦状的岗峦为镇。洵水从秦岭来,绕镇三面而入汉江,其中屋宇参差,楼台层叠,宛如画图。阿季小时随父到过镇上,记忆早已模糊,如今最惊奇的是镇街。镇街说起来是五条,实则一条,从渡口的石级上进入,走过人声嘈杂的河街,街便绕到后镇右崖边,之字斜向而上,又绕到左崖边,如此盘绕,直到岗顶,岗顶上是一高楼为区政府所在,在这盘绕街上,又直上有四条小巷,一律石阶,阿季不知此巷名,自作聪明称"好汉巷"。就在这纵纵横横弯弯绕绕的镇街上,屋舍建筑十分奇特,正面没有一家类似一家,入深也是一家大来一家小。旧社会,葫芦镇是大码头,栈多、店多、馆多、铺多,有钱的人房子雕梁画栋,门楼五脊六兽,因为居势而筑,结构又以山赋形,极尽曲折。当今这些旧屋人分而住之,残壁断垣,却新式水泥楼阁立锥地而拔起,墙或长或方,或仄或圆。镇上没有一辆自行车,人人口袋里却都装有手电。阿季闲得无聊,走遍镇上每一个角落,看了穿褰衣戴毡帽的人,也看了戴墨镜披长发的人,新旧混杂,俊丑相处,阿季不免大发感慨,悔之自己以前未能常来,也惋惜丑丑一次未来过。"丑丑要是来过一次,她也不会听她爹的话了!"阿季这般思想,肚子就咕咕响起来,看着那随处都是商店货铺的柜台上的糕点,两耳下的部位不停闪出小坑。人总是想着活下来的门路，阿季脑瓜灵，寻到了挣钱的好门路：他在渡口上打问那些从城里来游玩的人，介绍要住到岗上的国营旅社去，走镇街太绕，走镇巷太陡，他可以当脚夫，把所带的大包小兜背上去。城里人有的是钱，少的是力，自然阿季日有收入，竟有几次，一些娇嫩的女子一下渡船，望着山镇嗷嗷直叫，阿季就让其面后坐在背架上，他背着上"好汉巷"。女子在背架上观镇景，乐得大呼小叫，说这里的旧式建筑像迷宫，说这里的新式楼房前看有六层，后看是两层，说这里的四合院好小，四面房顶是四个三角组合的正方形，中间的天井应该叫漏斗，后来就兴奋地唱歌。阿季虽然爬惯了山，背惯了竹，但背架上活人活动，八十斤也似有百二十斤，累得气喘咻咻。安慰他的，使他多少忘了疲倦的是女子的歌声，和女子身上散发的一种说不出的什么香水味，怪香怪香。

阿季有了钱，就吃饱了肚子坐到岗腰的河神庙门口去。庙门口一奇石，高数丈，石面上附有花藻，如雕刻，石上竟一古木蜷曲，霜叶新染，石下更有一泉，寒冽异常，里边投有一层银银的小分币。这都是船工们投的，为的是祈求好运，再便到庙里去，给河神烧整捆整捆的火纸。一看见火纸烧焚，黑灰片飘飞如鹜，阿季就要想起丑丑，无限惆怅，遥看汉江自远处迤逦而来，曲崖回湍，半隐半现，出没于云山沙渚之间。

这当儿，阿季就到河街上的孙二娘茶社去，混于船夫之中，别人说茶好，他也说茶好，别人为二娘歌声喝彩，他也喝彩，这般去得多了，二娘就认识了阿季，问年龄，问籍贯，问家世婚姻，二娘就乐了，一把拧了阿季的脸，说道："你还是个小光棍？！"阿季猜不透她的话意，但他装傻，取人以悦，只是憨笑，又眼活手快,帮二娘去茶炉上添煤,替二娘给船夫续水。二娘喜欢他了,让他夜里睡在茶炉边,却警告说:"你要是小偷,我就会剥了你的皮的!你跑到哪里,只要在汉江上,船夫们也会抓你来送我的!夜里静静睡,楼上有什么动静你不要嚷!"

阿季夜里有了安身窝,熟睡如猪一般。几日之后,却睡不着,成半夜听见楼上脚步走,桌椅动,有话声笑声。阿季就想:二娘在楼上住,是她和丈夫说话吗?但从未见过她的丈夫,也不见孩子!心下疑惑。有一次茶社没人,他说:"二娘,伯伯是在外做生意吗?"

"死了。"

"死了?那你也没孩子吗?"

"有你这儿子!"

阿季噎住话,不可回答。二娘却问:"阿季,你夜里听见什么了?"

"听见你和人说话声。"

"用驴毛塞了你耳朵!"

阿季想:二娘是寡妇,是不是夜里有野汉?话却不敢问。观察来茶社的每一个船夫,似乎都不是二娘的野汉,又似乎人人都对二娘亲近,进门有送木耳的,有送核桃的,有送头巾的,说话出格,甚至粗俗,但二娘好时百般伺候,恶时横眉竖眼,骂船夫如骂儿子。阿季便不觉得二娘不是,倒视她如姐、如娘、如观音菩萨,夜里睡下,竟也想到她的那一对涌动着衣服的大奶子!

一日,阿季当脚夫,在"好汉巷"里,上去腿软,下去腿酸,回到茶社卸了帽子朝下搔,脱了袜子朝上搔。二娘说:"阿季,你年轻轻的要当一辈子脚夫?"

阿季说:"我没事可做呀?"

二娘说:"你要有本钱,我介绍你到一个船上去跑生意,可你没本钱,船夫不会收你,你怎不去深山割漆去?"

阿季说:"啥事都可干,就是不割漆!"

二娘说:"那你就回去好生种地,将来也好混个老婆跟你过活。"

阿季说:"我要娶丑丑!"

说罢,大觉失口。二娘就问:"丑丑是谁,好难听的名字?"

阿季瞒不过二娘,如实说了与丑丑的关系。二娘脸色黯然,叹息道:"好可怜的丑丑!你阿季要做男子汉,你应该就去娶丑丑!"阿季苦愁自己一没本事,二没本钱,不知将做什么好。二娘说:"听说河神庙门口有个驼子能拆字,你让他去拆拆,看你做什么合适?迷信不可全信,也不可不信呢。"

阿季到了河神庙门口,奇石清泉右侧,正有一古碑,一驼子就在碑下,不是为人拆字爻卦,而在推挪行医。一老汉腹内绞痛,被人背来,驼子当下在患者腹部揉摩,但老汉痛不能支。驼子说:"也好,也好。"伸指按动腰部一穴,捻之,老汉即死,复重缓缓揉摩腹部,痞积即散,再按腰部一穴捻之,老汉复生,疾亦霍然。众人赞道:"真是神医!"旁边一人说:"先生起死回生这还罢了,拆字爻卦,更能预知后事!"当下阿季上前乞求拆字,爻卜命运。驼子问:"你拆个什么字?"阿季脱口说道:"我名叫季,就拆季字!"驼子沉吟片刻,合掌说道:"你这命好,眼下困顿,但天人吉相,好事将至!"阿季半信半疑,紧问他将去哪儿做什么为好?驼子说:"季字上头一撇,这是青龙抬头,中间为木,下部为子,子属水,水在木下,木有水茂,这是一个绝好的字。所以,你宜于向东西北干事,忌讳向南,南属火,木见火焚。"阿季不懂阴阳五行，但听明白他遇水则生，遇火则克，不觉想起砍竹之事，旋即又想：麻子恶我，他不收我的竹子，我有何奈？不禁又郁郁愁闷，抬头又见三三五五船夫进庙，都在庙门口货摊上购买火纸，灵机一动，拔脚就赶回茶社，对二娘说："二娘，我有事可干了！"二娘问要干什么事体？阿季说："我还要回七里坪的火纸坊去，我去买了麻子的火纸，来河神庙门口卖，这一倒手，利也是不少的！"二娘也为阿季高兴，当下说了许多鼓励话，不提。

自此，阿季走动于七里坪和葫芦镇，麻子见阿季是来买纸的，也不再提及前仇，将纸售他。阿季先是三捆五捆买，再后十捆八捆，生意越大，本钱越大，本钱越大，生意越大。麻子的火纸坊销路一直不好，阿季几乎承包了他三分之一货量，麻子也可以允许他在火纸坊里多停留，听他天空地阔说些葫芦镇的人情世态，奇谈怪论。这期间，他也偷偷与丑丑交往。

一次丑丑说："阿季，你越发不像以前了，嘴好能说！"

阿季说："我这算什么，葫芦镇上人肚里全是新闻，话说得才多哩！"

丑丑说："葫芦镇真好！"

阿季说："你去不去，我领你走一趟。"

丑丑却说："我才不去。"

阿季就拿出一瓶"雪花霜"给丑丑。丑丑闻了闻，说"好香！"却还给阿季。阿季说："你怎么不要？我特意给你买的！"塞在丑丑的手里就走了。

丑丑重新坐下拨竹绒，心慌得跳，将"雪花霜"擦一点在脸上，总怕擦不匀，被爹瞧见，对着水渠里的水照看时，听见江面上阿季唱歌子：

这山望见那山高,
望见一树好仙桃。
长棍短棍打不到,
脱了鞋儿上树摇。
左一摇来右一摇,
摇得仙桃遍坡跑。
过路君子捡个尝,
不害相思也害痨。
郎害相思犹小可,
姐害相思命难逃。

五

阿季在河神庙门口卖火纸,卖得出了名,索性将纸摊摆在茶社卖。有买主来,阿季卖纸,没买主来,阿季就帮二娘侍船夫。阿季腰不疼,腿不困,一张嘴也能说会道,啥人啥对待,事体处理得滴水不漏。二娘弹琵琶唱歌时,他也吹箫,弦竹和谐。船夫说:"二娘,你这徒弟精灵哩!"二娘说:"他是我的干儿啊!"阿季也甘心充干儿,并不避讳,越发精明乖觉。入夜,阿季还睡在茶炉边,二娘从楼上下来,一边烫了一壶水酒慢慢地喝,问阿季:

"前三日去火纸坊,给丑丑说透心思了?"

"说了。"

"丑丑怎么说。"

"她脸红,羞着就走了。"

"你没看她的眼睛吗?她眼里会说出话的。"

"我看不出来。她走到坊门口,只说了一句:你不怕我爹?"

"这就是七成八成同意了!阿季,你给干娘说,你没有拉过她的手吗?"

"干娘怎么说这个!"

"阿季还羞口!你要拉手哩,事情到了一定时候,那就不羞了。干娘问你就想知道事情到什么火候上。"

阿季记着孙二娘的话,他真的要试试丑丑待他的心意。再去火纸坊,天赐良机,麻子竟不在,丑丑的哑巴舅在纸浆坊里捞纸,阿季从水轮后进去,狗子没发现,正在土场上啃骨头。丑丑又惊又喜,让阿季站到墙角来说话,木樨还在起落,起落了白起落,遮掩着墙角的两人说话外边听不着。阿季问丑丑:上次他提说的事,怎么考虑?丑丑说:爹是不同意。阿季问:怎么不同意?火纸坊的销路几乎他包了,还能不同意?丑丑说:爹信不过阿季,说阿季越发在外边跑动了,越发染有坏毛病,这号人钱越多,越靠不住,将来没个好落脚!阿季说:他好死板,世事都到什么时候了,他还这么看人?问丑丑:那你的主意呢?丑丑不说,阿季就瞅着丑丑脸,脸子好白嫩。阿季心就热,伸手去拉丑丑手,丑丑挣了挣,挣不脱,让阿季握住了,像握一团棉絮,越握越小。阿季也糊涂了,丑丑也糊涂了。糊糊涂涂之中,两个人头尾相接,两个做了一个人。等醒来,都出了一身汗,吓得痴痴呆呆,丑丑竟呜呜地哭了。阿季慌手慌脚,不知所措,劝也不是,不劝也不是,倒拿巴掌打自己,求丑丑饶了他。丑丑不哭了,说:"爹说你是坏人,你真是坏,你快走吧!"

阿季听丑丑这么说,心又咯噔咯噔发凉,他不走,又要问:"丑丑,你真的看我是坏人吗?"

"你走!"

"你不饶我,你要不答应我娶你吗?"

"已经……我还能不让你娶吗?叫你走,你就快走!"

一块石头落下地,阿季就走了。在葫芦镇里,阿季痛定思痛,想起砸竹坊里的事,又惊又怕,到后来却全化作喜。孙二娘问他情况,他说丑丑同意了,绝口不提别的事。

日光荏苒,转眼半月过去。茶社里来一位紫阳船夫,茗茶间论起茶道,说汉江二百里外的上游紫阳镇新生产了一种高山云雾茶,清心明目,防癌降压,且价格便宜。孙二娘心便动摇,欲搭那船去紫阳进货。阿季说:"干娘身体不好,水上行几日,风大浪急,必是太累,不如我去采购好了。"二娘说:"有你这一句话,我死了也心甘,即就是某年某日我死,留下茶社交你,我也闭得下目!可你毕竟出门少,又不识茶,还是我去的好。我去三天五天,你好生经营茶社,船上的人辛苦,能到茶社,是瞧得上咱,你只能嘴甜腿快,百般服侍,别瞧不起这些下苦人,坏了茶社名声!"阿季说:"这是自然,干娘放心好了!"黎明,送孙二娘上船,其时晨雾锁江,但见渡口旁江崖上古木参天,老干苍藤与秀石清泉相映,却有一只乌鸦聒噪。孙二娘又给阿季叮咛了一番茶社的事,船便一路上水而去。

阿季在茶社里手脚勤快,态度热情,里外接应,大方自如。如此过了五日,孙二娘却不见转回,每天早起开茶社大门,扫除卫生,就持帚眺望汉江上游,江上却平阔一片,荡荡浩流,两崖诸峰罗列,一痕苍青,碧宇空悬一弯残月,明迷之光铺洒身前身后。他突然觉得身冷,连连打过几个喷嚏,转身进茶社起炉生火。烧水泡茶,茶客们就三三两两来了。那些早起的船夫,喝惯了一天的第一杯茶,直嚷道:"阿季,冲酽点,清早这一壶喝了,一天头不疼的。你家干娘还没回来吗?"

阿季说:"没回家,也到回来的时候了。说不定这杯茶你未喝完,她就回来了!"

此语言中,孙二娘回来了。孙二娘回来的不是活人,尸首被席卷着抬了回来。先是孙二娘买好了三百斤新茶,依旧搭了那条船返回,在江上行了一天一夜,不想在月日滩,江风顿起,波光摇曳,船一时把握不住,斜冲向一堆屋般大的乱石,便人船俱翻了。船夫识水性,却脑袋被撞去一半,再没浮起。孙二娘不善水,双手去攀浪头,浪头将她打入江底,远远的别的船上知道此船上坐有孙二娘,见船翻后,一片惊叫,当下船划过来,却没见了孙二娘踪影。这船呼叫那船,船队全停泊靠岸,人扑进江里打捞孙二娘,打捞上来了,孙二娘却死了。

孙二娘之死,震惊了葫芦镇,满镇人人惋惜,所有的船夫全到茶社来哭。他们联合集资,为孙二娘购买了一副上等棺木,又去商店给孙二娘买了毛料葬衣。剥开席包入殓时,阿季见干娘双目紧闭,却面润如生,哇地就哭昏在棺下。众船夫用清水泼醒阿季,说:"阿季,你干娘死了,她在镇上无亲无戚,无夫无子,你就是她的儿子,你万不要哭坏身子,还要给你干娘摔孝子盆,照料丧事啊!"一句话提醒了阿季,阿季似乎一下子长大了许多,将孙二娘的钱柜打开,吩咐几个船夫:去拱墓,去请鬼子班,去买米买面招呼来人用膳。

第二天中午,送葬队出发,阿季披孝,泪水涟涟,将孝子盆摔在孙二娘棺前,棺木就被八人抬起。从茶社出发,前边是五十余各路船夫每人持着花圈,再是鬼子班咿咿咽咽吹打,又再是一船夫举了八串鞭炮,沿路鸣放,后是阿季,抱了孙二娘遗像,又后是八抬棺木，再后是随行的船夫，镇上的各行各业男女老少。送葬队慢慢走过河街，就沿盘绕街而上，鞭炮声中，唢呐调中，八个船夫抬了棺木前走三步，左摆三步，右摆三步，后退一步，他们为孙二娘摇船一样，鬼路上走得那么缓，那么难，一走三徘徊，一步一回头。围观的人全都伤心感动得哭了。送葬队上到岗顶，然后通过葫芦岗上几处的窄道，就直立立地登上镇外的大山尖去。抬棺的艰难了，所有送葬人全去扶棺，棺材像立栽了一般，在白花花的人头上运上去，孙二娘被埋葬在高高的山上。

阿季在坟头上培下最后一锨土，回头看见河神庙门口的拆字驼子也来了。他是前一天买了阿季的火纸，跪在那里烧焚，焚毕，交给阿季一截挽幛，六尺白绸，上有墨迹。阿季看时，题为：过去画船虽有迹，尺来彩鹢却无形；舟行莫向葫芦镇，到此还须棹一停。

阿季继承了茶社家业，但实际上只仅仅是三间茶社房，六七十张竹躺椅，一套水壶茶具。孙二娘多年的积存，除购买了三百斤紫阳茶覆没江水外，其余全在埋葬她时一花而光。阿季有心想离开这里，却每每见船夫照样来茗茶，于心不忍，强留住下，既然做了社主，招牌依旧是"孙二娘茶社"，阿季就要一心使这茶社长存葫芦镇，长驻船夫们的心！他早起晚睡，重新经营，船夫到来，就弹起孙二娘操过的琵琶，学唱着那些歌子。唱着唱着，阿季泪下来，船夫泪也下来。船夫泪下来了，阿季就不唱，说："各位伯伯叔叔，我干娘在世时唱歌让大伙解乏，我唱了你们落泪，我干娘要知道了也是不允的。既然她死了，死了就不能活来，咱们还是行船的行船，卖茶的卖茶，唱一个'还阳'歌吧！"

阿季就唱起来：

还了阳,还了阳,

桑叶子短柳叶子长。

还了阳,还了阳,

亡者归阴我们归阳。

亡人归阴到阴曹地,

我们归阳阳满堂。

船夫们就一起唱开来。如此忙过三个月,阿季为了茶社兴旺,也没有时间再往七里坪去,没有去买麻子的火纸,没有去见那砸竹坊里拨竹绒的丑丑。

六

过罢四个月,茶社又兴旺起来,汉江上下的船只,洵河往复的筏子,凡到葫芦镇,没有不停泊靠岸,来茶社茗茶的。但是阿季却发现镇子上的闲人常常待他不恭起来,在街上碰着了,就说:"阿季,生意红火啊!"

阿季笑着说:"托大家凑红!"

那人就又说:"二娘一死,这下你可以娶个媳妇了!"

阿季还是笑了笑,立即觉得不对,不明白这人这话的含义,问一句:"你说什么?"

"你总算把她陪终了,你好本事,想得长远!"

阿季愤愤起来,回到茶社气还不匀,他知道了镇上的人忌恨了他,要说他的坏话,也要说孙二娘的坏话。但阿季清清白白,堂堂正正,气上来,偏要决心把茶社办好,愈发勤苦。愈发精明经营。又新盘了一台炉灶，置了二十把躺椅，添了烟糖果品买卖，生意更为红盛。他有心要在镇上再雇一名服务员，便物色了河街一个老婆婆的女儿。这女儿脸子平平，腰身却俏，手脚麻利，性情柔和，且也是唱歌子的好手。干过一星期，不想镇子上风声鹊起，议论汤沸，说是阿季和这女子乱来。又说到孙二娘在世之时，就有这风气。老婆婆的女儿羞辱不过，不告而辞了。女子一走，更落了口实，阿季上街，背后就遭人所指，茶社声誉顿跌，阿季扑在孙二娘遗像前号啕大哭，痛恨自己使茶社受累。

茶社的门暂时关闭了，阿季到镇子政府去诉委屈，要求调查落实，清白声誉。镇政府领导去查问老婆婆的女儿，一口否定，提出可以到医院体检，去调查说闲话的人，又都是你听我说，我听你说，结果不知所云，镇政府领导对阿季说：一切都是造谣，你办你的茶社吧！平反是平反了，一人手却捂不住万人口，阿季忙不过来，再去重金雇用服务员，则无一人响应。阿季到了此时，方明白麻子的话，世风真的日下，人心越来越不通啊！阿季恨的是那些丑恶，阿季却同时被麻子所恨。阿季这时候，只觉得火纸坊的丑丑好，他迫切地想去见丑丑，要想办法娶了丑丑，领丑丑到葫芦镇，小两口就可以平平和和幸幸福福来开茶社了。

茶社的门又一次关闭，阿季离开了葫芦镇，带上了全部的积蓄，往七里坪去。搭船到了七里坪渡口，阿季跳上石岸，却看见了村中的水渠折流而下。这水渠是麻子引了沟里的溪水去转动砸竹坊的水轮的，然后废水从村旁洼地里流下汉江的，如今水直漫村前，在石板层上一曲三折，平石上织一层无数细密的倒写人字，侧石上翻一堆滚雪。阿季生疑，遥看火纸坊，石墙石顶依旧存在，却听不见了那沉重的难听的水轮轴咯吱声和木榫的起落咚咣声。

"麻子不办火纸坊了?!"

阿季心里一股冲动:火纸坊不办了,丑丑就不整日整日坐在木榫下拨纸绒了,他就更容易领走她去葫芦镇了!

土场上,万籁俱寂,阿季却突然害怕起来,觉得是那样空。砸竹坊里窜出了狗子,直向他扑来。阿季已经从地上摸起一块石头了,但狗子并没有咬,也未吠。四个多月未见,狗子也温驯了!他叫着狗子:"狗子,狗子,丑丑呢?"狗子却霎时惊恐起来,大声吠叫,森煞可惧。阿季骇绝,定睛看,看见了纸浆坊的门口,石礅子上坐了麻子和哑巴老舅,一个左,一个右,默默地在用绳子扎捆晾干的火纸,听见狗子狂吠,抬起头来,木然地看着阿季走过来,一直走到面前了,又低下头去扎捆火纸。

麻子的不热情,阿季是习惯的,但麻子的不恨不怒,阿季预感到这里的异变!

"老伯,木榫怎么不砸竹了?"

"不砸了。"

"丑丑呢?"

"死了。"

"死了?!"

阿季被铁锤击了一下,木在那里,立即奔向砸竹坊,只见水槽子垮了,水轮空静,轮板干裂,一搂粗的方形木榫立竖在原地,榫底下还是一堆未被砸好的竹绒。阿季又疯了一般冲过来,对麻子吼:"丑丑死了?!丑丑怎么死的?!"

麻子却突然扬起拳,直打在阿季的心口上。阿季倒在了地上。麻子又平平静静恢复了原状,说:"你安静下。丑丑真的死了,三七都过了。"

阿季真的被这一拳打醒了，他坐在地上，哽咽着问丑丑怎么死的，为什么死？麻子还是一边扎捆火纸，一边低了头，慢慢地说开来，讲的好像是一宗很古很古的事情。先是麻子发觉丑丑好几日神色不安，后来就老是躲避爹，一个人到茅房去吐。麻子以为丑丑病了，让去看医生，丑丑却不去。也就在这天夜里，麻子听见丑丑在她的卧屋里低声呻吟，麻子问怎么啦，丑丑说肚子有点疼，不要紧的，后来就到茅房去。麻子以为丑丑拉肚子，并未在意，便又瞌睡了。第二天一早，起来喊丑丑去砸竹绒，连喊数声不应，到了她卧屋，炕头上放了一个碗，碗里是瓷和玻璃碴末汤，已经所剩无几了。麻子心就毛起来，他知道喝这东西，是打胎的，就往茅房跑，丑丑就死在茅房口，口里吐血，下身出血。听完了，阿季哇哇地哭叫不绝。

麻子说："丑丑死了，我也顾不及羞辱了，你说说，是哪个贼东西勾引丑丑，使她干了这种丑事?! 都怪我啊，我为什么开这个火纸坊，让那些不三不四的人来我这里，我没管好丑丑啊！"

阿季说："你没管好丑丑？丑丑还不是让你管死的?!"

麻子说："放屁！丑丑死了，死了也好，她要不死，怎么活人？她要不死，我也不会清醒我活该办这个火纸坊！我不办了，再也不办了，卖掉了这几百斤火纸，我什么也不办了！谁要那水轮谁拿去，谁要那木榫谁拿去，我一分钱也不要了！"

阿季说："我要！"

麻子说："还要什么？还买这火纸吗？"

阿季说："我买！"

麻子说："买多少？"

阿季说："我全买！"

一沓一沓钱从怀里掏出来，放在地上，就进去将一捆一捆的火纸提出来，放在了那水渠旁边，又拿了板斧走进了砸竹坊，喊里喀喳劈碎了水轮，劈碎了木榫。抱上火纸堆，阿季跪在那里，一根火柴将火纸点燃了。水养出的竹，竹制做的纸，真有火性，顿时黑烟冲起，火光燎天。丑丑砸了几年的竹，制成了百张、千张、万张的火纸，为别家的亡人烧化，没想到最后的也是最多的火纸是为自己的亡灵所化。

阿季被火燎焦了头发，燎焦了眉毛，跪在那里是一桩木头，一蹲石头。麻子和哑巴大舅完全被这一切惊呆，看着满天飞舞的纸灰片，落下来，黑了一地，黑了一头一身，突然干涸的眼睛里泪水肆流。

汉江的水面上，正过着一排竹筏，竹筏上垒的还是竹捆，撑筏的又是一帮一伙少年子。他们是到另一村的另一新建的火纸坊去交竹子，看见了七里坪的黑烟明火，唱起来一首古老的汉江号子：

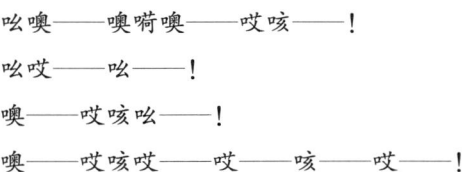

图书在版编目（CIP）数据

太白 / 贾平凹著. —成都：四川文艺出版社，2016.6（2019.5重印）
ISBN 978-7-5411-4299-4

Ⅰ. ①太… Ⅱ. ①贾… Ⅲ. 中篇小说—小说集—中国—当代②短篇小说—小说集—中国—当代 Ⅳ. ①I247.7

中国版本图书馆CIP数据核字（2016）第101576号

TAI BAI
太 白

贾平凹 著

责任编辑	孙学良
责任校对	王 冉
封面设计	叶 茂
版式设计	史小燕
责任印制	喻 辉

出版发行	四川文艺出版社（成都市槐树街2号）
网　　址	www.scwys.com
电　　话	028-86259287（发行部）　028-86259303（编辑部）
传　　真	028-86259306
邮购地址	成都市槐树街2号四川文艺出版社邮购部　610031
排　　版	四川胜翔数码印务设计有限公司
印　　刷	成都东江印务有限公司
成品尺寸	140 mm×203 mm　开　本　32开
印　　张	13　字　数　290千
版　　次	2016年8月第一版　印　次　2019年5月第六次印刷
书　　号	ISBN 978-7-5411-4299-4
定　　价	46.00元

版权所有·侵权必究。如有质量问题，请与出版社联系更换。028-86259301